# Die gefallenen Herrscher
## Als die Menschen die Erde verkauften

von

# **Christian Hellwig**

Zweite deutschsprachige Auflage, Juli 2018

Das Urheberrecht liegt bei Christian Hellwig
www.die-gefallenen-herrscher.de
ch@die-gefallenen-herrscher.de

Bibliografische Information der Deutschen Nationalbibliothek: Die Deutsche Nationalbibliothek verzeichnet diese Publikation in der Deutschen Nationalbibliografie; detaillierte bibliografische Daten sind im Internet über dnb.dnb.de abrufbar.

Herstellung und Verlag: BoD-Books on Demand, Norderstedt
Cover- und Webseitendesign: Mike Schertl (Kontakt: mikeschertl@gmail.com)
Coverbild: ©Shutterstock (Stockillustrationsnummer: 160018565)
ISBN: 9783752820744

Alle Rechte, inklusive die der Übersetzung, liegen ausschließlich beim Autor. Das Werk ist urheberrechtlich geschützt. Jede Verwertung und Vervielfältigung – auch auszugsweise – ist nur mit ausdrücklicher schriftlicher Genehmigung des Autors gestattet. Zuwiderhandlung ist strafbar und verpflichtet zu Schadensersatz.

All rights reserved. No part of this publication may be reproduced, translated, stored in a retrieval system, or transmitted in any form or by any means, without the prior permission of the publisher (i.e. the author), nor be otherwise circulated in any form. Noncompliance is liable to prosecution and damages.

Alle im Text enthaltenen externen Links begründen keine inhaltliche Verantwortung des Autors, sondern sind allein von dem jeweiligen Dienstanbieter zu verantworten. Der Autor hat die verlinkten externen Seiten zum Zeitpunkt der Buchveröffentlichung sorgfältig überprüft, mögliche Rechtsverstöße waren zum Zeitpunkt der Verlinkung nicht erkennbar. Auf spätere Veränderungen besteht kein Einfluss.

**Über den Autor:**

Christian Hellwig, geboren 1986 in München, ist als erfahrener Kommunikator und (geo)politischer Risiko- & Policy-Analyst eng vertraut mit komplexen Themen an den Schnittstellen zu Politik, Umwelt, Gesellschaft, Medien und Wirtschaft. Zu seinen Arbeits- und Themenschwerpunkten gehören unter anderem das Entwerfen & die Umsetzung von Konzepten zur Meinungsführerschaft, die Entwicklung von Unternehmens- & Kommunikationsstrategien, strategischen Positions- & Grundsatzpapieren sowie die Durchführung interdisziplinärer Risiko- & Trendanalysen.

Christian Hellwig ist Absolvent der britischen Universität London School of Economics & Political Science (LSE) und erlangte seinen Masterabschluss (Master of Science) in International Relations. Seine Schwerpunkte lagen hierbei auf Außenpolitikanalyse und Wirtschaftsdiplomatie. Zuvor absolvierte er seinen Bachelor of Arts in Governance & Public Policy an der Universität Passau und Malmö University in Schweden. Nach ersten praxisrelevanten Stationen im Deutschen Bundestag, Bayerischen Wirtschaftsministerium und bei der Deutschen Handelskammer in Österreich folgten Tätigkeiten bei einer internationalen Anwaltskanzlei, einem Münchner Start-up sowie verschiedenen führenden Unternehmensberatungen aus den Bereichen Strategische Kommunikation, Public Affairs, Risikoanalyse und Strategische Voraussicht. Aktuell arbeitet Christian Hellwig bei Deloitte als Senior-Berater für die Bereiche Strategic Risk, Geopolitik, Resilience und Krisenmanagement.

Wenn Sie mit dem Autor in Kontakt treten wollen, dann schreiben Sie gerne eine E-Mail an ch@die-gefallenen-herrscher.de oder besuchen entweder die Webseite www.die-gefallenen-herrscher.de oder den Instagram-Account unter https://www.instagram.com/chrisbavmc/.

*Bei dem vorliegenden Buch handelt es sich um einen Polit-Thriller zu den eng miteinander verflochtenen Themengebieten Umweltkriminalität, Rohstoffpolitik und Unternehmensverantwortung. Die Handlungsstränge an sich und die Namen der Protagonisten sind frei erfunden. Die Geschichte basiert jedoch in hohem Maße auf realen Auswüchsen der anthropogenen Umweltzerstörung und greift aktuelle Entwicklungen sowie Ereignisse der internationalen Rohstoffindustrie auf.*

# Inhalt

Prolog .................................................................. 1
Erstes Kapitel: Das Anthropozän ........................ 25
Zweites Kapitel: Interview ................................. 63
Drittes Kapitel: Der Auftrag .............................. 90
Viertes Kapitel: Manifestation ......................... 121
Fünftes Kapitel: Kreuzzug ............................... 171
Sechstes Kapitel: Die erste Schlacht ................ 194
Siebtes Kapitel: Krieg ..................................... 215
Achtes Kapitel: Lysis ...................................... 235
Neuntes Kapitel: Reinigung ............................ 257
Epilog ........................................................... 279
Glossar ......................................................... 293

# Protagonisten

| | |
|---|---|
| **Blanco und James** | Arbeiter in der Mine von La Guajira Nueva |
| **Dr. Maven Bleriott** | Leiterin der Forschungsabteilung des Ocean & Climate Change Institute, das zur weltweit renommierten Woods Hole Oceanographic Institution gehört; externe Beraterin des kalifornischen Umweltschutzministeriums; ehemalige Doktorandin unter Professor William Scott Scolvus an der Harvard University |
| **Blochin** | Angestellter von Charon Jove & Associates LLP |
| **Bolivar und Trinidade** | Angehörige einer Spezialeinheit des kolumbianischen Militärs |
| **Antonio Canaris** | Interpolagent, Kolumbien |
| **Bill A. Charon** | Managing Partner und Mitgründer von Charon Jove & Associates LLP |
| **Charon Jove & Associates LLP** | Kurz CJA; britische Unternehmensberatung, deren Hauptklient die Kervielia Group ist. Der Beratungsschwerpunkt von CJA liegt dabei vorranging auf Krisen- & Disputmanagement, Lobbying & Public Affairs sowie Reputationsschutz und Litigation PR im Rahmen besonders delikater Fälle |
| **Allister Dehms** | Amerikanisch-deutscher Industriemogul, Mitgründer von D&H Industries plc. |
| **Dr. Simon de Santisim** | Kolumbianischer Umweltforscher und Aktivist |
| **Die Templer des Vierten Ordens** | Geheime Gesellschaft an der Harvard University mit einem Ableger an der St. Benet's Hall der University of Oxford im Vereinigten Königreich. Sie hat einen religiösen Ursprung sowohl in der puritanischen, harvardschen als auch zisterzienserschen, oxfordschen Bewegung. Die Zisterzienser sind eine Abspaltung des Benediktinerordens, deren wichtigster Vertreter, Bernhard von Clairvaux, Schutzherr des Temp- |

lerordens gewesen war. Die Templer des Vierten Ordens wurden gegen Ende der Großen Depression 1938 von protestantischen und katholischen Studenten zur Erneuerung des Kapitalismus und Überwindung der konfessionellen Spaltung des Christentums gegründet. Ihre Vision des totalen Kapitalismus wurzelt in Max Webers Werk „Die protestantische Ethik und der Geist des Kapitalismus", das die Ursprünge des modernen Kapitalismus in der protestantischen Verpflichtung eines jeden Gläubigen verortet, zum Ruhme Gottes und zur Milderung der eigenen Angst von Gott nicht zum ewigen Leben auserwählt worden zu sein, weltlichen materiellen Reichtum durch rastlose Arbeit konstant zu vermehren. Der Vierte Orden ist eine Weiterentwicklung des Dritten Ordens, einem Verbund von Männern und Frauen, die zwar nach den Idealen und dem Geist der katholischen und protestantischen Lehren leben, jedoch keine religiösen Gelübde schwören. Stattdessen erachten sie das Streben nach dem totalen Kapitalismus als höchste Priorität im Leben

| | |
|---|---|
| **Joseph Eris** | Stellvertretender Direktor der Environmental Protection Agency (kurz EPA) |
| **Montgomery Hallheim** | CEO und Miteigentümer der Kervielia Group Ltd. |
| **George Heyessen** | Ehemaliger Leiter der Abteilung Globale Strategie & Sonderaufgaben der Kervielia Group Ltd. |
| **Julius Heyessen** | Sohn von George Heyessen und Hedgefondmanager |
| **Leonrod Hudson** | Hauptkommissar und Leiter der Abteilung Umweltverbrechen bei Interpol in Lyon und London |
| **Gregory Jove** | Managing Partner und Mitgründer von Charon Jove & Associates LLP |
| **Gordon Kaleval** | Gründer und Miteigentümer der Kervielia Group Ltd. |
| **Kervielia Group Ltd.** | Größter, nicht börsennotierter Rohstoffkonzern der Welt mit Sitz in der Schweiz |

| | |
|---|---|
| Bryson Meyer | Stabschef von Pierce Tartaris Sr. |
| Miranda und Osorio | Wissenschaftliche Mitarbeiter und Assistenten von de Santisim |
| David H. Philipps | Republikanischer Präsidentschaftskandidat und ehemaliger Vorstandsvorsitzender der GS Virgin Materials Group Inc. |
| Lucian Rallier | Vorsitzender Richter des Internationalen Strafgerichtshofs |
| Grace Reberger, Calbert M. Heckler und Martha Westmarrero | US-Senatoren des 114. Amerikanischen Kongresses |
| Carl Remmel | Vice President (Deutsch: Direktor) bei Charon Jove & Associates LLP für globales Krisenmanagement und Sonderaufgaben |
| Andrew Schulz | Mitarbeiter von Carbacal Industries Inc., eine 100%ige Tochter der Kervielia Group Ltd. |
| Nathan Sciusa | Junior Associate bei Charon Jove & Associates LLP |
| Professor William Scott Scolvus | Universitätsprofessor an der Harvard University, University of Oxford, London School of Economics & Political Science und TU München; weltweit führender Forscher auf den Gebieten der Wirtschaftsphilosophie, Public Economics und des nachhaltigen Ressourcenmanagements; Doktorvater von Maven Bleriott |
| Pierce Tartaris Sr. | US-Senator aus Michigan und Vorsitzender des Geheimdienstausschusses des Senats |
| Samuel E. Wisser | CEO des US-amerikanischen Hightech-Konzerns Blue Horizon Informatics Solutions |

# Prolog

**17.04.2013**

Die dunkle Nacht im Nirgendwo menschlicher Existenz neigte sich langsam ihrem Ende zu. Nur die sanften Klänge verschiedener Tier- und Insektenarten, die in der Dämmerung allmählich zu neuem Leben erwachten, durchbrachen die Stille. Ein leichter Windhauch setzte ein und begann, die Pflanzenblätter des tropischen Regenwaldes kaum wahrnehmbar zum Tanzen zu animieren.[1]

Amaru wachte auf. Mal wieder, denn er hatte ohnehin die ganze Nacht hindurch sehr unruhig geschlafen. Der ständige Halbschlaf der letzten Tage erschöpfte ihn mehr und mehr. Das spürte er gerade in diesem Moment. Zudem schmerzte sein Rücken. Der karge und harte Untergrund, auf dem er tagtäglich schlief, war jedes Mal eine Herausforderung, vor allem wenn man immer wieder dazu gezwungen war, erneut einschlafen zu müssen. Da half auch die dicke Schicht an Blättern nichts. Amaru begab sich in eine aufrechte Sitzposition, um sich seinen unteren Lendenwirbelbereich reiben zu können. Mit der linken Hand fuhr er sanft seine Haut entlang, als er glaubte, etwas außerhalb seiner Hütte gehört zu haben. Vorsichtig drehte er sich dorthin um, wo er das Geräusch vermutete.

Plötzlich vernahm er ein Knacken. Scheinbar entfernt. Dann ein weiteres Knacken. Und noch eines. Das Intervall zwischen den Tönen, die die Stille der Nacht durchbrachen, wurde durchweg kürzer.

Dann ein lautes Bellen. Die Sekunden vergingen für Amaru wie in Zeitlupe. Dem Bellen folgte kurz darauf ein nicht zu überhörendes Jaulen, dann ein leidendes Wimmern. Auf einmal ein lauter Knall. Ein zweiter. Dann ein dritter.

Amaru war mit einem Mal hellwach. Er wusste nicht, was los war. Das nächste, was er hörte, war der unvermittelte Klang einer Gewehrsalve.

*Was geht hier vor?*, rauschte es durch den Kopf des jungen Eingeborenen.

---

[1] Bitte beachten Sie das Glossar mit den beigefügten Erklärungen und Übersetzungen von Fachbegriffen am Ende des Buches.

Er ahnte nichts von der Bedrohung und dass alles ihm Vertraute gerade im Begriff war, unwiederbringlich vernichtet zu werden. Bruchteile von Sekunden zogen sich endlos in die Länge. Amaru spürte das Blut gegen seine Schläfen pochen, konnte sich aber nicht mehr bewegen. Sein Herz raste, Schweißtropfen bildeten sich auf seiner Stirn. Seine Atmung beschleunigte sich, unnatürlich schnell. Er versuchte sich innerlich zu fangen, was ihm zunächst nicht gelang. So angestrengt Amaru darum kämpfte, seine Wahrnehmung zu schärfen, so ungewöhnlich lange dauerte es, bis er die Geschehnisse um sich herum wieder klar umriss.

Wie aus dem Nichts schrien Menschen. Die Schreie wirkten wie abgehackt. Dann schien es, als würden diese Schreie um ihn herum in Zahl und Frequenz immer stärker zunehmen. Auch kamen sie stetig näher und so fühlte er sich nach kürzester Zeit wie umzingelt.

Amarus Körper war angespannt und verkrampft. Er musste etwas tun und schnellte ruckartig hoch, um sich umgehend den Umrissen einer schier übergroßen Gestalt in der Mitte seiner Hütte gegenüberzusehen. Er hatte sie schlichtweg nicht kommen hören. Das Licht der Morgendämmerung war zu schwach, um im ersten Moment Genaueres ausmachen zu können. Amaru formte seine Augen deshalb angestrengt zu Schlitzen. Das Erste, was er dann erkannte, war der Lauf eines Gewehres, das auf ihn gerichtet war.

Amaru blickte nervös in das Gesicht des Unbekannten, der ihm wie ein Geist vorkam. Dieser erweckte den Anschein, keine Augen, keine Gesichtszüge, kein menschliches Antlitz zu haben. Amaru hatte in seiner Bewegung angehalten. Er rührte sich nicht. Eine bedrohliche Ruhe erfüllte den Raum, losgelöst von allem, was sich um ihn herum abspielte.

Die Gestalt bewegte sich ohne Vorwarnung ruckartig auf ihn zu. Im fahlen Licht der Morgendämmerung offenbarte sich das Gesicht als hässliche Fratze eines großen, überbreit wirkenden Mannes. Er trug eine Uniform und Mütze.

»Raus!«, hallte es mehrmals donnernd durch die kleine, spärlich eingerichtete Hütte. Der Fremde war überaus aggressiv.

Amaru verstand nicht, was dieser von ihm wollte. Er sprach eine andere Sprache. Seine Augen folgten aufmerksam der Bewegung des Gewehres, das in Richtung des Eingangs zeigte. Bevor er jedoch reagieren konnte, packte ihn eine kräftige Hand am rechten Oberarm und zerrte ihn mit brachialer Gewalt hinaus. Er wehrte sich, aber der Griff des Mannes war so stark, dass sich dessen Finger wie Nägel in seinen Arm bohrten. Er schrie vor Schmerzen und versuchte gleichzeitig dagegen mit aller Macht anzukämpfen.

Als er den Eingang seiner Hütte passiert hatte, ergriff ein zweiter Mann Amarus anderen Arm, so dass er nicht mehr auszukommen imstande war. Amaru brüllte die fremden Männer an und wehrte sich weiter nach Kräften. Doch er konnte sich in dieser Sekunde nur seinem Schicksal fügen. Die beiden Männer schleiften ihn ohne Umwege zur zentralen Feuerstelle in der Mitte des Dorfes. Dort schmiss man ihn hart zu Boden. Viele seiner Stammesmitglieder, darunter seine Eltern und jüngeren Geschwister, kauerten schon an dieser Stelle. Sie blickten völlig verstört drein. Manche weinten, andere schluchzten vor sich hin, während sie sich in den Armen lagen. Amarus Augen wanderten zu seinem Vater. Ihm strömte Blut aus der linken Schläfe. Vom Kampf gezeichnet, sackte er immer wieder leicht in sich zusammen. Dazwischen stöhnte der alte Mann leise auf.

Wie in Trance schweifte Amarus Blick umher. Sein Zeitgefühl war vollends verschwunden. Er sah Angehörige seines Volkes davonlaufen, die direkt wieder eingefangen und erbarmungslos getreten und verprügelt wurden. Er hörte verzweifelte Schreie sowie ständig wiederkehrende Gewehrschüsse und war doch dazu verdammt, mitanzusehen, wie einige seiner Stammesmitglieder blutüberströmt zu Boden stürzten. Andere waren bereits tot. Es war ein entsetzliches Schauspiel.

Es müssen Minuten vergangen sein, bis er seine Sinne aufs Neue beisammen hatte. Ohne darüber nachzudenken, versuchte er sich mit einem Mal aufzurichten, allerdings erhielt er von der Seite sofort zwei heftige Schläge ins Gesicht. Etwas Hartes, Metallisches traf ihn zunächst am Ohr. Der zweite Schlag gegen sein Kinn knockte ihn um ein Haar aus. Benommen fasste er sich an seine Lippe. Er schmeckte warmes Blut. Es war widerlich, so dass er es ausspucken musste. Aus seinem linken Ohr dröhnte ein hoher Piepton, der immer mehr in ein pochendes Rauschen überging.

Amaru tat sich daraufhin schwer, seine Umgebung genau zu erfassen. Zu stark war seine Wahrnehmung getrübt. Er kippte mehrmals zur rechten Seite um und war nur im allerletzten Moment in der Lage, seine Balance wiederfinden, um so nicht erneut auf dem ausgetrockneten Untergrund aufzuschlagen. Es dauerte eine gefühlte Ewigkeit, bis er sich langsam von den heftigen Schlägen erholt hatte.

Die Zeit war wie stehengeblieben. Die Silhouetten fremder, menschlicher Körper huschten, beinahe tanzend, hektisch, aber dennoch zielstrebig durch die Gegend. Die Fremden waren gekommen, um eine der letzten noch unberührten Bastionen menschlicher Existenz zu erobern. So lange Amaru denken konnte, war sein Zuhause ein sicherer Rückzugsort gewesen. Ein Ort der Unbekümmertheit und des Friedens. All das verschwand nun unmittelbar vor seinen Augen – ohne dass er etwas dagegen hätte tun können.

Das Chaos lichtete sich ein wenig und dank des Morgenlichtes erkannte Amaru, dass eine armeeartige Gruppe von bewaffneten Männern sein Dorf umstellt und eingenommen hatte. Niemand hatte sie kommen hören und niemand vermochte vor ihnen zu fliehen. Sie schienen überall zu sein. Wie Geister in der Dunkelheit ergriffen sie Besitz von der friedvollen Stille und strebten nach grenzenloser Eroberung. Gleitend hatten sich anfangs ihre Schatten durch das Dorf bewegt und vorsichtig jede Hütte umkreist; wie Löwen, die sich im Schutze der Nacht an ihre Beute heranschlichen. Nichts hatte ihre Ankunft und das Unheil, das sie bringen würden, erahnen lassen.

*Was geht hier nur vor?*, schoss es ihm erneut durch den Kopf. Ziellos ging sein Blick vom einen Ende des Dorfes zum anderen. Dabei entdeckte er, dass vor dem Eingang seiner Nachbarshütte zwei weitere leblose Körper lagen: Es waren zwei seiner Freunde. *Um Gottes Willen, das sind doch nicht ...?* Amaru starrte wie gebannt in Richtung der Leichen. Er fühlte sich machtlos, so machtlos wie noch nie zuvor in seinem Leben. Tränen schossen in seine Augen und kullerten seine Wangen hinunter. *Sind beide wirklich tot? Wie kann das nur ...?*

Eines der toten Gesichter war zu ihm geneigt. Die leeren, erloschenen Augen von einem seiner Freunde sahen ihn wie Boten aus dem Jenseits an. Es hatte den Anschein, als wollte der Tote mit Amaru sprechen. Amaru erschrak innerlich, als er plötzlich glaubte, dass sich die Lippen seines Freundes bewegten: *Sie werden dich holen, wenn nicht heute, dann morgen. Rette dich*, las er von diesen ab.

Amaru konnte seine Augen nicht abwenden von dem Gesicht, das am vorherigen Tag pausenlos gelacht hatte und voller Leben gewesen war. Er versuchte intuitiv nach den toten Körpern zu greifen, doch sie waren für ihn unerreichbar weit weg und für alle Zeit verloren.

Ihn überkam eine enorme Wut, die er so seit einer Ewigkeit nicht mehr gespürt hatte. Amarus Augen wanderten weiter, weg von seinen toten Freunden. Hilflos musste er es erdulden, wie zu allen Seiten Freunde, Verwandte, Brüder und Schwestern unsägliches Leid zu ertragen hatten. Manche der Mitglieder seines Stammes hatten den Angriff am Ende mit ihrem Leben bezahlt. *Aber wofür nur?*

Das Geschehen ereignete sich quälend langsam. Eine abermalig einsetzende Apathie erfüllte seinen Körper und Geist und triumphierte über den Drang nach Ausbruch und Befreiung. Wie lange Amaru regungslos vor sich dreinschaute, ließ sich später nicht mehr sagen. Es mussten wie zuvor einige Minuten vergangen sein, ehe er sich daran machte, den Stimmen der Fremden vertraute Worte zu entlocken. Deren Zahl, die in den schwer zugänglichen Regenwald des peruanisch-brasilianischen Grenzgebiets einmarschiert war, wuchs unaufhörlich an. Sie trugen Militäruniformen, jedoch keine einheitlichen.

Wie die Boten einer anderen, düsteren Welt begutachtete Amaru sie von Kopf bis Fuß. Anhand mancher Mimik konnte er ablesen, dass viele seiner Freunde und Verwandten wohl ähnliche Gedanken hatten wie er. Es war eine Mischung aus Abscheu und Neugierde zugleich.

Amarus Vater, Ama Titu, Häuptling des Volkes der Asháninka, blickte erschöpft auf den Boden, so, als ob er sich seinem Schicksal ohnehin ergeben hätte. Ama Titu war bereits über 60 Jahre alt. Die tiefen Furchen in seinem Gesicht zeugten von einem großen Erfahrungsschatz und den bewegten Jahren seiner langen Regenschaft über die Asháninka. Trotz seines Alters war er von kräftiger Statur – wie die meisten seiner männlichen Stammesmitglieder. Narben zeichneten seinen schlanken, gut definierten Oberkörper, die noch von kriegerischen Auseinandersetzungen aus vergangenen Zeiten herrührten. Sein Atem ging langsam und schwerfällig. Seine Nasenlöcher bewegten sich angestrengt auf und zu und sein ganzer Körper schmerzte offensichtlich.

Amaru wusste, dass sein Vater seinen Untergebenen in dieser schrecklichen Situation eigentlich etwas Aufmunterndes zurufen, ihnen Mut machen und ihnen zeigen wollte, dass er weiterhin ihr starker Führer war. Doch er brachte keinen Laut mehr heraus.

Nachdem sich das unübersichtliche Durcheinander gelegt hatte, trat zu Amarus Überraschung ein Mann aus den Reihen der Soldaten hervor, die sich mehrheitlich um die Mitte des Dorfes versammelt und die Eingeborenen umzingelt hatten. Der Mann passte für Amaru nicht wirklich ins Bild.

Er beobachtete jeden Schritt des Fremden, der plötzlich direkt vor ihm stehen blieb. Amaru musterte den Mann eindringlich. Er schätzte ihn mindestens auf das Alter seines Vaters, wahrscheinlich war er älter. Der Mann war ein Riese, aber von hagerer Statur. Er war größer als jeder Mensch, den Amaru je zuvor gesehen hatte – mindestens zwei Köpfe größer als er selbst. Seine Hautfarbe war blass, sein Gesicht eingefallen. Der Weiße hatte einen grauweißen Vollbart, sein volles Haar versteckte er unter einem beigefarbenen Hut. Er war der einzige Weiße unter all den Eindringlingen, die heute in das Dorf gekommen waren. Seine bewaffneten Begleiter hatten alle eine dunklere, den Asháninka ähnliche Hautfarbe. Er erweckte den Eindruck eines steifen Bürokraten. Der Mann war spürbar verunsichert, seine Mimik angespannt, das war unübersehbar.

»Solis!«, brüllte der weiße Mann, während er mit seinen stechend blauen Augen die vor ihm zusammengetriebene Menschenmenge eine Zeit lang geprüft hatte. Seine Stimme war unüberhörbar zittrig und wirkte dem Versuch, besonders bestimmend zu klingen, klar entgegen. »Übersetzen Sie, da ich ja annehmen muss, dass immer noch keiner der Stammesangehörigen in der Lage ist, entweder Spanisch oder Portugiesisch zu verstehen, geschweige denn zu sprechen. Sagen Sie ihnen, dass das gewaltsame Einschreiten hätte verhindert werden können, wenn die Stammesältesten das großzügige Angebot meines Arbeitgebers und das der peruanischen Regierung vor zwei Monaten angenommen hätten.«

Solis, ein unauffälliger, kleiner Mann mittleren Alters, begann zeitlich leicht versetzt hastig in der Sprache Asheninka Pichis, einem Arawakdialekt, in Richtung von Amarus Vater zu übersetzen. Solis' Aussehen ähnelte sehr dem der Asháninka, allerdings gehörte er einem benachbarten Stamm an. Amaru konnte den ihm vertrauten Dialekt sofort zuordnen. Solis' tiefe Stimme dröhnte durch die Siedlung, die aber nicht so ganz zu seinem untersetzten, eher gebrechlichen Erscheinungsbild passen mochte.

Nachdem er fertig war, fuhr der weiße Fremde fort: »Da das Volk der Asháninka sich dazu entschlossen hat, den Weg der Zwietracht zu gehen, anstatt der Vernunft zu folgen, war der heutige Tag leider unausweichlich. Dass unsere Soldaten Waffengewalt einsetzen mussten, bedauere ich zutiefst, doch ich hoffe, dass die von der Regierung erlassene Zwangsumsiedlung nun friedlich und zügig vonstattengehen wird. Wir sind Ihnen daher für eine entsprechende Kooperation äußerst dankbar.« Nach einem nicht zu überhörenden, tiefen Durchatmen und einem darauffolgenden resignierten Kopfnicken wandte er sich dem Mann zu seiner Rechten zu: »Guzmán, Sie wissen, was zu tun ist und wofür Sie von meinem Arbeitgeber bezahlt werden. In Phase eins erwarte ich eine reibungslose Räumung des Dorfes binnen der nächsten 30 Minuten. Im Anschluss wird das Dorf dem Erdboden gleichgemacht, um die Grundlage für die künftige Rohstoffgewinnung zu schaffen. Wir haben nicht viel Zeit. Meine Assistenten und ich werden den Aufbau des Basislagers am südlichen Ende des Dorfes überwachen.«

Nach einem schnellen Blickkontakt mit Guzmán, ein beleibter, vielleicht nur 170 cm großer Mestize und den augenscheinlich jeder weitere Atemzug näher an den bevorstehenden Herzinfarkt zu bringen schien, verschwand der Weiße wieder in den Reihen der Soldaten. Amaru starrte Guzmán an. Im Gesicht des hässlich anmutenden Zwerges machte sich daraufhin ein hämisches Grinsen breit. Dann fuhr er mit der Zunge an seiner Oberlippe entlang. Immer wieder, von links nach rechts, rechts nach links. Dabei berührte sie auch seinen dicken, schwarzen Schnauzer. Zweifellos freute er sich auf die weitere Abfolge der Ereignisse. Gefolgt von einer befehlshaberischen Geste sagte er abfällig: »Gebt den Urwaldmenschen zehn Minuten, damit sie ihr Hab und Gut zusammenklauben können. Brennt danach alle Hütten nieder und beginnt, die größten Bäume zu fällen. Vor der ätzenden Tageshitze will ich hier raus sein.« Abschließend fügte er nüchtern an: »Bei jeglicher Form von Widerstand, erschießt sie einfach. Die braucht ja sowieso keiner.«

Sobald Guzmán seinen Satz beendet hatte, packten jeweils zwei Soldaten einen Ureinwohner an seinen Schultern und schleiften alle Männer nacheinander gewaltsam zu ihren Hütten zurück. Gleiches geschah mit den Frauen und Kindern, auf die je ein Bewacher kam. Die Asháninka wehrten sich so gut sie konnten, das zeigten die tiefen Furchspuren, die ihre Füße im Boden hinterließen. In derselben Art und Weise wurde Amaru von zwei Männern an seinen Armen hochgehoben und in Richtung seiner Hütte geschubst. Er wusste, dass jegliche Gegenwehr sinnlos war. Würde er auf die Fremden losgehen, würden sie ihn wie seine beiden Freunde direkt erschießen. Einfach so. Und niemanden würde es interessieren.

Kurz bevor er zu seiner Hütte kam, schaute Amaru zuerst nach links, anschließend nach rechts. Da er gezögert hatte, erhielt er umgehend einen heftigen Tritt von hinten in seinen Rücken, so dass er nach vorne in den Eingangsbereich fiel und sich an Knien und Händen die Haut aufriss. Er spürte einen brennenden Schmerz, doch war es ihm in diesem Moment egal.

Einer der zwei Männer ging achtlos an ihm vorbei und blieb in der Mitte der Hütte stehen. Er brüllte Amaru an, der jedoch nichts davon verstand. Die ungeduldigen Gesten des Fremden machten ihm allerdings unmissverständlich klar, dass er seine Sachen zusammensuchen sollte. Er hatte dafür nur wenige Minuten Zeit.

Derweil er, wie alle anderen Stammesmitglieder auch, sein wenig Hab und Gut suchte und nach draußen trug, begannen die Fremden mit dem Aufbau ihrer Basis mitten im Dorf. Soldaten liefen im Eilschritt mit Kisten und allerlei Gerät, das weder Amaru noch andere Asháninka kannten, an ihm und seinen Stammesangehörigen vorbei, schubsten sie, so dass sie auf den Boden knallten und sich wieder mühselig aufrichten mussten.

Durch die angewandte Härte der Soldaten vollzog sich die Räumung des Dorfes sehr schnell. Die Asháninka waren ein friedliches Volk, das Waffen traditionell nur zur Jagd und zur Selbstverteidigung einsetzte. Dies beeinflusste entscheidend ihre Reaktion auf die unerwartete Aggression von Menschen, denen sie noch nie begegnet waren. Da es nämlich schon seit einigen Jahrzehnten nicht mehr zu gewaltsamen Auseinandersetzungen mit verfeindeten Stämmen gekommen war, waren sie von dem feindlichen Verhalten der Fremden schlichtweg überfordert und konnten darauf nicht angemessen reagieren.

Über einen Indio, der als Vermittler fungiert hatte, hatten die Stammesältesten der Asháninka unter Führung von Ama Titu erstmals vor knapp zwei Monaten eine Delegation der Fremden außerhalb des Dorfes in Empfang genommen gehabt. Damals hatten ebenfalls schwer bewaffnete Männer die Gruppe begleitet, an deren Spitze derselbe weiße Mann gestanden hatte, der heute die Operation leitete. Im Laufe des Treffens waren die Ureinwohner mit einem für sie unverständlichen Angebot konfrontiert worden: So sollten sie ihr Dorf gegen eine bestimmte Geldsumme aufgeben und man würde sie anschließend im Rahmen eines speziellen Förderprogramms der peruanischen Regierung in moderne Häuser in der nächstgrößten Stadt umsiedeln, hatte es zu jener Zeit geheißen.

Für die Ureinwohner jedoch konnten die Natur, Pflanzen oder Böden keinem Besitzanspruch unterliegen. Alles, was sie umgab, gehörte allen Menschen zu gleichen Teilen. Geld als Zahlungsmittel und Instrument zur Absteckung territorialer Ansprüche war ihnen vollkommen fremd. Sie entnahmen ihrer Umgebung nur das, was sie zum Überleben benötigten. Jegliche Vorstellung exzessiver Ausbeutung natürlicher Ressourcen lief dem Kern ihrer Existenz zuwider. Da ihnen der wissenschaftlich-technologische Fortschritt fremd war, hatten sie auch keinerlei Vorstellung davon, dass die umliegenden Boden- und Gesteinsareale möglicherweise wertvolle Bodenschätze beherbergten. Somit war den Asháninka bis zu demjenigen Zeitpunkt, als sie zum ersten Mal auf die Fremden getroffen waren, nicht bewusst gewesen, dass sie ihre Siedlung an einem so strategisch günstig gelegenen Stützpunkt für eine mögliche Rohstoffexploration angelegt hatten.

Das Dorf grenzte nämlich im Süden an einen großen Fluss, der aufgrund seiner Lage als Wasserroute für den Transport von Rohstoffen bestens geeignet war. Einige hundert Meter von der Siedlung entfernt hatten die fremden Männer anlässlich ihres ersten Besuchs Bodenproben entnommen, die auf für sie wichtige Rohstoffe Rückschlüsse zuließen. Nachfolgend hatten sie den Indianern das Angebot unterbreitet, die Siedlung gegen eine finanzielle Kompensation mit sofortiger Wirkung aufzugeben. Andere indigene Völker in der Region, ebenso auf brasilianischer Seite und in Ecuador, erlagen zunehmend diesen verlockenden Angeboten vor allem westlicher Industriekonzerne, die in Zusammenarbeit mit nationalen Regierungsbehörden Perus, Ecuadors oder Brasiliens die Erschließung entlegener Regionen entschieden vorantrieben. Bis zuletzt hatten sich Amarus

Vater und sein engster Führungskreis jedoch geweigert, das Angebot anzunehmen.

Ohne es in irgendeiner Form voraussehen zu können, marschierten dann die Soldaten unter Führung des weißen Mannes am heutigen Tag in das Dorf ein und ließen dieses nun gewaltsam auslöschen. Die alte Welt der Asháninka lag von der einen auf die andere Sekunde in Trümmern. Sah Amaru im Hier und Jetzt direkt in ihre Augen, und hierbei vorrangig in die der älteren Stammesangehörigen, so erkannte er ein tiefes Gefühl der Resignation, Verbitterung und Trauer, aber auch der Ungewissheit darüber, was zukünftig aus ihnen würde. Der Schmerz über die verlorene Heimat und die Angst vor der anderen, sogenannten modernen Welt waren für sie kaum zu ertragen.

Mit der Zeit hatten die Tumulte der vergangenen Stunde deutlich abgenommen und unter Zwang versammelten sich mehr und mehr Stammesmitglieder auf dem zentralen Platz des Dorfes. Unter strenger Bewachung der Soldaten, die ihre Schusswaffen stets im Anschlag hielten, trauten sie sich nicht mehr, sich zu bewegen. Schluchzte eine Person zu laut oder wehrte sich noch auf dem Weg zur Hütte und zurück, schlugen die Soldaten wahllos mit ihren Gewehrschäften auf die wehrlosen Männer, Frauen und Kinder ein.

Nachdem knapp 250 Asháninka in der Dorfmitte auf engstem Raum zusammengepfercht worden waren, fingen die Soldaten an, die Menschen wie Sklaven mit Seilen an den Fußgelenken miteinander zu verbinden. Die Indianer schauten sich dabei gegenseitig an und waren zutiefst verstört. Wie versteinert ließen sie alles über sich ergehen. Als einer der Soldaten mit dem letzten Stück Seil das rechte Ende der Gruppe erreicht hatte, trat erneut Guzmán vor die Indianer, klatschte zweimal in die Hände und begann auffordernd zu gestikulieren. Nachfolgend sagte er in einem sarkastischen Unterton: »So, meine lieben Untermenschen, ab in diese Richtung, da geht's für euch in die zivilisierte Welt. Ihr freut euch doch sicherlich drauf, oder?«

Keiner der Indianer reagierte. Ohne groß abzuwarten, machte Guzmán ein schnelles Handzeichen und einige Soldaten schlugen mit voller Härte von hinten mit ihren Gewehren auf die Menschen ein, um sie von ihrer Lethargie zu befreien. Die Soldaten gingen abermalig äußerst brutal vor. Dies zeigte Wirkung und langsam, aber sicher stellten sich die Stammesangehörigen in einer langen Reihe auf.

Nach einem Befehlsruf machten sie sich im Anschluss daran, einen Fuß vor den anderen zu setzen.

Der weiße Fremde, der all dies mitverantwortete, betrachtete die gesamte Szenerie aus sicherer Distanz. Er war angewidert. Von sich selbst und seiner Arbeit. Für ihn glichen die Bilder, die er gezwungen war, sich zu Gemüte zu führen, in erschreckendem Maße mehr dem Auszug aus einer Sklavereiepisode aus längst vergangenen Zeiten, als dem behutsamen Umgang mit Menschen, die gerade im Begriff waren, alles zu verlieren. Sie offenbarten für ihn einmal mehr die schonungslose Fratze des menschlichen Fortschritts und dessen Macht gegenüber denjenigen, die von der Moderne nach wie vor unberührt waren oder sich ihrer zu erwehren versuchten. Doch der Eroberungsfeldzug der Moderne kannte keine Gnade für die Lebenswirklichkeit indigener Völker.

Für die Asháninka war es eine Reise ins Ungewisse, die mit Beschreiten des breiten Trampelpfades am südlichen Teil der Siedlung ihren Anfang nahm. Am Ende des Pfades warteten bereits kleine Schiffe, auf die die Asháninka dann umsteigen mussten, um ihre Reise in ein neues Leben anzutreten. Tränen der Angst, vor der Zukunft und der Ungewissheit, was sie erwarten möge, ließen die einst fröhlichen Gesichter zu Abbildern von Leid und Trauer verkommen. Der schleichende Tod, anfänglich mental, begann sein Werk. Für die Asháninka endete hier nun das Leben in Freiheit.

Als das Dorf am Horizont verschwand und sich die Silhouetten der umringenden Bäume nur noch schemenhaft abzeichneten, drehte sich Amaru ein letztes Mal um. Es war mittlerweile vollständig hell geworden. Rauchwolken stiegen aus der Ferne auf, der Geruch von brennendem Holz bahnte sich seinen Weg durch die unberührte Schönheit der Natur. Vögel entflohen eilig den Baumwipfeln jahrhundertealter Bäume, die unzähligen Arten seit jeher einen Lebensraum boten. Affen und viele andere Tiere schrien um ihr Leben. Motorsägen kreischten und Amaru konnte beinahe spüren wie die Fremden langsam, aber beständig wie mit einem Skalpell die Lebensadern der zuvor noch emporragenden Bäume durchschnitten.

Amaru wandte sich daraufhin ein letztes Mal in Richtung seines Vaters. Er suchte den direkten Augenkontakt, um ihm etwas Aufmunterndes oder Hoffnungsvolles entlocken zu können. Er hoffte auf einen Anker der Zuversicht, allerdings vergebens. Die Augen seines Vaters wirkten erloschen. Apathisch wanderte dessen Blick auf dem Boden vor sich umher. Es fiel ihm sichtlich schwer, einen Fuß vor den nächsten zu setzen. Nach einigen Schritten begann er für Amaru unverständliche Worte zu murmeln, die der junge Indianer nicht zuzuordnen imstande war. Er flehte seinen Vater eindringlich an, aber trotz alledem erhielt er keine Reaktion.

Bevor die Auswüchse der lärmenden Kettensägen, Baggermotoren und Menschenstimmen endgültig in der Dichte des Urwaldes untergingen, konnte Amaru die letzten Sätze seines Vaters endlich verstehen: »Sie haben die Dunkelheit über uns und die ganze Welt gebracht. Die Natur wird sich daran erinnern und wird es uns nicht verzeihen. Zuerst verschwinden die Bäume und die Tiere, dann das Wasser und zuletzt der Mensch.«

\*\*\*

**Baar, 22.03.2014**

»Der Durst des Menschen nach Macht ist unauslöschlich. Dieser Macht hat sich alles zu beugen, ebenso die Natur.«

Julius Heyessen blickte verwundert auf die Überschrift eines mehrseitigen Briefes, der sich in einem alten Notizbuch seines Vaters befand. Dieser war an niemanden adressiert und beinhaltete eine Aneinanderreihung teils philosophisch angehauchter Phrasen. Zuerst zweifelte er angesichts der ersten Sätze, dass dieses Buch und der dazugehörige Brief seinem Vater, George Heyessen, gehörten.

Heyessen kam in diesem rauen Märzwinter in das verschlafene Baar in der Schweiz, um das Haus seines kürzlich überraschend verstorbenen Vaters aufzulösen. Dieser hatte sich auch nach dem Ende seiner Tätigkeit für die Kervielia Group, dem größten Rohstoffkonzern der Welt, vor vier Monaten dazu entschieden gehabt, in der beschaulichen Provinz im mitteleuropäischen Nirgendwo zu verweilen, anstatt in die alte Heimat nach Boston, Massachusetts, zurückzukehren. In seinem spartanisch eingerichteten Arbeitszimmer, welches nicht ansatzweise den Reichtum widerspiegelte, den sich sein Vater über die Jahrzehnte hatte erarbeiten können, suchte er zunächst nach brauchbaren Dokumenten über die genauen Finanzen seines Vaters. In dem Moment, als er das Zimmer betreten hatte, erschien es ihm jedoch aufgrund des neurotischen Ordnungssinns seines Vaters ungewohnt unordentlich.

*Als ob jemand nach etwas gesucht hätte*, dachte er sich intuitiv. Der Rest des Hauses war in einem einwandfreien Zustand, nichts Ungewöhnliches war ihm bis zum Betreten des Arbeitszimmers aufgefallen.

Er hatte seinen Blick durch den kleinen Raum schweifen lassen und entschied sich dazu, den Schreibtisch näher zu begutachten. An dieser Stelle war ihm gleich in der ersten Schublade des alten, aus Ahornfaser gefertigten Arbeitstisches eben dieses Notizbuch in die Hände gefallen. Die Handschrift seines Vaters, dem ehemaligen Leiter der Abteilung Globale Strategie & Sonderaufgaben der Kervielia Group, war leicht zittrig, nicht klar definiert, wie sie Julius Heyessen eigentlich sonst kannte. Sein Vater musste diese Zeilen augenscheinlich in einem sehr aufgewühlten, verunsicherten Zustand geschrieben haben. Er hatte die erste Seite eher desinteressiert überflogen. Als er weiterlas, verspürte er auf einmal eine ungewohnte innere Anspannung. Er konnte das Gefühl kaum beschreiben. Unbewusst begann er, die nachfolgenden Zeilen laut vorzulesen: »Was wir im Namen unserer scheinbar überlegenen Wertvorstellungen taten, läuft den Grundüberzeugungen meines Wertekanons zuwider und kommt einer Moralapostasie des Teufels gleich.«

Julius Heyessen kannte seinen Vater, doch dieser Brief beschrieb eine Person, die er nicht wiederzuerkennen vermochte. »Wir töteten, obgleich nicht nur durch direkte physische Gewalteinwirkung, sondern vor allem durch eine seelische mittels Worten. 17.04.2013: Wir rückten mit unseren schwer bewaffneten Begleitern in das Dorf der Asháninka im frühen Morgengrauen vor … die Stammesältesten hatten einige Wochen zuvor das von der peruanischen Regierung mitunterstützte Abkommen zur friedlichen Umsiedlung unter Maßgabe des Kompensationsprimats abgelehnt. Trotz meiner Anweisungen, zu keinem Zeitpunkt Gewalt anzuwenden, eskalierte die Operation zu Anfangs unerwartet. Mehrere Stammesmitglieder wurden ohne ersichtlichen Grund einfach niedergemetzelt. Guzmán wollte ich als militärischen Leiter eh nicht dabei haben – so ein dummer, primitiver Fettsack. Das einzige, zu was der fähig war, war essen, saufen und rauchen. Und er hatte immer dieses masochistische Funkeln in seinen Augen, wenn er die Gelegenheit sah, andere Menschen zu erniedrigen. Lag wohl daran, dass der dicke Volltrottel selbst früher in der Opferrolle gesteckt haben musste. Zudem sind kleine Männer gefährlich. Das bewahrheitet sich andauernd. Leider zwang mich die peruanische Regierung am Ende fast dazu, ihn mitzunehmen, da er stets zur vollen Zufriedenheit aller Beteiligten seine Aufgaben zu erledigen wusste. Für die Regierung war der Auftrag enorm wichtig und mein Arbeitgeber verdiente daran prächtig. Das lag gleichermaßen an dem Umstand, dass die peruanische Staatsregierung auf dem Siedlungsgebiet der Asháninka und anderer indigener Völker an den Ländergrenzen zu Ecuador und Brasilien kürzlich zahlreiche Rohstoffexpeditionen durchgeführt hatte. Alle Aufträge wurden ausschließlich an meinen Arbeitgeber vergeben. Diese Expeditionen dienten einzig und allein dem Zweck, einerseits unsere Marktstellung als größter Rohstoffkonzern der Welt zu zementieren und andererseits die Regierung mit ausländischen Direktinvestitionen in die Infrastruktur und den Rohstoffabbau zu versorgen. Alles andere spielte keine Rolle. Sollte sich jemand in den Weg stellen, so wurde er einfach sprichwörtlich plattgemacht. Was mit den Indios im Rahmen der Umsiedlungsprogramme geschah, interessierte alle Beteiligten am allerwenigsten. Was für ein Irrsinn!

Ich trat meinen Job bei Kervielia gleichwohl nicht unter der Prämisse an, Teil eines subversiven Mordkommandos zu werden, das gewillt war, wahllos wehrlose Menschen ihrer vollständigen Existenz zu berauben oder gar zu töten. Mir blieb nichtsdestotrotz als Leiter der Abteilung für Sonderaufgaben, unter welche diese Aktivitäten eben fielen, keine andere Wahl. Auch vor dem Hintergrund all der schrecklichen Dinge, von denen ich über die Jahre hinweg Zeuge geworden war, war ich selbst längst zum elendigen Mittäter verkommen. Ich sah wie Menschen starben, ob physisch durch Gewaltanwendung oder seelisch durch den Schmerz über den Verlust ihrer Heimat. Die Übermoral des ach so großen Westens, unserer zivilisatorischen Heimat, zur Eroberung der letzten Bastionen vermeintlicher Ignoranz und Barbarei stand dabei stets an vorderster Front. Diese Übermoral war im Kern immer nur darauf ausgerichtet, die Sättigung unseres schier endlosen Rohstoff- und Wachstumshungers zu befriedigen. Der Motor musste unentwegt weiterlaufen. Jeden Tag, jede Stunde, jede Minute. Was für eine Unfreiheit! Und dennoch sind, wenn wir ehrlich zu uns selbst sind, diese unberührten Stämme, nicht nur in Südamerika, sondern weltweit die letzten wahrhaftig freien und im Einklang mit der Natur lebenden Menschen auf diesem asozialen Planeten! Ich will und kann das nicht mehr länger stillschweigend dulden.«

Sein Vater hatte nie von diesen „Sondereinsätzen" erzählt. Stattdessen hatte es sich fortlaufend nur um Tätigkeiten zur Geschäftsakquise gehandelt. Sein Vater war viel unterwegs gewesen, das war sicher. Wo er sich auf dem Globus herumtrieb und welchen Geschäften er konkret nachging, hatte ihn damals nur wenig interessiert. Die Arbeit seines Vaters hatte ihr beider Verhältnis, seitdem er denken konnte, belastet, da er sich eben einen Vater gewünscht hatte, der für ihn da sein und ihn beim Älterwerden mit seiner Vorbildfunktion unterstützen würde. Seinen Vater nur alle paar Wochen ein Mal zu sehen, darunter hatte Julius Heyessen als Kind und Jugendlicher sehr gelitten. Er war oftmals auf sich alleine gestellt, da er keine Geschwister hatte und seine Mutter mit der Situation gänzlich überfordert war. Als er bereits erwachsen war und sein Studium aufgenommen hatte, war das Verhältnis zu seinem Vater anhaltend schwierig, doch es hatte sich über die vergangenen zehn Jahre deutlich gebessert. Gerade die letzten zwei Jahre waren von einem besonders engen Austausch geprägt gewesen, da sein Vater immer seltener arbeitete und ihn so mehrmals im Jahr besuchen kam. Dass er seinen Vater genau an diesem Punkt im Leben verlieren würde, war für ihn ein großer Schock. Und nun stand er verloren inmitten des luxuriösen Hauses seines Vaters, ohne diesen je wirklich kennengelernt zu haben.

Julius Heyessen konzentrierte sich wieder auf die Schrift seines Vaters, die in den folgenden Zeilen immer unklarer und hektischer wurde. Es fiel ihm zunehmend schwerer, diese zu entziffern. Seine Neugierde, weiterzulesen, stieg allerdings parallel hierzu ins Unermessliche. Seine Augen weiteten sich, sein Herz begann schneller zu schlagen. Er biss sich unbewusst immer wieder mit seinen Schneidezähnen leicht auf die Unterlippe. Es tat weh, aber er ignorierte es. Mit jeder weiteren Zeile, die er las, überkam ihn jedoch die Angst, ungewollt eine völlig unbekannte Seite seines Vaters zu entdecken.

»19.04.2013: Rückkehr nach Lima. Meine Assistenten, Lynar-Mertz und Hagen, sind mit der finalen Durchführung der Bestandsprobenentnahme vor Ort betraut. Mit dieser entsetzlichen Tropenhitze kamen sie besser klar. Und ich konnte ihnen absolut vertrauen. Hatte sie ja auch immerhin selbst angestellt.

Gleicher Tag, Mitternacht: Mir ist schlecht. Kotzübel. Ich gehe daher nach ein paar Drinks an der Hotelbar ausgelaugt auf mein Zimmer und übergebe mich mehrere Male in die Toilette. Was für ein Gestank. Ich sehe mich im Spiegel an. Ekel. Was für ein Widerling ich tatsächlich geworden bin.

20.04.2013: Ich fühle mich irgendwie beobachtet. Es scheint so, als wäre heute jemand in meinem Hotelzimmer gewesen, als ich beim Mittagessen war. Ich werde wohl langsam paranoid. Später klopfte plötzlich jemand an der Tür. Ich schreckte auf. Mein Herz stand kurz still ... Nur eine persönliche Nachricht zum Glück. Die Dokumente sind unzureichend. Plutarch, stand da geschrieben. Verdammt nochmal. Das Risiko war ohnehin außerordentlich hoch. Ich muss das alles beenden, bevor sie dahinter kommen. Jetzt ...«

Wie aus dem Nichts endete der Brief, die letzten zwei Seiten waren blank.

»Das kann doch nicht alles gewesen sein!«, tönte es entnervt aus Julius Heyessens Mund. Der Text endete exakt an dieser Stelle. Er wollte aber mehr über seinen Vater erfahren. Und dieser Brief schien der Schlüssel dazu gewesen zu sein.

Er begutachtete den Brief näher und strich mit seinen Fingern vorsichtig entlang des Papiers. Es fühlte sich rau an, war aber sehr dünn. Er wurde ungeduldiger. Dann kam ihm eine Idee. Vielleicht verbarg sich eine Botschaft in dem Brief, die mit dem bloßen Auge so nicht zu sehen war. Er konnte nicht näher erklären, wieso er darauf kam, aber seine Intuition sagte ihm, dass er nicht sofort aufgeben sollte. Er hielt infolgedessen die einzelnen Seiten abwechselnd gegen das Licht der hell leuchtenden Deckenlampe. Er kniff seine Augen angestrengt zusammen und suchte gründlich die leeren Seiten ab. Auf der letzten Seite kam ihm auf einmal etwas ungewöhnlich vor.

*Was in Gottes Namen?*

Durch die Lichteinwirkung wurden wie von Geisterhand am untersten Ende kleine Schriftzeichen in ihren Umrissen erkennbar. Julius Heyessen drehte und wendete mehrfach hektisch die Seite. Dabei fielen ihm gleich mehrere Initialen in Verbindung mit jeweils einer Zahlenkombination auf: LH-L-GB (628453070244), WS-Plutarch-CAM (3325947161) und MB-JeanneDarce-WH-MAS (12279538191).

*Was bedeutet das alles nur? Wer zum Teufel ist Plutarch? Der hatte doch schon an vorheriger Stelle meinem Vater geschrieben. Und wen meint mein Vater bloß mit „sie"?* Julius Heyessen legte den Brief konsterniert wieder beiseite und nahm die Schublade genauer in Augenschein, in der er die Sachen gefunden hatte. Er kniete sich hin und begann, den Boden abzutasten. *Da muss noch etwas zu finden sein!*

Er erkannte, dass die Oberfläche nicht geradlinig verlief und klopfte in kleinen Kreisen das schwere Holz ab. Die widerhallenden Töne waren zunächst so, wie man sie erwarten konnte: Tief und dumpf. Anschließend vernahm er einen komischen Zwischenton. *Hohl? Das kann doch nicht sein,* schoss es ihm durch den Kopf.

Aufgeregt richtete er sich auf und suchte nach etwas, um den Boden der Schublade aufbrechen zu können. Er nahm einen umherliegenden Brieföffner, ging ein weiteres Mal in die Hocke und stemmte sich leicht gegen den Schreibtisch, um den Boden mittels einer Hebelwirkung anheben zu können. Der Öffner rutschte ab, allerdings brach er ein Stück des Oberbodens heraus, sodass Julius Heyessen sehen konnte, dass sich darunter ein Gegenstand befand. Er trug die restliche Bodenplatte Schritt für Schritt ab, nur um zu seiner Überraschung festzustellen, dass sich in dem Hohlraum sowohl eine kleine Schachtel als auch ein altes Nokia Handy befanden. Nach letzterem griff er zuerst. Als er es in seinen Händen hielt, entdeckte er einen kleinen Zettel, der auf der Rückseite des Geräts angeklebt war. Er löste diesen vorsichtig ab, klappte ihn auf und fand eine vierstellige PIN-Nummer sowie den Hinweis vor, Plutarch und Jeanne Darce müssten sofort kontaktiert werden, sobald das Handy gefunden worden sei. Dann zog er die Schachtel heraus und öffnete sie ohne zu zögern. Darin lagen eine weitere, zusammengeknüllte Notiz und ein Schlüssel. Er entwirrte das Papier und stieß völlig verdutzt auf ein in der Handschrift seines Vaters verfasstes Gedicht:

*„Ich bin getrost nicht frei,*
*sondern wart' ob der Tyrannei,*
*auf des Erlösers endlich Ruf.*
*Findest du mich anheim,*
*wirst du sein des Rettungs Keim.*
*Scheiter nicht! Das ist mein Tod.*

*Ob des Geheimnis Ort verrat ich dir,*
*schau gen des Römers nördlichst große Stadt,*
*wo des Königs Kreuz den Heilig hat.*
*In Worten schweig und lös das Schloss,*
*das verbarg sich hinter Bücherlist,*
*am Fuß der großen Statu Christ.*
*Das Rad geschwind sich dreht,*
*wenn du nur nicht zu spät,*
*Dann versiegt der Bäume Quell.*

*Des Platon Nomoi Werk dir wird zeigen,*
*daß Zahl und Wort einand nicht schweigen,*
*ob der Lösung Freund im Titel liegt.*

*Seneca*

Stirnrunzelnd wandte sich Julius Heyessen von dem Brief ab und fokussierte sich auf den Schlüssel. Dieser war klein. Sehr klein. Und dünn. *Sieht aus wie ein Schließfachschüssel*, dachte er sich. Er bewegte den Schlüssel zwischen den Fingern seiner linken Hand hin und her und starrte ihn unbeirrt an, so als könnte dieser irgendwann zu sprechen beginnen und ihm sein Geheimnis verraten. Seine Stirn verzog sich zu großen Falten. Er wusste einfach nicht, was er damit und mit der gesamten Situation anfangen sollte.

Mit einem intensiven Durchschnaufen steckte er den Schlüssel in seine Hosentasche und ließ seinen Blick wieder über den Schreibtisch wandern, als ihm auffiel, dass die unterteste linke Schublade Bruchstellen aufwies. Das hatte er zuvor ganz übersehen.

*Was ist hier nur passiert? Jemand war in diesem Zimmer und musste etwas Wertvolles gesucht haben. Nur was? Vielleicht hatte derjenige oder hatten diejenigen nach eben dieser Schachtel gesucht, die mir nun zufällig in die Hände gefallen ist.*

Julius Heyessen schaute sich noch einmal schnell um und packte hastig die Schachtel und das Notizbuch mit dem Brief seines Vaters ein. Es war Zeit zu gehen.

\*\*\*

**Cambridge, Massachusetts,
ein Tag später**

»Der Mensch ist das einzige Lebewesen unseres blauen Planeten, das dazu auserkoren wurde, die Welt zu beherrschen. Nicht der Elefant, nicht der Tiger oder das Meerschweinchen. Aus diesem Postulat lässt sich eine Verantwortungs- sowie Schutzfunktion des Menschen gegenüber allen anderen Lebensformen ableiten. Diese Funktion bedingt jedoch in der Praxis keinerlei rational übergeordnetes, normativ-konkludentes Verhaltensmuster, das der uns zugewiesenen Rolle in irgendeiner Form gerecht werden würde. Einfacher gesagt: Auf globaler Ebene gibt es keine dem Menschen übergeordnete, zentrale Autorität, die ihn für sein potenziell unmoralisches beziehungsweise verantwortungsloses Handeln sanktionieren könnte.

Meine Damen und Herren: Was ich Ihnen hiermit sagen möchte ist, dass die Menschheit, vor allem die sogenannten politisch-wirtschaftlichen Eliten, im modernen Zeitalter des Kapitalismus außer Stande scheinen, sich in zentralen Politikfeldern auf ein international kodifiziertes Regelwerk mit bindendem und sanktionierendem Charakter zu einigen, solange es keinen entsprechenden Souverän gibt. Im Bereich des Umweltschutzes scheinen die Vereinten Nationen dieser Rolle augenscheinlich nicht gewachsen zu sein.

Seit Menschengedenken wird unserer Spezies allerdings eine höhere Vernunft attestiert, der wir unsere gesetzesmäßige Machtposition verdanken. Welcher wir im Kern aber nie gerecht geworden sind. Unser Planet ist, und das wird er für einige Zeit im Übrigen noch bleiben, unser aller einziger Zufluchtsort. Daher erscheint es umso sonderbarer, dass angesichts der nahenden vollkommenen Erschöpfung unserer natürlichen Ressourcen, der totalen Vermüllung unserer Ozeane, des irreversiblen Umkippens pivotaler Ökosysteme, der vollständigen Ausrottung hunderttausender Arten oder der unaufhaltsamen Abholzung unserer Regenwälder die Menschheit nicht fähig scheint, die Augen zu öffnen und die Realität der eigenen Radikalität anzuerkennen. Man muss nicht notwendigerweise an den anthropogen verursachten oder auch nur verstärkten Klimawandel glauben, um diese unnachgiebige Zerstörungswut als das zu erkennen, was sie ist: Amoralische Assozialität. Wirtschaftsunternehmen, egal welcher Branche, müssen endlich die Bereitschaft zeigen, die letzten entscheidenden Schritte zu gehen. Insbesondere in den Bereichen des Umweltschutzes und der nachhaltigen Ressourcennutzung ist ein bahnbrechender Fortschritt hin zu einer globalen Kreislaufwirtschaft ohne den dauerhaften und substanziellen Beitrag dieser Unternehmen, als technologische Innovatoren und finanzstarke Investoren zugleich, unmöglich.

Sind die Würfel daher nun schon endgültig gefallen und weigern wir uns nur, die gefallene Formation anzuerkennen? Oder kann der drohenden Implosion der Umwelt noch entschieden entgegengetreten werden? Ehrlich gesagt, ich weiß es nicht. Und dieser Kurs, meine Damen und Herren, wird Ihnen hierauf keine zufriedenstellende Antwort liefern können. Unsere heutige Vorlesung „Nachhaltigkeit und Greenwashing als Farce unternehmerischer Profitmaximierung?" soll Ihnen dabei helfen, die Kernparameter eines idealtypischen Verhaltenskodex für Unternehmen zu definieren und deren praktische Umsetzbarkeit zu testen. Diesem Kodex sind jedoch nicht nur Unternehmer und Konzerne, sondern wir alle als mündige Weltbürger unterworfen. Zumindest in der Theorie.

Als einen letzten Gedanken möchte ich Ihnen Folgendes mitgeben: Der aesopische Wertekanon definiert Vernunft als die stärkste aller menschlichen Eigenschaften. Können wir ob dieses Anspruches unserem eigenen Handeln noch gerecht werden? Ich möchte es so sagen: Die gegenwärtige Untätigkeit zeigt, dass die Antwort auf diese Frage der Mehrheit von uns am Arsch vorbeigeht.«

Professor Scolvus musterte die Studenten vor sich, ging von Reihe zu Reihe durch. Sie alle hatten sich für seine Spätvorlesung des BWL-Mastermoduls „Ethik & Unternehmerisches Handeln – Zwei Seiten der gleichen Medaille?" in der altehrwürdigen Burden Hall der Harvard Business School eingefunden. Wie in jeder seiner Vorlesungen sollte immer ein Student am Ende das letzte Wort haben. Professor Scolvus prüfte daher schnell die heute unüblich lichteren Sitzreihen und suchte den direkten Augenkontakt, dem viele gezielt auswichen.

»Was denken Sie, junger Mann? Wie ich sehe, waren Sie in Oxford, Sie tragen heute ja den Pullover des Ruderteams der Universität. Der Dekan der Said Business School, den ich als Kollegen sehr schätze, vertritt im Hinblick auf die Moralität unternehmerischen Handelns weitaus radikalere Ideen, als die, die ich Ihnen heute dargelegt habe. Einen Artikel hierzu finden Sie auch auf der Literaturliste der heutigen Vorlesung.«

Professor Scolvus fragte einen großen, athletisch wirkenden Mann, der einen dunkelblauen Kapuzenpullover trug. Er hatte fülliges, dunkelblondes Haar, das mit einem rechten Scheitel locker zur Seite gekämmt war. Die Seiten waren kürzer geschnitten. Die Gesichtszüge des Studenten wirkten weich, beinahe jugendlich. Seine blau leuchtenden Augen waren auf den Professor gerichtet. Er war ihm in den vergangenen Sitzungen mehrmals positiv aufgefallen, da er sich allen voran durch sein proaktives Interesse und Nachfragen profilierte. Zudem schien er über ein außergewöhnlich breites Allgemeinwissen zu verfügen. Zwischen beiden entstand so meist ein dynamischer Dialog, bei dem selbst er nach wie vor etwas lernen konnte.

»Ja, Sie in der zweiten Reihe. Was ist Ihre Einschätzung?«
Nach einem kurzen Zögern antwortete dieser: »Ich glaube, dass der Imperativ in dieser gesamten Debatte der Vereinbarkeit von Ethik und kapitalistischem Unternehmertum Empathie lauten muss. Niemand, nicht Sie, Herr Professor, ohne Ihnen nahe treten zu wollen, ein Ethikrat in einem Unternehmen oder eine Bildungsinstitution wie Harvard kann einem Menschen diese Charaktereigenschaft anerziehen, sondern ausschließlich ihren potenziellen Mehrwert darlegen. In der praktischen Geschäftsphilosophie des modernen Unternehmertums wird Empathie als Schwäche gedeutet. Daher geht es allen, wie Sie selbst treffend sagten, sprichwörtlich am Arsch vorbei. Wenn wir diese Einstellung umpolen könnten, dann könnten wir einen echten gesellschaftlichen und somit politischen Umbruch bewirken.«

Es war ein betretendes Schweigen im Raum zu vernehmen, bis Professor William Scott Scolvus ein leichtes Schmunzeln über die Lippen kam und er zustimmend zu nicken begann: »Wie mir scheint, bin ich zumindest in diesem Kurs auf dem richtigen Weg. Meine verehrten Damen und Herren, dieser Verweis ist der vielleicht wichtigste Gedanke, den Sie während Ihres gesamten Studiums in Harvard mitnehmen können: Empathie ist keine Schwäche, sondern gerade diejenige charakterliche Stärke, die den exzellenten, unersetzlichen Geschäftsmann von dem guten und ersetzbaren unterscheidet. Damit entlasse ich Sie. Ihnen einen schönen Abend!«

Professor Scolvus war eine beeindruckende Erscheinung, die nicht nur von seiner Körpergröße von 1,95 m und seiner kräftigen Physis herrührte, sondern in erster Linie seiner Ausstrahlung und Aura entsprang. Man sah ihm sein tägliches Workout zweifelsfrei an, denn seine gut definierten Brustmuskeln hoben sich deutlich unter seinem engen Hemd ab, welches er heute ohne Sakko trug. Sein volles und beinahe vollständig ergrautes Haar trug er kurz. Sein Gesicht war vom letzten Urlaub in Australien noch braunverbrannt, was dazu führte, dass seine ohnehin bereits sehr weißen Zähne deutlich heller leuchteten, sobald er etwas sagte oder lachen musste. Seine leicht grünlichen Augen hoben sich in diesem Kontrast noch einmal zusätzlich stärker hervor und rundeten das Bild eines adretten, älteren Herren, der er es stets verstand, sich jedem Anlass gemäß stilvoll zu kleiden, passend ab. Doch sein Aussehen spiegelte sein wahres Alter in keinster Weise wider. Denn Professor Scolvus war 65 Jahre alt und plante, bald in Rente zu gehen. Davon wusste aber bis dato niemand Bescheid – weder seine Studenten, seine Arbeitskollegen noch der derzeitige Präsident der Universität.

Man konnte sich zudem nicht des Eindruckes erwehren, dass er etwas Unvergleichliches in seiner Mimik und Gestik hatte. Was im Speziellen durch seine außergewöhnliche rhetorische Begabung maßgeblich verstärkt wurde. Seine Vortragsweise war intellektuell anspruchsvoll und in der stilistischen und analytischen Tiefe scharfsinnig und einzigartig zugleich. Es fiel niemandem schwer, ihm vom ersten Moment an wie gebannt zuzuhören.

Professor Scolvus war aufgrund seiner herzlichen Art nicht nur bei seinen Kollegen, sondern besonders bei seinen Studenten überaus beliebt. Er gehörte zu den weltweit produktivsten und renommiertesten Forschern auf den Gebieten der Wirtschaftsphilosophie und Public Economics einerseits und des nachhaltigen Ressourcenmanagements andererseits. Er lehrte als Lehrstuhlinhaber an der Harvard Business School sowie als Gastdozent an den britischen Eliteuniversitäten Oxford und London School of Economics and Political Science und an der deutschen Technischen Universität München. Darüber hinaus war er über 20 Jahre als externer Berater bei der OECD, dem Umweltprogramm der Vereinten Nationen und bei der Weltbank angestellt. Er galt als einer der glühendsten Verfechter eines globalen zwischenstaatlichen Abkommens, das nicht nur die Eindämmung der

Folgen der Klimaerwärmung, sondern alle Facetten des Umweltschutzes umfassen sollte. Wegen seiner radikalen Forderung der Beschneidung wirtschaftskapitalistischer Aktivitäten und seines Einflusses als angesehener Experte bei internationalen Institutionen war er in der Vergangenheit oftmals starken Anfeindungen von Wirtschaftsverbänden und Unternehmern ausgesetzt, die hauptsächlich aus der Rohstoff- und Finanzindustrie stammten.

Nach der Vorlesung verließ er an diesem winterlich grauen Märztag den Hörsaal über einen Seiteneingang. Um zu seinem Büro zu gelangen, musste er das Gebäude verlassen und quer über den Campus in Richtung des Verwaltungsgebäudes für Wirtschaftswissenschaften laufen. Es war ein ungewöhnlich kalter Abend. Circa ein halber Meter Schnee säumte links und rechts den Weg, den er gerade entlanglief. Man hörte jeden seiner Schritte schon aus weiter Ferne durch das laute Stapfen seiner Schuhe. Er beeilte sich, um schnell ins Warme zu kommen.

Als er das Gebäude erreicht hatte und im Begriff war, die breite Eingangstür des Verwaltungsgebäudes zu öffnen, bemerkte er, dass sich hinter ihm etwas bewegte. Bevor er reagieren konnte, wandte sich wie aus dem Nichts eine tiefe, männliche Stimme an ihn: »Professor Scolvus? Professor William Scolvus?« Dieser drehte sich langsam um und entdeckte einen Schwarzafrikaner, der sich lässig gegen die große Seitensäule rechts vom Haupteingang lehnte. Der Mann ging dem Professor nur knapp bis zur Nase, sprach mit einem eindeutig britischen Akzent und trug unter seinem beigefarbenen Wintermantel einen dunklen Anzug und dazu eine locker gebundene rote Krawatte. Viel mehr gab das schwache Licht der Außenbeleuchtung des Gebäudes nicht preis.

»Wer will das wissen?«, raunte Professor Scoluvs in Richtung des Mannes. Er hatte überhaupt keine Lust, bei dem Wetter auch nur eine Sekunde zu lang im Freien zu verbringen.

»Mein Name ist Leonrod Hudson. Ich bin von Interpol.« Die Person griff in eine Seitentasche, holte die Marke hervor und machte zwei große Schritte auf den Professor zu. »Es ist sehr kalt hier draußen, Herr Professor, daher würde ich ein Gespräch im Warmen bevorzugen. Wir müssen uns über Ihren langjährigen Freund George Heyessen unterhalten.«

Hudson erkannte sofort, dass sich Professor Scolvus plötzlich unwohl fühlte und diese Frage nicht antizipiert hatte.

»Worum geht es denn genau?« Seiner Stimme konnte man einen erkennbar argwöhnischen Unterton gegenüber dem ihm fremden Mann entnehmen. »Ich war erst vor zwei Wochen auf seiner Beerdigung. Ich bin etwas in Eile, wissen Sie.«

Professor Scolvus wollte sich kurzerhand wegdrehen, als Hudson ihn fest an seinem rechten Oberarm packte und ruhig, aber bestimmend entgegnete: »Hierfür sollten Sie sich in jedem Fall Zeit nehmen. Interpol untersucht, in Zusammenarbeit mit lokalen Polizeibehörden in der Schweiz, unter anderem eine mögliche Ermordung Ihres Freundes. Ich muss Ihnen nur ein paar Fragen stellen.«

Er schritt daraufhin in Richtung Tür und öffnete diese mit einem starken Ruck. Mit einer auffordernden Handbewegung machte er dem Professor unmissverständlich klar, dass ein Ausweichen nicht akzeptiert würde: »Nach Ihnen!«

# Erstes Kapitel: Das Anthropozän

**Boa Vista, Kap Verde,
13.05.2014**

Die nackten Hände gruben sich immer tiefer in die nassfeuchte Schatzkammer, die nur widerwillig ihr wertvollstes Gut, den Sand, preisgab. Wie Messer schnitten sie kleine Wunden in ihre Opfer, indem sie kleine Partikel aus dem großen Ganzen einfach herausrissen. Das Opfer blutete entlang der gesamten Strandlinie. Nur die Hände derer, die der Versuchung, den Schatz zu heben, nicht widerstehen konnten, spürten, dass der Strand- und Meeresboden unter ihnen mit jeder zusätzlich vergehenden Minute ein winziges Stückchen weiter absackte.

Sie alle standen kurz vor der totalen physischen Erschöpfung. Egal ob Mann, Frau oder Kind – alle kämpften sich hastig Meter um Meter voran. Denn es musste in dieser Nacht alles sehr schnell gehen. Extrem schnell. Jede Minute, gar jede Sekunde war von entscheidender Bedeutung. War der eine Eimer voll, so reichte einem eine fremde Hand bereits den nächsten und der bis oben hin gefüllte Eimer wanderte entlang einer meterlangen Menschenkette zur Ladefläche eines Lkw. Für Außenstehende hätten die Vorkommnisse dieser noch so jungen, warmen Mainacht mitten im atlantischen Ozean etwas Befremdliches gehabt. Wohl gar etwas Schockierendes. Doch diese Geschehnisse hatten ohne Zeugen auszukommen. Denn was die Menschen genau in diesem Moment in Form des Sandraubs[2] taten, stand mittlerweile unter Strafe.

Hier auf Boa Vista, der drittgrößten kapverdischen Insel, erschien die Welt tagsüber in einem anderen Licht als bei Nacht. Während sich am Mittag Touristenscharen an den längsten und schönsten Stränden von Kap Verde vergnügten, machten sich wenige Stunden später zerstörerische Kräfte daran, eben dieses bestehende Naturparadies Stück für Stück auseinanderzunehmen. Die meisten, die sich

---

[2] Siehe zu dem Thema „Sandraub" auch Hellwig, Christian (2015): „Illegal sand mining threatens the global construction boom", *Global Risk Insights* [http://globalriskinsights.com/2015/04/illegal-sand-mining-threatens-the-global-construction-boom/].

dieses Verbrechens schuldig machten, wollten das eigentlich nicht. Nichtsdestotrotz hatten sie keine andere Wahl, als sich jede Nacht beinahe zu Tode zu schuften. Denn zu groß war ihre Armut, zu erschöpfend ihre Perspektivlosigkeit und dementsprechend zu reizvoll der Ausblick auf rasch verdientes Geld.

In zwei Stunden würden die Händler kommen, um das wertvolle Gut abzuholen, welches sie dann später mit hohen Gewinnmargen in alle Winkel der Erde verkaufen sollten.

Nach mehreren Stunden des Schuftens ohne Pause musterte Césaria ihre Hände das erste Mal. Sie schmerzten enorm. Die scharfen Kanten einiger Muscheln und Steine hatten zahlreiche oberflächliche Kratzer, aber auch tiefergehende Wunden in ihre zarte Haut gerissen, die nicht wirklich für diese schwere Arbeit gemacht war. Doch sie musste gegen die pochenden Schmerzen ankämpfen. Sie musste einfach durchhalten. Wie jeder andere in der heutigen Nacht. Denn jeder Einzelne wurde nur an der Zahl der am Ende gefüllten Eimer gemessen. Einen Stundelohn gab es nicht.

Eine Schaufel und andere Utensilien hätten ihre Strapazen mit Sicherheit lindern können, sie hatte dafür jedoch kein Geld. Mit dem heutigen Verdienst, so schwor sie sich im gnadenlosen Krieg gegen die Zeit, würde sie sich für den kommenden nächtlichen Raubzug im Norden ihrer Heimatinsel, die zu der berühmten Inselgruppe Ilhas de Barlavento gehörte, eine Schaufel und weiteres Equipment leisten. Und irgendwann, so hoffte Césaria, könnte sie ihrer Heimat, die den Touristen aus Europa und Nordamerika nur als ein Paradies auf Erden in Erinnerung bleiben würde, in naher Zukunft den Rücken kehren. Sofern bis dahin noch etwas von den unberührten Sandbeständen des Meeresgrundes und der Küstenlinien, die es abzutragen galt, übrig bleiben sollte.

\*\*\*

**Kalifornien,
31.07.2014**

»Ich weiß beim besten Willen nicht, wie es weitergehen könnte. Meine gesamte Existenz steht nicht nur auf dem Spiel, sie schwebt schon mit einem Bein über dem Abgrund, wie man ja sehen kann. Und am zweiten Bein nagen ebenfalls die Ratten unserer Zeit.«

Glenn Kremer blickte verzweifelt auf das vollkommen ausgedorrte Land, das sich vor seinen mit Tränen befeuchteten Augen zu endlosen Weiten auszudehnen schien. Der Kampf der letzten 15 Jahre hinterließ nicht nur unübersehbare Spuren in der kargen, beinahe toten Landschaft Kaliforniens, sondern auch in den Gesichtern derer Menschen, die ohne Aussicht auf Erfolg versuchten, der apokalyptischen Dürre der letzten Jahre Herr zu werden. Die Jahre 2012 und 2014 waren in der Geschichte des sonnigen US-Bundesstaates die trockensten seit mehr als 1200 Jahren. Hier, im nördlich gelegenen Richvale, waren nur die Ausläufer einer Katastrophe zu vernehmen, die bereits auf kurzfristige Sicht das Leben aller Menschen, nicht nur in ganz Kalifornien, sondern im gesamten Westen und Süden der USA zu Fall zu bringen drohte.[3]

Kremer verkörperte den Idealtyp eines bis dato erfolgreichen Landwirts, der sein Glück in Kalifornien gesucht und gefunden und seinen Betrieb erfolgreich zu einem industriellen Großkonzern ausgebaut hatte. Diese Reise hatte vor mehr als 20 Jahren begonnen. Jetzt, so mutete es an, war der glänzende Lebensfunke in seinen Augen erloschen. Seine Körpersprache war träge geworden von den Entbehrungen und Durchhalteparolen, die ihn täglich unaufhaltsam plagten. Die letzten extremen Dürreperioden seit 2012 drohten seinem Geschäftstrieb nun endgültig das Ende zu bereiten. Für viele Landwirte in der Region, aber auch in anderen Bundesstaaten des Mittleren Westens und Südens, stand die gesamte Existenz auf dem Spiel. Denn ihre Ernteerträge gingen von Jahr zu Jahr überproportional stark zurück, ohne jegliche Entspannungstendenz. Gleichzeitig stiegen die Preise für Wasser, das für die Bewässerung unerlässlich war, ins Unermessliche.

An allen Ecken und Enden wurde gespart. Auf Dekret des Gouverneurs wurde sogar an mehreren Tagen der Woche das für private Haushalte verfügbare Wasser fast vollständig rationiert. Wer illegal seinen Rasen wässerte, hatte mit hohen Geldstrafen rechnen. Diese

---

[3] Becker, Markus (2014): „Hitze und Trockenheit: Kalifornien erlebt die schlimmste Dürre der letzten 1200 Jahre", Hamburg: *SPIEGEL Online* [http://www.spiegel.de/wissenschaft/natur/kalifornien-erlebt-schlimmste-duerre-der-letzten-1200-jahre-a-1007877.html].

Gesamtsituation führte zu teils sonderbaren Auswüchsen menschlicher Innovation. Wasserraub entwickelte sich in diesem Dunstkreis zu einem profitablen, neuen Geschäftszweig, dem mehr und mehr Menschen erlagen. Die einen zapften über Bewässerungsleitungen illegal Wasserfälle an, die anderen plünderten Feuerwehrhydranten oder raubten ganze Tanks, die überhaupt erst die Arbeit der örtlichen Feuerwehren ermöglichten. Wasserraub war allerdings nur das Symptom eines tiefergehenden Problems: Der Grundwasserentnahme. Alleine im US-Bundesstaat Kalifornien verfügten schätzungsweise 30000 Personen und Unternehmen über Lizenzen zur legalen Grundwasserentnahme. Wer, wann und wie viel entnahm, konnte keine staatliche Regulierungsbehörde sagen, da es in den meisten Fällen nicht einmal Wasserzähler gab oder diese oftmals einfach geknackt und manipuliert wurden.[4]

Kremer drehte sich kurz zur Seite, um sich von der blendenden Sonne am blauen kalifornischen Himmel abwenden zu können. Mit zögerlicher Stimme fragte er eine der zwei neben ihm stehenden Personen: »Was meinen Sie, gibt es noch eine realistische Chance, mein Farmland zu retten? Herr im Himmel, diese Morgenhitze macht mich fertig.« Kremer holte einen Stofffetzen aus einer seiner hinteren Jeanstaschen und wischte sich mit einem lauten Stöhnen über seine runzlige Stirn. Seine Haut war braunverbrannt, man sah ihm an, dass er viel Zeit im Freien verbrachte.

Dr. Maven Bleriott kniete sich rechts von ihm auf den staubtrockenen Boden. Nach einer prägnanten Pause und einem prüfenden Blick auf das Bodenmaterial, ließ sie den Sand quälend langsam durch ihre Finger gleiten. Kleine Staubwolken hoben sich ab und es schien so, als würde sich die trockene Erd- und Gesteinsmasse in Luft auflösen.

»Mr. Kremer, glauben Sie an das natürliche Recht des Menschen, die Welt gemäß seinen Vorstellungen neu zu gestalten?« Sie schaute ihn dabei nicht direkt an.

»Wie meinen Sie das?«, entgegnete dieser leicht irritiert und runzelte unbewusst seine Stirn, so dass sich die zunächst angedeuteten, furchenartigen Falten zu tiefen Gräben verzogen.

---

[4] SPIEGEL Online (2015): „Dürre-Folgen: In Kalifornien stehlen sie jetzt Wasser", Hamburg [http://www.spiegel.de/wissenschaft/natur/duerre-in-kalifornien-diebe-stehlen-wasser-a-1020207.html].

»Die Dürreperioden, von denen Sie betroffen sind, entspringen in der Regel naturbedingten Schwankungen. Doch wir konnten in unseren Forschungsarbeiten in Zusammenarbeit mit der NASA, dem NOAA und der Columbia Universität nachweisen, dass der anthropogen verstärkte oder gar verursachte Klimawandel diese Dürrephasen in ihrer Dauer und Intensität entscheidend verlängert. In der Konsequenz bedeutet dies, dass selbst schon der natürliche Zyklus extreme Klimaveränderungen bedingen kann. Jedoch ist die aktuell desaströse Lage in zunehmendem Maße dem menschlichen Handeln zuzuschreiben. Hinsichtlich der Ursachen des kontinuierlich hohen Verlusts landwirtschaftlicher Nutzflächen ist hierbei noch gar nicht berücksichtigt, dass Sie selbst mittels Ihrer agrarwirtschaftlichen Nutzung die Oberflächenstruktur des um uns befindlichen Landes irreversibel zum Schlechten verändert haben. Hätten Sie eine umfassende Bestandsaufnahme des Terrains zu Beginn Ihrer Tätigkeit vor vielen Jahrzehnten durchgeführt, so hätte Ihnen diese eindeutig gezeigt, dass eine agrarwirtschaftliche Nutzung dieser Region durch die fehlende Nähe zu zentralen Wasserspeichern, der ohnehin bestehenden marktpolitischen Konkurrenz sowie der teils nachteiligen Exponierung des Geländes von vorneherein unter keinem guten Stern stand.«

Dr. Bleriott schnaufte kurz durch, um weiter fortzufahren: »Worauf ich hinaus möchte ist, dass Sie, wie Ihre Kollegen und Konkurrenten auch, dieses vergleichsweise kleine kalifornische Subökosystem Ihren Machtansprüchen entsprechend unterworfen haben, ohne dabei auf die spezifischen Empfindlichkeiten der Flora, Fauna, Artenvielfalt und des Bodens nachhaltig einzugehen. Und jetzt sollen wir Ihren Karren aus der Scheiße ziehen. Glückwunsch dazu, aber ich bezweifle leider, dass Sie für den staatlichen Hilfsfond infrage kommen.«

Sie konnte an Kremers Gesichtsausdruck erkennen, wie er nach diesen Aussagen sprichwörtlich innerlich zusammenbrach. Sein Mund klappte herunter, er bewegte sich unruhig auf der Stelle. Nervös spielte er mit seinem Autoschlüssel, den er die ganze Zeit über in seiner linken Hand gehalten hatte.

Dr. Maven Bleriott war eine junge, überaus attraktive, oftmals aber forsch auftretende Frau. Sie genoss es sichtlich, vor allem überheblichen Männern schonungslos offen und ohne Umschweife ihre

Meinung zu sagen. Ihrer Figur sah man eindeutig an, dass sie viel Sport machte und einen gesunden Lebensstil pflegte. Trug sie, wie an diesem Tage, etwas sehr Figurbetontes und ließ sie darüber hinaus ihr langes, hellbraunes Haar offen, so passte sie so gar nicht in das Klischee einer gewissenhaften Wissenschaftlerin.

Trotz ihres Alters von erst 31 Jahren leitete sie bereits die Forschungsabteilung des Ocean & Climate Change Institute, das zu der weltweit renommierten Woods Hole Oceanographic Institution gehörte. Zusätzlich arbeitete sie als Beraterin für das kalifornische Umweltschutzministerium. Aufgrund ihrer direkten Art geriet sie so des Öfteren mit ihren Vorgesetzten in Konflikt. Dank ihrer widerstandsfähigen Persönlichkeit, ihres unerschütterlichen Ehrgeizes und ihrer herausragenden fachlichen Kompetenz genoss sie unabhängig davon unter Arbeitskollegen weit über die Grenzen Kaliforniens und Massachusetts hinaus eine exzellente Reputation.

Ihre Ausbildung verdankte sie einem Bachelorstudium in Geophysik an der Eliteuniversität Stanford und einem Masterstudium in Umwelt- und Ingenieurswissenschaften an dem California Institute of Technology. Beide Abschlüsse hatte sie im Eilverfahren jeweils mit Auszeichnung abgeschlossen. Durch einen längeren Auslandsaufenthalt in China während ihrer Doktorarbeit, die sie in Harvard geschrieben hatte, war sie neben Französisch zudem noch fließend in Mandarin.

»Wollen Sie ein Vorreiter oder zumindest Early Adopter sein, der das gesamtgesellschaftliche Wohl als zentralen Maßstab seines wirtschaftlichen Handelns nimmt? Oder möchten Sie weiterhin der egoistischen Ausbeutung eines nicht nachhaltigen Geschäftsmodells frönen?«, fragte sie Kremer schonungslos offen. Dieser wirkte überfordert angesichts der rhetorischen Ausschweifungen der jungen Frau.

Bevor er antworten konnte, fuhr die junge Wissenschaftlerin mit ihrem Exkurs fort: »Soweit ich mich recht entsinne, wurde die Fläche, die Sie nutzen, als Agrarfläche in ihrem jetzigen Bestand behördlich gar nicht genehmigt. Ich sage Ihnen nur gleich, dass Ihnen, dessen ungeachtet, Ihr alltäglicher Geschäftsbetrieb zukünftig das Genick brechen wird. Es ist schlichtweg nicht mehr genügend Wasser vorhanden, um alle landwirtschaftlichen Betriebe in der Region und deren künstliche Bewässerungssysteme nachhaltig und somit auch profitabel aufrechtzuerhalten. Gleichermaßen muss nicht nur die Politik, auf die Sie sich berufen, sondern müssen in erster Linie Sie, Mr. Kremer, als Farmer und Unternehmer neue Wege der Geschäftsentwicklung, Bewirtschaftung und Nahrungsmittelsicherheit definieren und implementieren.

Das IPCC der Vereinten Nationen prognostiziert für Kalifornien obendrein für die mittelfristige Zukunft Rekordtemperaturen, die alles bis dato uns Bekannte sprengen und das Gros der Flora, Fauna und landwirtschaftlichen Nutzpflanzen verdorren lassen werden. Ich glaube, bis dahin wird der Preis für Wasser solch unglaubliche Ausmaße annehmen, dass sich niemand mehr eine aufwändige Bewässerung wird leisten können.

Ich liege mit der Annahme wohl richtig, dass Sie Ihr Wasser aus der Thermalito Afterbay beziehen? Hier sank der gegenwärtige Wasserspiegel im Vergleich zum Höchststand um 14 Meter. Das ist noch nichts im Gegensatz zu den Stauseen wie Almaden, Lake Mead oder Glen Canyon. Alleine der Pegel von Lake Shasta liegt 41 Meter unter dem uns bekannten Höchststand. Das Problem, das wir aber primär bei Ihnen in dieser Region, wie auch sonst überall im Land sehen, ist, dass der Grundwasserspiegel allerorts dramatisch abnimmt. In Gänze können wir gar nicht abschätzen, wie viel Grundwasser überhaupt noch vorhanden ist. Jedoch lässt sich zum Beispiel anhand der Daten der Grace-Satellitenaufnahmen der NASA sagen, dass drei Viertel der riesigen Wassermenge, die das Flussbecken des Colorado seit 2005 verloren hat, aus entsprechenden Grundwasserreservoiren stammten. Ich bin mir in Ihrem Fall sicher, dass die Wassermenge, die Sie legal dem naheliegenden See entnehmen, gemessen an der Anzahl an Farmern in Ihrer Region, allein nicht ausreichend ist. Demzufolge müssen sie alle im großen Stil Grundwasserreservoire anzapfen. Da Sie eine entsprechende behördliche Anmeldung „versäumt haben"«, sie machte dabei in Richtung Kremers eine abfällige Anspielung mit ihren Händen, »gehe ich davon aus, dass das illegal geschieht. Dies würde ebenso erklären, weshalb Sie Ihr Geschäftsgebaren bis vor kurzem noch ohne größere Komplikationen profitabel halten konnten. Na dann, Prost Mahlzeit. Sie sind sich schon im Klaren darüber, dass, anders als oberirdische Reservoire, Grundwasservorräte so stark ausgebeutet werden können, dass sie sich nicht mehr auffüllen? Doch insbesondere diese könnten für Sie als Landwirt eine wichtige Schutzfunktion in Dürrezeiten darstellen. Basierend auf unseren Messungen wird die Schutzfunktion allerdings in wenigen Jahren für Nord- und Teile Zentral- sowie Südkaliforniens verpuffen.«[5]

Das saß. John Kremers Mundwinkel verzogen sich, er wollte etwas erwidern, doch am Ende stammelte er nur unverständliche Worte vor sich hin. Dr. Bleriott schaute ihm direkt ins Gesicht. Seine Mimik entsprach der eines sterbenden Fisches, der verzweifelt versuchte, an Land nach Luft zu schnappen. Als ein gestandener Mann wusste Kremer offensichtlich nicht mit Kritik umzugehen. Erst recht nicht, wenn diese von einer jungen, überdurchschnittlich kompetenten Frau geäußert wurde. Er sah wohl gerade bildlich vor sich, wie sich seine gesamte Existenz sprichwörtlich in Luft auflöste. Aus seinem Gesicht verschwand jegliche Farbe und er wurde weiß wie die Wand.

»Keine Hilfe aus dem Umweltfonds, keine Zukunft des eigenen Geschäftsmodells, jetzt noch ein Gerichtsverfahren wegen illegaler Wasserentnahme und agrarwirtschaftlicher Nutzung in Aussicht – und das alles wird Ihnen zusätzlich in einer sehr aufrichtigen und unmissverständlichen Art von einer überaus attraktiven Frau beigebracht.«

Ein Mann trat von links an Kremer heran und klopfte ihm aufmunternd auf die Schulter. Mit einem seelsorgerischen Unterton in seiner Stimme fuhr Joseph Eris, stellvertretender Direktor der US-amerikanischen Umweltschutzbehörde, fort: »Mr. Kremer, ich kann Frau Dr. Bleriott nur zustimmen. Sie zählen zu den drei größten Farmern in ganz Kalifornien. Sie sind klug genug, sich ein neues Geschäftsmodell zu überlegen.«

Innerlich sichtlich erregt, konnte Eris in der Folge die sich von Sekunde zu Sekunde weiter aufbauende Wut in Kremers Augen erkennen. Mit seinen guten Kontakten in das politische Milieu, nicht nur in Kalifornien selbst, sondern auch auf Washingtoner Ebene, hatte dieser sich mehr als nur eine Lektion durch eine in seinen Augen »dahergelaufene Wissenschaftlerin« erhofft.

---

[5] Becker, Markus (2014): „Rekord-Dürre: Grundwasserverlust in USA schockiert Forscher", Hamburg: *SPIEGEL Online*
[http://www.spiegel.de/wissenschaft/natur/grundwasser-verlust-in-usa-droht-duerre-folgen-zu-verschaerfen-a-982897.html].

Nachdem sich Kremer wieder gefangen hatte, drehte er sich ohne ein weiteres Wort zu sagen um und ging. Nach ein paar Schritten sagte er im Weitergehen verärgert: »Sie werden alsbald von Charon Jove & Associates hören. Die werden sich Ihrer annehmen. Ich gebe doch nicht einfach so einen Teil meines Lebenswerks auf, nur weil zwei Korinthenkacker mit Uniabschluss meinen, mir die Welt erklären zu müssen. Darauf geschissen.«

Binnen kürzester Zeit verschwand er in seinem Geländewagen und fuhr fort.

Eris und Dr. Bleriott tauschten einander Blicke aus. »Das nenne ich mal einen gelungenen und fruchtbaren Gedankenaustausch«, murmelte sie in einem leicht ernüchterten Ton vor sich hin, um dann in Richtung ihres Begleiters fortzufahren: »Kommen Sie am Abend jetzt mit zur jährlichen Konferenz unseres Forschungspartners, des meeresbiologischen Laboratoriums Woods Hole, in Sacramento? Sie wollten ja unbedingt meinen früheren Doktorvater William Scolvus kennenlernen. Das ist Ihre Gelegenheit. Er wird am späten Abend unter anderem eine Rede über das Anthropozän halten. Zuvor haben wir jedoch noch an der Küste im Point Reyes National Seashore einen Ortstermin. Viele fürchten, dass dort eine umweltpolitische Katastrophe biblischen Ausmaßes stattgefunden haben könnte. Viel wahrscheinlicher ist, dass erneut jemand seinen ausgedorrten Rasen grün angemalt hat.«

Dr. Bleriott richtete sich auf, verzog ihre Mundwinkel zu einem breiten Grinsen und war gerade im Begriff mit Eris zu ihrem Auto zurückzugehen, als ihr durch die Sonneneinstrahlung eine Spiegelreflexion an der obersten rechten Hügelkante auffiel. Sie blieb einen Augenblick lang wie versteinert stehen.

»Ist alles okay, Dr. Bleriott?«

»Haben Sie das eben gesehen?«, fragte sie Eris, während sie in Richtung Norden starrte.

»Was meinen Sie?«, entgegnete dieser verwundert.

Er peilte angestrengt, mit zugekniffenen Augen die Richtung an, in die seine Begleiterin gedeutet hatte, er konnte allerdings nichts Sonderbares ausmachen – so sehr er es auch versuchte.

»Hmm, ich dachte ich hätte dort oben etwas oder jemanden gesehen. Naja, egal. Wir stehen unter Zeitdruck und müssen los.«

Als der Wagen von Eris und ihr wegfuhr, erhob sich eine unscheinbare Gestalt hinter halbvertrockneten Büschen der nördlich gelegen Hügelkette. Sie folgte der jungen Wissenschaftlerin auf Anweisung aus Washington seit einiger Zeit und würde dies auch weiterhin tun.

\*\*\*

**Einige Stunden später**

Die Fahrt zum Point Reyes National Seashore dauerte knapp drei Stunden. Dr. Bleriott und Eris unterhielten sich ziemlich angeregt über verschiedenste Themenkomplexe. Joseph Eris war ein charmanter und zuvorkommender, aber vor allem ein ebenso gutaussehender Mann Ende 30. Dr. Bleriott hielt ihn für einen Frauenheld, der auf sie einen gewissen Reiz ausübte. Das stand ohne Zweifel fest.

Eris war sehr an der Arbeit seiner Begleiterin im Bereich der Rohstoffforschung interessiert. Deshalb hatte er auch vor ein paar Tagen sein Interesse bekundet, sie heute zu begleiten, um am späteren Abend dank ihres guten Kontaktes zu Professor William Scott Scolvus diesen persönlich kennenzulernen. Seit geraumer Zeit war es nämlich fast unmöglich geworden, mit dem Professor in irgendeiner Form in Kontakt zu treten. Denn dieser versuchte, öffentlichkeitswirksame Auftritte bestmöglich zu vermeiden. Warum, wusste niemand. Zumindest war das der Stand, den Eris hatte.

Bevor sie nach Sacramento aufbrechen würden, fuhren beide zunächst zu dem Meeresschutzgebiet, das unweit nordwestlich von San Francisco lag. Dr. Bleriott war als Expertin des bundesstaatlichen Umweltschutzministeriums von örtlichen Sicherheitsbehörden gerufen worden. Genaueres würde sie vor Ort erfahren, hatte es geheißen.

Am Ende der letzten öffentlichen Zufahrtstraße zu dem ausgewiesenen Naturschutzgebiet standen zwei Polizeistreifen. Diese deuteten ihnen an, einer nicht geteerten Abzweigung in Richtung Meer zu folgen. Nach einer fünfminütigen, eher ruppigen Fahrt, kamen sie an eine Lichtung, die direkt am Wasser lag. Dort wurden sie bereits von einigen Personen erwartet, die neben einem sich am Ufer befindlichen Schnellboot standen. Sie stiegen aus dem Auto aus und wurden von einem etwas dicklichen Polizisten namens Vinny Hernandez in Empfang genommen. Er war ein sympathischer Latino, dem offensichtlich immer zum Lachen zumute war. Nur eben heute nicht, wie er selbst betonte.

»Sie müssen Dr. Maven Bleriott sein! Vielen Dank, dass sie noch kommen konnten. Steigen wir am besten gleich in das Boot, damit Sie sich schleunigst einen Überblick vom Geschehen machen können. Doch seien Sie vorgewarnt: Es wird in dem betroffenen Gebiet zeitweise bestialisch stinken. Ungefähr so wie beim Toilettengang Meiner Mama. Gott möge sie beschützen.« Er schaute kurz gen Himmel und bekreuzigte sich. »Da starb gefühlt alles im Umkreis von zehn Metern ab. Also bereiten Sie daher Ihren Magen innerlich lieber auf eine Grenzerfahrung vor.«

»Na dann! Ich kann es kaum erwarten«, entgegnete Dr. Bleriott sarkastisch.

Hernandez hatte einen kräftigen Händedruck, der ihrer Hand beinahe die Blutzufuhr abzuklemmen drohte. Sie lächelte ihn zaghaft an, rieb sich die Hand, da er endlich losgelassen hatte und stellte Eris hastig vor: »Mr. Eris begleitet mich heute. Er ist von der amerikanischen Umweltschutzbehörde EPA. Wir müssen uns leider ein wenig beeilen. Also los.«

Mit Elan sprang sie in das Boot, gefolgt von Hernandez, Eris und einem weiteren Mann, der zur kalifornischen Küstenwache gehörte und das Steuer übernahm.

Die ersten zwei Minuten Fahrt waren sehr entspannt und glichen einer Art Touristenausflug. Nach nur wenigen Sekunden jedoch stieg dann, wie aus dem Nichts kommend, ein bestialisch anmutender Gestank in die Nasen aller vier Personen. Mit jedem Meter, den sie zurücklegten, nahm die Geruchsintensität zu. Für Dr. Bleriott roch es nach einer Mischung aus Erbrochenem, verrottetem Fisch und Kuhdünger und trieb nicht nur ihr, sondern allen Anwesenden Tränen in die Augen. Hernandez und Eris hielten sich schützend die Hände vor den Mund. Sie waren auf dem besten Weg, sich zu übergeben.

Nach einer weiteren Minute bog das Boot in einer Rechtskurve in Richtung einer breiten Bucht ab. Das bläuliche Wasser wurde mit abnehmender Distanz zum Boot an etlichen Stellen stetig dunkler, bis es von einer schwarzen Masse eingeschlossen war. Der eigentlich zu dieser Jahreszeit besinnlich wirkende Ort hatte plötzlich etwas Befremdliches. Der Duft des Todes lag in der Luft.

Hernandez' Gesichtszüge verzogen sich zu einer Grimasse, von der man hätte glauben können, sie rührte daher, dass ihn jemand mit voller Wucht in die Magengrube oder in den Unterleib getreten hatte. Er musste sich sichtlich zusammenreißen. Nachdem er kurz in die Hocke gegangen war, um sich mit beiden Händen auf seinen Knien abzustützen, schilderte er nach einem Moment der Stille, weshalb sich hier heute alle eingefunden hatten: »Vor circa sechs Stunden gingen die ersten Anrufe bei zwei örtlichen Polizeistationen und bei der Küstenwache ein. Die Berichte reichten von einer Umweltkatastrophe biblischen Ausmaßes bis hin zur Apokalypse. Sehen Sie einfach selbst.«

Dann fuhr er fort: »Es mutet auf den ersten Blick seltsam und verstörend an, aber es handelt sich bei dem grauschwarzen Etwas tatsächlich um tote Fische. So weit das Auge reicht. Das Ganze zieht sich hunderte Meter nördlich entlang der gesamten Küstenlinie bis nach Bodega Bay. Was ist hier wohl passiert?«

Dr. Bleriott sah sich genauer um. Sie konnte das leise Plätschern des Wassers deutlich vernehmen, das sanft gegen das im Meer schwankende Boot schlug. Etwas weiter entfernt nahm sie die auf das Festland einschlagende Meeresbrandung wahr. Möwen kreischten und flogen scheinbar eilig gen Festland. Sie wirkten wie Vorboten aus einer anderen, weit entlegenen, noch heilen Welt. Ihre Augen wanderten aus der Ferne wieder auf das Wasser. Es kam ihr so vor, als blickte sie gleichwohl in ein Eingangstor zur Unterwelt. Würde man jetzt ins Wasser springen, so würde man von der darunter liegenden Dunkelheit für immer verschluckt werden.

Keiner der vier sagte ein Wort. Sie alle rangen merklich um Fassung an diesem gottverlassenen Ort. Eine Windbrise erfasste auf einmal das Boot und wurde spürbar stärker. Der Wellengang nahm zu. Das Boot schwankte nun unkontrollierter hin und her. Das Tageslicht begann seinen Rückzug anzutreten. Es war an der Zeit, sich zu beeilen. Das wussten alle.

Dr. Bleriott ergriff das Wort, so dass die übrigen drei Personen überrascht zusammenzucken mussten: »Mr. Hernandez, ich bezweifle doch sehr stark, dass wir es hier mit übernatürlichen Kräften zu tun haben. Die dunkle Masse der toten Fische, die allem Anschein nach Sardinen sind, ist eben so dunkel, da der Sonnenstand bereits sehr niedrig ist und die Klippen und Felsformationen erste Schatten auf das Küstenwasser werfen. Das lässt alles weitaus bizarrer erscheinen als es ist. Es gibt hierfür aber eine durchaus einfache Erklärung: Die Millionen von Sardinen sind mit höchster Wahrscheinlichkeit schlichtweg erstickt.«

Hernandez und der Polizist der Küstenwache starrten sich ungläubig an.

»Bitte was meinen Sie?«

»Was Frau Dr. Bleriott sagen möchte«, brach Eris sein lang anhaltendes Schweigen, »ist, dass Sardinen den Kalifornienstrom, der von Nord- nach Südamerika verläuft, für ihre Wanderung nutzen, um in wärmeren Gebieten zu laichen. Trotz reglementierter Fangquoten durch die Behörden nimmt die Zahl dieser Fische kontinuierlich weiter ab. Die neueste Fallstudie können Sie eben hier und jetzt mit ihren eigenen Augen begutachten. Dass die Sardinen sterben, hängt mit dem für sie lebensnotwendigen Plankton, genauer gesagt mit dem Zooplankton, zusammen. Diese ozeanischen Kleinstlebewesen sind die Hauptnahrungsquelle der Sardinen und ernähren sich ihrerseits vom Phytoplankton. Das Phytoplankton ist der pflanzliche Anteil des Planktons, das Auswirkungen auf das gesamte Leben auf unserem Planeten hat, da es mit Hilfe von Kohlendioxid und Sonnenlicht den Großteil unseres elementaren Sauerstoffs produziert. Dieses Phytoplankton geht jedoch seit geraumer Zeit auf globaler Ebene mehr und mehr zurück. Dies lässt sich in entscheidendem Maße darauf zurückführen, dass dem Plankton in rasanter Geschwindigkeit die Nahrungsquellen abhandenkommen. Vor allem dank des menschlichen Einflusses – wieder einmal.«[6]

Eris wartete einen Moment lang darauf, ob Hernandez oder der Polizist der Küstenwache irgendeine Reaktion zeigen würden. Doch beide blickten nur völlig verdutzt drein. Dessen ungeachtet fuhr er fort: »Die Nahrung des Phytoplankton besteht aus Stickstoff, Phosphat und Eisen und liegt in tieferen Wasserschichten. Da aber die Temperatur in erster Linie des Oberflächenwassers aufgrund des

---

[6] Leschs Kosmos (August 2014): „Wenn Bewegung zur Falle wird – Mobilität bei Tieren, den Menschen und im Kosmos", Mainz: *ZDF Mediathek* [https://www.zdf.de/wissen/leschs-kosmos/wenn-bewegung-zur-falle-wird-mobilitaet-bei-tieren-menschen-100.html].

menschlichen Einflusses und der globalen Erderwärmung immer stärker steigt, kommt es zu dem sogenannten Deckeleffekt. Dieser hat zur Folge, dass die Nährstoffe aus den tieferen Wasserschichten nicht mehr in die entsprechend höheren gelangen können. Das Plankton hungert und stirbt. Des Weiteren kann es kurzfristig auch zu einem umgekehrten Effekt kommen. Die Einleitung von stickstoffhaltigem Dünger, menschengemachtem Kohlendioxid und anderen Nährstoffen lässt oftmals die Planktonzunahme in Küstennähe nahezu explodieren – für einen sehr kurzen Zeitraum. Sardinen, wie diese hier, meiden daher Küsten in zunehmendem Maße. Sollten sie dennoch in diese Regionen vorstoßen, so ergibt sich das Bild, das wir hier vorfinden: Eine Zone des Todes. Dies liegt daran, da das Plankton nach temporärem Wachstum schnell abstirbt und auf den Meeresboden absinkt. Folglich zersetzen Mikroorganismen die tote Biomasse und verbrauchen währenddessen das Gros des im Wasser verfügbaren Sauerstoffes. Dieser Prozess wird Eutrophierung genannt und führt in der Konsequenz zu eben diesen sauerstoffarmen Todeszonen, die sich überwiegend entlang der amerikanischen Westküste ausbreiten und in denen alle Lebewesen elendig krepieren.«[7]

Hernandez und sein Kollege von der Küstenwache schüttelten den Kopf. Ungläubigkeit überwog, denn sie waren von den Ausführungen der Wissenschaftler sichtlich überfordert.

»Fahren wir ein Stück weiter nördlich bevor die Sonne untergeht«, wechselte Hernandez abrupt das Thema. Man konnte ihm in seinem Gesicht deutlich eine innere Anspannung ansehen. Er wies seinen Partner an, den Motor wieder anzulassen und schlussfolgerte: »Der Ort, zu dem wir jetzt fahren, könnte Ihre Theorie wohl bestätigen.«

Mit erhöhter Geschwindigkeit teilte das Schnellboot das vermeintlich tote Meer, bahnte sich seinen Weg durch die leblosen Fischkörper und verließ so schnell es ging die Todeszone. Sie fuhren eine Viertelstunde bis zum Sonoma Coast State Park. Dort mündete der Russian River in den Pazifik.

---

[7] Leschs Kosmos (August 2014): „Wenn Bewegung zur Falle wird – Mobilität bei Tieren, den Menschen und im Kosmos", Mainz: *ZDF Mediathek* [https://www.zdf.de/wissen/leschs-kosmos/wenn-bewegung-zur-falle-wird-mobilitaet-bei-tieren-menschen-100.html].

»Halten Sie gleich hier an und versuchen Sie, uns in die Mündung zu manövrieren«, sagte Dr. Bleriott, als das Boot die Küste erreicht hatte, untermalt mit einer befehlerischen Geste. »Sehen Sie die zwei großen Rohre da vorne links von der Mündung?«

Sie blickte gen Horizont und sah in der Ferne Rauchschwaden aus Schornsteinen aufsteigen. »Ich befürchte, dass sowohl über den Fluss als auch über den Industriekomplex«, dabei zeigte sie in Richtung Nordosten, in der sich dieser befand, »Substanzen in den Fluss und das Meer gelangen, die hier ungefiltert nicht eingelassen werden dürften.«

Im Anschluss daran öffnete sie ihre Tasche und holte einen Becher heraus, um nahe der Mündung eine Wasserprobe entnehmen zu können.

»Mr. Hernandez, wissen Sie zufälligerweise, wem dieses Fabrikgebäude gehört?«, fragte ihn Dr. Bleriott, derweil sie ein paar Handschuhe anzog und den Becher vorsichtig durch das Mündungswasser gleiten ließ.

»Ja, das gesamte Areal bis weit hinter die Baumebenen nordöstlich der Fabrik gehört Hallheim Industries. Das Unternehmen ist einer der größten Arbeitgeber in dieser Region und hat über die Zeit alle umliegenden landwirtschaftlichen Betriebe aufgekauft. Wir wurden schon des Öfteren von denen gerufen, um ungebetene Beobachter des Geländes zu verweisen oder zu verhaften. Mehr kann ich dazu nicht sagen.«

Dr. Bleriott suchte den Blickkontakt zu Eris. Es war beinahe so, als konnte er ihrem Gehirn bei der aktiven Arbeit zusehen. Sie zog nach kurzem Überlegen ihre rechte Augenbraue reflexartig fragend nach oben und spielte mit ihrer Unterlippe, indem sie ihre Zähne immer wieder über diese gleiten ließ. Dann begannen ihre Augen leicht zu leuchten und sie wandte sich mit ihrem Körper der offenen See zu. »Jetzt erinnere ich mich wieder, Mr. Eris. Hallheim Industries wurde von der Kervielia Group vor circa zehn Jahren aufgekauft. Einige Monate nach der Übernahme wurde aber bekannt, dass gegen den Konzern wegen zahlreicher Vorwürfe ermittelt wurde. Dazu zählten illegale Preisabsprachen mit Konkurrenzunternehmen, die illegale Grundwasserentnahme im Landesinneren sowie der massive Sandraub an der Westküste Nordamerikas. Die Kervielia Group war somit still und leise über ihr neues Unternehmen in den Handel mit

Wasser und Sand eingestiegen. Die strategische Nähe von Hallheim Industries zum Meer und zu wichtigen Grundwasserreservoiren würde ebenfalls erklären, wieso Kervielia so viel Geld in die Übernahme investiert hatte. Nun gut, so viel zu unserem Exkurs. Wir müssen los!« Mit einer eindeutigen Bewegung forderte sie den Küstenwachenpolizist zur Rückfahrt auf.»Wir haben später am Abend einen wichtigen Termin, Mr. Eris, den Sie ja nicht verpassen wollen.«

\*\*\*

### Sacramento, später am Abend

Nachdem Dr. Bleriott und Eris wieder festen Boden unter den Füßen hatten, fuhren sie direkt nach Sacramento weiter. Im California Grand Hotel fand seit 16:30 Uhr eine Sondertagung führender Wissenschaftler, Forschungsinstitute und Umweltverbände zu dem Thema „Rohstoffsicherheit und Umweltschutz im 21. Jahrhundert" statt.

Professor Scolvus hatte in dem Hotel, das in dem restaurierten New Market Building an der 1130 K Street gelegen war, für Dr. Bleriott ein Zimmer reserviert. So war sie in der Lage, sich erst noch zu entspannen und in Ruhe umzuziehen. Auch Joseph Eris hatte sich kurzfristig in das Hotel eingebucht, um an der Tagung teilnehmen zu können. Da beide jedoch erst vier Stunden nach Beginn der Konferenz im Hotel angekommen waren, verpassten sie einen Großteil der Redner und betraten erst gegen 20:45 Uhr den imposanten Konferenzsaal.

Professor Scolvus war gerade in den letzten Zügen seines Vortrages, als er seine ehemalige Doktorandin und ihren männlichen Begleiter schemenhaft am hinteren Ende des Saals von seiner Bühne aus erblicken konnte.

Eine unbeabsichtigte Pause ließ seinen Vortrag vorübergehend ins Stocken geraten. Trotz der offensichtlichen Ablenkung überspielte er diese stilvoll und fuhr zielstrebig mit dem letzten Part seiner Rede fort: »Die Rohstoffstrategie der USA unterscheidet sich daher fundamental von der Chinas oder Russlands, aber weist strukturelle Ähnlichkeiten mit den Ansätzen der Europäischen Union auf. Dies ist vor allem dann der Fall, wenn man die Rohstoffpolitik als Teil einer breiter angelegten Entwicklungsarbeit betrachtet, in der zudem die Soft Power eines Staates als zusätzliches Machtinstrument der Außenpolitik eine durchweg wichtigere Rolle einnimmt. China hingegen schließt im Rahmen des State-led-Models der Entwicklungshilfe im Vergleich zu den USA und Europa Rohstoffkonzerne, die in der Regel sogenannte SOEs sind, also staatliche Konzerne, von Anfang an in die Umsetzung der nationalen Rohstoffagenda ein. In Europa oder den USA registrierte Konzerne wie die Kervielia Group, Hallheim Industries, der vor knapp zehn Jahren von ersterem aufgekauft wurde, oder die GS Virgin Materials Group agieren beinahe völlig losgelöst von staatlichen Handlungssphären, jedoch nicht außerhalb der Rechtsstaatlichkeit an sich. Letzteres tun sie explizit nicht, nur besteht hier auf internationaler Ebene keine ausreichende Bereitschaft, diese Verantwortlichkeit rechtlich in Vertragsform und staatenübergreifend zu kodifizieren und einzufordern. Jedes unternehmerische Handeln, ob staatlicher oder privater Natur, unterliegt per definitionem ethischen Maximen. Dass Unternehmen sich auch an diesen Maßstäben messen lassen müssen, versteht sich eigentlich von selbst, doch in der Praxis geschieht das nicht.«

Professor Scolvus vollzog eine prägnante, zeitlich gut abgestimmte Pause, um im Publikum die Wirkung seiner Argumentationslinie herauslesen zu können. Viele der Teilnehmer nickten zustimmend. *Niemand war eingeschlafen. Ein gutes Zeichen*, frohlockte er innerlich.

»Nehmen wir als letztes den Raub von Sand. Klingt zuallererst abwegig, beinahe vollkommen paradox, aber es ist tatsächlich so, dass der Welt der Sand ausgeht. Genauer gesagt, eine spezielle Art von Sand, die derzeit den grassierenden globalen Bauboom am Leben erhält. Deswegen ist eben dieser Sand in seiner Verfügbarkeit mittlerweile so knapp geworden, dass es höchst profitabel ist, ihn zu stehlen. Im Gegensatz zum Abholzen der Regenwälder zum Beispiel, vollzieht sich dieses Geschäftsmodell nahezu rein im Verborgenen. Daran beteiligt sind in gleichem Maße staatliche und private chinesische, singapurische oder katarische Rohstoffkonzerne sowie das in der Schweiz registrierte, ehemalige amerikanische Unternehmen, die Kervielia Group. Alle Unternehmen verfügen über ein weit verzweigtes Netz an Tochtergesellschaften in aller Herren Länder. Dass all diese Unternehmen einen so massiven „Sandklau" vor den Küsten Mittelamerikas, West- und Ostafrikas, in der Karibik oder im indischen Ozean weiterhin unbehelligt bertreiben können, kommt einer Bankrotterklärung rechtsstaatlicher Grundsätze gleich. Es offenbart einmal mehr die Unfähigkeit der Politik, ernsthaft einen glaubhaften Umweltschutz in Verbindung mit einem effizienten Sanktionsmechanismus nicht nur zu implementieren, sondern überhaupt erstmal umfassend zu konzipieren.«

Professor Scolvus unterbrach seine Ausführungen erneut. Etwas hatte seine Aufmerksamkeit erregt. Sein Blick wanderte dabei vom Publikum weg und blieb an der obersten Empore des Saals hängen. Plötzlich bildete er sich ein, eine schemenhafte, kaum wahrnehmbare Bewegung gesehen zu haben. *Eigentlich dürfte da oben niemand sein*, fuhr es ihm wie ein Geistesblitz durch die Glieder.

Er kniff angestrengt seine Augen zusammen, allerdings konnte er nichts erkennen. Dann glaubte er zu sehen, wie etwas oder jemand schnell von der Empore davonhuschte.

*Spielt mir meine Wahrnehmung einen verdammten Streich?*
Gemäß den Sicherheitsvorkehrungen des Hotels und Interpols musste die Empore während der gesamten Konferenz leer bleiben. Professor Scolvus wusste das, denn er selbst war der Grund dafür. Er wurde nämlich angesichts einer bestehenden abstrakten Gefahrenlage erst kürzlich vom FBI unter Personenschutz gestellt. Dies war notwendig geworden, da vor zwei Wochen bekannt geworden war, dass sein langjähriger Freund und Geschäftspartner George Heyessen ermordet worden war. Erst eine auf Druck von Interpol nachträglich erlassene Obduktion hatte unterdessen ergeben, dass Heyessen nicht wie angenommen an einem Herzinfarkt gestorben, sondern vergiftet worden war.

Professor Scolvus fühlte sich in diesem Moment extrem unwohl in seiner Haut. Er wurde nervös. Schweißperlen bildeten einen Film auf seiner Stirn und sammelten sich an seinen dicken, weiß schimmernden Augenbrauen. Sein Unbehagen merkte auch das Publikum, da die Pause, die er eingelegt hatte, ungewöhnlich lang dauerte.

Seine rechte Hand, die intuitiv nach dem Wasserglas gegriffen hatte, begann spürbar zu zittern. Sie verfehlte das Glas zweimal hintereinander. Eine innere Unruhe ergriff von ihm Besitz, die er so schon seit Jahren nicht mehr gefühlt hatte.

Er schaute nochmals zur Empore, wo er den vermeintlichen Schatten eines Menschen glaubte beobachtet zu haben. Nichts war zu sehen. Seine Augen wechselten unruhig vom einen Ende der Sitzempore zum anderen. *Wieder nichts. Was ist nur los mit dir, Will? Da kann keine Person sein! Alles wurde tausendfach im Voraus überprüft. Beruhige dich!*

Die ersten Zuhörer drehten sich um. Ein leichtes Raunen ging durch die vorderen Sitzreihen. Die Sekunden vergingen, ohne dass der Professor ein Wort gesagt hätte. Mit der Zeit wurde das Publikum gleichermaßen nervös.

Nach einer gefühlten Ewigkeit erblickte Professor Scolvus auf einmal Leonrod Hudson, den Interpolhauptkommissar, der ihn im März vor dem Verwaltungsbüro der Harvard Business School abgefangen hatte. Dieser hatte soeben die Zugangstür zur Empore aufgerissen und stürmte mit zwei bewaffneten Begleitern den gesicherten Bereich.

Sie suchten alles ab. Nach kurzer Zeit übermittelte Hudson dem Professor eine beruhigende Geste. Nichts Ungewöhnliches konnte gefunden werden. Hudson musste seine plötzlich eintretende Nervosität gespürt haben, vermutete Professor Scolvus und hatte sofort reagiert, als er erkannte, wohin dessen Augen immer wieder abgeschweift war.

Es dauerte noch einen Moment, bis er sich gefangen und sich seine Aufregung gelegt hatte.»Verzeihen Sie bitte, sehr geehrte Damen und Herren. Ich war eine Sekunde lang abgelenkt.« Er bemerkte, dass das Publikum irritiert war, doch außer ihm schien niemand die gezückten Waffen der Interpolagenten gesehen zu haben. Ansonsten hätte sich die Stimmung sicherlich nicht so schnell wieder beruhigt, sondern wäre womöglich ins Negative umgeschlagen. Da war er sich ganz sicher.

Professor Scolvus fuhr mit dem letzten Teil seines Vortrages fort: »Für einige meiner heute anwesenden Kollegen ist dieses Phänomen des Sandraubs ein eher neueres. Die Welt steht vor einer im Grunde unvorstellbaren Sandknappheit. Dabei muss man vorab wissen, dass Strände und Küstenlinien ohnehin dank natürlicher Erosion durch Stürme, Gezeiten, Orkane und Tsunamis einerseits und des seit vielen Jahren stark steigenden Meeresspiegels andererseits beständigen Angriffen ausgesetzt sind. Wegen eben dieser naturgemäßen Phänomene werden ganze Strände in Ländern wie den USA, Mexiko oder Indonesien seit Jahrzehnten aufgeschüttet, um die damit verbundenen Touristenziele am Leben zu erhalten. Trotz dieser Bemühungen werden wohl früher oder später geschätzte 75 bis 90 Prozent der weltweiten natürlichen Sandstrände in naher Zukunft verschwunden sein.[8] Dieser Prozess wird eben vor allem durch den illegalen Sandabbau, oder auch bekannt als Sand- beziehungsweise Strandraub, dramatisch verschärft. Die dadurch ausgelöste mangelnde Verfügbarkeit von Sand hat mittlerweile schon globale Sandkriege ausgelöst, bei denen hauptsächlich China, Singapur, Indien, Katar und die Vereinigten Arabischen Emirate an vorderster Front kämpfen. Der illegale Sandabbau ist jedoch entgegen seiner hohen Intensität, mit der er betrieben wird, der allgemeinen Öffentlichkeit gemeinhin unbekannt. Und dies obwohl er Teil eines sogar noch größeren Problems ist, nämlich der sich anbahnenden völligen Erschöpfung essenzieller natürlicher Ressourcen. Deren Verfügbarkeit ist finit, also endlich. Gleichzeitig sind sie aber unersetzlich für die globale Human- und Wirtschaftsentwicklung. Die Menschheit und ihr unersättliches Verlangen nach konstant höheren ökonomischen Wachstumsraten ist somit die treibende Kraft hinter der irreversiblen Zerstörung aller natürlichen Ressourcen. Sie lässt an dieser Stelle die planetaren Grenzen an einen Punkt gelangen, an dem es keinen Weg mehr zurück geben wird.

Die Frage, die sich nun bezüglich des Sandes stellt, ist: Weshalb sind wir von ihm in Gänze so abhängig? Diese Frage erscheint aufgrund der rasant zunehmenden Desertifikation, also der Wüstenbildung oder Versteppung, die mehr und mehr Regionen wie China, Kalifornien, Südasien oder das Afrika südlich der Sahara in Mitleidenschaft zieht, absurd. Doch Sand ist nicht gleich Sand. Und es ist gerade eine spezielle Art von Sand, die in dramatischem Maße in ihrer Verfügbarkeit abnimmt. Sand ist, was viele nicht wissen, ein wesentlicher Bestandteil der Betonherstellung. Wüstensand, der sich beinahe endlos über unseren Globus erstreckt, erfüllt diesen Zweck wegen seiner Strukturen und chemischen Eigenschaften nicht. Dies liegt maßgeblich daran, dass Wüstensand Siliziumdioxidverbindungen fehlen und dass er in seiner Beschaffenheit zu glatt und zu fein ist, da er zu viel Ton, Eisenoxide und Kalk enthält. Im Gegensatz

---

[8] Gillis, John R. (2014): „Why Sand Is Disappearing", New York City: *The New York Times*, Onlinebeitrag [https://www.nytimes.com/2014/11/05/opinion/why-sand-is-disappearing.html].

dazu besteht Sand, der aus Flussbetten, Kiesgruben, von Stränden und Küstenlinien sowie vom Meeresboden extrahiert wird, aus den wichtigen Mineralien und Metallen wie Thorium, Titan, Uran oder Silizium. Diese Mineralien und Metalle spielen in unserem alltäglichen Leben eine viel größere Rolle, als wir es uns alle überhaupt vorstellen können. Denn: Wir verwenden sie zum Beispiel für die Herstellung von Microchips und Solarpanels, für das Bauen von Häusern und Flugzeugen oder für die Produktion von Kosmetika und Plastik. Beispiel Flugzeug: In einem Flugzeug ist Sand in Form von Kunststoff im Leichtmetallrumpf, in den Triebwerken und Farben bis hin zu den Reifen verarbeitet. Alleine ein Einfamilienhaus verschlingt bis zu 200 Tonnen Sand. Allgemein lässt sich feststellen, dass die Menschheit Sand schneller abbaut, als er sich je regenerieren könnte. Die Vereinten Nationen schätzen den jährlichen weltweiten Sandverbrauch derzeit auf 40 Milliarden Tonnen. Der globale Bausektor schlägt hier mit 75 Prozent zu Buche.[9]

Insbesondere der vollkommen ausufernde Bauboom in den Schwellenländern lässt die Nachfrage nach dieser speziellen Form von Sand explodieren. Dies ist allen voran dem Umstand geschuldet, dass die globalen Megatrends der Urbanisierung, des Bevölkerungsanstiegs und des Wachstums der Mittelschicht größtenteils nur die subsaharischen, arabischen und südasiatischen Gesellschaften betreffen. Wohingegen Europa, die USA oder Japan mit stark schrumpfenden Bevölkerungen, beginnend wohl ab 2030, zu kämpfen haben werden. Aufgrund dieser Trends in den genannten Weltregionen steigt parallel hierzu selbstverständlich die Nachfrage beispielsweise nach besserem Wohnungsbau, größeren Bürobeständen und Einkaufszentren und umfassenderer Infrastruktur. Und sie schießt zunehmend in den Himmel.[10]

---

[9] Bock, Christof (2014): „Rohstoffe: Unser Wohlstand ist auf Sand gebaut", Berlin: WELT Online [http://www.welt.de/wissenschaft/article127147323/Unser-Wohlstand-ist-auf-Sand-gebaut.html] und Peduzzi, Pascal (2014): „Sand, rarer than one thinks", Nairobi: *United Nations Environment Programme/UNEP Global Environment Alert Service (GEAS)* [https://na.unep.net/geas/getUNEPPageWithArticleIDScript.php?article_id=110].
[10] Hellwig, Christian (2015): „Illegal sand mining threatens the global construction boom", *Global Risk Insights* [http://globalriskinsight.com/2015/04/illegal-sand-mining-threatens-the-global-construction-boom/].

Beispiel China: Ein Eckpfeiler der chinesischen Infrastrukturpolitik ist die sogenannte beschleunigte Urbanisierung. Mittels einer staatlich geförderten Urbanisierung sollen die entlegenen sowie abgehängten Gegenden mit den hochentwickelten Regionen im Südosten des Landes, an den Küsten und um den Jangtse herum verbunden werden. Dies soll dadurch erreicht werden, indem gegenwärtig fünf Megacities-Cluster gebaut werden, die Wohn- und Arbeitsraum für mehr als 500 Millionen Menschen zur Verfügung stellen sollen.[11] Beispiel Singapur: Singapur konnte sein Staatsgebiet seit den 1960ern um mehr als 20 Prozent erweitern. Die Vereinigten Arabischen Emirate oder Bahrain hingegen unternehmen die weltweit umfangreichsten Landgewinnungsmaßnahmen und den Bau der höchsten Wolkenkratzer. Diese Politik hat bereits dazu geführt, dass in diesen Ländern keinerlei natürliche Sandreservoire mehr existieren, die man für den Bau dieser gigantischen Infrastrukturprojekte dringend benötigen würde. Aus diesem Grund kaufen aktuell in erster Linie die arabischen Golfstaaten im großen Stil Sand aus Australien ein. Eigentlich vollkommen irrsinnig. Und diese Entwicklungen berücksichtigen noch nicht einmal den gleichzeitig steigenden Output der Bauwirtschaft in Industriestaaten wie den USA, dem Vereinigten Königreich, Deutschland und Kanada oder Emerging Countries, also Schwellenländern, wie Brasilien und Indonesien. Selbst Deutschland, das über ausreichend eigene Sandressourcen verfügt, ist zu einem Nettoimporteur dieses wertvollen Rohstoffes aufgestiegen. Länder wie Singapur, China, Indien, Bahrain oder die Vereinigten Arabischen Emirate verbrauchen durch ihre Infrastrukturmaßnahmen so exorbitant hohe Mengen an Rohstoffen eben auch deshalb, weil deren Allokation hochgradig fehlgeleitet, ineffizient und unnachhaltig ist.[12]

Was ist nun die Logik des Sandraubs? Und welche Folgen hat dieser? Die weitläufigste Praxis ist, dass multinationale Unternehmen selbst oder von ihnen angestellte lokale Anwohner oder Diebe

---

[11] Erling, Johnny (2015): „Urbanisierung: Mega-City? China baut schon an Giga-Städten", Berlin: *WELT Online* [http://www.welt.de/wirtschaft/article139351977/Mega-City-China-baut-schon-an-Giga-Staedten.html].
[12] Hellwig, Christian (2015): „Illegal sand mining threatens the global construction boom", *Global Risk Insights* [http://globalriskinsights.com/2015/04/illegal-sand-mining-threatens-the-global-construction-boom/].

über Nacht in Raubzügen Millionen Tonnen Sand von den Küstenlinien oder vom Meeresboden abtragen. Dies geschieht entweder mittels spezieller Saugrohre oder mit bloßen Händen, Schaufeln und Eimern. Die neuerliche Schwerpunktverlagerung auf Meeresböden, Flussbetten, Kiesbänke und Strände rührt daher, dass eben diese Ressourcenbestände in vielen Teilen der Erde, so in China oder Indien, beinahe komplett aufgebraucht sind. Diejenigen Staaten, die weltweit am stärksten von Sand- beziehungsweise Strandraub betroffen sind, umfassen Indonesien, Indien, Mexiko, Kap Verde, Malaysia, Jamaika, Grenada, Neuseeland, Kenia und andere kleine Inselstaaten im Pazifik, im indischen Ozean und in der Karibik. Somit lässt sich als Regel postulieren, dass die Sandmafia hochvernetzt, global und innerhalb von Staaten operiert, die einen hohen Abhängigkeitsgrad von ihren Stränden als Touristenmagnet aufweisen.[13]

Sandraub zerstört dabei für gewöhnlich das gesamte lokale marine Ökosystem und die ursprüngliche Meeresvegetation, da jedes Jahr tausende Schiffe den Sand vom Meeresgrund absaugen und am Ende eine tote Kraterlandschaft zurücklassen. Alle Lebewesen, Korallenriffe und Fischgründe werden abgetötet. Schließlich verändert dieser Eingriff in die natürlichen Kreisläufe zwangsweise auch die Küstenströmungen sowie die Trübung und Lichtdurchlässigkeit des Wassers. Zudem führt die Abtragung des Meeressandes dazu, dass die naturbedingte Bodenerosion zusätzlich verstärkt wird. Dies sorgt dafür, dass ganze Inseln absinken und strandnahe Ortschaften überflutet werden.

Wie sieht unterdessen die Zukunft aus? Ich glaube, das ist nicht schwer zu antizipieren. Der globale Bauboom wird zweifelsohne anhalten und sich durch eine Output-Erhöhung der Emerging Markets noch weiter intensivieren. Bis 2025 wird sich deren Wachstum zwischen drei bis sechs Prozent einpendeln. Zu diesem Zeitpunkt wird geschätzt, dass sich die Investitionen im Bausektor auf einen Wert von ungefähr US$ 15 Billionen belaufen werden. China wird hiervon alleine 25 Prozent ausmachen. Für eine solche Entwicklung sprechen ebenso die gegenwärtig positiven Trends der Industrieindizes, wie die des Stoxx 600 Banks und Stoxx600 Construction and

---

[13] Hellwig, Christian (2015): „Illegal sand mining threatens the global construction boom", *Global Risk Insights* [http://globalriskinsights.com/2015/04/illegal-sand-mining-threatens-the-global-construction-boom/].

Materials. Letzten Endes sind dies jedoch mehr als nur schlechte Nachrichten für die weltweit ohnehin schon deutlich dezimierten, natürlichen Ressourcenbestände und für all diejenigen Länder, die besonders stark vom Tourismus abhängig sind und deren Strände Tag für Tag schrumpfen.«[14]

Nach seiner langen Sprechzeit musste Professor Scolvus erst einmal einen Schluck Wasser zu sich nehmen, um seinen Vortrag so schnell wie möglich zu Ende bringen zu können. Er erkannte, dass der ein oder andere Zuhörer bereits geistig abgeschaltet hatte. Daher wollte er sich nun beeilen, vor allem vor dem Hintergrund, dass sich immer noch eine kurze Fragerunde an jeden Vortrag anschloss. »In Anbetracht all der dramatischen Apelle, die am heutigen Tage von meinen ehrenwerten Kollegen und mir gemacht wurden, müssen wir alle als Vertreter der wissenschaftlichen Elite zusammenstehen und dies mit einem Forderungskatalog untermauern. Diesen werde ich im Dezember dieses Jahres auf der 20. UN-Klimakonferenz in Peru mit meiner geladenen Expertendelegation vorstellen. Worten müssen endlich Taten folgen. Lassen Sie uns alle Vorbilder sein im Glauben an das Gute im Menschen. Denn die Menschheit braucht Vorbilder, an denen sie sich aufrichten kann. Es ist höchste Zeit. Lassen Sie uns die Welt zum Positiven verändern. Vielen Dank für Ihre lang anhaltende Aufmerksamkeit.«

Die ersten Zuhörer fingen an zu applaudieren und erhoben sich nach und nach von ihren Stühlen. Manchen kam ein strahlendes Lächeln über die Lippen, das hatte Professor Scolvus sofort gesehen. Die Botschaft seines Vortrages kam an. Die Rede von ihm als einem der weltweit profiliertesten Wirtschaftswissenschaftler und Umweltaktivisten war ein perfekter Abschluss des ersten Konferenztages.

Nach einem zweiminütigen Applaus setzten sich die Zuhörer wieder hin und die Fragerunde begann. Die ersten Fragen, die teilweise sehr technisch und spezifisch waren, meisterte Professor Scolvus mit Bravour. Seine innere Ruhe strahlte eine besondere Souveränität nach außen aus. Nur die letzte Frage berührte seinen emotionalen Kern und er wurde auf einmal, gerade für seine Verhältnisse, ungewöhnlich leidenschaftlich, beinahe ein wenig aggressiv. Die

---

[14] Hellwig, Christian (2015): „Illegal sand mining threatens the global construction boom", *Global Risk Insights* [http://globalriskinsights.com/2015/04/illegal-sand-mining-threatens-the-global-construction-boom/].

Frage lautete wie folgt: »Stimmen Sie der Aussage zu, dass mit Einsetzen der Industrialisierung bis hin zur gegenwärtigen Humanentwicklung das geologische Zeitalter des Menschen, das sogenannte Anthropozän, als Sinnbild für die menschliche Größe, begonnen hat?«

Professor Scolvus blickte zunächst fragend in die Runde. Es vergingen einige Sekunden bis er einen tiefen Atemzug nahm, um darauf antworten zu können: »Ich glaube, von einem geologischen Standpunkt betrachtet ist diese Frage kaum zu beantworten. Ich kenne die Berichte einer bestimmten Gruppe von britischen Geologen, die den Anbeginn des Anthropozäns bewiesen haben wollen. Für diejenigen unter Ihnen, die mit der Geologie eher auf Kriegsfuß stehen: Grenzen geologischer Epochen repräsentieren einschneidende Zäsuren innerhalb der Erdgeschichte. Zweifelsfrei bestehende geologische Hinweise anhand weltweit nachweisbarer Bodenschichten über die Transition in eine neue, anthropogene Epoche sind, zumindest bis dato, nicht offiziell von der International Union of Geological Sciences anerkannt worden. Daher ist der Fachterminus im engeren geologischen Sinne fehlerhaft, auch vor dem Hintergrund, dass das aktuelle Zeitalter des Holozäns den menschlichen Einfluss sowieso berücksichtigt. Doch dieser Begriff impliziert etwas, dessen sich zumindest die meisten Menschen nicht bewusst zu sein scheinen: Wir verändern den Planeten in einer Radikalität, dass es keinen Weg zurück zur Natur gibt. Selbst wenn von heute auf morgen die gesamte Menschheit verschwinden würde, die Erde würde nie mehr so sein, wie sie einmal war. Somit ist die Feststellung der Existenz des Anthropozäns kein Siegeszug im positiven Sinne. Tatsächlich erscheint die Argumentationslinie der Anthropozän-Befürworter erdrückend, vorausgesetzt, man berücksichtigt neben geologischen gleichermaßen nichtgeologische Faktoren in die Definition. So werden das von uns seit Beginn der industriellen Revolution ausgestoßene Kohlendioxid, die sich auf dem Meeresgrund ablagernde Plastikschicht, die durch Atomtests emittierten Radionukleide im Packeis der Arktis, im Meer oder in tieferen Gesteinsschichten oder die von Menschenhand geschaffenen Betonmassen der Metropolen, Straßen und Autobahnen noch in ferner Zukunft von Forschern nachweisbar sein. Es gibt neuere Schätzungen, wonach der Mensch bereits 75 Prozent der Erdoberfläche gemäß seinen Vorstellungen verändert habe. Das ist jedoch schwer zu verifizieren. Dass die Wildnis allenfalls in Nischen ihre Existenzberechtigung hat, steht aber außer Frage.[15]

Wir haben allerdings nicht nur die Erdoberfläche irreversibel umgestaltet, sondern auch alles darunter Befindliche. Den Bodenuntergrund aller Großstädte und Metropolen durchzieht ein tiefgreifendes und allen voran erschreckend dichtes Netz an U-Bahn-Schächten, Strom- und Telefonleitungen, Wasserrohren, Abwasserkanälen, Tunneln und Ähnlichem. Darüber hinaus verändern wir das Tiefengestein und die tieferen Bodenschichten sogar in den entlegensten Flecken unseres Planeten. Dies geschieht vor allem durch Bohrungen sowie Bergbau- und Minengrabungen zur Rohstoffgewinnung. In der Mponeng-Mine in Südafrika beispielsweise wird derzeit in circa vier Kilometern Tiefe nach Gold gesucht. Wenn ich mich recht entsinne, befindet sich das tiefste Bohrloch der Welt in Russland und reicht 12 Kilometer in das Erdreich. Wir schaffen ferner immer größere unterirdische Lager für die Deponierung von radioaktivem Abfall und chemischem Müll oder für Erdgas-, Trinkwasser- und CO2-Speicher. Nicht zu vergessen: Die von Menschenhand geschaffene Atombombe. Bis zum heutigen Tag explodierte sie mehr als 1500 Mal, sowohl an der Oberfläche als auch im Untergrund.«[16]

Physisch sichtlich leicht erschöpft, musste Professor Scolvus eine längere Pause einlegen und bat um ein neues Glas Wasser. Doch die ausführliche Beantwortung der Frage schien ihm sehr am Herzen zu liegen, das war für jeden Beobachter sofort zu erkennen. Nach einem tiefen Schluck fuhr er unentwegt fort: »Ich könnte die Liste der anthropogenen Einflüsse und Veränderungen bis ins Endlose weiter-

---

[15] Bojanowski, Axel (2014): „Debatte über Anthropozän: Forscher präsentieren Beweise für neues Menschenzeitalter", Hamburg: *SPIEGEL Online* [http://www.spiegel.de/wissenschaft/natur/anthropozaen-debatte-um-neues-geologisches-zeitalter-durch-menschen-a-987349.html] und Willems, Walter (2015): „Beginnt nun das neue Erdzeitalter des Menschen?", Berlin: *WELT Online* [https://www.welt.de/wissenschaft/article142173269/Beginnt-nun-das-neue-Erdzeitalter-des-Menschen.html].

[16] Bojanowski, Axel (2014): „Debatte über Anthropozän: Forscher präsentieren Beweise für neues Menschenzeitalter", Hamburg: *SPIEGEL Online* [http://www.spiegel.de/wissenschaft/natur/anthropozaen-debatte-um-neues-geologisches-zeitalter-durch-menschen-a-987349.html].

führen, wir haben heute aber vieles schon einmal gehört. Als letztes möchte ich nur noch auf den zweiten Teil Ihrer Frage eingehen«, er deutete dabei in Richtung eines Mannes in der zweiten Reihe. »Ihre Frage hat obendrein eine ethische Dimension, nämlich ob die Epoche des Anthropozäns gleichfalls als Sinnbild für die menschliche Größe an sich gelten könne.

Meine verehrten Kollegen, viele von Ihnen kennen mich und meinen Standpunkt zu Moral, wirtschaftlichem Handeln und Umweltschutz seit langem. Und ich möchte das an dieser Stelle nicht erneut in aller Ausführlichkeit darlegen. Die Umweltveränderung durch den Menschen reflektiert beileibe nicht seine Größe, sondern sein inhärentes Scheitern. Wir, die Menschheit, sind nicht „groß" im Sinne einer Wertzuweisung. Seit jeher ist die menschliche Natur nur davon angetrieben zu beherrschen und Grenzen zu überschreiten. Gerade Letzteres ist per se nicht von vornherein als Negativum zu betrachten, doch beide Elemente unterliegen einem besonderen Empathiegesetz. Dieses liegt darin begründet, dass die Einzigartigkeit unseres Seins der Fähigkeit entspringt, für alle Lebewesen dieses Planeten zu sprechen und zu handeln und unsere gesamte physische Umwelt unseren Bedingungen zu unterwerfen. Wir Menschen, nicht unbedingt der Arbeiter vor Ort, aber sein Vorgesetzter, sind uns darüber im Klaren, was wir beispielsweise mit der unsäglichen weltweiten Abholzung der Regenwälder kurz- und allen voran langfristig anrichten.

Wir zerstören auf der ganzen Welt nicht nur komplette Ökosysteme, wir nehmen der Natur jegliche Nische als Rückzugpunkt. Ob in 8000 Metern unter Wasser, ob zu Luft, zu Land oder tief im Erdboden: Der anthropogene Einfluss ist omnipräsent und irreversibel. Alleine im Atlantik schwimmt ein Müllteppich kleinster Plastikteile, der vermutlich der geographischen Größe Westeuropas entspricht. Vom Pazifik und anderen Ozeanen wollen wir gar nicht erst sprechen. Auch durch den massiven Rückgang der beiden für uns Menschen entscheidenden Sauerstoffproduzenten, nämlich des Phytoplanktons und der Regenwälder, schaufeln wir nur unser eigenes Grab. Jüngste Messungen haben ergeben, und dies wurde am heutigen Tag nur am Rande erwähnt, dass bereits ein erster minimaler Rückgang des Sauerstoffanteils in der Atmosphäre festgestellt werden kann.[17] Das ist ein einschneidendes Ereignis! Uns allen geht also zu Anfangs extrem langsam, aber wohl mit zukünftig schnellerem Tempo die Luft zum Atmen aus. Und was macht der Mensch? Er zuckt mit den Achseln und macht einfach weiter wie bisher, immer weiter. Selbst angesichts dieser katastrophalen Verwerfungen, sieht sich der Mensch nicht dazu imstande, angemessen durch Überdenken des eigenen Handelns in seinem Kurs umzuschwenken. Als ob der Sauerstoffrückgang beispielsweise aus Sicht Chinas nur den Westen oder Japan betreffen würde. Das ganze Gehabe rund um eine etwaige Schuld- und Verantwortungszuweisung beim Klimawandel nimmt in seiner Gänze Züge eines Absurditätentheaters an, da jeder meint, von den jeweiligen Folgen seien nur die Anderen betroffen und man selbst könne sich zu jeder Zeit in irgendeiner Form davon isolieren. Diese Unfähigkeit der Selbsteinsicht und gleichermaßen in langfristigen Zyklen denken zu können sowie unser Handeln daran auszurichten, reflektiert doch nicht unsere Größe, sondern eher die folgenschwere Schwäche, gar die fehlerhafte DNA unserer Existenz. Der französische Philosoph Foucault hatte einmal den Menschen als ein »Gesicht im Sand«[18] bezeichnet, also eine Laune der Natur, welches irgendwann von der Zeit überspült und somit für alle Zeit ausgelöscht würde. Vielleicht sind wir das, vielleicht auch nicht. Vielen Dank für Ihre Aufmerksamkeit!«

Das Publikum zögerte einen Moment. Die Worte von Professor Scolvus hatten ihre Schlagkraft offensichtlich nicht verfehlt. Die ersten Zuhörer begannen zunächst zaghaft zu klatschen. Dann schlossen sich mehr und mehr der Anwesenden an und sorgten schließlich für tosenden Applaus. Es dauerte ein wenig, bis sich alles wieder gelegt hatte. Im Anschluss begaben sich die geladenen Gäste gemächlich gen Ausgang. Einige gingen zuvor noch zur Bühne, um mit Professor Scolvus zu sprechen und ihm in aller Form zu seinem Vortrag zu gratulieren.

---

[17] Leschs Kosmos (August 2014): „Wenn Bewegung zur Falle wird – Mobilität bei Tieren, den Menschen und im Kosmos", Mainz: *ZDF Mediathek* [https://www.zdf.de/wissen/leschs-kosmos/wenn-bewegung-zur-falle-wird-mobilitaet-bei-tieren-menschen-100.html].

[18] Foucault, Michel (1966, Reprint 2003): „Die Ordnung der Dinge. Eine Archäologie der Humanwissenschaften", Frankfurt am Main: *Suhrkamp Verlag*, S. 462.

Dr. Bleriott hatte am hinteren Ende zusammen mit Joseph Eris einen der letzten verfügbaren Sitzplätze ergattert und von dort aus wie gebannt den scharfsinnig gewählten Worten ihres Doktorvaters gelauscht. Sie wartete nun mit ihrem Begleiter darauf, den Professor anzusprechen, sobald sich der Saal vollständig geleert hatte.

»Maven!« Voller Elan und Vitalität kam ihnen Professor Scolvus zuvor, als er ein paar Minuten nach Beendigung seiner Rede eilig auf sie zukam. Er wirkte auf seine Doktorandin wie ausgewechselt, viel lebhafter als sonst. Er maß ihrer Anwesenheit wohl große Bedeutung zu.

»Es freut mich überaus, dass du es einrichten konntest zu kommen!« Er umarmte sie herzlich und gab ihr ein Küsschen links und rechts auf ihre Wangen, nur um sich umgehend Eris zuzuwenden: »Sie müssen Joseph Eris sein. Maven hatte ganz nebenbei erwähnt, sie würde heute in männlicher Begleitung kommen. Eine vorzügliche Wahl hat sie da getroffen, würde ich sagen.«

Mit einem verschmitzten Lächeln schaute er abwechselnd seine ehemalige Doktorandin und den stellvertretenden EPA-Direktor an. Maven Bleriott verdrehte kurz ihre Augen. *Mein Doktorvater wird sich nie ändern, das ist so sicher wie das Amen in der Kirche,* dachte sie sich.

Professor Scolvus musterte sie von Kopf bis Fuß. Maven Bleriott war die wohl talentierteste Studentin, die er je gehabt hatte. Das stand für ihn unumwunden fest. Sie hatte alle ihre damaligen Kommilitonen in den Schatten gestellt. Und auch nach ihr kam niemand mehr an ihre intellektuelle Leistungsfähigkeit heran. Außerdem war sie noch äußerst attraktiv. *Eine gefährliche Kombination, wollte man sich als Mann nicht sofort in sie verlieben.* Daran musste er jetzt wieder denken.

Eris hatte beide nur beobachtet und kein Wort gesagt. Ein leises Lachen konnte er sich dennoch nicht verkneifen, da der Professor von seinem Habitus und seiner Wesensart genauso war, wie Dr. Bleriott ihn beschrieben hatte: Sehr selbstbewusst im Auftreten, ein keckes Mundwerk, immer für einen Spruch zu haben und manchmal leicht tollpatschig. *Man musste ihn eigentlich von Anfang an mögen,* kam es Eris direkt in den Sinn.

Ein Großteil der geladenen Tagungsteilnehmer begab sich nach Ende des ersten Tages in die gemütliche Hotelbar, um nach getaner

Arbeit einen wohlverdienten Absacker zu trinken und sich mit langjährigen Kollegen sowie Freunden auszutauschen.

Nach einer Weile unterhielten sich Eris und Professor Scolvus überaus angeregt, die Atmosphäre war gelöst und entspannt: »Sie haben Interesse an Maven, das sieht ein Blinder mit Krückstock auf tausend Kilometer«, änderte Professor Scolvus wie aus dem Nichts das Thema.

Der EPA-Angestellte sah ihn zwischenzeitlich verdutzt an, bis ein breites Grinsen über seine Lippen kam. »Schaue ich aus wie Mutter Theresa? Nein? Sehen Sie! Dr. Bleriott ist, da muss ich Ihnen zustimmen, eine äußerst attraktive Dame. Und ich habe im Übrigen nicht mehr vor, katholischer Priester zu werden! Aber ich muss Sie enttäuschen: Unser Verhältnis ist rein professioneller Natur.« Während er dies äußerte, zwinkerte er dem Professor schelmenhaft zu.

»Passen Sie auf, Mr. Eris, Maven ist wie eine Tochter für mich. Sie ist extrem anspruchsvoll und kann gnadenlos sein, sofern es ihren Interessen hilft. Damit lassen wir das Thema beiseite. Sie wollten etwas Berufliches mit mir besprechen?«

»Ja, das stimmt«, entgegnete Eris. Er zögerte. Das erkannte auch sein Gegenüber sofort. Eris warf einen flüchtigen Blick nach links und rechts, um sich zu vergewissern, dass sich niemand in ihrer Nähe befand.

»Um gleich auf den Punkt zu kommen: Wir bei der EPA untersuchen diverse Fälle in Bezug auf illegale Aktivitäten einiger multinationaler Unternehmen, einschließlich der Kervielia Group.« Als er im Verlauf des Gesprächs dies sagte, vermied er so gut es ging, den Professor zu erwartungsvoll anzuschauen. Dessen Körpersprache veränderte sich spürbar. Er wich Eris aus, der Oberkörper des Professors drehte sich leicht von ihm weg. »Es fehlen uns jedoch wirklich belastende Dokumente, um eine rechtliche Grundlage für unsere Anschuldigungen zu schaffen«, fuhr Eris fort. »Sie gelten ja als ausgewiesener Kritiker sowie Experte in Bezug auf die Aktivitäten solcher international agierenden Unternehmen.«

»Worauf wollen Sie hinaus?«, konterte der Harvard-Professor mit einem plötzlich nüchternen und vor allem deutlich argwöhnischen Unterton in seiner Stimme. Eris merkte, dass er dünnes Eis betreten hatte und versuchte mit beschwichtigenden Gesten und Handbewegungen Scolvus' Skepsis zu nehmen.

»Ich meine, ein gewisser Hudson von Interpol – den Sie ja zu kennen scheinen, wie ich gehört habe – war zuletzt mit seinen Kollegen vom FBI bei uns und hatte uns gebeten, seine Ermittlungen gegen drei führende Konzerne zu unterstützen. Sofern wir eben den Fällen zuträgliches Beweismaterial hätten. Mein Vorschlag wäre nun, dass Sie ihre Kräfte mit denen der EPA bündeln, sofern Sie über belastende Dokumente verfügen oder imstande wären, diese zu erwerben.«

Professor Scolvus' Augen durchbohrten den für ihn vollkommen fremden Mann. Ein solch brisantes Thema in einem solchen Umfeld anzusprechen, ging für ihn zu weit. Eris spürte das. Er fühlte sich von der einen auf die andere Sekunde sehr unwohl in seiner Haut.

»Ich glaube nicht, Mr. Eris, dass dies der geeignete Ort für diese Art von Unterhaltung ist. Und einer Sache können Sie sich gewiss sein: Wären solche Dokumente in meinem Besitz, dann hätte ich diese Konzerne schon längst auf den Mond geschossen. Lassen Sie uns austrinken und morgen das Gespräch fortsetzen. Ich bin müde und möchte mich hinlegen.«

Mit einem zügigen Schluck leerte er sein Whiskeyglas, drehte sich ohne ein weiteres Wort hinzuzufügen um und verließ den Raum entschiedenen Schrittes. Dabei wechselte er noch im Vorbeigehen schnelle Worte mit Dr. Bleriott. Sie nickte zustimmend, ehe er schließlich durch die große, hölzerne Eingangstür der Bar verschwand. Er wurde von einem Mann mit schwarzem Anzug begleitet und bei näherem Hinsehen konnte Eris dessen Ohrhörer erkennen. Es war wohl einer von Hudsons Männern. Dieser hatte ihm gegenüber bei ihrem Treffen vor vier Tagen davon erzählt, dass Professor Scolvus rund um die Uhr bewacht würde – ohne an dieser Stelle auf die Gründe hierfür näher einzugehen.

Eris trat unruhig auf der Stelle. Er war sich bewusst, dass er sich auf einem äußerst schmalen Grat bewegte. Nichtsdestotrotz musste er mit Hilfe von Professor Scolvus unbedingt an kompromittierendes Material gelangen, zur Not auch gegen seinen Willen. Daran führte kein Weg vorbei.

\*\*\*

## 01.08.2014,
### fünf Stunden später

»Es tut mir aufrichtig leid, dass ich das tun muss. Ich habe persönlich nichts gegen Sie. Es ist nur leider mein Job, die Drecksarbeit für andere zu erledigen, die meine Dienste zu schätzen wissen. Hätten Sie der Natur der Dinge ihren Lauf gelassen, wären wir nun nicht hier. Und wenn Sie eben nicht der Versuchung erlegen wären, so vielen Personen ans Bein zu pinkeln.«

Jerome Leeson wählte seine Worte stets mit Bedacht. Sie stellten unmissverständlich klar, dass er keine andere Wahl gehabt hatte. Doch in diesem Fall war er ungewohnt emotional. Er wandte sich dem Mann zu, der ihm gegenüber an einen Stuhl gefesselt war. Der Mann rutschte nervös hin und her, wodurch der alte Stuhl schrille Quietschgeräusche von sich gab. Er versuchte sich unter aller Anstrengung zu befreien. Dieser Versuch veranlasste Leeson im Gegenzug nur zu einem sarkastischen Schmunzeln. Er wusste, wie sinnlos es für seine Zielpersonen war, sich ihrem Schicksal zu erwehren.

Leeson trat näher an den Mann heran. Dessen Augen weiteten sich, stachen wie immer größer werdende Halbkugeln aus den Höhlen hervor. Seine Halsschlagader zeichnete sich merklich ab und er ballte seine Hände so stark zu Fäusten, dass seine Arme zu zittern begannen. Sein Körper kämpfte mit aller Kraft darum, aus der Umklammerung der Fesseln herauszubrechen. Der Mann, der äußerlich unversehrt war, wollte andauernd etwas sagen. Doch das Klebeband auf seinem Mund erstickte jeglichen Versuch der Kommunikation im Keim.

Noch vor zehn Minuten schlief Leesons Gefangener seelenruhig in seinem Hotelbett. Als dieser ohne jegliche Vorwarnung aus seinem friedlichen Schlaf gerissen wurde, war es allerdings schon zu spät gewesen. Leeson hatte einen mit Chloroform getränkten Lumpen am Mund angesetzt und mit aller Kraft zugedrückt. Erst 20 Minuten später wachte der Mann dann mit pochenden Kopfschmerzen wieder auf, gefesselt an eben diesen Stuhl.

Leeson wandte dem Mann seinen Rücken zu. Er vollzog sein streng getaktetes Ritual in aller Ruhe, das auf sein Opfer beängstigend routiniert wirken musste. Ein jeder seiner Handgriffe war minutiös durchgeplant und seine gefühllose Mimik ließ keinen Zweifel daran aufkommen, dass er exakt wusste, was er tat. Mit akribischer Sorgfalt rollte er eine 90 Zentimeter lange Tasche auf dem großen, weichen Doppelbett des luxuriösen und stilvoll eingerichteten Hotelzimmers aus. Diejenigen Instrumente, die durch den Transport verrutscht waren, legte er anschließend penibel an die für sie bestimmte Position zurück. Jedes noch so kleine Detail war entscheidend, um den Auftrag zu seiner eigenen Zufriedenheit zu erfüllen. Denn er hatte das Glück, durch seine Tätigkeit auch seine eigenen Wünsche und Triebe zu befriedigen.

Nachdem Leeson seine mitgebrachten Utensilien geordnet hatte, schritt er, ohne den gefesselten Mann eines Blickes zu würdigen, auf einen Laptop zu, der links neben dem Bett auf einem Arbeitstisch abgestellt war. Aus seinem schwarzen Sakko zog er daraufhin einen USB-Stick heraus und steckte ihn in den dafür vorgesehenen Slot. Anschließend öffnete er eine Datei und spielte plötzlich „Hurt" von Johnny Cash ab. Dabei drehte er die Lautstärke auf mittlere Höhe. Der gefesselte Mann war ganz ruhig geworden und bewegte sich nicht mehr, sondern verfolgte aufmerksam Leesons seltsames Treiben. Der Gesang einer rauchigen, gebrochenen Männerstimme erfüllte den Raum. Die Atmosphäre des Liedes wirkte düster. Leeson schloss seine Augen und sog die Stimmung des Songtextes in sich auf. Mitten im Lied schlug er schlagartig seine dunkelbraunen Augen auf. Sie fixierten direkt die weiße Wand hinter dem Bett. Er nickte sich auffordernd zweimal selbst zu und während das Lied im Hintergrund weiterlief, ging er zu seinen auf dem Bett ausgebreiteten Instrumenten und zog eine Spritze aus der Tasche heraus.

Dann drehte er sich um und sagte: »Wissen Sie, was mir an diesem Lied am meisten gefällt, Professor Scolvus? Diese morbide, emotionale Tiefe. Dieser Selbsthass. Das spricht mir aus der Seele. Da komme ich immer gut in Stimmung.« Leeson verzog keine Miene, jedes Mal, wenn er sprach. Nachdem er die Nadel der Spritze mit seinem rechten Zeigefinger zweimal angestupst hatte, legte er diese wieder beiseite und stellte sich vor seinen Gefangenen. Ohne Vorwarnung holte Leeson als nächstes eine Pistole mit Schalldämpfer aus dem hinteren Bund seiner Hose. »Wollen wir es nochmal versuchen, Herr Professor?«, fragte er leicht genervt. Er zielte nun mit der Schusswaffe geradewegs auf den Kopf des Mannes. Ihre Blicke trafen sich erneut. Die Todesangst stand William Scolvus ins Gesicht geschrieben. Schweißperlen sammelten sich auf seiner Stirn und tropften beinahe wie in Zeitlupe von dort auf seine Hose. Sein hellblaues Nachthemd hatte unter den Achseln ausgedehnte, dunkle Flecken und war völlig durchtränkt. Nach einer schier endlos anmutenden Wartezeit nickte er zustimmend. Er wusste, dass er keine Wahl hatte.

»Wenn Sie noch ein einziges Mal auch nur mit dem Gedanken spielen, um Hilfe zu rufen, puste ich Ihr Gehirn an die Wand. War das deutlich genug?«, stellte Leeson mit aller Nachdrücklichkeit klar. Es bestand kein Zweifel daran, dass er fest entschlossen war, jegliches Zuwiderhandeln gnadenlos zu bestrafen.

Während Leeson ruckartig das Klebeband mit der einen Hand vom Mund des Professors abzog, hielt er in seiner Linken die Pistole fest gegen dessen rechte Schläfe. Professor Scolvus kämpfte innerlich gegen seine Verzweiflung an, nur um nach außen hin keine Schwäche zu zeigen. Unter keinen Umständen durfte er seinem Gegner das Gefühl der absoluten Überlegenheit geben.

»Was tun Sie da, Leeson? Sie sind von Interpol für meinen Schutz abgestellt worden! Das ist doch alles Irrsinn!«, sprudelte es auf einmal leise aus ihm heraus, sobald Leeson das Klebeband entfernt hatte. Professor Scolvus konnte sich nicht mehr zurückhalten.

Leeson hielt ihm sofort mit seiner freien Hand so kräftig Mund und Nase zu, dass der Professor unfähig war, zu atmen. Dieser musste kurz röcheln. Dann immer stärker.

»Ich habe doch gesagt, folgen Sie meinen Anweisungen! Habe ich das nicht ausreichend kommuniziert?«, brüllte ihn Leeson unverblümt an und drückte noch fester zu. Sein Gegenüber war da kaum mehr imstande zu reagieren. Professor Scolvus verspürte einen zunehmend stechenden Schmerz im Brustkorb, der unterdessen begann, sich durchgehend schneller zu heben und zu senken. Er merkte, wie seinem Gehirn langsam der Sauerstoff ausging und er drohte ohnmächtig zu werden. Leesons Stimme wirkte weit entfernt und dumpf, bis sie fast ganz verstummt war.

Leeson ließ los und Professor Scolvus rang verzweifelt nach Luft. Seine Lungen brannten ungeheuerlich und sein Blick wanderte unkontrolliert im Raum umher. Er musste mehrmals laut und kräftig husten. Es dauerte schließlich einige Minuten, bis er sich wieder halbwegs erholt hatte. Leeson beobachtete sein Opfer dabei vollkommen regungs- und emotionslos. Er wiederholte seine Frage und seine Stimme klang nun weitaus aggressiver. Er wollte unmissverständlich klarmachen, dass er kein weiteres Mal nachfragen würde.

Professor Scolvus nickte erneut. Er wusste, was es für ihn bedeutet hätte, falls er in diesem Moment zu lange gezögert hätte. Da er anfänglich kein Wort herausbrachte, herrschte eine gespenstische Ruhe – bis auf die Musik im Hintergrund, die unentwegt weiterlief.

Leeson brach nach etlichen Sekunden sein Schweigen: »Sie wissen, warum ich hier bin und wieso ich Sie gefesselt habe. Ich benötige den Stick und alle Dokumente über die Kervielia Group, die Sie von George Heyessen erhalten haben. Wo finde ich sie?«

Als Reaktion erhielt Leeson nur ein verächtliches Lächeln. Gleichzeitig schaute ihn Professor Scolvus unentwegt direkt an, ohne mit der Wimper zu zucken.

»Sie haben also George ermordet. Und das nur, weil er das Richtige tun wollte.« Nach einem tiefen Schnaufen fuhr er sichtlich selbstbewusster fort: »Ich habe nicht, wonach Sie suchen, Leeson. Falls Sie so überhaupt heißen.«

Er drehte seinen Kopf angewidert leicht zur Seite. »Sie können es gerne aus mir herausprügeln, aber ich habe keinerlei Informationen über Ihren Auftraggeber von George erhalten. Ich wüsste auch nicht, wo sich dieses vermeintlich belastende Material befinden könnte. Ich wünschte allerdings, George hätte mir solche Dokumente tatsächlich zukommen lassen, dann hätte ich der beschissenen Kervielia Group bereits vor einiger Zeit höchstpersönlich den Arsch aufgerissen.«

Professor Scolvus verspürte eine grenzenlose Wut. Unbewusst bohrte er seine Hände immer stärker in das Holz der Stuhllehne, so dass sich an seinen Fingerkuppen weiße Druckstellen bildeten.

Leeson schwieg aufs Neue und musterte den Professor eindringlich. Er hatte sich schon in unzähligen Situationen wie dieser befunden. Seine langjährige Erfahrung als zuverlässiger „Problemlöser" hatte seine Menschenkenntnis und Wahrnehmung dafür, ob jemand im Angesicht des Todes log oder nicht, rasiermesserscharf werden lassen. Er bückte sich nach vorne, um Professor Scolvus nochmals in die Augen schauen zu können. Anschließend tätschelte er zweimal dessen linke Wange und sagte mit ruhiger Stimme: »Ich weiß.«

*Es muss einen anderen Weg geben, an die Dokumente von Heyessen zu kommen*, dachte er sich. Das belastende Material, das scheinbar von solch großer Tragweite für seinen Auftraggeber war, konnte wohl nicht nur die Kervielia Group, sondern gleich ganz andere Akteure mit in den Abgrund reißen.

Leeson wartete kurz ab, drehte sich einmal um die eigene Achse und legte seine Pistole beiseite. Dann griff er nach der Spritze, die er auf dem Bett vorhin abgelegt hatte. Er trat bis auf einen Schritt an William Scolvus heran und bekräftigte: »Glauben Sie mir, Herr Professor, ich kann Ihre hehren Motive sehr gut nachvollziehen. Dass Sie für Ihre Ideale unerschrocken einstehen, koste es was es wolle, hat mich zutiefst beeindruckt. Doch man muss im Leben manchmal Kompromisse eingehen, auch unangenehme.«

Bevor Professor Scolvus etwas erwidern konnte, rammte Leeson ihm die Spritze in dessen Halsschlagader. Dieser stöhnte sofort auf und schnappte verzweifelt nach Luft. Seine Pupillen weiteten sich und traten mehr und mehr aus den Augenhöhlen hervor. Gleichzeitig begann sein ganzer Körper krampfartig zu zittern, bis er schlussendlich kollabierte und sein Kopf zur Seite sackte. Der Kampf gegen das injizierte Gift war zwecklos. Binnen weniger Sekunden waren die Todesqualen vorbei. Kurz darauf verstummte die Musik und die Stille eroberte erneut die Nacht.

\*\*\*

**Washington D.C,
der Tag danach**

»Na endlich! Wieso hat das so lange gedauert?«, raunte Senator Pierce Tartaris Sr. in Richtung des unscheinbaren Mannes, der gerade in sein Büro gekommen war. »Schließen Sie die Tür, Meyer!«, hallte es mit donnernder Stimme durch das große, stilvoll, aber recht altmodisch eingerichtete Arbeitszimmer, das im vierten Stock des Kapitolgebäudes gelegen war.

Tartaris war Vorsitzender des Geheimdienstausschusses des Senats und einer der einflussreichsten Politiker in Washington und war daher seit vielen Jahrzehnten Teil des Politikestablishments. Er kannte jeden. Und jeder kannte ihn. Aufgrund seines Netzwerks war er einer der mächtigsten Politiker in der Hauptstadt insgesamt. Dennoch agierte er rein im Verborgenen, denn Machtpolitik konnte man im öffentlichen Raum nicht effizient genug ausspielen. Hinter verschlossenen Türen waren seine Gegner stets verwundbarer, sofern er Informationen über sie hatte, die niemals an die Öffentlichkeit gelangen durften. Diese hatte er und er nutzte sie eiskalt.

Tartaris war mittelgroß und von normaler Statur. Sein leichter Bauchansatz zeichnete sich im Stehen ab, doch er war beileibe nicht unsportlich. Als einer der wenigen Senatoren verstand er den Wert des äußeren Auftretens. Sein schicker Maßanzug, seine farblich passend dazu abgestimmten Schuhe, Krawatte und das rote Einstecktuch – alles passte perfekt zusammen. Sein bereits ergrautes Haar war nahezu vollkommen einer Halbglatze gewichen. Seinen schwarzgrauen Schnauzer trug er penibel genau auf acht Zentimeter getrimmt.

»Haben Sie endlich die Unterlagen erhalten?«, fragte er Meyer ungehalten. Bryson Meyer, seine rechte Hand, der in der Folge seines ausdruckslosen Auftretens in einer größeren Menschenmenge sofort untergehen würde, war Tartaris' wichtigster Mann. Er war etwas größer als sein Chef, schlank, hatte wie er eine beginnende Halbglatze und sah älter aus, als man es vermutet hätte. Was Tartaris am meisten an Meyer schätzte, war seine nicht zu brechende, grenzenlose Loyalität ihm gegenüber.

»Scolvus ist tot«, verkündete Meyer trocken. Tartaris zog für einen Moment seine linke Augenbraue hoch. Er erwiderte nichts. Stattdessen drehte er sich dem Fenster zu seiner Linken zu und blickte in Ferne: »Was sagt der Bericht?« Tartaris versuchte erst gar nicht seine Anspannung zu verbergen. Das war Meyer gleich aufgefallen. Er kannte seinen Chef nach 15 Jahren engster Zusammenarbeit in- und auswendig und wusste, dass diesem die Antwort auf die Frage nicht gefallen würde: »Unsere Leute von der NSA können bestätigen, dass Scolvus und Heyessen direkt vor Heyessens Tod mehrmals telefoniert hatten. Es war nicht einfach, an die entsprechenden Daten zu kommen, da ja keine Sicherheitsrelevanz, sondern vielmehr aber eine hohe Öffentlichkeitswirkung durch die Position von Scolvus vorlag. Daher hat es eben so lange gedauert.«

Meyer wartete die Reaktion des Senators ab. Dieser zeigte keine Regung. Dann fuhr er fort: »Auch die E-Mail-Konten geben keinen Aufschluss darüber, ob Heyessen seine Dokumente an Scolvus weitergeleitet haben könnte. Vermutlich haben sie diesbezüglich über konventionelle Wege kommuniziert wie zum Beispiel per Brief.«

Tartaris drehte sich mit einer schnellen Bewegung um und warf Meyer einen verächtlichen Blick zu. »Das ist alles? Briefe sollen sie also geschrieben haben? Wofür bezahle ich Sie und all die anderen eigentlich? Na herzlichen Dank dafür.«

Der Senator war verärgert. Es hatte schon Ewigkeiten gebraucht, seine Leute an den zentralen Posten innerhalb des Nachrichtendienstes zu positionieren. Schließlich musste er noch einige Wochen auf die Auswertung der NSA warten. Und das war das Ergebnis.

»In zwei E-Mails von Scolvus ist jedoch zusätzlich von einer dritten Person die Rede. Jeanne Darce. Könnte ein Codename sein. Scolvus sollte mit ihm oder ihr Kontakt aufnehmen. Das Datum war für die Konferenz gestern in Sacramento angesetzt.«

Es vergingen ein paar Sekunden des Schweigens. »Nun gut, Scolvus ist tot. Laut unserem Mann wusste er allerdings nichts über den Verbleib der Dokumente, die von Heyessens Kervielia-Konto vor Monaten auf einen Stick heruntergeladen und die aus dem Aktenschrank für Geheimoperationen entwendet worden waren«, bilanzierte Meyer.

»Irgendjemand muss schließlich etwas wissen, verdammt!« Tartaris schlug wutentbrannt mit seiner geballten Faust auf den schweren Eichenschreibtisch vor sich. Sein Aufschrei war auch noch auf dem gesamten Gang vor seinem Büro zu hören.

»Setzen Sie unseren Mann auf Bleriott an, den wir noch in Sacramento zurückgepfiffen hatten. Scolvus war ja sehr eng mit ihr.« Tartaris ließ sich darauf wie ein nasser Sack in seinen Sessel fallen und begann nervös mit seinen Fingern auf den Armlehnen zu tippen.

Meyer ging im Anschluss zum Ausgang, hielt aber umgehend inne, als Tartaris fortfuhr: »Ich darf Sie daran erinnern, was auf dem Spiel steht, Meyer. Meine Senatorenkollegen werden mit jedem Tag, der vergeht, sichtlich ungehaltener. Und bald ist wieder Wahlkampf. Da brauchen wir die Spendengelder. Nicht wegen unserer klammen Finanzen, wie manch einer denken mag. Nein, davon haben wir sowieso in Hülle und Fülle. Viel wichtiger ist das Netzwerk, das hinter diesen Spenden steht. Nur damit wird es uns gelingen, Philipps als Präsidentschaftskandidaten durchzusetzen.«

Sie tauschten intensive Blicke aus. Meyer hatte verstanden.

# Zweites Kapitel: Interview

**Amerikanische Ostküste**
**04.08.2014, 01:32 nachts**

Maven Bleriott konnte in der heutigen Nacht erneut nicht einschlafen. Jede Minute, gar jede Sekunde dachte sie an William, ihren langjährigen Freund und Unterstützer. Wenige Stunden, nachdem sie vor knapp drei Tagen in ihrem Hotelzimmer in Sacramento zu Bett gegangen war, war am darauffolgenden Morgen die Hölle losgebrochen. Ihr Zimmer hatte sich auf der gleichen Etage wie das von ihrem Doktorvater befunden. An diesem Morgen war sie von dutzenden, hektischen Stimmen, die dröhnend durch ihre Hotelzimmertür durchgedrungen waren, aus dem Schlaf gerissen worden. Als sie dann ihren Kopf in den Hotelgang gesteckt und gesehen hatte, wie mehrere bewaffnete Personen in das benachbarte Hotelzimmer stürmten, wusste sie, dass etwas Schlimmes passiert sein musste.

Jetzt lag sie hellwach in ihrem Bett und ging in regelmäßigen Abständen die Bilder durch, die sie mit ihrem Smartphone von sich und ihrem Ersatzvater an dem ersten Tag der Konferenz noch gemacht hatte. *Ach Willy, was musstest du bloß Grauenhaftes erleiden. Warum ...* Bevor sie ihre Gedanken zu Ende spinnen konnte, vibrierte wie aus dem Nichts das alte Nokia Handy, das sie auf ihrem Nachttisch gelegt und das ihr der Professor, mit einem Zettel versehen, zwischen Tür und Angel an dem Abend zusteckte, an dem sie ihn das letzte Mal lebend gesehen hatte.

Sie starrte zunächst ungläubig in die Richtung, aus der das Vibrationsgeräusch gekommen war. Sie zögerte. Nach einer Weile des Wartens durchfuhr sie ein Ruck und sie richtete sich so schnell sie konnte auf, um nach dem Mobiltelefon zu greifen. Sie packte es und gab ungeduldig eine vierstellige PIN-Nummer ein, um es zu entsichern, nur um kurz darauf auf dem kleinen, hellleuchtenden Handybildschirm zu lesen: »Hallo Jeanne Darce. Seneca grüßt Plutarch.« Ohne groß darüber nachzudenken, antwortete sie: »Plutarch ist tot. Wer sind Sie? Woher haben Sie diese Nummer?«

Nach einer längeren Wartezeit erhielt Dr. Bleriott folgende Antwort: »Ich weiß. Habe Ihre Kontaktdaten von Seneca. Er ist auch tot. Kommen Sie zum Nobska Leuchtturm. Heute um 19 Uhr.«

Eine innere Nervosität übermannte sie. Sie fühlte sich ausgeliefert. *Was, wenn das eine Falle ist?*, fragte sie sich zweifelnd. *Du musst aber endlich herausfinden, was hinter Williams Tod steckt, Maven!*, sprach sie sich im gleichen Atemzug Mut zu. *Wer nicht wagt, der nicht gewinnt!* Daraufhin schrieb sie zurück: »Noch einmal: Wer sind Sie in Gottes Namen? Wieso sollte ich Ihnen vertrauen?«

»Nobska Leuchtturm, 19 Uhr. Williams Tod darf nicht umsonst gewesen sein. Seien Sie nicht zu spät. Ich werde nicht auf Sie warten.«

\*\*\*

**London, zur gleichen Zeit**

Nathan Sciusa konnte einfach nicht mehr schlafen. Bereits in den frühen Morgenstunden wurde der Lärm so unerträglich laut, der von außen in sein kleines Apartment nahe der Finchley Road drang, so dass er nach Wachwerden kein Auge mehr zubekam. Anfänglich klang es meist wie ein entferntes Vibrieren. Dieses Geräusch schwang sich aber mit der Zeit zu einem solchen Dröhnen auf, dass er genervt direkt aufstand. Die einfachverglasten Fenster seiner Wohnung hätte er auch gleich ausbauen können, so hilfreich waren sie gewesen, den Straßen- und Menschenlärm draußen zu halten.

*Scheiß London*, dachte er sich. *Jeden Tag derselbe Mist. Hoffentlich klappt das später alles am Schnürchen. Dann kann ich alsbald aus diesem Loch ausziehen.*

Heute war sein Tag gekommen: Er hatte es trotz aller Widerstände geschafft, zu einem Bewerbungsgespräch bei Charon Jove & Associates, oder kurz CJA, eingeladen zu werden. CJA war eine beinahe sagenumwobene Beratungs- und Krisenmanagementfirma, die ihren weltweiten Hauptsitz in London hatte. Über sein Harvard-Netzwerk hatte er überhaupt erst einen Headhunter kennengelernt, der ihn am Ende entsprechend weiterempfahl. Ohne dieses Vitamin B hatte man als Bewerber keine Chance. Auf der Homepage von CJA gab es keinerlei Verweis auf etwaige Karrieremöglichkeiten, eine Anfrage hierzu wurde zu keinem Zeitpunkt beantwortet. Nathan wusste, dass das System nun mal so funktionierte und wollte man Teil dieses

Systems werden, so war man dazu gezwungen, die gesetzten Regeln zu akzeptieren und zu seinem eigenen Vorteil zu nutzen.

Nathan ging an das Fenster in seinem Schlafzimmer und nahm einen ausgiebigen Schluck aus einer Wasserflasche, die auf seinem Nachtkästchen stand. Es war ein schöner Londoner Morgen. *Durchaus untypisch für diese mit solch deprimierendem Wetter gesegnete Weltmetropole*, kam es ihm sofort in den Sinn.

Er hatte noch drei Stunden, bis er los musste. Das Interview war für 13 Uhr angesetzt. Wie lange es dauern und was ihn erwarten würde, darüber erhielt er trotz Nachfrage keinerlei Auskunft. Von seiner Wohnung benötigte er mit mehrmaligem Umsteigen ungefähr 45 Minuten nach Canary Wharf, dem Business District der Stadt. Es blieb nicht mehr viel Zeit, sich vorzubereiten. Und Vorbereitung war in dem Geschäft seines potenziellen Arbeitgebers alles.

\*\*\*

### Canary Wharf, 12:30 Uhr

Der Anblick faszinierte ihn immer wieder aufs Neue: Man quetschte sich in schier endlosen Menschenmassen zunächst in ein viel zu kleines U-Bahn-Abteil. Anschließend stieg man aus und wurde wie ein Spielball schlichtweg von dieser Menschenmasse eingesogen und in die Richtung des Ausgangs der U-Bahnstation mitgerissen. Man war Teil eines riesigen und nimmersatten Heeres bestehend aus menschlichen Robotern, die Tag ein, Tag aus und gemäß strengster Taktung und harter Disziplin den beständig gleichen Rhythmus an den Tag zu legen hatten. Kein Abweichen, kein Ausscheren wurde geduldet. Jeder wusste präzise, in welche Richtung er zu gehen hatte und wohin ihn dieser Weg führen würde.

Nathan nahm die Rolltreppe in Richtung Ausgang, um zum Montgomery Square zu gelangen. Er schaute sich langsam zuerst nach links um, dann nach rechts. Die Rolltreppe brauchte eine Ewigkeit, so hatte es zumindest den Anschein. Es war für ihn eine unwirkliche Szenerie. Dicht gedrängt wie Sardinen in einer Büchse, so dass kein Blatt mehr zwischen sie zu passen schien, nahmen jeden Tag zehntausende Menschen genau die Rolltreppe, die er gerade eben benutzte. Wie ein Automatismus überkam es ihn des Öfteren in solchen Situationen, dass er leicht ins Träumen geriet und sich vorstellte, wie dieses Spektakel wohl aussehen würde, wenn man wie Gott oder eine andere höhere Macht einfach nur von oben herabblicken und zuschauen würde.

*Diese Monotonie musste auf Dauer extrem langweilig sein.*
Nathan befand sich auf der mittleren von drei Rolltreppen, die zwangsweise in das gelobte Land zu führen hatten. Oder in die Hölle. Je nachdem, wie man das Eine oder das Andere für sich selbst definierte. Dieses maschinenähnliche Verhalten seiner Mitmenschen, ohne offensichtliche Hinterfragung der fortwährend gleichen täglichen Routine, widerte ihn eigentlich an. Oftmals kam in ihm der Wunsch auf, in einem Moment wie diesem direkt aus dem Gewohnten auszubrechen. Letztlich wusste er jedoch, dass dies, vor allem angesichts seines neuen potenziellen Jobs, für die Zukunft noch unmöglicher würde als es aktuell ohnehin schon der Fall gewesen war. Sein Headhunter hatte ihn nämlich darauf hingewiesen, dass es bei CJA zur gängigen Prozedur gehören würde, als Junior Associate, also als Berufseinsteiger, mindestens 65 Arbeitsstunden pro Woche abzuleisten. Ansonsten würde man Gefahr gelaufen, sofort fristlos gekündigt zu werden. Man musste eine ziemlich masochistische Ader haben, um eine solche Selbstschändung über sich ergehen zu lassen. Ob er dazu in der Lage war, wollte er selbst herausfinden. Für zwischenmenschliche Nähe, persönliche Bedürfnisse und Gefühle war in diesem System kein Platz. Das war ihm klar.

Zehn weitere Minuten vergingen, bis sich Nathan seinen Weg aus der vollkommen überfüllten U-Bahnstation ins Freie an die nicht ganz so saubere Londoner Stadtluft gebahnt und sich in Richtung des Hauptgeschäftssitzes von CJA begeben hatte. CJA war die mit Abstand weltweit führende Unternehmensberatung auf den Gebieten Krisen- & Disputmanagement, politische Risiko- & Public Policy-Analyse, Lobbying, Public Affairs sowie Reputationsschutz und Litigation PR im Rahmen besonders delikater Fälle. Und dementsprechend repräsentativ war auch das Gebäude, in dem die Firma residierte.

Nach einem ausgedehnten Fußmarsch durch die Häuserschluchten von Canary Wharf blieb er vor einem mehrstöckigen Hochhaus stehen, das wie einer von vielen Pilzen in den blauen Morgenhimmel ragte und in der Morgensonne beinahe golden glänzte. Es war ein beeindruckender Komplex, dessen moderne Glasfassade etwas Erhabenes, fast schon Überhebliches ausstrahlte. Nathan schätze die Höhe des Gebäudes auf mehr als 200 Meter.

Seine Augen wanderten zu einer Tafel am Eingang, die alle sich in dem Hochhaus befindlichen Unternehmen auflistete. Das große, goldfarbene Schild von CJA in der Mitte war dabei nicht zu übersehen.

Nathan zögerte und starrte wie gebannt auf das Schild. Er hatte es tatsächlich geschafft, bei diesem prestigeträchtigen Unternehmen für ein Vorstellungsgespräch eingeladen zu werden. Das machte er sich in dieser Sekunde nochmals bewusst.

*Ich muss das jetzt durchziehen*, sagte er sich wieder und wieder. Für eine Zeit lang wippte er nachdenklich auf seinen Zehenspitzen vor und zurück. Die meisten der vorbeigehenden Personen würdigten ihn keines oder nur eines desinteressierten, flüchtigen Blickes. Andere musterten den jungen Mann beiläufig von Kopf bis Fuß, da man ihm seine Unsicherheit deutlich ansah. Doch niemand sprach ihn an.

*War es die richtige Entscheidung gewesen, hierher zu kommen?* Das wenige, was er über CJA wusste, war beispielsweise, dass das Unternehmen seine Geschäfte sehr vertraulich und nur im Verborgenen durchzog. Diskretion war alles, ähnlich wie bei einem Geheimdienst. *Nicht unbedingt ein Pluspunkt*, kam es zweifelnd in ihm hoch.

Auf einmal erschrak er sich beinahe zu Tode. Wie aus dem Nichts kommend, klopfte ihm jemand von hinten auf die linke Schulter. Nathan war stark zusammengezuckt. Er brauchte einen Sekunde, um seinen Puls wieder herunterzufahren. Er drehte sich um und stand einem kleinen, stämmigen Mann höheren Alters gegenüber. Dieser trug einen dunkelgrauen Anzug mit klassischem Schnitt, dazu eine türkisfarbene, breite Krawatte und ein passendes Einstecktuch mit dunkelblauen Punkten. Ihre Blicke trafen sich, allerdings brachte Nathan kein Wort heraus.

»Na, mein Sohn. Was glotzen wir denn so gedankenverloren ins Leere?« Es klang so, als würde ein Vater seinem zweijährigen Sohn verständlich machen wollen, was nun zu tun war. »Dadurch wird die Welt auch nicht besser. Und unser Unternehmensschild wird deshalb nicht plötzlich anfangen, mit Ihnen zu reden. Möchten Sie zu Charon

Jove & Associates? Ihrem Alter nach zu urteilen kommen Sie als Klient nicht infrage. Interview?«

Nathan begann leise etwas zu stammeln. Am Ende stand indes nur ein zögerliches »ja«.

»Na, das ist ja schon mal ein Anfang! Dann werden wir beide gleich die Ehre haben. Wenn Sie aber in einigen Minuten auf meinen Partner, Mr. Charon treffen, tun Sie mir einen Gefallen und finden bitte Ihre Eier wieder. Denn auf schüchterne Weichlinge ist er überhaupt nicht gut zu sprechen!«

Nathan musste seine Augen leicht zusammenkneifen und fragte sich ungläubig, ob er sich soeben verhört hatte. Sein Gedankengang wurde unterbrochen, als sich der ihm fremde Mann vorstellte: »Mein Name ist Jove. Gregory Jove.« Während er sich zu erkennen gab, gab er Nathan einen kräftigen Klaps auf die linke Schulter.

»Sie müssen wohl Nathan Sciusa sein! Freut mich, dass Sie es sich einrichten konnten zu kommen. Na dann, auf in die Schlacht! Auf in das Primat der Selbstgeißelung!« Jove lächelte sarkastisch, als er dies aussprach. Er war Nathan aufgrund seiner lockeren Art von Beginn an sympathisch. Was er jedoch zum Schluss hin gesagt hatte, wirkte wie eine böse Vorankündigung dessen, wie seine Zukunft tatsächlich aussehen würde. Zu diesem Zeitpunkt war er sich noch gar nicht darüber im Klaren, wie Recht Jove damit behalten sollte.

\*\*\*

**20 Minuten später**

»Ihr Lebenslauf ist sehr imposant, Mr. Sciusa. Abitur mit 1,1. Bachelorstudium in Philosophie, Politik und Wirtschaft an der britischen Eliteuniversität Oxford, Abschluss mit Bestnoten. Praktika bei einer weltweit führenden Unternehmensberatung des klassischen Management Consulting in London und bei einer Private Equity Firma in New York. Masterstudium der Internationalen Beziehungen in Harvard. Auslandssemester in Deutschland. Abschluss mit Auszeichnung. Was will man mehr?«

Gregory Jove schloss die Akte mit einer lässigen Handbewegung, in der sich Nathans Bewerbungsunterlagen für die Juniorposition im Bereich Krisenmanagement befanden. Der Inhalt des Studiums war für CJA von sekundärer Bedeutung. Nathan war Absolvent von Oxford und Harvard. Das genügte als Qualitätssiegel. Man wusste, was man an Absolventen dieser Universitäten hatte. Daher war selbst die jeweilige Abschlussnote nicht entscheidend, sondern einzig allein die Fähigkeiten, komplexe, interdisziplinäre Sachverhalte schnell zu analysieren, innovativ und problemorientiert zu denken und strukturiert zu arbeiten. Und das lieferten in der Regel alle Absolventen solcher Eliteuniversitäten.

Überhaupt nahm die Beratungsfirma nur Bewerbungen über ihre Recruiterkanäle an, sofern die Absolventen mindestens einen Abschluss einer der von ihnen vorgegebenen Universitäten vorweisen konnten: Harvard, Oxford, Cambridge, London School of Economics & Political Science, MIT, Columbia, Imperial College, Stanford, Princeton, Yale, University of Pennsylvania, Berkely, ETH Zürich, RWTH Aachen, TU München und Caltech. Alle anderen Universitäten, privater oder staatlicher Natur, wurden nicht akzeptiert. Trotz dieser Auswahlbeschränkung war die Konkurrenz immer noch so stark, dass es einem Glücksspiel gleichkam, zu einem Interview eingeladen zu werden. Dies war auch dem Umstand geschuldet, dass Charon Jove & Associates mit knapp 900 Angestellten im weltweiten Vergleich an der Spitze lag. Doch gerade Einstiegspositionen waren rar gesät. Dabei unterhielt das Unternehmen neben London nur kleinere operative Einheiten in seinen Kernmärkten, die in New York (für Nordamerika), Bogotá (für Zentral- und Mittelamerika), Rio de Janeiro (für Südamerika), Singapur und Jakarta (für Südostasien und Ozeanien), Moskau (für Zentralasien), Mumbai (für Südasien), Dubai (für den Nahen Osten) und Lagos (für Afrika) ansässig waren.

Das Interview folgte am Anfang den typischen Frage- und Antwortzyklen, die Nathan nicht wirklich herausforderten. Joves Partner, Bill Charon, verzog zu keinem Zeitpunkt eine Miene. Auf Nathan wirkte er schlecht gelaunt, was jedoch nicht unbedingt der Fall gewesen sein musste. Meistens raunte er etwas vor sich hin und nicht nur dank seiner Optik – er war beinahe 1,90 m groß, sportlich gebaut, hatte einen ungepflegten Sieben-Tage-Bart und trug ein hellblaues Hemd zu seiner dunklen Anzughose – sondern insbesondere im Hinblick auf seine Persönlichkeit, erschien er wie das perfekte Pendant zu Gregory Jove. Charon war sicherlich nicht der Typus Mensch, den man sofort in sein Herz schloss, so wie es bei Jove mit dessen offenem, unbekümmertem und herzlichem Gemüt der Fall gewesen war. Bei Charon hingegen wusste man zu keinem Zeitpunkt, woran man war, was er über einen dachte und was er als nächsten Schritt planen würde. Dieser Umstand prägte entscheidend den Verlauf des Interviews und machte Nathan ab und an nervös.

Die folgenden Brainteaser absolvierte Nathan mit Bravour. Beim anschließenden Allgemeinwissenstest über Politik, globale Finanzwirtschaft und Internationale Beziehungen und in dem Teil, in dem der Bewerber selbst Fragen stellen sollte, punktete er enorm. Offenbar sogar bei Charon, dem er mit seinen Antworten manchmal ein zustimmendes Nicken entlocken konnte. *Was für ein Gefühlsausbruch. Nicht gleich übertreiben*, dachte sich Nathan sarkastisch. Vor allem bei seinen Fragen zu der Definition und Messung von Erfolg, inwiefern die Position als Junior Associate elementar für das Wachstum, die Ziele und die Mission von CJA sei oder was Charon und Jove an Ihrem Job selbst am meisten hassten, war er in der Lage zu überzeugen. Auf die letzte Frage hatte nur Charon geantwortet. Er war kein Mann vieler Worte. Das bekam auch Nathan zu spüren. Macht und absolute Kontrolle waren sein Dauerthema. Dies versuchte er wenig stilvoll bildlich zu untermalen: »Stellen Sie sich vor, dass Mutter Theresa und Niccolò Machiavelli in diesem Moment zur Tür reinkommen und Boxhandschuhe tragen. Mutter Theresa kämpft für Ethik, Moral und die Armen, Machiavelli nur für Macht und sein eigenes Wohl. Wer gewinnt Ihrer Meinung nach?«

Nathan zögerte. Die Frage verwirrte ihn, da die Antwort auf der Hand lag. »Ist das eine Fangfrage?«

»Nein. Schauen Sie, Mr. Sciusa: Wenn uns unser tägliches Geschäft eines lehrt, dann dass wir alle nur zu gerne in einer gerechten, fairen und nachhaltigen Welt leben würden. Die Realität ist freilich eine andere. Die einzige Option, die Mutter Theresa in diesem Kampf hätte, wäre, Machiavelli zu Tode zu moralisieren und zwölf Runden lang um ihn herumzutanzen, in der Hoffnung, dass ihm irgendwann die Puste ausgehen und er von alleine umfallen würde. In unserer Welt hat Machiavelli aber in der ersten Runde direkt nach dem Abklatschen schon zum tödlichen Schlag ausgeholt und Mutter Theresa, Gott möge Sie selig haben, aus den Latschen gehauen.«

»Dies ist im Sinne der Theorien der Internationalen Beziehungen eine Interpretation, die sehr nahe am klassischen Realismus orientiert ist, Mr. Charon«, entgegnete er.

»Mit Sicherheit. Wir hier bei CJA vertreten die mächtigsten Firmenimperien der Welt. Egal aus welcher Branche. Ihr Reichtum, Vermögen und somit ihr Einfluss basieren ausschließlich auf dem Ausüben ihrer Macht. Moral kann dabei vielen als Kriegsinstrument dienen, doch sie ist in Gänze ungeeignet für das Durchsetzen von Wirtschaftsinteressen in einem kapitalistischen System. In dieser Welt, in der wir spielen, werden Moral und Emotion als Schwäche gedeutet, da man nicht bereit ist, Grenzen zu überschreiten und seinem natürlichen Instinkt zu folgen. Die Geschäftswelt ist gnadenlos. Punkt. Das ist so und wird immer so sein. Wir bei Charon Jove & Associates versuchen stets die Interessen unserer Klienten zu schützen und ihr Überleben zu gewährleisten. Wer uns bezahlen kann, kann sich unserer Loyalität sicher sein.«

Jove nickte zustimmend und tippte währenddessen abwechselnd mit seinem linken Zeige- und Mittelfinger auf den Tisch. In Nathan kam kurz der Gedanke hoch, ob dieser möglicherweise nur die Rolle des Wolfes im Schafspelz spielte.

Jove ergriff dann auch umgehend das Wort: »Unsere Art der Geschäftsphilosophie, die Öffentlichkeitsarbeit mit Krisenmanagement, Management Consulting und Lobbying kombiniert, ist in der Beratungswelt das neue „Big thing". Es geht neben dem klassischen „Behind-closed-doors-Lobbying" vielmehr darum, wer die Kommunikation im öffentlichen Raum und dadurch die Öffentlichkeit selbst kontrolliert. Vergessen Sie die beschissenen Management-Beratungen. In der heutigen Zeit kommt man als Unternehmer oder Regierung zu uns, falls man eine Krise gelöst haben möchte und geht nicht zu den Quacksalbern der klassischen Beratung oder zu Anwaltskanzleien. Der Anwalt ist gut für die rechtliche Beratung bei einem M&A-Deal sowie die eigene Scheidung und wenn man will, dass die Ehefrau am Ende möglichst leer ausgeht. Management Consultants dagegen ziehen dem hässlichen Schweinchen nur ein Kleidchen über oder ändern dessen Farbe. Wie man es dreht und wendet, es bleibt ein Schwein, aber in ihren Augen ist daraus plötzlich eine Geldkuh geworden, die man gewinnbringend melken kann. Bei dieser Art von Consultants geht es nicht darum, ihre Kunden zu verstehen und deren Geschäft wirklich besser zu machen. Ganz einfach gesagt geht es darum, anhand einer Powerpoint-Präsentation klarzumachen, dass der Unternehmer nicht mehr ohne die Berater leben kann. Diese Präsentation kann letztlich jedes Kind anfertigen. Endet sie dann noch mit einer Time Magazine-Titelseite und dem Konterfei des jeweiligen CEO, ist der Gipfel der Blödheit erreicht. Ergo: Der Kunde hätte sich das gesamte Geld sparen können, wenn er sich an irgendeiner Stelle selbst hinterfragt und nach einer Lösung für das grassierende Problem gesucht hätte.«

Nathan bekam einen ersten Vorgeschmack darauf, wie es wohl sein würde, unter beiden arbeiten zu müssen. Sie konnten knallhart sein. *Wer nicht spurt, war aller Wahrscheinlichkeit nach gleich weg vom Fenster. Charon ist ein echt harter Hund. Da wäre mir Jove zweifelsohne lieber*, dachte er sich sofort.

»Glauben Sie an Gott, Mr. Sciusa?«, fragte Charon wie aus dem Nichts und ließ in der Zwischenzeit keine Sekunde von Nathan ab. Dabei überdehnte er durch das Ziehen der Finger an seiner rechten Hand die Gelenke. Es knackste erst einmal, dann zweimal und noch ein drittes Mal. Der Klang war so unangenehm, dass Nathan ein Schauer über den Rücken lief.

Nathan spürte, dass das Interview nun eine andere Wendung genommen hatte, weg von dem förmlichen Teil hin zu jenem, den er nicht mehr zu kontrollieren imstande war. Charon wiederum spürte, dass Nathan zögerte.

»Nein«, antwortete dieser nach kurzem Überlegen. »Ich glaube nicht an Gott im christlichen, jüdischen oder islamischen Sinne. Ich bin allerdings davon überzeugt, dass es eine höhere Macht geben muss, die uns eine befriedigende Antwort auf unser aller Existenz geben kann. Alleine wie viele Zufälle zusammengekommen sein mussten, damit die Erde und am Ende wir Menschen entstehen konnten, lässt mich zu dem Schluss kommen, dass eine höhere Gewalt existiert.«

Charon und Jove zogen für Nathan eine nichtssagende Miene. »Wir hier bei CJA definieren unsere eigene Religion, Mr. Sciusa«, sagte Jove auf einmal. »Das bedeutet, dass wir uns als das auserwählte Volk sehen und ein gottähnliches Werk in dem Sinne verrichten, dass wir Menschen, die in Not geraten sind, helfen. Das können multinationale Konzerne sein, aber auch Regierungen, NGOs oder private Einzelpersonen. Deren ethische Ansinnen, die damit verbunden sein mögen, interessieren uns nur bedingt, sofern sie nicht das Wohl dieser Firma gefährden. Gerade im Krisenmanagement müssen Sie in der Lage sein, damit umzugehen, dass andere auf der Strecke bleiben. Sie wollen gewinnen und sich nicht jemandem fügen, der ihren Interessen diametral gegenübersteht.«

*Das ist hier ja so ähnlich wie bei den Investmentbankern*, ächzte Nathan in seinen Gedanken. Genau deshalb wollte er eigentlich nicht in einem solchen Arbeitsumfeld tätig sein, doch er war demgegenüber der Überzeugung, dass man manchmal unpopuläre Entscheidungen treffen musste. Würden alle, die andere moralische Prinzipien vertraten, sich von vornherein verweigern, für eine Firma mit diesem Selbstverständnis zu arbeiten, wie sollte das System dann je besser werden? Außerdem war er ein Siegertyp und irgendwie fand er CJAs Selbstdarstellung durchaus reizvoll.

»Sie waren ja in Oxford im Ruderteam, oder?«
Nathan wurde aus seiner geistigen Abwesenheit gerissen. Er nickte zustimmend.

»Was ist das wichtigste zu erreichende Ziel, das Sie aus dieser Erfahrung für sich mitnehmen konnten?«

»Siegen«, lautete die nüchterne Antwort. Nathan musste zugeben, dass er es genoss, zu den Siegern zu gehören. Es war immer ein großartiges Gefühl gewesen, Cambridge im berühmten Boat Race zu demütigen, obwohl beim gegnerischen Team zwei Freunde von ihm mitgerudert hatten. Wie diese sich fühlten, wenn sie verloren hatten, war Nathan stets egal gewesen. Zumindest am Tag des Triumphs. Danach sah die Welt wieder anders aus. Bei CJA konnte er, so schien es ihm, seine Siegermentalität bestens ausleben, ohne ahnungs- und wehrlosen Kunden der Finanzindustrie das Geld, legal oder illegal, aus der Tasche ziehen zu müssen. Darüber hinaus betrieb CJA selbst nach außen hin einen stark ethisch orientierten Kurs, der jedoch zugegebenermaßen im krassen Widerspruch zu den Gerüchten um dubiose Machenschaften und Nathans heutiger Erfahrung stand. Aber CJA hatte gleichermaßen den Ruf, zu den Machern zu gehören und Probleme jeglicher Art diskret zu lösen. Nathan spürte den Reiz dieses Unternehmens nicht nur in diesem Moment. Er war schon von der Aura und der Selbstdarstellung fasziniert gewesen, als er das erste Mal von CJA gehört und deren Webseite besucht hatte. Er beschloss daher, sich seine eigene Meinung zu bilden und ein mögliches Jobangebot anzunehmen. *Kündigen kann man ja immer*, sprach er sich selbst reflexartig Mut zu.

Charon übernahm erneut das Ruder: »Angenommen Sie fangen bei uns an, Mr. Sciusa, dann stehen Sie auf der Siegerseite, zweifelsohne. Vervollständigen Sie bitte abschließend noch folgenden Satz: The best way to predict the future« ...

... »is to create it!«, so lautete Nathans Antwort. Kurz und schmerzlos. Jove und Charon tauschten abermals flüchtige Blicke aus. Ihnen schien die Antwort sichtlich gefallen zu haben.

»Den weiteren Praxisteil können wir getrost auslassen, Mr. Sciusa«, sagte Jove und untermalte dies mit einer abwertenden Handbewegung. »Wir wollen allerdings im Speziellen Ihre Nervenstärke testen. Aus diesem Grund lassen Sie uns aufs Dach fahren und Minigolf spielen. Gesetzt den Fall, dass Sie gegen uns gewinnen, haben Sie den Job und sind um 130000 Pfund – ohne Boni – im Jahr reicher. Was sagen Sie dazu?«

Nathan war konsterniert. »Minigolf?«

»Ja«, entgegnete Charon. »Zur Entspannung haben wir auf dem Dach eine kleine Minigolfanlage installieren lassen. Diese dient uns aber auch als letztes Ausschlusskriterium, bevor ein Bewerber den Zuschlag für den Job erhält. Also, sind Sie bereit?«

\*\*\*

### Kolumbien, zur gleichen Zeit

»Meine Fresse, ist das heiß hier«, stöhnte Leonrod Hudson mehrmals und öffnete dabei ungeduldig den dritten seiner oberen Hemdknöpfe. Kolumbien war, klimatisch gesehen, zu jeder Jahreszeit eine Reise wert, sofern man dort Urlaub machen konnte. Und nicht wie er arbeiten musste.

»Bolivar! Wie lange dauert die Fahrt noch?«, brüllte Hudson entnervt nach vorne in Richtung des Fahrers. Das letzte Stück nach La Guajira Nueva[19], eine der größten Steinkohleminen der Welt, die

---

[19] Guajira ist sowohl eine geographische als auch ethnische Bezeichnung. So gibt es im Nordosten Südamerikas die Guajira-Halbinsel, die sich über kolumbiani-

knapp 32 Millionen Tonnen jährlich abwarf, war extrem holprig – gelinde gesagt. Hudson wusste, dass der Output der Mine zuletzt abermalig deutlich angestiegen war, da in erster Linie die Nachfrage aus Europa immer weiter wuchs. Die erhöhte Auslastung der Mine wirkte sich an dieser Stelle jedoch eindeutig negativ auf die Infrastruktur und Straßen in der Umgebung aus, da deren Ausbau und Instandhaltung nur schleppend voranging. Dies konnte er nun am eigenen Leib erfahren.

Hudson schaute andauernd rüber zu seinem kolumbianischen Kollegen Antonio Canaris. Dem erging es ähnlich wie ihm. Das ständige Hin und Her auf der Fahrt belastete nicht nur die Wirbelsäule, sondern auch den Magen. Von seinen Vorgesetzten in Lyon erhielt Hudson erst vor knapp 24 Stunden den Auftrag, eine mysteriöse Todesserie in Kolumbien zu untersuchen, die verdächtigt wurde, mit La Guajira Nueva und deren Eigentümern in Verbindung zu stehen.

Dies war deswegen von Bedeutung, da Hudson bei Interpol die Abteilung für Umweltverbrechen leitete. Zudem wurden die Vorfälle seit einigen Tagen öffentlichkeitswirksam von lokalen sowie internationalen NGOs breitgetreten. Das hatte eben zur Folge, dass sich die kolumbianische Regierung dazu genötigt sah, im ersten Schritt überhaupt erst zu reagieren und im zweiten den Forderungen nach einer internationalen Untersuchung nachzugeben. Am Ende war der öffentliche Druck so groß geworden, da es beinahe täglich zu umfassenden Demonstrationen in mehreren Städten des Landes gekommen war. Zehntausende gingen auf die Straßen. Das Vertrauen in die lokalen Polizei- und Sicherheitsbehörden hatte durch die Vorfälle schweren Schaden genommen. Und diesen Schaden konnte die kolumbianische Regierung alleine nicht mehr beheben. Aus diesem Grund diente der Einsatz von Interpol hauptsächlich der Schadensbegrenzung, dessen war sich Hudson bewusst. Er wusste, dass eine solche Untersuchung aus innenpolitischen Gründen eigentlich sehr ungewöhnlich war, doch Interpol wurde letztlich mit Unterstützung des kolumbianischen Staatspräsidenten ein Mandat verliehen. Für

---

sches und venezolanisches Staatsgebiet erstreckt und größtenteils von der Guajira-Wüste bedeckt ist. Zudem existiert das kolumbianische Departement La Guajira, das weite Teile der Halbinsel umfasst und in dem die Mehrheit des indigenen Volkes der Guajiro beziehungsweise Wayúu lebt. Siehe dazu auch: https://en.wikipedia.org/wiki/Wayuu_people.

ihn selbst war der Fall auch aus dem Grund von besonderer Brisanz, da die betroffene Steinkohlemine der Kervielia Group, in diesem Fall einer ihrer Tochtergesellschaften gehörte. Mit dem multinationalen Rohstoffunternehmen, das überall seine Hände im Spiel zu haben schien, stand er seit langem auf Kriegsfuß. Doch es war für ihn stets eine Tortur gewesen, dem Weltmarktführer im Bereich des Abbaus und Handels von Rohstoffen besonders schwere Straftaten nachzuweisen, die für ihn jedenfalls zweifelsfrei stattfanden.

Dies war primär dem Umstand geschuldet, dass er immer wieder von diplomatischer oder politischer Ebene im entscheidenden Moment zurückgepfiffen worden war, was im Zweifelsfall an Kervielias einzigartigem Netzwerk lag. Dieses Netzwerk war weit verzweigt und reichte bis in die höchsten politischen Ämter zahlreicher Länder. Diese Tatsache ließ Hudson oftmals verzweifeln und ihn den Sinn seines Berufes nicht nur einmal ernsthaft in Frage stellen. Bis heute war es ihm nicht gelungen, genügend belastendes Material, auch betreffend potenzieller Verstrickungen hochrangiger Politiker, anderer Unternehmer und führender Wirtschaftsvertreter zu sammeln, um die Kervielia Group dingfest zu machen. Das Unternehmen expandierte vielmehr nahezu unaufhaltsam und stand mit beinahe $180 Mrd. Jahresumsatz sogar mit Konzernen wie Daimler, General Motors und Samsung auf einer Stufe. Ein wichtiges Alleinstellungsmerkmal sämtlicher Rohstoffkonzerne war es, dass sie der breiten Öffentlichkeit in keinster Weise bekannt waren. Dies galt sowohl für die Kervielia Group als auch für amerikanische, arabische, australische, brasilianische, chilenische, chinesische, indische, kanadische, niederländische und schweizerische Konkurrenzunternehmen. Insbesondere im Hinblick auf die äußerst hohen Jahresumsätze war das für Hudson durchaus verblüffend.

Seine Hoffnungen, etwas gegen die Kervielia Group und deren zwei einflussreiche Eigentümer Gordon Kaleval und Montgomery Hallheim ausrichten zu können, hatten vor einigen Monaten einen unerwarteten Schub bekommen, als George Heyessen, ehemaliger Mitarbeiter des Konzerns, sich aus heiterem Himmel mit ihm in Verbindung gesetzt hatte. Heyessen hatte sich mit dem Hinweis an ihn gewandt, im Besitz belastender Dokumente zu sein. Bevor er jedoch ein nachhaltiges Vertrauensverhältnis zu ihm hatte aufbauen können, wurde dieser ermordet. Das gleiche Schicksal widerfuhr nun jüngst Professor Scolvus, der zwar in engem Kontakt mit seinem guten Freund Heyessen gestanden, allerdings dessen angebliches Beweismaterial nicht mehr erhalten hatte. Niemand schien etwas über den Verbleib der kompromittierenden Unterlagen zu wissen. Hudson war sich dennoch sicher, dass es in dieser Sache offenkundig um etwas ganz Großes ging in Dimensionen, die er sich noch gar nicht auszumalen vermochte. Denn es wurde nicht einmal davor zurückgeschreckt, international hochangesehene und in der Öffentlichkeit stehende Personen wie eben Professor Scolvus aus dem Weg räumen zu lassen. Wer bereit war für seine Interessen zu morden, musste irgendwann auch einen Fehler begehen. Darauf hoffte er zumindest. Er selbst hatte beide Tatorte der Morde an Heyessen und Professor Scolvus inspiziert. Erst eine spätere Obduktion hatte in beiden Fällen den Tod durch Fremdeinwirkung bestätigt. Die Spurensicherung an den Tatorten konnte wider Erwarten nicht den kleinsten Hinweis auf den Täter zu Tage fördern. Er nahm aufgrund dessen an, dass er es mit einem zur neurotischen Perfektion neigenden Profikiller zu tun hatte, der schon seit langer Zeit im Geschäft war.

Es war gerade erst früher Vormittag in Kolumbien, doch die Temperaturen und Luftfeuchtigkeit stiegen bereits deutlich an. Der Geländewagen brauchte noch 30 Minuten, um das Ziel endlich zu erreichen. Zuvor mussten sie zwei Absperrungen passieren, die von schwer bewaffneten Paramilitärs bewacht wurden. Kurz nachdem sie die letzte Absperrung hinter sich gelassen hatten, kam die Gruppe um Hudson, seinen Interpolkollegen Canaris und die beiden Angehörigen einer Spezialeinheit des kolumbianischen Militärs, Bolivar und Trinidade, zu einem Vorplatz einer zentral gelegenen Arbeitersiedlung nahe der Mine La Guajira Nueva. Das Auto hielt an und Bolivar und Trinidade stiegen als erste aus. Sie trugen ihre Maschinenpistolen im Anschlag und sagten keinen Ton. Sie waren auf der gesamten Fahrt auffallend wortkarg gewesen – sehr zum Missfallen von Hudson, der eher das Gegenteil war und sich gerne unterhielt.

Hudson zögerte. Vorsichtig schaute er sich in alle Himmelsrichtungen um. Erst als ihm Canaris ein eindeutiges Zeichen gab, öffnete er ruckartig die Tür des Jeeps und ging zielstrebig an den Elitesoldaten vorbei zur Mitte des Platzes. Canaris folgte ihm.

Hudson und sein Kollege musterten die nähere Umgebung. Von dem Vorplatz führte eine weitere geteerte und großspurig ausgebaute Straße gen Norden, die vermutlich für die schweren Transportlaster gedacht war. Hudson fühlte sich nicht wirklich wohl. Gleiches konnte er von Canaris behaupten.

Der Platz war von einigen Hütten, kleinen Häuschen und Läden umgeben, in denen offensichtlich ein Teil der Arbeiter schlief, aß und lebte. Dazwischen befanden sich ein Supermarkt und eine Art Pension. In circa 100 Metern Entfernung lag eine größere Anhöhe, so dass er außer Stande war zu sehen, was sich dahinter verbarg. Sobald ihr Auto angehalten hatte, hatten auf der Stelle die ersten neugierigen Köpfe argwöhnisch durch die offenen Fenster gelugt. Ihre Ankunft war unmittelbar registriert worden, ob positiv oder negativ sollte sich erst noch zeigen.

Innerhalb kürzester Zeit waren sie plötzlich von unzähligen Arbeitern umringt, deren tief zerfurchte Gesichter sichtlich von der harten Arbeit in der Mine gezeichnet waren. Ihre Hosen und T-Shirts waren verdreckt und ihre Haut von Staub übersät. Alles Fremde wurde offenbar äußerst kritisch beäugt und durchbrach die scheinbare Ruhe des Dorfes. Das bekamen Hudson und seine Begleiter sofort zu spüren.

Es hatte keine 30 Sekunden gedauert, nachdem sie ausgestiegen waren, bis ein großer, stämmiger Mestize mit überstarkem Haarwuchs an Armen, Brust und Rücken in ihre Richtung gestapft kam. Sein Gesichtsausdruck verhieß nichts Gutes. Er hatte überaus markante Gesichtszüge und war vielleicht in seinen Dreißigern schätzte Hudson, obwohl er zweifelsohne älter aussah. Eine nicht zu übersehende Narbe zog sich quer über seinen kräftigen Brustkorb. Aufgrund der täglichen Schwüle trug er, wie die meisten Arbeiter der Mine, nur ein Muscleshirt. Es war für Jedermann sofort ersichtlich, dass er sich schon oft in seinem Leben mit körperlicher Gewalt durchgesetzt haben musste. Das galt gleichermaßen für seine Männer im Schlepptau.

»Was wollen Sie hier?«, fragte der Anführer der Gruppe ungehalten auf Spanisch, als er wenige Zentimeter vor Hudson stehengeblieben war. Hudson nahm seine Sonnenbrille ab und beide starrten sich beharrlich gegenseitig in die Augen. Keiner wich dem anderen aus.

Eine latent aggressive Stimmung lag für jeden greifbar in der Luft. Canaris trat schließlich neben Hudson und übernahm das Reden, denn dieser konnte nur einige Phrasen Spanisch. Dies reichte beileibe nicht, um mit einem bärgleichen, unfreundlichen Hinterwäldler im kolumbianischen Nirgendwo wortgewandt und ohne physische Eskalation fertig zu werden. Dessen war er sich im Klaren.

»Wir sind von Interpol«, erwiderte Canaris in einem ebenso schroffen Ton. Er deutete in Richtung Bolivar und seines Kollegen Trinidade: »Diese Herrschaften begleiten uns und gehören dem kolumbianischen Militär an. Wir sind seit Tagen angekündigt.«

Alle wiesen sich auf die Schnelle aus. Die Miene des Riesen, dessen Name Blanco war und der quasi als Teamleiter fungierte, verfinsterte sich noch einmal spürbar. Erneutes Schweigen erfüllte die Runde. Hudson war klar, dass sie hier nicht willkommen waren.

»Niemand hat Ihnen etwas zu sagen. Niemand hat etwas gesehen. Unfälle sind Teil unserer Arbeit«, führte Blanco entschieden aus. Er war sichtlich verärgert über die externe Untersuchung, doch sein Arbeitgeber, Carbacal Industries, eine einhundertprozentige Tochter der Kervielia Group, hatte dieser unfreiwillig zustimmen müssen. Gerüchte hatten zuvor seit Tagen die Runde gemacht, dass es bei einem Arbeiteraufstand zusammen mit einheimischen Anwohnern zu zahlreichen Toten gekommen war. Bereits seit langer Zeit klagten lokale NGOs und Menschen, die in der näheren Umgebung der gigantischen Mine lebten, über eine teils katastrophale Umweltverschmutzung, die enorme gesundheitliche Folgeschäden für die einheimische Bevölkerung nach sich zog. Hudson war auch abgestellt worden, um diesbezüglich einen möglichen Zusammenhang zu klären. Dazu sollte am späten Nachmittag ein kleines Team regierungsnaher Umweltforscher zur Unterstützung eintreffen.

Die Szenerie wirkte bedrohlich, da sich nun mehrere Arbeiter Blanco und seiner Gefolgschaft angeschlossen hatten. Es schien nur ein Funken zu genügen, bis ein Feuersturm losbrechen und alle auf Hudson und seine Begleiter losstürmen würden. Wie zwei Armeen, die eine jedoch signifikant kleiner als die andere, beäugten sie sich, nur darauf wartend, dass es gleich losgehen würde.

Als Blanco im Begriff war, seine beeindruckende Muskelmasse noch einschüchternder aufzubauen, schob sich ein zierlicher, aber apart wirkender Mann an dem Riesen vorbei und stellte sich vor

Hudson. Er war weiß, trug eine dicke Hornbrille und einen weißen Hut mit schwarzem Band. Der Mann passte so gar nicht in das Bild der täglich im Dreck, Sand und Staub schuftenden Blue-collar-Arbeiter. Er sprach Englisch und stellte sich als Andrew Schulz vor. Schulz war extra für die Interpoluntersuchung von Carbacal abkommandiert worden und sollte diese als Vermittler begleiten: »Verzeihen Sie bitte den groben Umgang der Arbeiter. Die sind fremde Personen einfach nicht gewohnt. Und Manieren lernt man im Urwald ohnehin nicht.«

Schulz machte gleichzeitig einen Schritt auf Hudson zu und schüttelte ihm übertrieben lange die Hand. Ein leichtes Lächeln huschte über sein Gesicht, das für Hudson jedenfalls eindeutig gequält und nicht ernst gemeint wirkte. Er war aber beileibe kein unfreundlicher Mensch. Sein äußeres Erscheinungsbild war so, wie sich Hudson einen Deutschen klischeehaft vorstellte: Blond, blaue Augen, mindestens 1,90 m groß. Schulz war halb Deutscher, halb Engländer, wie es sich anhand seines britischen Akzents gleichwohl vermuten ließ.

Dieser deutete Blanco mit einer Kopfbewegung zur Seite an, dass alle, die um das Auto herum versammelt waren, zu gehen hatten. Widerwillig wandte sich Blanco an seine Arbeiter, ohne dabei allerdings Hudson und Canaris aus den Augen zu verlieren. Bevor er in Richtung einer der größeren Hütten davon stapfte, ließ Blanco es sich nicht nehmen, Hudson seine ganz persönliche Aufwartung zu machen, indem er ihm geradewegs vor die Füße spuckte. Das überaus aggressive Funkeln in seinen Augen sagte viel über sein Seelenleben aus. Hudson war sich sicher, dass sich ihre Wege ein zweites Mal kreuzen würden, ehe er mit seinen Begleitern abreisen würde.

»Willkommen in Kolumbien, meine Herren. Ich soll Ihnen von meinen Chefs mitteilen, dass Kervielia Ihnen die vollste Kooperation zusichert. Wir selbst sind von den Ereignissen der letzten Tage überrumpelt worden und sind daher fest entschlossen, unabhängig von Ihrer Untersuchung, Konsequenzen aus dem Versagen hier vor Ort zu ziehen. Bevor wir uns indes intensiv austauschen, möchte ich Ihnen zuerst Ihre Unterkunft für die kommenden drei Tage zeigen. Bitte hier entlang!«

Schulz forderte die Neuankömmlinge auf, ihm zu folgen. Hudson musterte ihn eindringlich ein zweites Mal. Er war ein schlichter, unauffälliger Bürokratentypus, der sich in seiner Haut sichtlich unwohl fühlte. Hudson nahm nichtsdestotrotz an, dass Schulz jeden seiner Aufträge gewissenlos, ohne zu murren, zu erledigen wusste.

»Warten Sie einen Moment, Mr. Schulz. Meine Kollegen werden mit Ihnen kommen. Ich möchte mir fürs Erste heute einen Überblick über das Abbaugelände verschaffen, wenn es Ihnen recht ist«, erwiderte Hudson. Er blickte sich in alle Richtungen um. Der Ort hatte eine sonderbare Aura. In Worte vermochte er dieses Gefühl nicht zu fassen.

»Aber gerne«, sagte Schulz und deutete mit seinem rechten, ausgetreckten Arm in Richtung Nordosten, wo der Hang gelegen war: »Die beste Sicht haben Sie von dort oben. Wandern Sie den Trampelpfad hinauf. In ungefähr fünf Minuten dürften Sie oben angekommen sein.«

Ohne ein weiteres Wort zu verlieren, verließ Hudson die Gruppe und begann mit dem etwas mühseligen Aufstieg. Es war ein sehr steiniger, steiler Weg und er musste ein paar Mal aufpassen, dass er nicht ausrutschte und einige Meter in die Tiefe fiel. Der Boden war staubtrocken. Nur Sekundärvegetation sprießte an manchen Stellen noch hervor und hinterließ einen grünbraunen Fleckenteppich auf sandartigem, kargem Untergrund. Vor langer Zeit hatten hier einmal Bäume gestanden. Von unten betrachtet kam es ihm so vor, als wäre der Aufstieg ein Kinderspiel. Je länger dieser dauerte, desto stärker schwitzte Hudson. Sein Herz pumpte. Er konnte das Pochen deutlich vernehmen. Es war ihm zudem leicht schwindelig, trotz alledem wollte er unbedingt so schnell wie möglich das Hügelende erreichen. Zu diesem Zeitpunkt verfluchte er sich für seinen Starrsinn selbst.

Hudson meisterte die letzten, mühsamen Meter der Anhöhe mit schneller werdenden Schritten, doch seine Beine wurden mit jedem Mal schwerer und schwerer. Dann sah er endlich die vermeintliche Hügelspitze näher kommen. Mit einem letzten kräftigen Abstoßen hatte er am Ende die Anhöhe erklommen. Ihm wurde unmittelbar danach schwarz vor Augen. Sein Körper presste die Anstrengung durch seine Venen und er schloss reflexartig die Augen. Er atmete tief durch und ging dabei zwangsweise in die Hocke. Es dauerte eine gefühlte Ewigkeit, bis er sich wieder gefangen hatte, wobei er währenddessen mehrmals seinen Mund verzog, so als würde er einen stechenden Schmerz in all seinen Gliedern spüren. Anschließend richtete er sich langsam, Wirbel um Wirbel, auf.

Was er daraufhin erblickte, verschlug ihm erneut den Atem. Hudson musste einige Mal blinzeln. Nicht nur wegen der unerträglich starken und vor allem hellen Sonneneinstrahlung, sondern der Unwirtlichkeit der Landschaft, die sich ihm in diesem Moment offenbarte: Es war so, als wäre er auf einem anderen Planeten gelandet oder als hätte vor einem Tag hier, genau an dieser Stelle, eine Atombombe eingeschlagen, alles Leben vernichtet und in der Folge riesige Kraterlöcher als letztes Zeugnis ihrer vollkommenen Zerstörung hinterlassen. Die Landschaft, die sich ihm darbot, war atemberaubend schön und erschreckend hässlich zugleich.

Hudson wusste zunächst nicht, wohin er überhaupt schauen sollte. So weit das Auge reichte, war nichts anderes zu sehen als totes, graues und staubiges Wüstenterrain, das von meterhohen Steinbrüchen, riesigen Schutthaufen und endlos großen Mondkratern durchpflügt war. Das blühende Leben hatte sich vollständig von diesem Ort zurückgezogen.

Er konnte keinen einzigen Baum, keinen Strauch, kein Tier, keinen Vogel, nichts Grünes oder pflanzenartiges weit und breit erblicken. Nichts, was von der vormaligen Schönheit und Blüte, die diese Todeszone einmal erfüllt haben mussten, war übrig geblieben – außer ausschließlich abgewirtschaftetem und ausgebeutetem Brachland. Wider seiner Erwartung sorgte diese Ödnis dank ihrer einzigartigen Ausformung, der schieren Dimensionen und unnatürlichen Farbschattierungen für eine faszinierende Atmosphäre. Der Mensch hatte das gesamte Gebiet ausgehoben und nichts unversucht gelassen, der Natur ihre Grenzen aufzuzeigen und ihr seine Herrschaft aufzuzwingen.

In weiter Ferne vermochte man nur das Hämmern von Bohrmaschinen und die Motorengeräusche gigantischer Bagger zu vernehmen, die wie ein Uhrwerk im Akkord ihre Arbeit verrichteten.

Doch diese Störfaktoren, die nicht wirklich in Hudsons visuelle Wahrnehmung reinzupassen schienen, verarbeitete er nur in seinem Unterbewusstsein. Auf einen Schlag wurde ihm gnadenlos vor Augen geführt, was die Radikalität der menschlichen Natur und ihre damit verbundenen Wünsche und Sehnsüchte anrichten konnten: Abholzung, Raubbau, Verschmutzung, Vertreibung und Tod. Zu nichts mehr als das war die menschliche Seele an diesem gottverlassenen Ort verkümmert. Die Einzigartigkeit dessen, wozu sowohl das Individuum als auch das Kollektiv befähigt waren, hatte sich hier in das absolute Gegenteil, nämlich Eroberung und Unterdrückung, verklärt. Der Kreuzzug des Fortschritts bedeutete das Niederreißen aller natürlichen Grenzen und ein eindeutiges Verlustgeschäft für Partner Natur. Nichts würde hier jemals wieder so sein, wie es einmal war.

Hudson brauchte seine Zeit, um sich die endlosen Weiten der toten Steinwüste bewusst zu machen. Er konnte nicht glauben, dass all das, was er vor sich sah, von Menschenhand geschaffen und nicht von der Natur in irgendeiner Form beeinflusst worden war. Diese Gnadenlosigkeit der willkürlichen Zerstörung, die nicht mal eine Baumwurzel innerhalb des Minenradius übrig gelassen hatte, erschütterte ihn bis ins tiefste Mark.

Er schaute gen Horizont. Die Sonne blendete ihn zunehmend und er tat sich schwer, Einzelheiten zu erkennen. Kurzzeitig glaubte er sogar, in der Ferne einen großen Raubvogel ausgemacht zu haben. Doch dieser schien nur möglichst weit weg zu wollen, um La Guajira Nueva, das Tor zur Vorhölle, so schnell wie möglich hinter sich zu lassen.

Hudson musste erneut ein paar Mal schlucken. Seine Kehle war komplett ausgetrocknet und es mutete beinahe so an, als würde diese Umgebung ihm den letzten Lebenssaft aus seinen Adern saugen wollen.

Er vollzog stakkatomäßig noch ein letztes Mal eine 360°-Drehung. *Nichts. Absolut nichts. Herr im Himmel, was treibt den Menschen nur dazu an, so etwas zu tun?*, fragte er sich wieder und wieder und wischte sich dabei den von seiner Stirn tropfenden Schweiß mit einem Taschentuch ab. Es hatte den Anschein, als hätte die menschliche Raffgier an diesem Ort den Anfang vom Ende des blauen Planeten eingeläutet. Der letzte Akt hatte bereits begonnen.

\*\*\*

## Nobska Leuchtturm, Woods Hole
### einige Stunden später

Die einem roten Feuerball gleichende Sonne, in ihrer Rundung klar umrissen, begann sich allmählich gen Horizont zu bewegen. Das Meeresrauschen an dem Inselvorsprung der nordamerikanischen Ostküste war ruhiger als sonst. Nur das Brechen der Wellen an den scharfen Kanten der den Leuchtturm umgebenden Riffe störte den vermeintlichen Frieden der Natur an diesem entlegenen Winkel des Landes.

Dr. Bleriott erschien pünktlich. *Keine Sekunde zu spät*, vergewisserte sie sich innerlich aufs Neue und warf einen schnellen Blick auf ihre Uhr. Wo genau sich der Fremde mit ihr treffen würde und wie er aussah, wusste sie nicht. Das machte sie nervös.

Sie blickte sich mehrmals so unauffällig wie möglich in alle Richtungen um. Außer ihr befand sich kein anderer Mensch an diesem einsamen Ort. Speziell um diese Uhrzeit verirrte sich in der Regel niemand mehr hierher, das wusste sie. Der Leuchtturm war ferner nicht besetzt.

War sie zu leichtsinnig gewesen, sich ohne jegliche Absicherung und ohne weiteres Nachfragen an den vorgeschlagenen Treffpunkt zu begeben? Was wusste die unbekannte Person wohl von ihr? Hätte Sie vielleicht doch Joseph von diesem Treffen erzählen sollen? Wäre er an ihrer Seite gewesen, hätte sie sich deutlich sicherer gefühlt. Er gab ihr nach dem Tod ihres Mentors seelischen und physischen Halt. Direkt nach den schlimmen Ereignissen hatte sie sich Hals über Kopf in eine Affäre mit ihm gestürzt. Verstehen konnte sie das alles selbst nicht. Sie schob ihr Verhalten auf ihre extreme Verletzlichkeit, die durch das Wegfallen ihres langjährigen Weggefährten und Ziehvaters ausgelöst wurde. Trotz ihrer Kurzschlussreaktion hatten sie kurz darauf begonnen, eine ernsthafte Beziehung einzugehen. Es fühlte sich irgendwie richtig an. Und obgleich die gemeinsame Zukunft sicherlich nicht einfach werden würde, wollte sie das Risiko unter keinen Umständen scheuen. Sie sah es als Wink des Schicksals an, dass sich ihre Lebenswege gekreuzt hatten. Zudem war es schlichtweg ein gutes Gefühl, in dieser schwierigen Zeit jemanden an ihrer Seite zu wissen. Der Forscherin huschte ein flüchtiges Lächeln über ihr Gesicht. Anschließend wischte sie die Gedanken an Eris jedoch rasch beiseite.

*Was wäre, wenn dieser ominöse Fremde sich als Mörder von William herausstellen würde? Wäre ich dann nicht schon längst tot? Was will derjenige dann nur von mir, wenn er das, was er sucht, bereits bei William nicht gefunden hatte?* Fragen über Fragen schossen ungefiltert durch ihren Kopf, während sie vor dem Leuchtturm auf- und abging; Fragen, die sie sich besser früher hätte stellen sollen. Das wurde ihr nun mit voller Härte unumwunden klar.

Ein leichter Schweißfilm bildete sich auf ihren Fingerkuppen und ihr Herz pochte fühlbar schneller als sonst. Sie hasste es, sich so ohnmächtig und ausgeliefert zu fühlen. Unbewusst wanderten ihre Augen dabei wieder zum Horizont. *Wie traumhaft schön dieser ...* Bevor sie ihren Satz innerlich zu Ende spinnen konnte, wurde sie wieder von der Realität eingeholt. Sie schrie vor Schreck laut auf und hielt einen Augenblick lang ihren Atem an. Eine unerwartet angenehm klingende Männerstimme hatte sie ohne Vorwarnung von hinten angesprochen.

»Dr. Bleriott?«

Sie zeigte keine Reaktion.

»Dr. Bleriott?« Die Männerstimme stellte ihre Frage erneut. Dieses Mal in einem zweifellos schärferen Ton.

Maven Bleriott drehte sich um. Der Mann stand plötzlich vor ihr.

»Dr. Maven Bleriott? Das sind Sie doch, oder?«, fragte der Fremde. Er war sichtlich verwirrt und schaute sich zu seiner Sicherheit nach allen Seiten um. Sie waren alleine.

»Ja das bin ich, verzeihen Sie. Sie haben mich zu Tode erschreckt.«

Der Mann wich ihrem Blick aus. »Das tut mir leid. Das war nicht meine Absicht.«

»Wer sind Sie und woher haben Sie meine Nummer?«, kam Dr. Bleriott ohne Umschweife auf den Punkt. Sie war wieder klar bei Sinnen.

»Mein Name ist Julius Heyessen. Ich bin Georges Sohn.«

Julius Heyessen merkte, wie sich die Pupillen von Dr. Bleriott weiteten. Diese Wendung hatte sie offensichtlich nicht antizipiert. Sie ignorierte ihn erstmal. Dann wanderte ihr Blick zu Heyessens stechend blauen Augen. Er war seinem Vater wie aus dem Gesicht geschnitten. Beide hatten diese markante Kinnpartie, das war ihr sofort aufgefallen. Die junge Wissenschaftlerin kannte George Heyessen nur von Bildern. Sein Sohn wirkte jedoch athletischer als sein verstorbener Vater. Sein volles, dunkelbraunes Haar wurde vom starken Küstenwind vollkommen durcheinander gewirbelt. Er war ein attraktiver Mann, das musste sie sich in diesem Moment selbst eingestehen. Er trug einen dunkelblauen, eng taillierten Anzug mit einem weißen Hemd. Abgerundet wurde das Gesamtbild von einem beigeweißen Sommerschal, den er locker gebunden um seinen Hals trug. Dr. Bleriott schätze ihn auf ihr Alter, vermutlich war er aber auch älter.

»Jetzt ergeben die SMS auf das Notfallhandy von William einen Sinn«, sprudelte es ungefiltert aus ihr heraus.

Sie richtete ihren Blick nun fest auf ihr Gegenüber. »Woher wussten Sie von der Existenz des Handys und dass ich es haben würde?«

»Deswegen bin ich hier, Dr. Bleriott. Kommen Sie, lassen Sie uns ein paar Schritte gehen«, forderte er die junge Frau auf, ihm zu folgen. »Inmitten der Auflösung des Hauses meines Vaters fand ich das hier.«

Julius Heyessen öffnete seine lederne Umhängetasche und zog ein kleines Notizbuch heraus. »Es ist eine Art Tagebuch meines Vaters, mit teils seltsamen Formulierungen und Anmerkungen am Rand. Darin befand sich ein Brief, an dessen Ende auf einer leeren Seite Initialen und Zahlenkombinationen zu finden sind. Diese werden allerdings erst sichtbar, sobald man das Papier gegen eine Lichtquelle hält. Es dauerte etwas, bis ich herausgefunden hatte, dass diese Zahlenkombinationen einer Telefonnummer zuzuordnen sind. Nur eben rückwärts gelesen. So schnell es ging, habe ich sie dann über ein altes Schrotthandy, das mein Vater in seinem Schreibtisch versteckt hatte, kontaktiert. Ich selbst musste mich aber noch absichern und stellte zwei weitere Male das Haus meines Vaters völlig auf den Kopf, um eventuell andere nützliche Dokumente oder Ähnliches zu entdecken. Erschwerend kam hinzu, dass mir mein Arbeitgeber in dieser Zeit keinen Urlaub mehr genehmigen wollte, den ich zweifelsfrei dringend gebraucht hätte, um mich ausführlicher mit dem Thema beschäftigen zu können. Aus diesen Gründen verging zwischen meinem Fund und unserer Kontaktaufnahme so viel Zeit. Ansonsten hätte ich mich natürlich längst bei Ihnen gemeldet.«

Er schaute die junge Wissenschaftlerin eindringlich an: »Mein Vater spricht in seinen Notizen von jemandem namens Plutarch, mit dem er immer wieder in Kontakt gestanden hatte. Er selbst gab sich den Namen Seneca. Es war klar, dass es sich bei Plutarch um eine besonders vertrauenswürdige Person handeln musste. Ich bin anschließend in seinem Notizbuch auf den Hinweis gestoßen, dass mit Plutarch wohl Professor William Scolvus gemeint war. Was auch Sinn ergab, da ich ihn oft mit meinem Vater zusammen gesehen hatte. Schließlich führte das Eine zum Anderen. Die Buchstaben M und B stehen mit größter Wahrscheinlichkeit für Sie. Jeanne Darce musste zwangsweise auf eine weibliche Person anspielen. In dem Notizbuch befand sich zusätzlich ein Foto von Ihnen mit Professor Scolvus. So war es ein Leichtes, eins und eins zusammenzuzählen. Jemand, der das Zimmer meines Vaters kurz vor meiner Ankunft durchsucht hatte, hatte all das übersehen. Oder es für unbedeutend erachtet. Anders kann ich es mir nicht erklären, dass ich das Buch überhaupt vorfinden konnte.

Dr. Bleriott war mit allem überfordert. Und ihre Mimik spiegelte genau das wider. Ihr war bis zu diesem Zeitpunkt nicht klar gewesen, dass ihr von Beginn an eine weitaus größere Rolle in diesem Drama zugedacht war, als sie es in ihren kühnsten Träumen für möglich gehalten hätte.

»Endlich verstehe ich auch, was William in Sacramento meinte«, flüsterte sie leise, kaum hörbar vor sich hin. Dann kam sie unversehens stark ins Grübeln.

»Was meinen Sie?«, hakte Julius Heyessen ungeduldig nach.

»Ich meinte, dass sich an dieser Stelle das Puzzle mehr und mehr zusammenfügt. Wenige Stunden bevor William ermordet wurde, gab er mir im Geheimen dieses uralte Handy, mit dem man nicht mal ins Internet gehen kann. Er erwähnte, dass mich jemand mit dem Namen Seneca sehr zeitnah kontaktieren würde, um mir den Weg zu der verborgenen Beweisquelle zu zeigen. Er musste irgendwie geahnt haben, dass Sie die Hinweise finden würden.«

Sie wippte nervös auf ihren Zehenspitzen auf und ab. Bis jetzt hatte sie keine Vorstellung davon gehabt, wie tief ihr Mentor wohl in etwas verstrickt gewesen war, von dem sie nicht ansatzweise die

Tragweite abschätzen konnte. Und nun war sie zusammen mit George Heyessens Sohn gezwungen, den nächsten Akt des Dramas einzuläuten.

»Wenn man die ungewöhnlich persönlichen Zeilen meines Vaters liest, fällt einem von der ersten Seite an auf, wie unverblümt seine Abscheu gegenüber seinem Arbeitgeber, der Kervielia Group, am Ende gewesen war. Er beschloss daher mit William, dem Unternehmen die Existenzgrundlage zu entziehen. Dafür sollte mein Vater an seinem Arbeitsplatz Beweismaterial sichten und gegebenenfalls sicherstellen – was ihm dem Vernehmen nach gelungen war.«

Julius Heyessen machte eine ungeplante Pause. Über seinen toten Vater zu sprechen, fiel ihm immer noch schwer.

Beide schwiegen sich einige Sekunden an.

»Gibt es irgendeinen Hinweis darauf, wo Ihr Vater die Dokumente versteckt haben könnte?«, fragte Dr. Bleriott schließlich. Auch sie musste sich innerlich erst einmal fangen.

»Nach eben diesen Unterlagen hatte jemand im Büro meines Vaters gesucht. Eine zuvor verschlossene Schublade war aufgebrochen worden. Ich glaube derjenige oder diejenigen hatten eigentlich gehofft, das hier zu finden.«

Julius Heyessen öffnete das Notizbuch, zog ein ziemlich zerknittertes Blatt Papier hervor und reichte es Dr. Bleriott.

»Was ist das?« Ihre Mimik zeigte zunächst keine Regung. Dann ergriff sie hastig das Papier. Je länger sie las, desto erstaunter wirkte sie auf Julius Heyessen.

»Ich fand dieses Gedicht in einer Art Geheimfach im Schreibtisch meines Vaters, in dem ebenso dieses Notizbuch lag. Dem Gedicht war dieser Schlüssel hier beigefügt.« Er holte eine kleine Schatulle aus seiner rechten Hosentasche heraus und zeigte ihr den kleinen Schlüssel. »In diesem Gedicht muss es einen Hinweis auf den Verbleib der Beweise geben, die mein Vater gesammelt hatte. Ich glaube, wir müssen unsere Suche in London, »des Römers nördlichst Stadt«, beginnen.«

Dr. Bleriott ließ von dem Gedicht ab, nachdem sie es zweimal aufmerksam gelesen hatte. Ihre Augen fixierten den Schlüssel. Julius Heyessen meinte in diesen kurz ein leichtes Funkeln entdeckt zu haben.

»Haben Sie den Unterlagen Ihres Vaters noch andere Informationen entnehmen können?«, erkundigte sie sich voller Tatendrang weiter, beinahe wie ausgewechselt. Ihre Neugierde war unverkennbar geweckt.

Julius Heyessen zögerte einen Moment. »Ja. Auf der besagten Seite, auf der ich Ihre Initialen gefunden habe, waren auch die einer anderen Person verzeichnet. Ich konnte mir bisher jedoch keinen Reim darauf machen. Sie müssen das Blatt gegen die Sonne halten, um sie sichtbar zu machen.«

»Geben Sie her, Julius! Wenn ich Sie so nennen darf!«, blaffte sie ihn an und riss ihm gleichzeitig das Notizbuch aus seinen Händen. »Wieso sagen Sie das denn nicht gleich? Sie gehören wohl zu den Menschen, denen man alles aus der Nase ziehen muss.«

Während sie die letzte Seite des Briefes eingehend prüfte, indem sie diese gegen das zunehmend schwächer werdende Dämmerlicht hielt, schüttelte Dr. Bleriott mehrmals den Kopf.

Julius Heyessen beobachtete sie dabei ganz genau. Ihre Augen wurden kleiner und verkamen nur mehr zu winzigen Schlitzen. Sie musste sich anstrengen, um die äußerst kleine Schrift dekodieren zu können. Es dauerte eine schiere Ewigkeit, dann biss sie sich ein ums andere Mal, scheinbar unbewusst, auf die Unterlippe. Plötzlich begann sie zu nicken. Julius Heyessen schaute sie im Gegenzug erwartungsvoll an.

»Ich glaube, ich weiß, wem diese Informationen zuzuordnen sind«, stellte sie ganz aufgeregt fest. »Wir müssen los! Wir haben nicht viel Zeit.«

Bevor ihr Gegenüber reagieren konnte, drehte sie sich ruckartig um und ging schnurstracks zu ihrem Auto. Julius Heyessen blieb, vertieft in seinen Gedanken, zurück. Er zuckte mit den Schultern und ehe er sich dazu aufmachte, Dr. Bleriott zu folgen, sprach er achselzuckend in sich hinein: *Naja, egal. Was soll's. Viel schlimmer kann's nicht mehr werden.*

# Drittes Kapitel: Der Auftrag

**Kolumbien, 05.08.2014,
am nächsten Morgen**

*Mann, man glaubt, es geht nicht schlimmer, was passiert dann? So ein Dreck*, dachte sich Canaris und fluchte unaufhörlich in sich hinein. Der heutige Arbeitstag begann in seinen Augen mehr als dürftig. »Eine passende Fortsetzung zu gestern, muss man sagen«, murmelte er für andere kaum verständlich vor sich hin. Wenn er am Morgen schlecht gelaunt war, wusste er, dass der Tag schwierig werden würde. Der gestrige Tag hatte seine Nerven ohnehin unnötig überstrapaziert. Daher brauchte es heute nur einen kleinen Auslöser und er würde an die Decke gehen.

Nachdem er zusammen mit Bolivar und Trinidade die Zimmer in dem für ihn abrissreifen Hotel der Arbeitersiedlung bezogen hatte, musste er noch einige Zeit auf Hudson warten. Dieser hatte eigentlich gesagt, er würde nur zu einem schnellen Erkundungsrundgang aufbrechen und den nördlich gelegenen Hügel erklimmen. Er war am Ende aber erst über eine Stunde später zurückgekommen. Sie selbst hatten sich währenddessen die Beine in den Bauch gestanden, da in dieser Arbeitersiedlung niemand gewillt war, mit ihnen zu reden. Meistens hatte Bolivar das ein oder andere Mal versucht, eine Unterhaltung zu beginnen, doch diese war meist nach einem »Nein, danke« sofort wieder beendet. Die Anspannung, die sie seit ihrer Ankunft gespürt hatten, schwebte dabei die gesamte Zeit wie ein Damoklesschwert über ihnen. Beleidigt oder gar physisch angegangen hatte sie im Laufe ihrer Wartezeit indes keiner mehr. Niemand hatte es mehr gewagt, an die Fremden heranzutreten, seitdem Schulz seine deutlichen Worte an die Arbeiter gerichtet hatte. Und so waren seine Kollegen und er am Ende dazu verdammt gewesen, in einer versifften Bar ein kühles Bier nach dem anderen herunterzukippen und zu warten.

Als Hudson endlich zurückgekehrt war, hatten sie direkt im Anschluss erneut ein kurzes Gespräch mit Schulz gesucht. Dieser hatte Hudson und ihn in sein Büro geladen und war bereit, grundsätzliche Fragen, die sie hatten, zu beantworten. Wie sich herausstellte, gab es mehrere dieser Arbeitersiedlungen. Schulz hatte weiter ausgeführt, dass es in genau einer dieser insgesamt neun Siedlungen zu einem Aufstand gegen das Sicherheitspersonal der Mine gekommen sei, dem sich neben Arbeitern auch lokale Bewohner angeschlossen hätten und bei dem letztlich viele Menschen gestorben seien – auf beiden Seiten, wie er mehrfach betonte. Die Sicherheitskräfte hätten jedoch nur aus Notwehr gehandelt. Dass eine Vielzahl der Aufständischen im Anschluss verschwunden war, sei laut Schulz darauf zurückzuführen gewesen, dass diese als Anführer der Revolte wohl Sanktionen befürchtet hätten und deshalb untergetaucht seien.

Canaris hatte Hudson und Schulz das gesamte Gespräch hindurch ständig im Blick. Hudson hatte sich angesichts der schwammigen Aussagen, die ihnen gegenüber geäußert worden waren, äußerst zusammenreißen müssen, um seine Contenance zu wahren, das erkannte er sofort. Schulz hingegen war die Zeit über sehr ruhig geblieben und hatte viele Fragen nur mit einer Gegenfrage beantwortet, was Hudsons Ärger weiter hatte ansteigen lassen. Schulz beherrschte das Spiel perfekt und es gelang ihm ein ums andere Mal, seinen Kopf aus der Schlinge zu ziehen und seinen Arbeitgeber nicht zusätzlich angreifbar zu machen. Nach 20 Minuten war die Unterhaltung beendet, ohne bedeutende Erkenntnisse geliefert zu haben.

Nachfolgend an das Gespräch hatten sie dann noch versucht, die besagte Siedlung zu erreichen, doch nach einiger Zeit gab der Motor ihres Geländewagens überraschend den Geist auf und sie steckten mitten im kolumbianischen Nirgendwo fest. Die herbeigerufene Hilfe hatte stundenlang auf sich warten lassen. Zwischenzeitlich, als niemand aufgepasst hatte, klaute zu allem Überfluss eine kleine Armee von Lisztäffchen das Gros ihrer Essensvorräte aus dem offenstehenden Kofferraum. Im Eifer des Gefechts schiss zudem auch einer der Affen von oben herab auf seinen Kopf. Bevor der Arbeitstag also richtig begonnen hatte, war er schon wieder vorüber. Insgesamt hatte das Team sieben Stunden gebraucht, nur um aufs Neue zum Ausgangspunkt zu gelangen. Da es zu diesem Zeitpunkt bereits dunkel gewesen war, trafen sie gemeinsam die Entscheidung, dass man mit der Untersuchung der Vorfälle erst am nächsten Tag fortfahren würde.

Das anstehende Abendessen hatte sich ebenso schwierig gestaltet. Ihre Essensvorräte waren in den Mägen einer Horde von Affen mit ausgesprochen feinem Gaumen gelandet. Folglich war ihnen mit dem einzigen Imbissrestaurant der Siedlung nur eine Option geblieben, um ihren Hunger zu stillen. Da man sie aber nicht bedienen hatte wollen, waren sie prompt mit dem Inhaber aneinandergeraten. Dabei verwies der Eigentümer darauf, dass sich »Bullenschweine« mit dem Hundefraß im Hinterhof abzufinden hätten. Auf Bolivars anschließende Frage hin, ob dem Restaurantinhaber »aktuell der Sand in seiner Muschi juckt«, waren ohne jegliche Anzeichen zwei Männer der zu Blanco gehörenden Gruppe auf ihn losgegangen. Der eine von vorne, der andere von der Seite kommend.

Bolivar hatte reflexartig reagiert und brach dem ersten Angreifer mit einem einzigen gezielten Schlag die Nase und wohl auch andere Knochenpartien im Gesicht. Das ohrenbetäubende Knacken war für alle umher stehenden Zuschauer nicht zu überhören. Den zweiten Angreifer hatte Bolivar dann mit einem kontrollierten Tritt ins Knie zu Fall gebracht, der diesem die Kniescheibe zertrümmerte. In dem großen Essenssaal des Restaurants hatte es daraufhin niemand mehr gewagt, sich Bolivar auch nur einen Zentimeter zu nähern. Die zwei Arbeiter, die sich am Boden vor Schmerzen krümmten, waren Abschreckung genug gewesen.

Bevor sich Bolivar selbst wieder aufgerappelt hatte, war Andrew Schulz erschienen und hatte den Tumult unverzüglich aufgelöst, indem er sie alle rüde aus dem Restaurant herausbegleitete. Als sie draußen angekommen waren, drückte Schulz ihnen noch schnell ein paar durchgeweichte Sandwiches in die Hand, mit dem freundlichen Hinweis, dass sie heute Abend sowieso nichts anderes mehr kriegen würden. »Schlafen Sie gut«, hatte er ihnen am Schluss sarkastisch hinterhergerufen und zog eilig von dannen.

Schulz' abschließender Kommentar erwies sich allerdings als schlechtes Omen. Da die Schlafräume die gesamte Nacht von einem unangenehmen, fast beißenden Geruch erfüllt waren und die löchrigen Mosquitonetze auch nur bedingt ihren Zweck erfüllten, hatte keiner mehr als drei bis vier Stunden geschlafen.

Zu allem Überfluss hatte Canaris feststellen müssen, dass die Toilette in seinem Bad nach kürzester Zeit verstopft war und er entsprechend für das Verrichten des täglichen Geschäfts in den umliegenden Urwald ausweichen musste.

Eine Stunde später stand er nun vor dem Eingang des Hotels, das diese Bezeichnung in keinster Weise verdient hatte. Er ließ den gestrigen Abend Revue passieren und trank einen abgestandenen Kaffee, *den meine Mutter blind, ohne Hände, Arme und jegliche Geschmacksnerven sicherlich besser hinbekommen hätte als dieses ungenießbare Gesöff,* kam es in ihm entnervt hoch. Er nahm einen weiteren Schluck, in der Hoffnung, das Koffein würde zumindest später am Tag seine Wirkung entfalten. Der abscheulich bittere, leicht klebrige Geschmack ließ ihn innerlich aufs Neue zusammenzucken.

Hudson war die Treppe der Veranda heruntergestiegen und stellte sich neben seinen etwas kleineren, aber nicht gerade schmächtigen Kollegen. Canaris hatte ein breites Kreuz und sehr markant definierte Oberarme. Sein muskulöser Oberkörper zeichnete sich deutlich unter dem eng anliegenden, weißen T-Shirt ab. Er war ein lässiger Kerl, der sich jeden Morgen seine schwarzen Haare mit Unmengen Gel penibel nach hinten kämmte. In Hudsons Augen sprach Canaris ein ziemlich gutes Englisch und hatte einen stark ausgeprägten, südamerikanischen Akzent, der ihm nur noch mehr Charisma verlieh. Beide hatten sich auf Anhieb prächtig verstanden. Man musste Canaris einfach mögen, denn seitdem Hudson ihn kennengelernt hatte, war er eigentlich stets gut gelaunt und riss einen Witz nach dem anderen.

»Na, ebenso gut geschlafen wie wir alle?« Beim Stellen seiner rhetorischen Frage schaute er Canaris nicht an. Er konnte sich ein Grinsen nicht verkneifen, da er die Antwort natürlich kannte. »Wir müssen los, Canaris. Die anderen warten schon beim Ersatzwagen von Schulz auf uns. Und das Unterstützungsteam für die Umweltanalysen ist auch vor knapp einer Dreiviertelstunde eingetroffen, wie mir mitgeteilt wurde. Hoffen wir mal, dass es heute nicht wieder Scheiße regnet, wobei das einem ja zweifelsohne Glück bringen soll – zumindest wenn sie von einem Vogel kommt.« Er klopfte seinem Interpolkollegen dabei aufmunternd auf die rechte Schulter und sagte entschlossen: »Los geht's!«

Hudson sprang voller Elan die drei Stufen von der Verandatreppe hinunter und schlenderte entspannt zum ihrem Auto. Canaris zuckte nur mit den Schultern. Ihm war der Auftrag nicht ganz geheuer, doch er behielt das lieber für sich.

Zu Hudson und Canaris gesellten sich nach kurzer Wartezeit auch Bolivar und Trinidade. Die Elitesoldaten sahen für Hudson so aus, als würden sie gleich in den Krieg ziehen, denn sie trugen neben ihren schweren Maschinengewehren jeweils ein Messer und eine Schnellfeuerpistole mit sich. Was sich sonst so in ihren prall gefüllten Rucksäcken befand, wollte er gar nicht wissen. Er selbst hatte, genauso wie Canaris, nur seine Dienstwaffe mit fünf Schussmagazinen bei sich. Das musste reichen.

Alle vier wurden von dem Unterstützungsteam, das vor dem zweiten Geländewagen stand, seit längerem sehnlichst erwartet. Hudson wusste bereits, dass es von dem kolumbianischen Staatspräsidenten höchstpersönlich abkommandiert worden war. Das Team wurde von Dr. Simon de Santisim angeführt. Der Wissenschaftler und Umweltaktivist verfügte über eine exzellente Reputation über die Grenzen Kolumbiens hinaus. De Santisim wurde ansonsten noch von seinen Assistenten Miranda und Osorio begleitet, die als Wissenschaftler an der Universidad Nacional de Colombia arbeiteten und in der Vergangenheit mehrfach in die Region um die Mine La Guajira Nueva gereist waren, um Forschungsarbeiten zur Boden-, Wasser- und Luftverschmutzung durchzuführen und regionale NGOs bei deren Projekten zu beraten. Daher waren sie alle die perfekte Ergänzung zu Hudsons Team.

Bevor sie aufbrachen, besprachen Hudson und de Santisim ihr weiteres Vorgehen. Dazu markierten sie mit einem Rotstift wichtige Punkte auf einer zwei Mal zwei Meter großen Landkarte, die sie auf der Motorhaube des einen Geländewagens ausgebreitet hatten. De Santisim zeichnete bis zu zehn Stellen ein, an denen er verschiedene Messungen durchführen wollte. Eine Stelle lag dabei an einem Fluss unweit des Dorfes, in dem vor einigen Tagen der Aufstand ausgebrochen war. Dann ging es los.

Dieses Mal verlief alles reibungslos. Nach einer Stunde Fahrt durch und um La Guajira Nueva herum erreichten sie über eine kleine Zufahrtsstraße die von der Mine aus gesehen am weitesten entfernte Siedlung. Der Straßenbelag hatte sich im Laufe der Fahrt konstant verschlechtert. Zahlreiche kleine und größere Löcher säumten beide Fahrbahnen. Die letzten zwei bis drei Kilometer der Strecke hatten sich am längsten hingezogen, da die Geländewagen nur noch im Schritttempo vorangekommen waren.

Als sie endlich um die letzte Kurve vor dem Dorf bogen, eröffnete sich dem Team eine trostlose Szenerie. Die Häuser, die kreisförmig um die Ortsmitte angeordnet waren, waren primitivste Bauten. Zu allen Seiten stapelten sich Müllberge. Sie erspähten Kinder, die vollkommen verdreckte und teils zerfetzte Klamotten trugen und deren große, traurige Augen aus allen Ecken und Verstecken der heruntergekommenen Siedlung lugten. Es stank nach verfaultem Essen, Urin und Gülle. Eine funktionierende Kanalisation und Infrastruktur existierten in diesem Niemandsland nur in den Träumen derer Menschen, die hier jeden Tag ums Überleben kämpften.

Die Jeeps hielten auf dem zentralen Dorfplatz an. Als sie ausstiegen, wurden sie sofort von dutzenden Kindern belagert, die sie um etwas Geld oder etwas zu essen anbettelten. Insbesondere Hudson hatte Probleme, sich seinen Weg aus der Menge herauszubahnen. Bolivar und Canaris begannen, Süßigkeiten zu verteilen. So sorgten sie dafür, dass die Atmosphäre lockerer wurde. Trinidade, Miranda und Osorio blieben bei den Wagen und ihrem Equipment und betrachteten die Geschehnisse aus sicherer Distanz. Hudson und de Santisim wurden von einem Mann in Empfang genommen, der schätzungsweise in seinen Vierzigern war. Er schien der Dorfvorsteher oder ähnliches zu sein. Die zuvor herzliche und energiegeladene Begrüßung durch die Kinder wich nun einer distanzierten Haltung der älteren Bewohner. Dies spürten Hudson und de Santisim gleichermaßen, als sie die Hand des Mannes schüttelten. Dessen Händedruck war kräftig, aber flüchtig. Er würdigte sie kaum eines Blickes.

Mit der Zeit waren immer mehr Einwohner des Dorfes aus ihren Häusern gekommen und beäugten die für sie fremden Besucher kritisch. Die Atmosphäre wirkte auf Hudson beinahe feindlich. Er machte dies konkret daran fest, dass sich wohl nur selten Fremde in diesen entlegenen Winkel der Erde vorwagten.

De Santisim ergriff auf Spanisch das Wort und wandte sich an dieser Stelle nicht nur an den Dorfvorsteher, sondern auch an die zwei älteren Männer hinter ihm: »Meine Herren, wir sind nicht von Carbacal. Das kann ich Ihnen versichern. Stattdessen sind wir gekommen, um Ihnen zu helfen. Ich hoffe, Sie nehmen diese Hilfe an. Es geht unter anderem um den Aufstand vor ein paar Tagen, bei dem leider Gottes Bewohner dieses Dorfes, unschuldige Menschen, ihr Leben lassen mussten.« De Santisim wusste seine Worte vorsichtig und dem Anlass entsprechend zu wählen, das erkannte Hudson sofort. Er selbst wollte die Dinge aus dem Hintergrund beobachten und überließ dem Wissenschaftler das Feld.

Wie sich im weiteren Verlauf des Gesprächs zwischen de Santisim und den Dorfbewohnern herausstellte, lebten hier derzeit 378 Personen. Vor dem Aufstand waren es 410. Anders als von Schulz dargestellt, war es jedoch in mehreren Dörfern zu koordinierten Angriffen auf das Sicherheitspersonal und hochrangige Carbacal-Mitarbeiter gekommen – nicht nur in diesem. Hudson bemerkte, dass die Einwohner über die Zeit ungezwungener preisgaben, was sie dachten und fühlten, je länger die Unterhaltung andauerte. Ihre Gesichtszüge waren entspannter als noch zu Beginn und ab und an konnte de Santisim ihnen ein Lächeln entlocken, dem sich Bolivar und Canaris einstimmig anschlossen. Letzterer stand mittlerweile seit geraumer Zeit neben Hudson und hatte begonnen, den Inhalt des Gesprächs für ihn ins Englische zu übersetzen.

Während de Santisim eifrig diskutierte, ließ Hudson seine Augen durch das Dorf und die nähere Umgebung schweifen. Seine Intuition sagte ihm, dass etwas nicht stimmte, er wusste nur nicht genau was. Es kam seit seiner Ankunft am gestrigen Vormittag nun häufiger vor, dass ab und an sein Magen verkrampfte. Ob es an seiner innerlichen Anspannung lag oder einfach nur der dürftigen Ernährung zuzuschreiben war, die er seinem Körper seit zwei Tagen zumutete, vermochte er an dieser Stelle nicht zu sagen. In jedem Fall fühlte er sich nicht wohl in seiner Haut.

Er überblickte immer wieder unauffällig die Siedlung, doch er konnte nichts Ungewöhnliches entdecken. Würde ihnen tatsächlich jemand folgen, so wäre dies letzlich ohnehin keine Überraschung gewesen hinsichtlich der Erfahrungen mit Blanco und seinen Leuten. Dann wanderte sein Blick wieder zu den Dorfbewohnern zurück. Hudson nahm an, dass sie aufgrund ihrer Hautfarbe mehrheitlich Mestizen waren. Die übrigen waren schwarz. Die Menschen waren offensichtlich arm. Sehr arm. Und die Arbeit in der Mine war in dieser entlegenen Region vermutlich die einzig verbleibende Option, um etwas aus ihrem Leben zu machen und überhaupt irgendein Einkommen zu generieren. Viele von ihnen konnten aller Wahrscheinlichkeit nach nicht lesen und schreiben, aufgrund dessen war die physische Arbeit in der Mine trotz ihrer Härte so begehrt. Einigen Dorfbewohnern sah man unumwunden an, dass sie gesundheitlich angeschlagen waren. So hatten etliche gerötete Augen und von Hautausschlägen und Schnittwunden übersäte Körper. Hudson blickte überwiegend in tief zerfurchte, lebensmüde Gesichter, die von der prekären Arbeit in der Mine gezeichnet waren. Und auch die Kinder schienen besonders unter den lokalen Lebensumständen zu leiden. Dutzende waren in gravierendem Maße unterernährt und wirkten auffällig lethargisch.

»Der Zustand dieses Dorfes und seiner Bewohner steht exemplarisch für das maximale und unerbittliche Profitstreben internationaler Konzerne.« Hudson hatte nicht bemerkt, dass de Santisim sein Gespräch mit dem Dorfrat in der Zwischenzeit beendet und sich ihm zugewandt hatte.

Der Wissenschaftler war überaus redegewandt und Hudson hörte ihm gerne zu. Seine Stimme hatte einen väterlichen und ruhigen, aber bestimmenden Unterton und er sprach langsam, setzte in den wichtigen Momenten jedoch die entscheidenden Akzente. De Santisim verwendete ein sehr wissenschaftlich-akademisches Vokabular, das oftmals zu eher komplizierten Satzkonstruktionen führte. An der einen oder anderen Stelle hatte er daher Probleme, ihm zu folgen. Über seinem weißen Polohemd trug de Santisim eine braune Weste, in deren Taschen wohl zahlreiche Hilfsgegenstände verstaut waren, denn sie waren prall gefüllt. Dazu trug er eine dunkelblaue, weite Hose, deren untere Enden abgebunden waren, so dass nichts hineinkommen konnte. Seine Sportschuhe waren genau die richtige Wahl für das teils schwierige Terrain im kolumbianischen Regenwald und rundeten das Gesamtbild passend ab. De Santisim war deutlich besser für den Dschungeltrip gerüstet als er selbst. Im Laufe ihres Gesprächs klang seine Stimme plötzlich zunehmend ernüchtert und desillusioniert. »Wir haben seit jeher, nicht nur hier in La Guajira Nueva, sondern in allen Ländern Südamerikas, in denen der Kohlebergbau Einzug gehalten hat, die gleichen Proteste vor Ort. Dies liegt in erster Linie daran, dass die Tochtergesellschaften der multinationalen Rohstoffkonzerne in den meisten Fällen weder Umwelt- noch Menschenrechtsauflagen einhalten. Ob hier jedenfalls Kinder unter erbärmlichen Bedingungen schuften, anstatt in die Schule zu gehen, interessiert niemanden. Zudem wird solches Fehlverhalten von den jeweiligen Regierungen nicht oder kaum sanktioniert, da sich diese vorrangig mehr um kontinuierlich eingehende Auslandsinvestitionen sorgen, als um Menschenleben oder die Natur.«

Hudson begann intuitiv, die Stirn zu runzeln und wandte sich unterdessen wieder dem eigentlichen Kern ihrer Reise zu. »Von welchem Szenario müssen wir in unserem Fall ausgehen, Herr Doktor?«, hakte er nach. Die Antwort konnte er sich selbst ausmalen, doch er wollte sie von jemand anderem bestätigt wissen.

»Nun ja, um es auf einen kurzen Nenner zu bringen: Die vergangenen Aufstände rühren mit Sicherheit daher, dass die Arbeiter hier unter miserablen Arbeits- und Sicherheitsbedingungen sowie unter Gefährdung ihres eigenen Lebens zu einem Hungerlohn malochen müssen; dass sie, wohl auch dadurch und bedingt durch die auftretenden Umweltschäden unter schweren Erkrankungen ihrer Haut oder Lungen leiden; dass sie zu wiederholten Umsiedlungen gezwungen werden und dabei das Land ihrer Vorfahren kompensationslos abgeben müssen; dass die umliegende Natur in rasantem Tempo mehr und mehr vernichtet wird und die nahegelegenen Grundwasser- und Flussreservoire durch die Begleiterscheinungen des Bergbaus so stark verschmutzt sind, dass sie von den Einheimischen nicht mehr als Lebensgrundlage genutzt werden können. Man kann demzufolge annehmen, dass im Laufe der Zeit wahrscheinlich ein beträchtlicher Teil der indigenen Bevölkerung entweder gestorben oder zumindest ernsthaft erkrankt ist.«

De Santisim spielte seine Aussagen sehr routiniert, beinahe wie eine Schallplatte, herunter. *Er musste solche Vorfälle schon oft dokumentiert haben*, dachte sich Hudson.

»Zumindest in Bezug auf La Guajira Nueva wissen wir, dass zwischen 2009 und 2013 mindestens 93 Arbeiter während der Ausübung ihres Berufes ums Leben kamen. Wir können aber davon ausgehen, dass es deutlich mehr waren«, resümierte de Santisim weiter.

»Meine Assistenten und ich werden gleich diesem Weg dort unten folgen.« Der Wissenschaftler deutete auf einen breiten Trampelpfad, der in den Nordwesten des Dorfes führte, »um dort etwaige Boden- und Wasserproben zu entnehmen. Ganz in der Nähe befindet sich ein Fluss, den wir untersuchen können. Wollen Sie mitkommen?«

»Na, da lasse ich mich nicht zweimal bitten«, entgegnete Hudson umgehend. Mit einer Kopfbewegung gab er Bolivar und Canaris zu verstehen, dass sie im Dorf verweilen und die Befragungen fortführen sollten. Gleichzeitig winkte de Santisim seine Assistenten herbei, die jeweils zwei Umhängetaschen mit sich trugen. Miranda und Osorio waren in ihren frühen Dreißigern, schätzte Hudson. Beide hatten eindeutig mit dem Gewicht ihrer Ausrüstung zu kämpfen, so dass er aushalf und ihnen den einen oder anderen Gegenstand abnahm. Ohne ein weiteres Wort zu verlieren, ging de Santisim voraus. Alle anderen folgten ihm.

Der Weg wurde nach wenigen Metern immer schmaler und wand sich durch zunehmend dichter werdendes Gestrüpp. Vieles um sie herum war nur noch Sekundärvegetation, da die meisten großen Bäume, die hier einst gestanden hatten, vor langer Zeit abgeholzt worden waren. Eine Heerschar umherschwirrender Insekten und die erdrückende Schwüle machten den Marsch besonders beschwerlich.

Hudson war genervt. Er sehnte sich bereits nach dem Ende seines Auftrages – ob dieser erfolgreich verlaufen würde oder nicht, spielte für ihn zu diesem Zeitpunkt keine sonderlich wichtige Rolle. Zu viele Widerstände hatten sich bis dato aufgetan und ihm seine Arbeit erschwert. In seinen Gedanken wähnte er sich gerade am Strand in einer Badehose und mit einem kalten Bier in der Hand. *Das wäre jetzt genau das Richtige!*

Als er den nächsten Schritt machen wollte, hörte er ein leises Knacken. Hudson blieb wie angewurzelt stehen. Seine Augen durchkämmten fieberhaft die Umgebung. *Nichts zu sehen.* Er wollte schließlich weitergehen, da vernahm er das gleiche Geräusch erneut. Dieses Mal war es näher an ihm dran. Es stach unzweifelhaft hervor aus den sonst vertrauten Klängen des Regenwaldes.

Hudson verharrte in seiner Position und verzog keine Miene. Wenn etwas elementar für die Ausübung seines Jobs war, dann die fortwährende Schärfung all seiner Sinne. Sein innerer Kompass hatte ihn selten im Stich gelassen und er konnte seiner Intuition blind vertrauen.

Er pfiff einmal leise nach vorne. De Santisim blieb unvermittelt stehen. Seine Begleiter und er drehten sich fragend zu Hudson um. Dieser deutete ihnen an, dass er ein komisches Geräusch gehört hatte und dass sie behutsam weitergehen sollten. Als de Santisim daraufhin gleichgültig mit den Achseln zuckte, war Hudson schon nicht mehr gesehen und zwischen großen Pflanzenblättern verschwunden.

Die verbliebene dreiköpfige Gruppe maß Hudsons Verhalten keinerlei Bedeutung zu und marschierte einfach weiter. Nach fünf Minuten hatten sie den Fluss erreicht, an dem sie ihre ersten Messungen durchführen wollten. Hudson war minutenlang nicht mehr zu sehen. Dies beunruhigte de Santisim dann doch: »Was meinst du, Osorio, sollen wir mal nach dem Interpolagenten schauen? Vielleicht ist ja doch irgendetwas vorgefallen.« Osorio schaute ihn eher desinteressiert an und entgegnete: »Chef, ich glaube, wir sind besser damit beraten, wenn wir hier unsere Arbeit machen. Damit ist allen geholfen. Hudson war scheinbar noch nie im Regenwald in Kolumbien. Da können einem die eigenen Sinne durchaus mal einen Streich spielen.«

»Hmm, da könntest du Recht haben. Also weitermachen!«

De Santisim, Miranda und Osorio schickten sich an, die Messinstrumente aufzubauen und mit ihrer eigentlichen Arbeit zu beginnen, als ein Aufschrei in der Ferne sie aus ihrer Konzentration riss. Sie sahen sich alle verunsichert einander an, nur um dann wie gebannt in die Richtung zu starren, in der sie den Schrei vermuteten. Nachdem zunächst eine gespenstische Ruhe herrschte, identifizierten sie auf einmal zwei Stimmen, die sich eindeutig auf sie zubewegten. Die Stimmen wurden von Sekunde zu Sekunde lauter. Die Personen wirkten aufgebracht und brüllten sich gegenseitig an.

De Santisim machte seinen Assistenten durch eine Handbewegung deutlich, ruhig zu bleiben. Unbewusst war er dabei in die Knie gegangen und tastete nach etwas, womit er im Notfall hätte zuschlagen können. Er bekam in der Folge einen großen Stein zu fassen und packte diesen so fest, dass sein rechter Arm leicht zu zittern begann. Er hatte plötzlich Angst.

Als die fremden Stimmen sich weiter näherten – de Santisim konnte sie immer noch nicht zuordnen – richtete er sich aus seiner gebückten Haltung auf und holte bereits mit dem Stein aus, um sich zu verteidigen. Das Rascheln der Palmenblätter wich am Ende der Stimme Hudsons, der aus dem Dickicht heraustrat und gleichzeitig einen jungen Mann vor sich herschubste. Sie beschimpften sich die ganze Zeit über. Da mutmaßlich keine Gefahr mehr bestand, warf de Santisim Miranda und Osorio einen erleichterten Blick zu und deutete ihnen an, mit den Messungen fortzufahren und so schnell wie möglich fertig zu werden. Im gleichen Atemzug warf er den Stein, den er bis gerade eben noch fest in seiner Hand hielt, achtlos ins Gebüsch.

De Santisim ging auf Hudson und den ihm unbekannten Mann zu und wandte sich ohne Umschweife an den Interpolagenten: »Herr Hudson, was ist hier los? Was soll das Ganze?«

»Das fragen Sie mal lieber diesen Kerl! Wer hat dich geschickt? Beobachtest du uns nur aus Neugierde oder was? Das kannst du deiner Mutter und dem Papst erzählen, aber nicht mir!«, fuhr Hudson den jungen Mann an. Dabei stieß er mit seinen flachen Händen wiederholt grob gegen dessen Brustkorb. Der Unbekannte konterte ab und an auf Englisch, doch für de Santisim war klar, dass sie sich in dem Streit festgefahren hatten. Er griff deshalb als Vermittler ein.

»Mr. Hudson, beruhigen Sie sich!« De Santisim versuchte mit beschwichtigenden Gesten auf ihn einzugehen. Als das nichts half, ging er entschieden dazwischen und trennte beide voneinander. »Der junge Mann wird Ihnen aller Wahrscheinlichkeit nach mehr sagen, wenn Sie ihn etwas freundlicher behandeln würden.«

Der Umweltwissenschaftler legte seinen Kopf auffordernd zur Seite. Hudson warf ihm mehrmals einen Blick zu. Er zögerte, gestand sich aber ein, dass er so nicht weiterkam und nickte zustimmend. De Santisim ging daraufhin einen Schritt auf den jungen Mann zu. Dieser, der in seinen Augen ein Indio war, hatte bis zu diesem Zeitpunkt kein Wort mehr gesagt. Sichtlich verstört tastete er mit seinen Augen den Boden vor sich ab. Er konnte weder de Santisim noch Hudson direkt anschauen und machte einen eingeschüchterten Eindruck.

Der Forscher sprach ihn ruhig und mit einer deeskalierenden Körperhaltung auf Spanisch an: »Alles ist gut, mein Junge. Niemand will dir etwas tun. Auch der Europäer nicht, keine Sorge. Wir müssen uns alle erst einmal beruhigen. Wir sind nur hier draußen, um Nachforschungen anzustellen und die Hintergründe der vergangenen Aufstände aufzuklären. Nicht mehr und nicht weniger. Wie heißt du?«

»James.«

»Gut, James. Du hast nichts Falsches getan. In turbulenten Zeiten wie diesen müssen wir alle lediglich sehr vorsichtig sein. Deswegen hat Herr Hudson eben so reagiert, wie er reagiert hat. Darf ich dich fragen, was du um diese Tageszeit alleine im Regenwald machst? Du bist doch alleine, oder?«

»Ja, bin ich.« James hatte sich spürbar beruhigt. »Ich habe nichts getan, wirklich. Ich wollte nur sehen, was Sie hier machen. Es kommt nicht allzu oft vor, dass sich Fremde in diese Ecke nahe der Mine verirren ... Sie müssen also aus einem guten Grund gekommen sein.«

»Genau das sind wir, James. Ich bin Dr. de Santisim und das ist Mr. Hudson von Interpol, einer internationalen Polizeibehörde. Wir sind hierhergekommen, um Euch, deiner Familie, dir und deinen Freunden und den Dorfbewohnern zu helfen. Kommst du aus dem nahegelegenen Dorf?«

James nickte. In Richtung der Assistenten von de Santisim, die für ihn jeweils unbekannte Geräte in ihren Händen hielten, dabei abwechselnd durch seichte Stellen des Flusses wateten und einige Proben entnahmen, sagte er: »Das Wasser ist ungenießbar, das brauchen Sie nicht zu trinken.«

»Das haben wir auch nicht vor, James. Wir führen hier nur zahlreiche wissenschaftliche Untersuchungen und Analysen durch, wie zum Beispiel die Bestimmung des pH-Werts«, entgegnete de Santisim. Parallel verfolgte er mit Argusaugen die Arbeit von Miranda und Osorio, um dann fortzufahren: »James, kannst du uns, Mr. Hudson und mir, mehr erzählen betreffend der schrecklichen Vorfälle in der Mine und in den umliegenden Siedlungen? In unseren ersten Gesprächen im Dorf haben wir nicht besonders viel erfahren. Ob aus Abneigung oder Angst wissen wir nicht.«

James schaute abwechselnd de Santisim und Hudson an. Hudson selbst hatte kein Wort mehr gesagt. Er erkannte jedoch sofort, dass es James wohl gerade merklich schwer fiel, seine Gedanken in Worte zu fassen und zu entscheiden, ob er den für ihn Fremden helfen sollte oder nicht.

Hudson trat proaktiv auf James zu und fasste ihn an der rechten Schulter. Der junge Mann zuckte auf der Stelle zusammen und wich einen entschiedenen Schritt zurück.

»Schau mich an, James. Ja genau, sieh mir in die Augen.«

Hudson musste tief Luft holen. »James, du verstehst mich ja sehr gut. Wir sind hier, um zu helfen. Ich bin dafür extra den weiten Weg aus Europa nach Kolumbien gekommen. Wir benötigen allerdings zusätzliche Informationen und konkrete Beweise für ein Fehlverhalten von Carbacal Industries. Wir können diejenigen, die die Arbeiteraufstände blutig niedergeschlagen haben, bestrafen. Dafür brauchen wir aber deine Unterstützung!« Hudson bohrte James beim letzten Satz zur Untermalung seiner Entschlossenheit den rechten Zeigefinger mehrfach in dessen Brust, so dass sich dieser die Stelle kurz darauf sanft reiben musste, um den Druckschmerz abzumildern.

James' angespannte Miene begann sich zu lockern und er ergriff das Wort, wobei er für Hudson auf einmal viel selbstbewusster klang: »Es will niemand mit Ihnen im Detail über die Täter reden, da die Leute von Carbacal damit gedroht haben, uns alle umzubringen, falls wir nur ein Wort über die Hintergründe der Vorfälle verlieren würden. Es stimmt, dass viele Menschen beim Arbeiten in der Mine ums Leben kommen. Dies ist in erster Linie den ungenügenden Sicherheitsvorkehrungen geschuldet und nicht auf menschliches Versagen zurückzuführen. Noch viel schlimmer wiegt aber, dass aufgrund der gravierenden Umweltbelastung immer mehr Menschen in den umliegenden Dörfern krank werden. In den letzten Jahren sind schon einige aus ungeklärter Ursache gestorben.«

Hudson sah in James einen aufrechten und vor allem für sein Alter sehr reifen jungen Mann, der es bei Carbacal laut eigener Aussage kürzlich zum Teamleiter einer vierzigköpfigen Mannschaft gebracht hatte. Zudem nahm er unter allen Carbacal-Mitarbeitern eine gesonderte Stellung ein, da seine Englischkenntnisse überraschend gut waren.

»Glauben Sie mir, ich weiß wovon ich rede. Als einer der wenigen, bin ich auch bei wichtigen Besprechungen dabei gewesen und weiß, was hier abgeht.«

Hudson hatte sich wohl in James getäuscht, das musste er sich an dieser Stelle eingestehen, denn er hatte ihn im ersten Moment für einen Spitzel gehalten, der auf sein Team angesetzt worden war.

»Dutzende Stammesangehörige von uns Wayúu[20], die von Anfang an gegen die Mine protestiert hatten, sind über die Jahre verschwunden oder wurden ermordet. Die Lage hat sich in den letzten

---

[20] Die Wayúu oder Guajiro sind ein zu den Arawak zählendes indigenes Volk in Südamerika und leben auf der Guajira-Halbinsel, die sich über kolumbianisches sowie venezolanisches Staatsgebiet erstreckt. Die Wayúu-Sprache (Wayuunaiki) gehört zu den Arawak-Sprachen und wird in Kolumbien von etwa 140.000 und in Venezuela von 170.000 Menschen gesprochen.

drei bis vier Wochen abermals dramatisch zugespitzt, da Carbacal versucht, die geographische Ausdehnung der Mine in mehrere umliegende Waldschutzgebiete voranzutreiben. Diese Regenwälder sind uns Wayúu heilig und repräsentieren unsere kulturelle Identität. Hinzu kommt, dass in diesen neuen Abbauregionen für uns wichtige Grundwasserquellen liegen, die so nur weiter verschmutzt würden. Am Ende kann niemand mehr unbesorgt daraus trinken. Das ist ja bereits heute vielerorts der Fall. Wir brauchen das Wasser, um zu leben! Verstehen Sie?«

Hudson und de Santisim konnten förmlich spüren, wie sich in dem jungen Mann über lange Zeit eine grenzenlose Wut aufgestaut hatte. Er ballte nun seine Fäuste fest zusammen und musste sich sichtlich beherrschen.

»Schauen Sie doch diesen Fluss an: Jeder der daraus trinkt, wird krank. Die Liste an Verstößen von Carbacal ist schier endlos lang. 2011 kam die NGO PAS zu uns, um uns bei dem Kampf gegen die Minenbetreiber zu unterstützen. Um Arbeitsstandards durchzusetzen. Um eine Gewerkschaft aufzubauen. Um Schulen für unsere Kinder zu gründen ... ohne ihre Hilfe ...«

Wie aus dem Nichts gab es plötzlich einen gewaltigen Knall. Der Boden unter ihren Füßen begann etliche Male zu zittern. Die Erschütterungen hielten zur Überraschung aller nur sehr kurz an. Eine ohrenbetäubende Explosion hatte James abrupt verstummen lassen. Alle anderen hatten stark zusammenzucken müssen und rührten sich zunächst so lange nicht, bis die Erschütterungen vorbei waren. James las an ihren Gesichtern ab, dass sie unter Schock standen. Osorio und Hudson tasteten sich von oben bis unten ab, so als wollten sie feststellen, ob weiterhin alle Körperteile an der richtigen Stelle waren.

Hudson und de Santisim tauschten verdutzte Blicke aus. Keiner wusste, was soeben passiert war. Hudson wollte etwas in die Runde sagen, doch James kam ihm zuvor und merkte mit ruhiger Stimme an: »Keine Sorge, alles ist gut. Haben Sie diese Explosionen heute zum ersten Mal gehört? Das passiert hier ständig. Die zu fördernde Steinkohle wird einfach aus dem Boden gesprengt und dann mit Lastern abtransportiert.«

»Einfach so aus dem Boden gesprengt?«, wiederholte de Santisim die Aussage von James. Er konnte sein Entsetzen nicht verbergen. »Das verursacht im Fall der Fälle gefährliche Staubwolken, die sich meilenweit ausbreiten und überall auf Mensch und Natur niederrieseln. Und somit auch auf uns.«

»Ja«, entgegnete James. »2011 wurden deshalb einige Dörfer nahe der Mine von der kolumbianischen Umweltbehörde zwangsumgesiedelt. Mehr als die Hälfte aller Einwohner der umliegenden Siedlungen leidet heute unter schweren Atemwegserkrankungen. Aber was sollen sie machen? Schutzmasken wollte Carbacal nicht zur Verfügung stellen und der angestrebte Gerichtsprozess verlief im Sande.«

Hudson suchte erneut die Reaktion von de Santisim. Dessen Ernüchterung stand ihm ins Gesicht geschrieben. Dabei fuhr dieser resigniert fort: »Ja, das korreliert stark mit dem letzten Umweltschutzbericht von PAS, der am Ende nur geschwärzt veröffentlicht werden durfte. Der Bericht führt noch weiter aus, dass die Betreibergesellschaft, und ergo von Kervielia zumindest geduldet, Paramilitärs rekrutiert, um einerseits die Minen gegenüber Guerillatruppen wie der FARC besser zu schützen, aber auch um andererseits gegen die Zivilbevölkerung vorgehen zu können. Die Bezahlung dieser Paramilitärs lässt sich praktisch nicht belegen, da niemand von uns Zugang zur Buchhaltungsabteilung von Carbacal hat und die Geldströme über so viele Kanäle laufen, dass sie unauffindbar sind. Grundsätzlich spielt es den Rohstoffunternehmen in die Hände, dass sie aufgrund ihrer Bezugsquellen vorranging Partnerschaften mit Regierungen aus Entwicklungsländern eingehen müssen, in denen keine oder nur unzureichende Umweltschutz- und Menschrechtsstandards vorherrschen. Hinzu kommt, dass die meisten Rohstoffkonzerne, darunter Kervielia, nicht börsennotiert sind und dementsprechend laschen Transparenzregularien von behördlicher Seite aus unterliegen. Und zu guter Letzt ist die Risikoaversion der besagten Unternehmen äußerst gering ausgeprägt. Dementsprechend werden Geschäfte mit Despoten oder nichtstaatlichen Akteuren gescheiterter Staaten in der Regel nicht als Problem angesehen.«

De Santisim hielt kurz inne. Während er Hudson einige Minuten lang die Machenschaften der Rohstoffkonzerne näher erläuterte, hatten Miranda und Osorio ihre Arbeit wieder aufgenommen und deuteten ihrem Chef nun an, dass sie die Untersuchungen abgeschlossen hätten. Es war ein schnelles Prozedere, da sie für ihre Analysen nur wenige Wasserproben zu entnehmen hatten und diese vor

Ort mit ihren Geräten direkt auswerten konnten. »Wie sieht's aus, Osorio?«, fragte de Santisim mit überspitzt ironischer Stimme.

»Wie vermutet, hat sich alles bestätigt, Herr Doktor«, antwortete sein Assistent. »Wir waren auf die Schnelle in der Lage, eindeutige Spuren von Quecksilber und Schwefelsäure nachweisen. Der pH-Wert ist viel zu hoch und übersteigt bei weitem die zulässigen Grenzwerte für Trinkwasser. Wer hier seinen täglichen Wasserbedarf deckt, leidet sicherlich nach kürzester Zeit unter schweren Erkrankungen.«

Für Hudson fügten sich allmählich sämtliche Teile des Puzzles zusammen und passten in das Bild, das James zeichnete. Die schlimmsten Befürchtungen, die de Santisim hatte, waren wahr geworden. Zumindest das Dorf in der Nordzone der Mine war zu einer Todeszone für Mensch und Tier geworden.

»Also gut, haben Sie alle Werte verzeichnet und kartiert, Osorio?«, wandte sich de Santisim wieder an seinen Assistenten. Dieser nickte. »Den Rest werten wir dann im Hotel aus.«

»Wenn Sie hier mit Ihrer Arbeit fertig sind, meine Herrschaften, packen wir alles ein und Abmarsch«, befahl Hudson daraufhin umgehend. Derweil sich de Santisim und seine Assistenten bereits daran machten, ihre Sachen wieder in den Tragetaschen zu verstauen, nahm der Interpolagent den jungen Wayúu ungehalten beiseite und fragte in einem leisen, beinahe flüsternden Ton: »James, kannst du uns noch etwas mehr über die Aufstände erzählen? Wie sind sie abgelaufen? Wer hat sie angeführt? Und die alles entscheidende Frage: Wo sind die Toten abgeblieben? Ich weiß, dass all dies sehr hart für dich sein muss. Aber meine Kollegen und ich benötigen handfeste Beweise, damit wir Carbacal zur Rechenschaft ziehen können. Hast du das verstanden?«

Er appellierte eindringlich an James, ihm zu helfen. Dieser wich ihm jedoch aus. Hudson wusste, dass er einen Nerv getroffen hatte, doch er konnte und wollte den jungen Mann nicht zu stark unter Druck setzen. *Der arme Kerl hat mit Sicherheit unglaublich viel durchmachen müssen*, huschte es ihm durch den Kopf. Er wollte es zu einem späteren Zeitpunkt aufs Neue versuchen.

Nach einigen Minuten war alles verpackt und die Gruppe machte sich eilig auf den Weg zurück in das Dorf. De Santisim ging voraus, Hudson folgte als Letzter. Schräg neben ihm lief James. Er hatte kein

Wort mehr gesagt, seitdem sie losgegangen waren. Ohne jegliche Vorwarnung zog James völlig unvermittelt ein Smartphone aus seiner Hosentasche, entsperrte es und hielt es Hudson frontal ins Gesicht.

»Ich glaube, dies ist, wonach Sie suchen«, flüsterte er ihm zu. Hudson fixierte James mit einem ernsten Blick. Dessen Körpersprache war zögernd, er fühlte sich sichtlich unwohl in seiner Haut.

»Was ist das?«

»Spielen Sie einfach das Video ab. Niemand weiß, dass ich es gemacht habe. Wenn es jemand erfährt, sind sowohl ich als auch meine Familie dem Tod geweiht.«

Hudson zog überrascht seine linke Augenbraue nach oben. Ohne jegliche Erwartung, nahm er das Handy in die Hand, nur um Sekunden später ein erschüttertes »Was in Gottes Namen?« auszustoßen. Hudson vermochte sein Entsetzen angesichts dessen, was er in diesem Moment zu sehen bekam, nicht zu verbergen. Er starrte voller Ungläubigkeit und mit großer Neugierde zugleich auf den Bildschirm. Ohne es zu merken, war er, ganz in Gedanken versunken, stehengeblieben.

Die Videoaufnahme, anfänglich stark verwackelt, dann ruhiger und schärfer, zeigte aus der Ferne eine Gruppe von circa 20 meist jungen Männern. Ihre Hände waren auf deren Rücken gefesselt und sie knieten auf einer Linie aneinandergereiht nieder. Die Aufnahme war vor acht Tagen entstanden. Mehrere bewaffnete, vermummte Männer hatten die Gefangenen umzingelt. Hudson vermutete, dass es sich bei ihnen um die paramilitärischen Einheiten handelte, von denen er vorab gehört hatte.

Die Kamera zoomte ein Stück näher an die Geschehnisse heran. In dieser Sekunde nahm einer der Männer seine Maskierung ab. Hudson identifizierte ihn sofort als Blanco. Wenig später trat, wie auf Befehl, ein anderer bewaffneter Mann hinter den ersten Gefangenen und schoss ihm mit einer Pistole in den Kopf. Hudson zuckte vor Schreck zusammen. Das hatte er nicht kommen sehen, doch trotz des Schocks über die Brutalität der Szene konnte er seine Augen nicht vom Bildschirm des Handys abwenden. Blanco zückte kurze Zeit später selbst eine Waffe, schubste seinen Kameraden, der Sekunden zuvor einen der Gefangenen erschossen hatte, rüde beiseite und legte die Pistole am Hinterkopf des Mannes an, der nun neben der Leiche kauerte und bitterlich weinte. Es schien so, als würde Blanco einen Augenblick zögern. Dann drückte er ab. Er wollte sein Opfer wohl einfach nur noch länger leiden sehen. In der Folge wurden die ersten zehn Gefangenen der Reihe nach kaltblütig von Blanco und seinen Männern hingerichtet. Unabhängig von der überaus schlechten Tonqualität der Aufnahme, konnte Hudson gut erkennen, dass die zu diesem Zeitpunkt noch lebenden Männer weinten, schrien und um ihr Leben flehten. Binnen nicht einmal einer Minute wurden sie dann wie am Fließband exekutiert. Es war ein schauriges Schauspiel, das sich Hudson hier zu Gemüte führte. Obwohl aus der Ferne aufgenommen, konnte er unfreiwillig viele Details ausmachen und dabei Blutfontänen sowie aufgesprungene Schädeldecken erkennen. Die Bilder brannten sich tief in sein Gedächtnis ein, denn die unmenschliche Brutalität erschütterte ihn bis ins Mark. In der letzten Videosequenz musste er darüber hinaus zu seiner Überraschung feststellen, dass zwei „Gringos", wie Weiße in Lateinamerika typischerweise genannt werden, in das Bild traten und sich vergewisserten, dass die Gefangenen auch tatsächlich tot waren. Die Kamera zoomte in den letzten fünf Sekunden des Videos näher an diese zwei Männer heran. Eines der Gesichter kam ihm irgendwie bekannt vor, allerdings war er nicht in der Lage, es einem Namen zuzuordnen. Dann war das Video zu Ende.

Hudson starrte wie erschlagen auf den Boden vor sich hin. Diese Szenen musste er erst mal verdauen. Die restlichen Teammitglieder um de Santisim hatten anfänglich gar nicht bemerkt, dass Hudson und James zurückgefallen waren. Als Hudson gerade im Begriff war, James das Handy zurückzugeben, kam Osorio ihnen entgegen und fragte, was los sei.

»Alles gut, Osorio, danke. Wir waren zu sehr in unsere Unterhaltung vertieft und haben deshalb den Anschluss verloren! Wir müssen uns jetzt aber beeilen. Das Handy behalte ich lieber«, flüsterte er James zu. »Ich brauche es als Beweismittel. Ist das okay für dich?«

Auf dem Weg zurück legte Hudson aufmunternd seinen Arm über James' Schultern. *Ich muss der Kervielia Group um jeden Preis das Handwerk legen*, dachte er sich währenddessen. Die Schicksale der hier lebenden Menschen waren sein Antrieb. Er fühlte sich entschlossener denn je. Und er war sich sicher, dass das Videomaterial, das er von James erhalten hatte, der Schlüssel war, um den Untergang von Kervielia einzuläuten.

Von James kam die gesamte Zeit über keine Reaktion mehr. Er machte auf Hudson einen äußerst verzweifelten und niedergeschlagenen Eindruck, was durchaus nachvollziehbar war. De Santisim und seine Begleiter hatten nur am Rande mitbekommen, dass etwas passiert sein musste. Trotzdem hatte niemand konkret nachgefragt, worum es bei der Unterredung zwischen Hudson und James wirklich gegangen war.

Kurz bevor sie das Dorf erreicht hatten, nahm Hudson den jungen Indio abermals zur Seite und sagte zu ihm mit sanfter Stimme: »James, ich möchte, dass du mir genau zuhörst.« Er umschloss mit beiden Handinnenflächen fest den Kiefer und die Backen des jungen Mannes, um seinen Worten noch mehr Nachdruck zu verleihen. »Ich muss dir eine wichtige Frage stellen: Weißt du, wo die Leichen der Männer abgeblieben sind, die auf deinem Video hingerichtet wurden?«

Er sah in James' Augen, dass dieser die Frage nicht zu beantworten brauchte. Seine Augen begannen leicht zu glänzen, dann liefen ihm erste Tränen die Wangen herunter. Wie kleine Rinnsale in der Wüste bahnten sie sich ihren Weg und flossen schlussendlich in Strömen über sein Gesicht den Hals hinab. James war sehr aufgewühlt. Und auch Hudson musste aufgrund der Emotionalität des Augenblicks innerlich schlucken. Er war sich dennoch zu diesem Zeitpunkt mehr als je zuvor darüber bewusst, dass er dank James' Hilfe nun dazu in der Lage war, die Kervielia Group dingfest zu machen. Endlich hatte er das entscheidende Druckmittel gefunden.

\*\*\*

### Zwei Stunden später

Nach einer ausgedehnten Lagebesprechung in dem Dorf der Nordzone von La Guajira Nueva entschied Hudson, dass es besser wäre, sich aufzuteilen. De Santisim bat um etwas mehr Zeit, um zusätzliche Messungen der Luftkonzentration innerhalb eines größeren Abschnittes des Abbaugebietes durchzuführen. Die von ihm dokumentierte Liste an Umweltverstößen wurde immer länger. Zuvor hatten er und sein Team bereits einen im Fachjargon bezeichneten übersektoralen Flächenverlust sowie karkasierende Bergschäden dritten Grades in 90 Prozent der untersuchten Sektoren festgestellt. Die Messergebnisse der Luft ergaben ein ähnlich bedrückendes Bild. Die Staubentwicklung war, sofern man ihr als Mensch oder Tier über einen längeren Zeitraum ausgesetzt war, stark gesundheitsgefährdend. Diese Auswirkungen waren in dem nördlichen Dorf der Mine zweifelsohne schon zum Tragen gekommen. Viele Einwohner hatten gegenüber Canaris und Bolivar über keuchhustenartige Daueranfälle berichtet, die bei manchen mit Blutspucken einhergingen. Zudem klagte ein großer Anteil der indigenen Dorfbewohner über massive Hautirritationen, gerötete Augen und Durchfall.

Für Hudson war all dies zunehmend unerträglich. Das Heil des angeblich glorreichen Fortschritts, den Carbacal ständig heraufbeschwört hatte, wandelte sich an diesem Ort in das pervertierte Gegenteil. Der anthropogene Einfluss in diesem Mikrokosmos veranschaulichte für ihn einmal mehr in erschreckendem Maße die Brutalität und Gnadenlosigkeit des Menschen gegenüber allem, was ihm im Wege stand. Dass hierbei die Mehrheit derer, die davon eigentlich hätten profitieren sollen, auf der Strecke blieb, interessierte niemanden. Allen voran nicht Carbacal und Kervielia.

Bolivar und Trinidade waren von Hudson zum Schutz des Forschungsteams abkommandiert worden. Er hatte de Santisim im Voraus angewiesen, sich vor Einbruch der Dunkelheit wieder im Basislager einzufinden, um die Abreise für den nächsten Morgen möglichst zügig vorzubereiten.

Hudson und Canaris blieben dagegen bei James. So gut es ihnen möglich war, entfernten sich die drei unauffällig vom Dorf. James hatte Hudson kurz davor erzählt, dass die Toten des Arbeiteraufstandes nicht etwa verbrannt, sondern unweit des Dorfes überstürzt vergraben worden waren.

James führte die beiden Interpolagenten auf dem schnellsten Weg dorthin. Canaris hatte eine große Tasche dabei, die er noch rasch aus dem Geländewagen geholt hatte und in der sich leicht tragbare Utensilien für die kriminalistische Untersuchung eines Tatorts befanden.

Während des zehnminütigen Fußmarsches entlang des südlichen Endes der Siedlung erzählte James, dass mehrere Massengräber dieser Art existierten. In dem, zu welchem er Hudson und Canaris jetzt führte, waren jedoch im Gegensatz zu den anderen die Anführer der Aufstände von vor acht Tagen verschachert worden. Bevor der letzte Aufstand ausgebrochen war, hatten laut James seit jeher verschiedene Konflikte über einen längeren Zeitraum geschwelt. Am Ende hatte der Fall eines gewissen José Pichinch das Fass schließlich zum Überlaufen gebracht. Der junge Mitarbeiter von Carbacal war in seiner Pause von Aufsehern scheinbar aus reiner Langeweile zunächst drangsaliert, anschließend entführt, eingesperrt, gequält und letztlich zu Tode geprügelt worden. Die vollkommen entstellte Leiche hatte man dann einfach vor dem Haus der Familie entsorgt, das am äußersten Rand der Kernzone von La Guajira Nueva lag. Die darauffolgenden Unruhen, denen sich auch indigene Bevölkerungsgruppen außerhalb des Minenbereichs angeschlossen hatten, hatten viele Tage angehalten. Bis zur Ankunft von Hudson und seinen Leuten waren weiterhin mehr als 100 Personen aus den umliegenden Dörfern als vermisst gemeldet. Man musste davon ausgehen, dass ihnen ein ähnliches Schicksal widerfahren war wie den Männern im Video von James.

Dieser kannte sich in der Gegend sehr gut aus und hatte einen hervorragend ausgeprägten Orientierungssinn. Der junge Wayúu bewegte sich geschmeidig und zielstrebig wie eine Raubkatze durch den dichter werdenden Regenwald. Canaris und Hudson hatten zeitweise Mühe, ihm zu folgen. Nach einer Weile blieb er unvermittelt stehen und hob seine rechte Hand, um anzuzeigen, dass Hudson und Canaris sofort Halt machen sollten.

»Wir sind da«, sagte James mit leiser, bedachter Stimme. Er schaute sich suchend in alle Himmelsrichtungen um und schob anschließend einige große Pflanzenblätter sanft beiseite, ohne ein nennenswertes Rascheln zu verursachen.

Der Gruppe eröffnete sich im nächsten Schritt eine weitläufige Lichtung inmitten des undurchdringlichen Dschungels. Leicht verdutzt tauschten Hudson und Canaris einen schnellen Blick aus. In der Mitte der Freifläche konnten sie ein Meer an Blumensträußen erkennen. Es war anzunehmen, dass diese wohl im Schutze der Dunkelheit hier abgelegt worden waren, um den Toten in irgendeiner Form die letzte Ehre zu erweisen. Es war eine bedrückende Atmosphäre und Hudson spürte, dass es James schwer fiel, weiterzugehen und seine Fassung zu bewahren.

»Bleib hier. Das ist schon okay.« Hudson fasste James unterdessen kurz, aber mitfühlend an die Schulter.

Dann deutete er Canaris an, ihm in Richtung der Blumen zu folgen. Sobald er den ersten Schritt auf die Lichtung gesetzt hatte, breitete sich auf einmal eine unerklärliche, innerliche Schwere in seiner Magengegend aus. Schweiß bildete sich auf seiner Stirn und in Anbetracht der Unwirtlichkeit dieses Ortes wandelte er wie in Trance entlang des Pfades zum Grab der Toten. Mit der rechten Hand griff er intuitiv zu seiner Waffe. Er konnte nicht mehr klar denken. Der Tod, der in dieser gottverlassenen Gegend in jedem Grashalm, jedem Stein zu stecken schien und der aus jeder noch so kleinen Bodenritze wie ein unsichtbares Gas zu entweichen drohte, ließ Hudson immer unruhiger werden. Er hatte bereits viel gesehen, zweifelsohne. Der Tod war ein ständiger Begleiter, eine Art blinder Passagier, der ihn seit Beginn seiner Arbeit stets verfolgt hatte. Die Geschehnisse in Kolumbien sprengten hingegen alle Dimensionen und auf ein solches Ausmaß an Brutalität und Unmenschlichkeit war er augenscheinlich nicht vorbereitet gewesen.

Als Reaktion auf seine innere Unruhe setzte Hudson so sanft wie möglich einen Fuß vor den anderen. Er fühlte sich dabei in eine Art Tunnelblickmodus versetzt. Dieser löste sich genau in dem Moment auf, als etwas laut knackte. Als wäre er gegen eine unsichtbare Wand geknallt, blieb Hudson starr vor Schreck stehen. Er biss sich auf die Zähne. Nach ein paar Sekunden wanderten seine Augen vorsichtig zum Boden: Er war direkt auf einen Teil der Blumen getreten.

*Na ganz toll. Auch das noch. Das bringt sicherlich alles andere als Glück*, stöhnte eine Stimme in seinem Kopf. Erst jetzt fielen ihm die zahlreichen Blutlachen auf, die sich ausgetrocknet vor und hinter ihm befanden. Blancos Leute hatten sich anscheinend nicht mal die Mühe gemacht, die Spuren der Exekution zu beseitigen.

Canaris war in der Zwischenzeit einige Meter vorausgegangen. Ihm war das Unbehagen seines Kollegen nicht verborgen geblieben. Er forderte Hudson unmissverständlich dazu auf, sich zu beeilen.

Als Hudson, dieses Mal behutsamer, über die Blumen gestiegen war, schoss ihm ein unangenehmer, beißender Geruch in die Nase: Es war der Geruch toten menschlichen Fleisches, das vor sich hinrottete und von Maden und anderen Kleinstlebewesen eifrig zersetzt wurde.

Ohne ein Wort zu sagen, stellte sich Hudson neben Canaris. Dieser war an einem aufgehäuften Erdhügel wie versteinert stehengeblieben. Hunderte Fleischfliegen verdunkelten den Himmel. Das Summen ihrer Flügelschläge war der einzige Laut, der zu hören war.

Hudsons Blick ging schnell zu Canaris rüber, dann zu dem Massengrab, das sich ihm offenbarte. Ein eiskalter Schauer durchfuhr seinen gesamten Körper. Das Atmen viel ihm sichtlich schwer. *Was zur Hölle ... ?* Er war nicht dazu in der Lage, seine ersten Gedanken zu Ende zu führen, zu lähmend war der Schock, der ihn unvorbereitet erfasst hatte. Seine Augen konnten sich jedoch nicht von diesem Anblick losreißen: Vor ihm lag kein geschlossenes Massengrab, sondern eine in offensichtlich großer Eile halb zugeschüttete Mulde, aus der einzelne Körperteile und Extremitäten wahllos herausragten. Der Gestank der Verwesung war kaum zu ertragen. Sowohl Canaris als auch Hudson mussten sofort ihre Hände schützend vor den Mund halten, um sich nicht an Ort und Stelle zu übergeben.

Nach kurzer Zeit beugte Canaris sich nieder und begann sorgfältig zu prüfen, was von den Toten, die oben lagen, noch zu sehen war. Mehrere halb abgerissene Hände, Finger und andere Körperteile lagen überall herum, teils bedeckt von Erde und Staub. Etliche Köpfe ragten beinahe vollständig aus der Erdschicht empor – oder das, was von ihnen übrig geblieben war. Die Leichen befanden sich schon im fortgeschrittenen Verwesungsstadium der ammoniakalischen Fäulnis und starken Vertrocknung. Die ehemals vor Lebenskraft strahlenden Augen der Toten waren blutigen, dunkelrot bis schwarz anmutenden, leeren Augenhöhlen gewichen, die wie das düstere Einfallstor zur Hölle wirkten.

»Geht's wieder?«, fragte Canaris seinen Kollegen nach einer gefühlten Ewigkeit. Bevor Hudson reagieren konnte, nahm ihm Canaris die Antwort ab und meinte: »Warte, ich habe in einer meiner Taschen einen Mundschutz. Wir haben nicht viel Zeit. Und ich brauche dich in guter körperlicher Verfassung. Also reiß dich zusammen, Leon!«

Canaris durchsuchte zügig seine schwere Ausrüstung. Er holte zwei Mundschutzmasken sowie zwei Paar Plastikhandschuhe hervor, reichte diese Hudson und griff dabei mit der anderen Hand nach seiner hochauflösenden Kamera.

»Wir müssen die obersten Leichen abtragen«, sagte Canaris in einem nachdrücklichen Ton. »Die Leichen darunter dürften deutlich besser erhalten sein. Wenn einige Körper freigelegt sind, werden wir sie ein paar Meter neben das Grab legen, damit wir sie besser untersuchen können. So können wir etwaige Schussverletzungen und Eintrittswunden ausreichend dokumentieren.«

Canaris machte auf Hudson einen gefassten Eindruck und offenbarte eine sehr professionelle Einstellung. Er achtete auf jedes Detail und arbeitete akribisch und minutiös. Mit zwei Mini-Schaufeln, die Canaris aus seinen Taschen hervorzauberte, machten sie sich daran, die die Leichen umhüllenden Erdschichten nach und nach abzutragen und so die ersten Körper ganz freizulegen.

James hatte die beiden Interpolagenten eine Zeit lang still beobachtet, bis er sich aus dem Wald herauswagte und anfing, ihnen bei der mühsamen Arbeit zu helfen. Er schien einen Teil seiner lähmenden Angst abgelegt zu haben. Hudson erkannte sofort das Funkeln einer aufkeimenden Entschlossenheit in den Augen des jungen Mannes, als dieser entschieden nach einer dritten Schaufel griff und anfing, eifrig zu graben. Es hatte dann mehr als eine Stunde gedauert, bis 12 Tote geborgen waren. Erschwerend war hinzugekommen, dass sich die Leichen teilweise ineinander verkeilt hatten. Keiner konnte alleine an einem Körper arbeiten, sondern sie waren gezwungen, mindestens zu zweit, manchmal sogar zu dritt, eine Leiche von den anderen zu lösen.

Hudson blickte auf die toten Männer. Sie lagen nun wie die stummen Zeugen der brutalen Gewaltexzesse vor ihm, Canaris und James. Aufgereiht wie frisch erlegte Tiere, die nach einer Treibjagd erschossen worden waren und nun darauf warteten, ausgeweidet und abtransportiert zu werden. Insbesondere Hudson stand die physische sowie mentale Anstrengung ins Gesicht geschrieben. Er hatte Canaris absichtlich das Ruder überlassen, da dieser mit der Situation gefühlt besser umgehen konnte, das musste er sich mehrfach eingestehen.

Ohne auf eine Aufforderung zu warten, begann Canaris, die Toten näher zu inspizieren und fotografieren. Währenddessen hatte James zwei der Leichen identifiziert: Es waren sein Stellvertreter und ein Teamleiter des Sprengkommandos aus der Südzone der Mine. Nach einer weiteren Viertelstunde war Canaris mit der Beweissicherung und Untersuchung der ersten Toten fertig. Er hatte zuvor alle drei Leichen feinsäuberlich von sämtlichem Dreck befreit, nummerierte Markierungen neben die zu untersuchenden Körperstellen gelegt und mehrere Fotos aus verschiedenen Perspektiven gemacht.

Es war mittlerweile zu viel Zeit vergangen, als dass sie alle freigelegten Toten ausführlich untersuchen und ehrenhaft begraben hätten können. Hudson vereinbarte deshalb mit James, dass dieser am nächsten Tag mit ein paar Männern aus seinem Dorf zurückkehren würde, um eine würdige Bestattung der Leichen vorzunehmen.

Nervös warf Hudson einen Blick auf seine Uhr. Anschließend schaute er hoch zum Himmel: Die Sonne stand bereits sehr tief. Sie hatten sich zu beeilen, um vor Einbruch der Dunkelheit wieder das Basislager zu erreichen.

»Lass uns alles einpacken, Antonio. Wir müssen los«, sagte Hudson spürbar selbstbewusster. Alle wesentlichen Indizien waren gesammelt und es wurde ihm mehr und mehr bewusst, dass er einen Quantensprung bei der Beweissicherung vorangekommen war. Würde er noch über schriftliche Korrespondenzen der Managementebene von Kervielia verfügen, die eine direkte Verbindung zu den Ereignissen hier in Kolumbien auf Basis eines expliziten Auftrags oder zumindest einer Duldung der Geschehnisse herstellten, dann war er auf der sicheren Seite. Ansonsten bestünde, so wie es meistens in seinen vergangenen Ermittlungen der Fall gewesen war, immer die Möglichkeit, dass der Mutterkonzern die gesamte Schuld auf seine Tochtergesellschaft abwälzen würde, die in der Konsequenz ohne das Wissen von Kervielia gehandelt habe.

*Dies wird hier nicht erneut geschehen. Auf gar keinen Fall*, sprach sich Hudson selbst Mut zu. Er war nun entschlossener denn je, Kervielia endgültig zu Fall zu bringen.

\*\*\*

### London, zur gleichen Zeit

Die beiden Männer kamen unangekündigt. Ohne die Sekretärin eines Blickes zu würdigen, gingen sie schnurstracks in das Büro, an dessen Eingangstür in großen Buchstaben „Bill A. Charon – Managing Partner & CEO" geschrieben stand. Die Sekretärin wollte noch etwas sagen, verstummte jedoch, als Gordon Kaleval und Montgomery Hallheim bereits die Glastür hinter sich zugeschlagen hatten. Sie standen sichtlich unter Strom.

Charon war gerade dabei, seine Notizen für die heutige Rede im Kapitol durchzugehen, zu der er von demokratischen sowie republikanischen Freunden als Experte für die öffentliche Interessensvertretung privater Akteure im Bereich der Gesundheitsversorgung eingeladen worden war. Es sollte für ihn mal wieder darum gehen, die Gesundheitsreform von Barack Obama in ihre Einzelteile zu zerlegen und eine alternative Lösung über Lobbyingkanäle aufzuzeigen.

Charon hatte sich ruckartig umgedreht, just in dem Moment, als die Tür aufgerissen wurde. Ehe er sich versah, hatten sich Kaleval und Hallheim gesetzt und die Beine übereinander geschlagen. Sie verzogen keine Miene, doch ihr Gesichtsausdruck sprach Bände.

Kaleval war der Sohn irisch-finnischer Einwanderer und hatte sich, wie es der amerikanische Traum postulierte, vom Tellerwäscher nicht nur zum Millionär, sondern gar zum Milliardär hochgearbeitet. Er und sein Freund Montgomery Hallheim, Miteigentümer der Kervielia Group, waren sowohl für ihren genialen Investitions- und Geschäftssinn als auch für ihre brutale Gnadenlosigkeit berüchtigt, mit der sie ihre Interessen durchsetzten. So kam es nicht von ungefähr, dass sie von ihren Gegnern, Mitbewerbern, vielen Politikern und NGOs gehasst, aber von jungen Unternehmern und Wall-Street-Investoren nahezu vergöttert wurden.

Charon beäugte zunächst Kaleval kritisch. Er war körperlich topfit. Trotz seines hohen Alters trieb er dreimal die Woche Sport und steckte weitaus jüngere Athleten beim jährlich stattfindenden Stadtmarathon leicht in die Tasche. Kaleval war ein sehr attraktiver und begehrter Mann. Entgegen seiner Anziehungskraft gegenüber und zahlreicher Annäherungsversuche von Frauen, war er seit mehreren Jahrzehnten glücklich verheiratet und hatte fünf Kinder. In exakt dieser Sekunde fiel Charon erneut auf, dass sein Freund ständig diesen sonderbaren, ernsten Blick hatte. Behagte ihm etwas nicht, hatte er zusätzlich die Anwandlung, dass seine Augen ein bedrohlich wirkendes Funkeln entwickelten. An dieses hatte er sich über all die Jahre nie gewöhnen können. Kaleval war kein Mann vieler Worte. Emotionen, zumindest in Bezug auf seine Geschäfte, waren ihm ein Fremdwort. Dieser Wesenszug entstammte möglicherweise seinen finnischen Genen, war aber letzten Endes ein wichtiges Element seiner Außendarstellung.

Hallheim war eher der Gegenentwurf zu seinem jahrzehntelangen Freund und Geschäftspartner. Beide hatten im Anschluss an ihr Studium an der Harvard Universität unabhängig voneinander jeweils ein rohstoffabbauendes und -handelndes Unternehmen gegründet. Die Konzerne waren binnen kürzester Zeit äußerst erfolgreich gewesen und hatten beide steinreich gemacht. Um die nächste Stufe der Entwicklung zu vollziehen und endgültig zum Branchenprimus aufzusteigen, bündelten sie schließlich ihre Kräfte und erschufen die Kervielia Group.

Hallheim war von lebhafter Natur und hatte stets ein Grinsen auf den Lippen. Wie man dieses allerdings zu interpretieren hatte, stand auf einem anderen Blatt Papier geschrieben. Seine deutschen Wurzeln lehrten ihm absolute Disziplin, messerscharfe analytische Fähigkeiten, einen unbeirrbaren Drang nach Ordnung und Struktur und letztlich das Selbstverständnis, dass alles Geschäftliche engmaschigen Zeitzwängen unterworfen war. Hallheim hatte andauernd einen lockeren Spruch parat und wirkte oftmals kommunikativer und nicht so introvertiert wie Kaleval. Er war zudem ein Mann alter Schule. Ein Gentleman, ein Charmeur, ein Typus Mann, der in der modernen Zeit scheinbar zum Aussterben verdammt war. Seine Weltanschauung fokussierte sich jedoch einzig und allein auf Macht als Schlüssel im tagtäglichen Überlebenskampf. Ethische Grundsätze, die dieses Machtstreben hätten einschränken können, hatten für Hallheim keinerlei Daseinsberechtigung. Aufgrund eben dieser beinahe pervertierten Ehrgeizmaxime hatte er nicht einmal seine Kinder, als sie noch klein waren, bei Monopoly gewinnen lassen. Diese Anekdote erzählte er selbst immer und immer wieder. Das Leben war für ihn eine harte Schule, nicht mehr und nicht weniger. Und nur wer bereit war, seinen Zielen alles unterzuordnen, würde sich durchsetzen und erfolgreich sein. Alles andere hatte keinerlei Wert. Das war seine feste Überzeugung und Charon bekam diese Weisheiten auch heute zum x-ten Mal zu hören.

Die Kervielia Group war das erfolgreichste Rohstoffunternehmen der Welt und verfügte dank ihrer Eigentümer über ein einzigartiges, weltumspannendes Netzwerk. Dieses umfasste beispielsweise Amtsträger nahezu sämtlicher politischer Eliten weltweit. Der persönliche

Kontakt der beiden Unternehmenseigentümer zu Staatspräsidenten, Ministern, Repräsentanten von Sicherheitsbehörden, Botschaftern sowie anderen hochrangigen Politikern und Diplomaten war die treibende Kraft und der Klebstoff, der das System zusammenhielt. Das politische Weltbild der jeweiligen Personen und das politische System, in dem man sich bewegte, waren zweitrangig. Es ging ihnen ausschließlich um Profit und darum, diesen konstant zu maximieren. So konnte sich Kervielia fortwährend auf eine große Unterstützerbasis unter multinationalen Unternehmen sowie führenden gesellschaftlichen Meinungsmachern, wirtschaftspolitischen Forschungsinstituten und Denkfabriken verlassen. Insbesondere letztere vermochten über ihre Arbeit gezielten Einfluss auf die Öffentlichkeit zu nehmen. Und auf diese griff Charon vorrangig zurück, wenn seine Firma wie so häufig ein Mandat von Kervielia erhalten hatte.

Es war eine perfekt geölte Maschinerie, die manchmal trotzdem kurzzeitig ins Stocken geriet. In diesen Krisensituationen betrat Charons Beratungsfirma Charon Jove & Associates die Bühne, die sich weltweit einen exzellenten Ruf als Krisenmanager erarbeitet hatte. Nun war es wieder soweit, dass Kervielia seine Dienste benötigte.

»Was gibt es denn, meine Herren?«, fragte Charon mit merklich ironischem Unterton. Kaleval und Hallheim tauschten einen schnellen, für ihn nichtssagenden Blick miteinander aus. Ihnen war nicht zum Spaßen zumute.

»Wir haben ein Problem in Indonesien, Bill.« Hallheim übernahm das Ruder. »Eigentlich kämpfen wir an mehreren Fronten, aber das Problem in Kolumbien wird sich mit größter Wahrscheinlichkeit bald erledigt haben. Leider konnte eure diplomatische Intervention die Einleitung einer von Interpol geführten Untersuchung ja nicht abwenden. Dessen ungeachtet kümmern sich unsere Leute vor Ort um Hudson.«

Es herrschte einen Moment Stille. Charon wusste, was Hallheim damit ausdrücken wollte. Kervielia war sein Exklusivklient, sein Partner Jove hatte von dessen zuweilen brutalen Geschäftspraktiken nur sehr vage Vorstellungen. Dies sollte auch in Zukunft so bleiben. Bevor Charon eine erste Frage stellen konnte, kam ihm Kaleval zuvor. Er war sichtlich erbost und polterte unaufhörlich mit seiner tiefen Stimme vor sich hin: »Wie du ja weißt, haben wir in den letzten Jahren neben der klassischen Extrahierung gängiger Rohstoffe wie Kohle, Gas oder Rohöl neue Geschäftsfelder im Bereich der Wasser- und Sandförderung sowie des Holzhandels erschlossen. Diese beinhalten unter anderem auch den Anbau von Palmölplantagen, vorrangig in Indonesien. Dafür muss natürlich der allseits beliebte Regenwald dran glauben. Wie wir von unseren Informantenkanälen erfahren haben, hat seit gestern ein internationales Team, bestehend aus deutschen und britischen Journalisten sowie lokalen NGO-Vertretern, seine Recherchearbeit betreffend unserer Tätigkeiten außerhalb von Jakarta aufgenommen. Was auch immer dieses Pack zu Tage fördern wird: Es kann nichts Gutes bedeuten und wird unser Geschäft in der Region aller Voraussicht nach nachhaltig erschweren. Wir möchten deshalb, dass sich jemand dieses Falles vor Ort annimmt. Das Team muss an der effizienten Ausübung seiner Arbeit gehindert und des Landes verwiesen werden, koste es was es wolle. Haben wir uns verstanden, Bill?«

Charon schaute seine Gäste abwechselnd an. In der Regel nahm er jeden Auftrag seiner guten Freunde ohne zu murren an – auch wenn ihm oft der Umgangston missfiel. So auch in diesem Fall. Doch er schluckte seinen Ärger herunter.

»Ihr habt Glück. Ich glaube, ich habe da genau den richtigen Mann für euch. Wir haben ein neues Talent in unseren Reihen. Das ist eine ideale Gelegenheit für seine Feuertaufe. Wir werden ihn gleich morgen abkommandieren. Ich benötige daher bis spätestens heute Abend ein vollständiges Briefing. Betrachtet die Angelegenheit daher als erledigt, meine Herren!«

\*\*\*

### Eine Viertelstunde später

»Es ist erst Ihre zweite Woche bei uns, Nathan. Aber entgegen unserer Erwartung, hat sich schon jetzt eine perfekte Gelegenheit ergeben, Ihre Loyalität auf den Prüfstand zu stellen. Sie werden mit Ihrem Mentor, Carl Remmel, morgen früh nach Indonesien aufbrechen. Auf diesem USB-Stick erhalten Sie eine erste Vorschau über alle relevanten Details zu Ihrem Einsatz. Alles Weitere erfahren Sie während des Fluges und nach Ihrer Ankunft in Jakarta.«

Nachfolgend an das Meeting mit Kaleval und Hallheim hatte Charon Nathan Sciusa in sein Büro zitiert. Wie immer war er außerordentlich genügsam in seinen Ausformulierungen. Das war bereits seit Nathans erstem Arbeitstag so gewesen.

Nathan hatte verstanden und nahm den USB-Stick entgegen. Ohne eine zusätzliche Frage zu stellen, begab er sich in Richtung Ausgang. Nachfragen waren bei Charon generell ungerne gesehen, da sie in der Regel als Infragestellen seiner Autorität gewertet wurden. Nathan vermied aus diesem Grund jegliche unnötige Konfrontation. Charons Geschäftspartner Jove war für ihn in dieser Hinsicht deutlich umgänglicher.

»Eines noch, Nathan.« Er war gerade im Begriff, den Raum zu verlassen, als ihm Charon in einem warnenden Ton eine wichtige Weisheit mit auf den Weg gab: »Unser Geschäft beruht auf absoluter Diskretion. Der Grat, auf dem wir uns dabei bewegen und der zwischen Sieg und Niederlage entscheidet, ist äußerst schmal. Entscheidend ist, ob Sie dazu bereit sind, diesen letzten Zentimeter zu gehen, der Sie zum Gewinner macht. Genau das erwarten wir von Ihnen.«

Nathan blieb wie versteinert stehen. Dann fixierte er Charon und nickte diesem schließlich selbstbewusst zu. Würde er in Indonesien versagen, so war seine Karriere bei CJA wohl beendet. Die Botschaft war angekommen.

# Viertes Kapitel: Manifestation

**Kolumbien, 06.08.2014,
am frühen Morgen**

Hudson hatte die letzte Nacht sehr schlecht geschlafen. De Santisim und er hatten sich gestern noch darauf geeinigt, früher als geplant das Basislager der Südzone zu verlassen. Ursprünglich war für den Vormittag eine Besprechung mit Schulz angesetzt, doch sie wollten ihr Glück nicht übermäßig strapazieren. Denn der gestrige Tag war reibungsloser verlaufen, als er es antizipiert hatte. Bei ihrer Rückkehr in die Siedlung hatten sie wie bereits zuvor einige böse Blicke auf sich gezogen. Trotzdem war es zu keinen Anfeindungen, Drohungen oder gar physischen Auseinandersetzungen mehr gekommen. Schulz hatte sich ebenfalls nicht mehr blicken lassen.

Um keine zu große Aufmerksamkeit zu erregen, entschied er sich dazu, James nicht mit nach Bogotá zu nehmen. Er wollte ihn und seine Familie einem nicht noch größeren Risiko aussetzen. Man hätte mit Sicherheit Verdacht geschöpft und jemanden auf ihn angesetzt. Eine besondere Gefahr ging von Spitzeln bei der Polizei oder dem Militär aus, denn in Ländern wie Kolumbien war es für Kervielia ein Leichtes, Schlüsselpersonen zu schmieren oder gar zu erpressen. Dies galt vor allem auch für Amtsträger auf höchster Ebene. Hudson war sich darüber im Klaren, dass er den jungen Mann über kurz oder lang irgendwie aus der Todeszone La Guajira Nueva holen musste. Dagegen sprach allerdings, dass James trotz seiner jungen Jahre Familie und Kinder hatte und es würde nicht einfach sein, ihn davon zu überzeugen, von hier wegzugehen. Er hatte diese Option im direkten Austausch mit James dementsprechend gar nicht erst angesprochen.

Seit ihrer gestrigen Rückkehr konnte sich Hudson jedoch nicht des Eindruckes erwehren, dass ihnen die ganze Zeit über jemand gefolgt war. Der Gedanke plagte ihn von Anfang an. Nie im Leben würde es Kervielia zulassen, dass jemand wie er ungehindert seinen Untersuchungen nachgehen konnte. Ein solches Szenario überstieg schlichtweg seine Vorstellungskraft.

Vielleicht hatten Kervielias Hintermänner angenommen, dass niemand singen würde, kam es Hudson kurzzeitig in den Sinn. Dies war auch tatsächlich der Fall, wenn er nicht durch eine Fügung des Schicksals James begegnet wäre. Alle Befragungen in Bezug auf die konkrete Täterschaft waren zuvor erfolglos geblieben, da keiner etwas sagen wollte. Ohne James hätten Canaris und Hudson niemals von der Existenz des belastenden Videomaterials erfahren, geschweige denn das Massengrab gefunden. Nur jemand, der Hudson und seine Leute dauerhaft hatte beschatten lassen, konnte wissen, dass Interpol mittlerweile in Besitz dieser kompromittierenden Beweise war.

Hudson atmete tief durch, als er in den frühen Morgenstunden das Hotel verließ. Es war noch nicht hell, aber die Morgendämmerung hatte seit Kurzem eingesetzt und sorgte für eine sonderbare, beinahe mystische Stimmung. Er drehte sich ein letztes Mal in Richtung des heruntergekommenen Verschlags um und war sichtlich erleichtert, diesen gottverdammten Ort nach drei Tagen nun endlich verlassen zu können.

*Was für eine abgeranzte Bruchbude. Was für Leute. Bin ich froh, dass ich hier nicht eine einzige Minute länger bleiben muss. Das wäre ja nicht zum Aushalten!*, flüsterte er sich heimlich selbst zu. Ihr Aufenthalt kam ihm am Ende wie eine Ewigkeit vor. Das lag wohl daran, dass er die ganze Zeit über unter mentaler sowie körperlicher Hochspannung stand. Sie waren letztlich fortwährend dazu gezwungen, mit bösen Überraschungen zu rechnen und es hätte ihn nicht verwundert, falls man versucht hätte, sie still und heimlich um die Ecke zu bringen.

Hudson hatte sich vorgenommen, Schulz erst von seiner vorzeitigen Abreise in Kenntnis zu setzen, sobald er und sein Team sicher die Kontrollposten auf dem Rückweg passiert hatten. Alles andere war schlichtweg zu gefährlich gewesen.

Als Hudson in den Geländewagen stieg, auf dessen Fahrersitz Canaris ihn bereits ungeduldig erwartete, blickte er über seine Schulter. Mit ihm saßen Bolivar und Trinidade im Jeep. Die Siedlung wirkte verschlafen und in den Häusern brannte kein einziges Licht. Auch nicht in ihrem abrissreifen Hotel, da die Rezeption erst ab sieben Uhr wieder besetzt war. Die Ruhe schien trügerisch. Sie durften keine Zeit mehr verlieren. Um zum Highway Richtung Hauptstadt zu gelangen, mussten sie zuallererst mit beiden Autos ohne Zwischenfälle die Kontrollposten hinter sich lassen.

Da Hudson in den letzten Tagen keinen Internetzugang zur Verfügung gehabt hatte, hatte er keine andere Wahl gehabt, als das gesamte Beweismaterial auf seinem Laptop zu speichern. Sicherheitshalber hatte er die entsprechenden Dokumente zusätzlich auf einen USB-Stick gezogen, den er tatsächlich in seiner Arschritze versteckt hatte – für den Fall, dass sie gefilzt würden. Diese Praxis hatte sich in der Vergangenheit wiederholt bewährt. Würden Sie an einem der Checkpoints im schlimmsten Fall festgesetzt oder gar gleich verhaftet und zum Lager zurückgebracht werden, so hätte es für ihn keinerlei Möglichkeit gegeben, die belastenden Unterlagen zu sichern und später an Interpol oder andere Sicherheits- und Polizeibehörden weiterzuleiten.

Die Fahrt zum ersten Checkpoint dauerte knapp eine Viertelstunde. Zu ihrer Überraschung stellten sie fest, dass dieser nicht besetzt war. Innerlich hatte sich Hudson bereits darauf eingestellt gehabt, die Wachleute im Notfall schmieren zu müssen, um eine Statusanfrage und etwaige Instruktionen durch das Zentralbüro in der Südsiedlung zu verhindern. Nun konnte er sein Glück kaum fassen, da sie die erste Hürde ohne jegliche Komplikationen hinter sich ließen. Bolivar musste lediglich aussteigen und die Schranke manuell hochfahren, damit sie ihre Fahrt fortsetzen konnten. Da alles unerwartet reibungslos verlief, machte sich rasch eine gelassene Stimmung im Wagen breit. Als sie den Checkpoint passiert hatten, warf Hudson einen flüchtigen Blick in den Rückspiegel und sah, wie de Santisim, der am Steuer des zweiten Geländewagens saß, den Daumen nach oben streckte.

Insbesondere Hudson spürte, wie ihm mehr und mehr die Last von den Schultern abfiel. *Lass uns noch einmal Glück haben, lieber Gott. Nur noch ein einziges Mal!*, schickte er dabei leise ein Stoßgebet gen Himmel.

Der zweite Kontrollposten war weitere 20 Minuten entfernt. Die Fahrt dorthin wurde spürbar angenehmer, da sich der Straßenbelag mit der Zeit verbesserte und es weniger Schlaglöcher gab, denen sie mühsam auszuweichen hatten. Insgesamt verlief die Straßenführung relativ geradlinig, doch das letzte Stück der Strecke bis zum zweiten Checkpoint war deutlich unübersichtlicher. Ein dichter Regenwald, mit den Augen nahezu nicht zu durchdringen, säumte sowohl die linke als auch die rechte Seite der Straße. Diese war zu dieser Tageszeit nicht befahren – obwohl es mittlerweile fast vollständig hell geworden war.

Der Wagen, in dem Hudson saß, fuhr voraus und nahm die ersten Kurven des letzten Abschnitts mit hoher Geschwindigkeit. Canaris war ein sicherer Fahrer, allerdings traute ihm Hudson nicht so ganz und gab ihm mit einem misstrauischen Gesichtsausdruck zu verstehen, dass er die Geschwindigkeit drosseln solle. Widerwillig folgte Canaris der impliziten Anweisung seines Kollegen. Wie die anderen auch, wollte er nur so schnell wie möglich weg von hier.

Mit zunehmender Fahrtdauer wurde die Strecke immer schwieriger einzusehen. Was sich hinter der nächsten Kurve verbarg, konnte man nur erahnen.

Als Hudsons Geländewagen gerade im Begriff war, die ersten Meter einer Rechtskurve zu nehmen, krachte es auf einmal ohrenbetäubend laut. Ein Donnergewitter aus zerberstendem Stahl, Metall und Glas brach wie eine Lawine über sie herein und warf sie wild hin und her, so dass sie jede Orientierung verloren.

Die schiere Wucht, die das Auto erfasst hatte, war so gewaltig gewesen, dass es von der Straße abkam und sich zu überschlagen drohte. Eine zunächst für alle Insassen undefinierbare Gewalteinwirkung hatte den Wagen wie aus dem Nichts von der Straße katapultiert.

Canaris hatte kurz vor knapp geistesgegenwärtig das Lenkrad herumreißen können, so dass sie nicht frontal gegen die Bäume neben der Fahrbahn geschleudert wurden. Obwohl sie alle angeschnallt waren, schienen sie die immensen Fliehkräfte des Aufpralls förmlich aus den Sitzen zu reißen. Vor allem Hudson kämpfte gegen die drohende Bewusstlosigkeit an und krallte sich mit aller Macht fest. Erst später sollte ihm auffallen, dass er sich vor lauter Anstrengung die Lippen blutig gebissen hatte.

Dann war alles so schlagartig vorbei wie es begonnen hatte.
Nach dem ersten Knall hatte Canaris reflexartig, so oft er konnte, das Bremspedal durchgedrückt, bis der Wagen schließlich mit quietschenden Reifen und einem lauten Krachen nach circa 300 Metern zum Stillstand kam. Es vergingen einige Sekunden gespenstischer Ruhe, in denen die Insassen keinerlei Regung zeigten.

Der zweite Geländewagen mit de Santisim war gerade noch in der Lage, rechtzeitig eine Vollbremsung hinlegen, nachdem Sekundenbruchteile zuvor eine überdimensional große Baggerschaufel das Fahrzeug seiner Kollegen erfasst hatte. Ohne etwas unternehmen zu können, hatten de Santisim und seine Assistenten mitansehen müssen, was mit dem vorausfahrenden Jeep passierte. Der Bagger befand sich augenscheinlich unzureichend gesichert auf einem Transportlastwagen, der mit deutlich zu hoher Geschwindigkeit um die Kurve geschossen gekommen war. So hatte sich der Tieflöffel des Hydraulikbaggers aufgrund der Fliehkraft der Kurvenneigung verselbständigt, war aus den Verankerungen gebrochen und mit einem großen Schwenk gegen die linke Fahrerseite des Geländewagens geschleudert worden. Canaris hatte keine Chance gehabt, diesem auszuweichen.

In dem Moment, als auch der Lkw-Fahrer sein Fahrzeug wieder unter Kontrolle gebracht und abseits der Unfallstelle angehalten hatte, stiegen de Santisim und seine Assistenten sofort aus, um zum Wagen ihrer Kollegen zu eilen. Schotter, Gestein und Metallteile übersäten die Fahrbahn. Der rechte Straßenrand war durchpflügt von tiefen Bremsspuren, kleine Bäume waren zudem herausgerissen und Sträucher plattgerollt.

Am Wagen angekommen, offenbarte sich ihnen die ganze zerstörerische Wirkung des heftigen Einschlags, doch Hudson, Canaris und die zwei kolumbianischen Militärs hatten Glück im Unglück gehabt. Der Eintrittswinkel der Baggerschaufel war nicht schräg verlaufen, so dass der Aufprall weniger intensiv ausfiel, als es eigentlich der Fall hätte sein können.

Das Autodach links oberhalb der Fahrerseite war ebenso stark eingedrückt wie die Fahrertür. Die Schaufel hatte sich klauenartig durch die äußere Wand des Wagens gefräst und tiefe Einrisse oberhalb der Kopfhöhe von Canaris hinterlassen, die sich über das Dach hinweg fortsetzten. Alle Scheiben der linken Autoseite waren komplett geborsten und nur noch vereinzelt ließen sich kleine, spitze Glasreste als Überbleibsel in den Fensterrahmen ausmachen. Aus dem Motor, der in Folge des Unfalls vollkommen überdreht hatte, stieg Dampf auf und der beißende Geruch verbrannter Bremsbeläge lag in der Luft.

Auf den ersten Blick war es ein schreckliches Gemetzel.
De Santisim beugte sich durch das offene Fahrerfenster und sah, dass Canaris eingeklemmt war, während sich Hudson auf dem Beifahrer-

sitz benommen an die Stirn fasste. Bolivar blutete aus der rechten Schläfe und *muss im Moment des Aufpralls wohl gegen den Vordersitz geknallt sein,* dachte sich de Santisim. Trinidade lag bewusstlos auf dem Rücksitz.

Canaris gab erstmal keinen Laut von sich, sondern verzog vor Schmerzen nur sein Gesicht. Hudson und Bolivar schienen bis auf ein paar Kratzer unversehrt und fähig, das Auto selbständig zu verlassen. Sie hatten lediglich ein leichtes Schleudertrauma erlitten und blickten etwas orientierungslos umher.

Keiner von ihnen hatte mitbekommen, was sie da mit solcher Wucht getroffen hatte. Während de Santisim und Osorio versuchten, die Fahrertür aufzustemmen, machte sich Hudson daran, sich selbst aus dem Auto zu hieven. Er rutschte dabei einige Mal am Türgriff ab und griff mit seinen zittrigen Händen ins Leere. Der Schock über das Geschehene stand ihm ins Gesicht geschrieben.

Als er endlich die Tür aufgebracht hatte, fiel er wie ein Stein unkontrolliert nach vorne und knallte auf den harten Boden. De Santisims Assistentin Miranda war bereits zur Stelle und half ihm auf.

Bolivar erging es ähnlich, doch der Aufprall hatte ihn offenbar nicht ganz so übel mitgenommen wie Hudson. Nach kurzer Zeit war auch Trinidade wieder ansprechbar. Er hatte nur kleinere Blessuren davongetragen. Es deutete sich im Gegenzug eine immer größer werdende Schwellung auf seiner Stirn ab, da er ungebremst gegen den Vordersitz geknallt war.

De Santisim sah sich außer Stande, die Fahrertür mit bloßen Händen zu öffnen und so holte er eine Eisenstange aus dem Kofferraum des zweiten Geländewagens. Inmitten seines Versuchs, mit dieser die Tür aufzubrechen, kam plötzlich der Fahrer des Lastwagens wild gestikulierend und brüllend auf sie zugelaufen. Er schimpfte etwas auf Spanisch, das nach »Hurensöhne« und »besoffen sein« klang, doch niemand schenkte ihm wirklich Beachtung. Erst nachdem Canaris ebenfalls befreit war, konnten alle erleichtert durchatmen.

Es verging eine halbe Stunde, bis sich alle wieder gesammelt hatten und sie den Schaden näher begutachteten. In dieser Zeit war der Lkw-Fahrer wutentbrannt zurück zu seinem Wagen gegangen und in Windeseile davongefahren. Es hatte ihn keinen Deut interessiert, wie es den anderen Unfallteilnehmern ergangen war.

Nur de Santisim hatte zwischenzeitlich einen Versuch unternommen, mit ihm zu sprechen. Dies hatte allerdings umgehend in einem heftigen Wortgefecht gemündet, infolgedessen der Mann die Flucht ergriffen hatte. Sein Bagger war von schweren Schäden verschont geblieben, so dass er seine Fahrt direkt fortsetzen konnte. De Santisim hatte ihm so lange hinterhergeschaut, bis er aus dessen Sichtfeld verschwunden war. Um die weitere ordnungsgemäße Sicherung seiner Ladung schien er sich herzlich wenig gekümmert zu haben.

Der von Canaris gesteuerte Geländewagen, so stellte sich nach näherer Begutachtung durch Bolivar heraus, war überraschenderweise weiterhin fahrtüchtig. Es hatte aber nicht viel gefehlt und der Baggerhals hätte das gesamte Dach abgerissen und somit gleich den einen oder anderen Kopf dazu. *Was für ein Glück,* dachte sich Hudson. *Zum zweiten Mal nun schon. Jemand meint es tatsächlich gut mit uns!*

Sie hatten noch circa drei Kilometer bis zum nächsten Checkpoint vor sich. Deshalb mussten sie sich so schnell wie möglich wieder auf den Weg machen. Die Gruppe hatte ohnehin zu viel wertvolle Zeit eingebüßt. Da Canaris in seinem linken Oberschenkel starke Schmerzen verspürte, verfrachteten sie ihn auf die Rückbank. Bolivar übernahm dafür das Steuer und die Jeeps setzten ihre Weiterfahrt, mittlerweile deutlich vorsichtiger, fort. Denn hinter jeder Ecke schien der Tod lauern, das war ihnen an dieser Stelle mehr als bewusst.

Auf dem restlichen Stück kam ihnen kein einziges Fahrzeug mehr entgegen. Hudson konnte dabei seine Gedanken an den gerade eben passierten Unfall nicht verdrängen. Die Wahrscheinlichkeit, dass in dieser nicht einsehbaren Kurve ein Lkw ihren Weg kreuzen würde, der dann zusätzlich mit einem schlecht gesicherten Bagger beladen war, tendierte eigentlich gegen null. Doch sie waren alle heilfroh, dass der Unfall so glimpflich ausgegangen war.

Aus weiter Entfernung zeichneten sich am Horizont schließlich die Umrisse der Kontrollhäuschen ab, die an beiden Seiten der Straße errichtet worden waren. Bolivar und Hudson konnten zudem die Silhouetten von sich bewegenden Menschen erkennen. Dieses Mal würden sie sicherlich nicht so leicht durchkommen, das lag für Hudson auf der Hand.

Sein Wagen hatte wieder die Vorhut übernommen und steuerte zielstrebig den Checkpoint an.

Hudson warf Bolivar einen kritischen Blick zu. Dieser zeigte jedoch keine Regung. *Vielleicht war er einfach nur gut darin, seine Nervosität zu kaschieren.* Hudson merkte, wie sich ein flaues Gefühl in seiner Magengegend breitmachte. Dieses innerliche Unwohlsein brach in letzter Zeit immer schneller und häufiger über ihn herein – vor allem in Situationen, mit denen er in der Vergangenheit ein ums andere Mal abgeklärt und souverän umgegangen war.

Bolivar war seine Anspannung nicht verborgen geblieben: »Mein Freund«, sagte er beiläufig, »wir haben es fast geschafft. Spielen Sie Ihre Rolle, Hudson. Sie können das. Im Fall der Fälle müssen wir uns den Weg eben freischießen.« Nachdem er das gesagt hatte, setzte er ein für Hudson recht unpassendes Grinsen auf. Ihm war überhaupt nicht zum Lachen zumute.

»Danach brauche ich erst mal dringend ein eiskaltes Bier. Das sage ich Ihnen!«, erwiderte Hudson nüchtern.

»Sagen Sie mir das mal«, stimmte Canaris mit elanvoller Stimme in die Runde ein. Trinidade und er hatten seit dem Unfall kein Wort mehr gesagt.

Bolivar drosselte spürbar die Geschwindigkeit des Fahrzeugs. Ihre Wagenkolonne war ungefähr 30 Meter von der heruntergelassenen Schranke entfernt, die von mehreren schwer bewaffneten Männern gesichert wurde. Im Schritttempo näherten sie sich nun dem Kontrollposten.

Hudson fühlte sich, als würde er kurzerhand zum Schafott geführt. *Beherrsche dich, beherrsche dich!!*, mahnte er sich innerlich selbst zur Ruhe.

Als sie nur noch wenige Meter von der Absperrung entfernt waren, trat ein junger Mann entschieden vor ihren Geländewagen. Dieser umklammerte eine Maschinenpistole, die den Jeep eindeutig ins Visier nahm. Er hob seine rechte Hand und gab Bolivar unmissverständlich zu verstehen, dass er anhalten sollte. Dieser folgte der Anweisung und brachte den Wagen einige Armlängen vor der Absperrung zum Stehen.

Zeitweise rührte sich niemand. Weder jemand in Hudsons Auto noch einer der Wachmänner. Es wirkte beinahe so, als warteten alle auf den finalen Showdown und das erste Zucken der Kontrahenten, um dann blitzartig die Waffe zu ziehen und abzudrücken.

Nach etlichen quälend langen Sekunden begann der Wachmann eine Runde um ihren Jeep zu drehen. Er pirschte sich von links vorsichtig an den stark ramponierten Geländewagen heran, so als würde er ein Minenfeld durchschreiten. Ein zweiter Wachmann musterte die Insassen des Autos von der anderen Seite. Er lief den Wagen der Länge nach ab und hatte zur gleichen Zeit stets einen Finger am Abzug seiner Kalaschnikow. Am hinteren rechten Jeepende blieb er stehen und beäugte kritisch das Forscherteam im zweiten Geländewagen.

Es war nicht zu übersehen, dass die Soldaten den immensen Schäden des ersten Geländewagens keine allzu große Bedeutung beimaßen.

Nachdem der erste Wachmann prüfenden Blickes die linke Seite bis zum hinteren Ende abgegangen war, trat er an die Fahrertür heran und sprach Bolivar durch das kaputte Fenster an.

Hudson verstand nur ein paar Fetzen der Konversation. Bolivar antwortete mit abgehakten, stakkatoartigen Sätzen. Obwohl er sich direkt mit dem Mann unterhielt, würdigte ihn dieser keines Blickes.

»Sie hatten einen Unfall?«, fragte er mit ironischem Unterton.

»Ja«, entgegnete Bolivar. »Ist ja nicht zu übersehen.«

»Unser zweiter Kontrollposten hat gemeldet, dass sich einer unserer Fahrer für Schwertransporte über die, sagen wir mal sehr bescheidenen Fahrkünste eines Geländewagens aufregte und dabei kurz vor dem Herzinfarkt stand«, fuhr der Wachmann in ruhigem Ton fort. Er warf nach dieser Aussage zum wiederholten Male einen flüchtigen Blick in das Innere des Wagens, nur um anschließend hinzuzufügen: »Naja, sieht soweit ja alles einigermaßen intakt aus. Fahren können Sie ja noch, oder?«

Niemand wollte dem etwas entgegnen. »Damit uns hier kein Fehler unterläuft, muss ich schnell Instruktionen aus dem Basislager einholen. Machen Sie keine Dummheiten, meine Herren.« Der Mann ging schnellen Schrittes zum linken Kontrollhäuschen. Hudson und Bolivar konnten erkennen, wie er zu einem Telefonhörer griff und zu sprechen begann. Dabei wanderten seine Augen mehrmals misstrauisch zu ihrem Auto. Das Gespräch zog sich hin. Währenddessen bewegten sich drei weitere, bewaffnete Männer von vorne auf das

Auto zu. Im Rückspiegel registrierte Hudson letztendlich, dass beide Jeeps still und leise von insgesamt sieben Wachleuten eingekesselt worden waren.

*So war der ganze Scheiß beileibe nicht gedacht!*, brüllte Hudson in sich hinein und wurde zunehmend unruhiger. Es stand alles auf Messers Schneide, das war für ihn sicher. Sie würden entweder großes Glück haben und den zweiten Kontrollposten ungehindert passieren dürfen oder man würde sie umgehend verhaften und bei der nächsten Gelegenheit vermutlich an die Wand stellen. Das zweite Szenario kam ihm zum gegenwärtigen Zeitpunkt deutlich wahrscheinlicher vor.

Während der Wachmann am Telefon noch immer keine Anstalten machte, sich zu beeilen, tauschten Bolivar und Hudson verzweifelte Blicke aus. Keiner wusste, was sie tun sollten. Das Gaspedal einfach durchzudrücken und durch die Absperrung zu preschen war mit Sicherheit nicht nur die schlechteste Option, sondern wohl auch die tödlichste.

Hudson hielt die unsägliche Anspannung nicht mehr aus. Er musste etwas tun. Ohne Vorwarnung öffnete er ruckartig seine Beifahrertür und durchbrach damit Hals über Kopf die quälende Anspannung. Ein Schock durchfuhr dabei nicht nur seinen eigenen Körper, sondern erfasste auch alle seine Mitfahrer. Bolivars entsetzte Miene durchbohrte Hudson. Doch diese prallte ohne Reaktion an ihm ab.

Als Hudson seine Tür geöffnet hatte, nahmen die Wachleute reflexartig eine abwehrende Schusshaltung ein und richteten ihre Waffen auf ihn und seine Begleiter. Die Situation drohte zu eskalieren, ungeachtet dessen, dass keinerlei Notwendigkeit dafür bestand. Ein kleiner Funken würde nun genügen und die Soldaten würden die zwei Geländewagen wie Siebe durchlöchern.

Hudson verließ mit erhobenen Händen den einzigen für ihn verbliebenen Schutzraum. Der Interpolagent setzte vorsichtig einen Fuß vor den anderen und wirkte auf einmal wie ausgewechselt. Seine Körpersprache war selbstbewusst und strotzte nahezu vor Entschlossenheit. Er wollte mit diesem Auftreten jegliche Zweifel an seiner Durchsetzungsfähigkeit unverzüglich im Keim ersticken. Dies spürten offensichtlich die Soldaten gleichermaßen und wichen instinktiv einige Zentimeter zurück.

»Ganz ruhig, liebe Freunde«, begann Hudson auf Englisch mit erhobenen Händen die sichtlich verdutzten Soldaten anzusprechen. »Ich muss nur mal dringend zu „El Jefe" da drüben und mit ihm reden. Wir haben nicht so viel Zeit, wie ihr vielleicht glaubt. No tenemos tiempo!«

Keiner der bewaffneten Männer war dazu in der Lage, Hudson vollständig zu verstehen. Einer trat im Eifer des Gefechts direkt vor ihn und hielt ihm ohne zu zögern, den Lauf seines Gewehres an die Stirn. »Americano, halt die Fresse. Sonst Gehirn weg!«, schrie er den Interpolagenten in gebrochenem Englisch unverhohlen an.

»Wow, wow, wow. Erstens, ich bin kein Amerikaner, sondern Engländer. Nur um das richtig zu stellen. Und zweitens ...«, bevor Hudson seinen Satz beenden konnte, fiel ihm der zuvor telefonierende Wachmann ins Wort. »Ich habe mit Mr. Schulz telefoniert.«

Als Hudson dies hörte, sackte ihm sein Herz tief in die Hose. Kritisch beäugte er den jungen Wachmann, der unterdessen dazu auserkoren war, über sein Leben und das seiner Kollegen zu richten.

In Erwartung des Schlimmsten nahm Hudson eine leichte Abwehrhaltung ein. Er war zum Äußersten bereit. Würden sie ihn nun festsetzen wollen, so würde er sich mit Händen und Füßen zur Wehr setzen.

»Mr. Schulz sagte, er hätte gerne heute noch mit Ihnen persönlich gesprochen gehabt. Aber angesichts der Umstände empfiehlt er Ihnen, schleunigst nach Bogotá zurückzukehren. Er dankt Ihnen für Ihre Arbeit, erwartet aber einen ausführlichen Bericht zu Ihren Untersuchungen. Mr. Schulz wird morgen selbst in der Hauptstadt sein, falls Sie Zeit für ein Treffen haben sollten. Sein Assistent wird Sie später kontaktieren, um diesbezüglich alles Notwendige zu arrangieren. Gute Fahrt!«

Die Wendung der Ereignisse ließ Hudson verblüfft zurück, was man ihm auch an seinem Gesichtsausdruck ablas. Seine Körperhaltung entspannte sich. Alles war gut. Diese Achterbahn der Gefühle machte ihn fertig. Nach einigen Sekunden fand er schließlich seine Fassung wieder: »Gut, vielen Dank. Richten Sie Mr. Schulz aus, dass wir für morgen Nachmittag ein Treffen vereinbaren können.«

Sein Gegenüber nickte. »Er kennt ja Ihr Hotel, meinte er!«

*Das überrascht mich beileibe nicht*, dachte sich Hudson.

Er drehte sich um und begab sich ohne ein weiteres Wort der Erwiderung zu seinem Auto. Als die Schranke hochgelassen wurde und Bolivar den Motor angeworfen hatte, konnte sich Hudson einen letzten Kommentar jedoch nicht verkneifen: »Und bei aller Liebe, aber ihr solltet nicht hinter jedem Busch einen Taliban vermuten! Taliban, kennen ihr ja, oder? Am Ende erschießt ihr aus Versehen eine Oma, die nur die Straße überqueren wollte. Abfahrt, Bolivar!«

Nachdem die Jeeps die Schranke passiert hatten, machten sie sich mit hoher Geschwindigkeit daran, den Kontrollposten hinter sich zu lassen. Mit der Zeit machte sich Heiterkeit unter Bolivar, Hudson, Canaris und Trinidade breit. Vor allem Hudson wurde erleichternd bewusst, dass sie schließlich nur mit großem Glück und ein paar Blessuren der drohenden Hölle entkommen waren. Es wäre nicht auszudenken gewesen, wie sich die Geschichte nach einer Festnahme durch Schulz und dessen überaus aggressiven Gefolgsleute weiterentwickelt hätte.

»Ein Glück, dass wir diesen Mist endlich hinter uns gelassen haben. Hudson, ich brauch' ein Bier. Wenn ich mich recht entsinne, kamen wir damals bei der Hinfahrt auch an einer Tankstelle vorbei. Lasst uns dort einen Zwischenstopp einlegen«, frohlockte Canaris. Bolivar und Trinidade stimmten zu. Hudson musste leise lachen. Sie hatten es tatsächlich geschafft.

Im Laufe ihrer Rückfahrt hatte sich Hudson lediglich entspannt zurückgelehnt und den angenehmen Fahrtwind durch das offene Fenster in sein Gesicht blasen lassen. Es hatte im Anschluss eine weitere halbe Stunde gedauert, bis die beiden Jeeps an der besagten Tankstelle vorbeifuhren. Mit einer Handbewegung aus dem Fenster deutete Bolivar dem hinter ihm fahrenden de Santisim an, dass er ihnen folgen solle.

Dort angekommen, stiegen alle aus. Ebenso Canaris, der spürbar Mühe hatte, seine Schmerzen zu unterdrücken. Doch wenig später lehnte er an der geschlossenen Fahrertür und unterhielt sich angeregt mit de Santisim und dessen Assistenten darüber, wie es eigentlich zu dem Unfall gekommen war, der beinahe ihr Schicksal besiegelt hätte. Hudson wechselte ein paar schnelle Worte mit Trinidade. Dabei warf er einen Blick auf seine Uhr. *Wir liegen nur semi-gut in der Zeit. Wir müssen uns definitiv beeilen,* vergewisserte er sich. Morgen Abend würde er dennoch schon im Flieger nach Europa sitzen.

Bolivar war derweil in der Tankstelle verschwunden, um erfrischende Getränke zu kaufen. Nach einigen Minuten kam er vollbepackt wieder heraus, verteilte das Bier und konnte sein schelmenhaftes Grinsen nicht verbergen.

Bevor die siebenköpfige Gruppe aufbrach, kam de Santisim auf Hudson zu, klopfte ihm auf die Schulter und überreichte ihm einen USB-Stick: »Ich hatte vorhin vergessen, Ihnen etwas zu geben. Ich habe die wichtigsten Ergebnisse unserer Untersuchungen letzte Nacht noch in komprimierter Form für Sie zusammengefasst und gefiltert. Ich hoffe, Sie können diese verwenden. Insbesondere die Luftmessungen ergaben eine teils katastrophale Umweltverschmutzung, die in höchstem Maße gesundheitsgefährdend ist, sofern keine Schutzvorkehrungen getroffen werden. Die Datensätze sprengen alle zulässigen Grenzwerte, manchmal sogar um das Tausendfache. Unsere ersten, groben Berechnungen haben ergeben, dass die durchschnittliche Lebenserwartung in dem Untersuchungsgebiet demzufolge auf bis zu 48 Jahre zurückgehen könnte. Das ist ein Wert aus längst vergangenen Tagen.«

»Ihre Datensätze werden äußerst wertvoll für uns sein, Herr Doktor. Ich danke Ihnen sehr für Ihre Hilfe. Ich muss nur geschwind einen Anruf tätigen. Bitte entschuldigen Sie mich einen Moment.«

Hudson deutete auf ein Münztelefon, das rechts neben der Eingangstür des Tankstellenshops befestigt war. Nach einem kurzen Gespräch verschwand er nebenan in der Toilette, um endlich den USB-Stick aus seiner Arschritze entfernen zu können. Diesen hatte er wegen all der Aufregung und Anspannung völlig vergessen. Denn niemand sollte ihn dabei beobachten, wie er den Datenträger aus seiner Unterhose hervorholte.

\*\*\*

### Eine Stunde später

Die Weiterfahrt verging wie im Flug. Alle hatten sich mit Wonne ein kaltes Bier gegönnt, auch Bolivar, der nach wie vor am Steuer saß. Canaris war indes bei seinem dritten Bier angelangt. Hudson nahm an, dass er so seine Schmerzen besser betäuben konnte. Die Stimmung war locker und entspannt, man scherzte und lachte. Zu Überraschung aller kam die Zeit über Trinidade zunehmend aus sich heraus und riss Witze wie am Fließband.

Nach einer Weile deutete Canaris an, dass er austreten müsse, um sein Bier wieder loszuwerden. Bolivar und Hudson entschlossen sich deshalb dazu, zeitnah eine fünfminütige Pause in der Nähe des Flusses einzulegen, der parallel zur Fahrbahn verlief. Sie machten auf einer Anhöhe Halt, die ihnen einen faszinierenden Ausblick auf die Landschaft bot.

Nicht nur Canaris, sondern auch Hudson und Trinidade mussten sich erleichtern. Um ihr Werk zu verrichten, reihten sie sich nebeneinander vor dem steil abfallenden Abhang auf, gaben ihrem Drang nach und ließen den Blick über die endlose Weite des kolumbianischen Regenwaldes schweifen. Bis auf de Santisim, der am Steuer des zweiten Wagens sitzengeblieben war, hatten sich die übrigen Gruppenmitglieder um den ersten Wagen herum versammelt.

Während Hudson verträumt in die Ferne starrte und beobachtete, wie sich sein Urinstrahl den Weg durch die Luft bahnte, meinte er für einen flüchtigen Moment, schwarze Punkte am Horizont zu erkennen. Die Sonne stand jedoch sehr hoch, so dass er trotz Sonnenbrille geblendet wurde. Als er Canaris darauf hinweisen wollte und ihn dafür an dessen linker Schulter antippte, hörte er plötzlich ein lautes Zischen.

Ehe er sich versah, schwankte Canaris von der einen Seite zu anderen und fiel kurz darauf kopfüber nach vorne. Blut und Fragmente seines gesprengten Schädels schossen durch die Luft und erfassten Hudsons Gesicht und Oberkörper. Der Schuss fiel beinahe vollkommen geräuschlos, so dass die anderen Teammitglieder zunächst nichts mitbekommen hatten.

Trinidade hatte ein Stückchen weiter vorne gestanden und drehte sich um, als er den leblosen Körper von Canaris zu Boden fallen sah.

Sekundenbruchteile später hörte Hudson erneut ein überschallartiges Zischen. Die erste Kugel traf Trinidade in der Herzgegend, die zweite in die Stirn. Die Eintrittswucht der Kugel dehnte sich auf Trinidades Stirnoberfläche zu einem kleinen Krater aus und schob seine Haut kreisförmig wie Schockwellen auseinander. Nach dem Kopfschuss klappte sein Genick nach hinten um. Unmengen Blut spritzten fontänenartig aus dem klaffenden Loch und verteilten sich in alle Richtungen. Dann brach er schließlich neben Hudson zusammen.

Dieser war unfähig, sich zu rühren und einen klaren Gedanken zu fassen, denn alles vollzog sich rasend schnell und wirkte schlichtweg surreal. Er starrte fassungslos auf die beiden Toten. Eben noch waren Canaris und Trinidade lachend an seiner Seite gestanden, jetzt lagen sie blutdurchtränkt vor ihm.

Wie aus dem Nichts packte ihn auf einmal eine kräftige Hand an der linken Schulter und riss ihn aus seinem tranceähnlichen Zustand. Er wurde rabiat hinter einen ihrer Jeeps gezerrt und knallte dabei mit seiner linken Schulter an die Karosserie. *Was ist hier nur los? Und wer zum Teufel ...?* Bevor er seine Fragen weiterspinnen konnte, machte er Bolivar neben sich aus. Aus der Hocke heraus stand dieser immer wieder auf und feuerte einen Schuss nach dem anderen ab.

Noch während Hudson apathisch an den Jeep lehnte, blickte er nach rechts und musste mitansehen, wie sich Osorio, ähnlich einem gerade gefällten Baum, langsam zur Seite neigte und wie in Zeitlupe zu Boden ging. Durch die einschlagenden Geschosse und kollabierenden Körper wurde auf dem ausgedorrten Untergrund in allen Richtungen Staub aufgewirbelt. Einen Atemzug lang bildete sich Hudson ein, er würde Osorios Leiche überhaupt nicht mehr sehen.

Dann legten sich die dicken, hellbraunen Staubwolken allmählich wieder und gaben dessen toten Körper preis. Hudson konnte umgehend erkennen, dass man ihn ebenfalls mit einem Kopfschuss niedergestreckt hatte. Er spürte mit einem Mal, wie ihm jemand in kleinen Abständen heftig gegen seine rechte Schulter schlug. Hudson drehte sich zur Seite und realisierte erst jetzt, dass Bolivar ihn ohne Unterbrechung anschrie. Es war so, als hätte er seine Hörfähigkeit auf Autopilot gestellt. Zwischen den ersten Schüssen und Bolivars Brüllerei waren nur wenige Sekunden vergangen, doch sie waren Hudson wie eine Ewigkeit vorgekommen.

Bolivar schüttelte ihn mehrfach heftig mit seinen Händen, um ihm seine Apathie auszutreiben. Endlich reagierte er.

»Hudson, Sie Vollidiot. Sie können nicht einfach so stehenbleiben. Da werden Sie sofort erschossen! Zücken Sie verdammt nochmal Ihre beschissene Waffe und heizen Sie den Bastarden ein«, schrie er ihn mit donnernder Stimme an. »Ich nehme die rechte Flanke, Sie die linke. Ich schätze, dass sich zumindest einer der Angreifer auf circa vier Uhr von uns aus gesehen positioniert hat.«

Hudson versuchte, die Extremsituation, in der er sich befand, so gut es ging zu analysieren. Als sein Blick umherschweifte, um zu sehen, wer nach wie vor von ihnen am Leben war und aus welcher Richtung die Schüsse genau gekommen waren, wurde ihm erst klar, welch unglaubliches Glück er gehabt hatte. An Stelle von Canaris und Trinidade hätte es zuvor ebenso gut auch ihn treffen können.

Es vergingen wieder einige Sekunden, bis die Geräuschkulisse völlig unerwartet abnahm. Die Schüsse waren vom einen auf den anderen Moment verstummt. Bolivar kniete sich neben Hudson auf den Boden und wartete ab. Inmitten ihrer Warterei waren zahlreiche Stimmen zu hören, die sich ihnen rasch näherten.

Hudson wollte nicht darauf warten, erschossen zu werden: »Bolivar, wir müssen etwas tun. Die Bastarde werden uns nicht auch noch kriegen!«

Hudsons Augen fokussierten den kolumbianischen Elitesoldaten und er signalisierte ihm mit eindeutigen Handbewegungen, dass sie simultan angreifen sollten. Der eine von links, der andere von rechts. Bolivar hatte verstanden. Sie richteten sich auf und bewegten sich gebückt und langsamen Schrittes auf die jeweiligen Enden des Geländewagens zu. Dabei umschlossen sie mit der rechten Hand kräftig ihre Pistolen. Die linke Hand fungierte als Stütze. Dort angekommen, verharrten sie in ihrer Position. Anschließend nickten sie sich auffordernd zu, machten fast gleichzeitig einen großen Schritt und traten blitzschnell aus ihrer Deckung hervor.

Bevor sie hätten reagieren, geschweige denn schießen können, erkannten sie, dass sie eingekesselt waren und dass de Santisim und seine Assistentin Miranda von maskierten Männern in militärischer Tarnuniform als Geiseln genommen worden waren. Die Wissenschaftler kauerten kniend auf dem ausgedorrten Boden. Zwei nicht identifizierbare Männer standen hinter ihnen und drückten ihre Schultern brutal nach unten. Die schmutzige Kleidung von de Santisim und seiner Assistentin verriet Hudson, dass sie zu diesem Punkt geschleift worden waren. De Santisim stöhnte. Er blutete aus der Brust und es fiel ihm sichtlich schwer, bei Bewusstsein zu bleiben.

Bolivar und Hudson tauschten erneut hastige Blicke aus. Schließlich wanderten Hudsons Augen nach links und er sah in der Frontscheibe des zweiten Geländewagens ein nicht zu übersehendes Einschussloch. De Santisim hatte wahrlich Glück gehabt, noch am Leben zu sein. Seine Assistentin Miranda war nervlich am Ende und heulte Rotz und Wasser. Hudson wünschte sich zu diesem Zeitpunkt beinahe, dass jemand dieses schreckliche Heulen umgehend zum Schweigen bringen würde. Just in der Sekunde, als er diese Eingebung verfluchen wollte, musste er mit Entsetzen feststellen, wie die zwei maskierten Männer jeweils eine Machete hervorzogen und an den Hals ihrer beiden Gefangenen hielten.

Hudson resignierte. Die Lage war aussichtslos. Ohne sich mit Bolivar abzustimmen, gab er seine Schussposition auf und streckte seine Arme nach oben. Seine Waffe war nicht mehr auf die Angreifer gerichtet. Er nahm eine offene Körperhaltung ein, um so seine Aufgabe deutlich zu machen. Bolivar schaute ihn entgeistert an. Er konnte nicht fassen, was Hudson gerade tat.

»Was machen Sie da?«, brüllte er ihn mit aggressiver Stimme an. Derweil er auf Hudson wie ein Wasserfall einredete, stießen vier weitere Männer hinzu. Zwei von ihnen trugen ein Scharfschützengewehr, locker an ihre Schultern gelehnt. Alle vier reihten sich neben den anderen, mit Macheten bewaffneten Angreifern auf.

»Was soll dieser ganze Irrsinn?« Hudsons Reaktion war von purem Hass erfüllt. Seine Frage verhallte unbeantwortet. Stattdessen begann auf einmal einer der Männer laut zu lachen und nahm mit einem Ruck seine Vermummung ab. Es war Blanco.

*Diese hässliche Hackfresse*, kam es sofort in Hudson hoch und er versuchte erst gar nicht, innerlich gegen seine grenzenlose Wut anzukämpfen.

»Wir haben alles, was wir brauchen, du Polizistenschwein!«, fuhr ihn Blanco in gebrochenem Englisch an. »Fick dich, fick deine Leute und fick deine Arbeit!«

Blanco deutete seinen Männern daraufhin eine befehlerische Geste an, indem er seine rechte Hand ruckartig absenkte. Ohne dass es Hudson oder Bolivar in irgendeiner Weise hätten verhindern können, schnitten die zwei großgewachsenen Männer, die hinter de Santisim und Miranda standen, in diesem Augenblick beiden mit einem präzisen Schnitt eiskalt die Kehlen durch.

Hudsons Blick hatte sich währenddessen unbewusst auf de Santisim konzentriert. Im Moment des Schnitts kullerten dessen Augen zur Seite, so als hätte ihm jemand einen Knockoutpunch verpasst. Er rang nach Luft und kämpfte um sein Leben. Seine Hände griffen an den Hals, doch er war schon zu schwach gewesen, um den Schlitz fest umschließen zu können und so seinen Tod weiter hinauszuzögern. Es war ein schrecklicher Anblick, von dem sich Hudson allerdings nicht abwenden konnte. Blut quoll aus de Santisims Mundwinkeln. Es schien für Hudson so, als würde er an seinem eigenen Blut ersticken und zur selben Zeit ausbluten. De Santisims Todeskampf war abrupt zu Ende. Wie in Zeitlupe sackte er gen Boden und landete in seiner eigenen Blutlache. Während de Santisims Körper noch zuckte, lag seine Assistentin bereits leblos neben ihm. Hierauf herrschte eine gespenstische Ruhe. Hudson war sprachlos. Er war wie narkotisiert von dieser unbegreiflichen, unmenschlichen Brutalität und nicht dazu imstande, sich zu regen.

Plötzlich setzte ein heftiger Windhauch ein. Staub, Dreck und kleine Steinchen wurden aufgewirbelt, so dass sich Hudson kurz eine Hand schützend vor sein Gesicht halten musste. Der Wind wurde immer stärker. Er verlor schließlich fast sein Gleichgewicht und ging deshalb leicht in die Hocke. Als er wieder einen sicheren Stand hatte, blickte er auf und bemerkte, dass Blanco wild zu brüllen angefangen hatte und nervös mit seinem Gewehr herumfuchtelte. Einer seiner Gefolgsleute, der gerade eben noch Miranda mit einer Machete abgeschlachtet hatte, griff hastig nach seiner Pistole und richtete die Waffe auf ihn.

Ohne weiter darüber nachzudenken, geschweige denn zu reagieren, schweiften Hudsons Augen zu Bolivar und er sah nur noch, wie dieser mehrfach den Auslöser seiner Waffe drückte. Die erste Kugel aus dessen Waffe zischte mit einem lauten Knall aus dem Schaft und zerschmetterte das Herz des Mannes, der de Santisim die Kehle durchgeschnitten hatte. Hudson wurde dadurch schlagartig aus seiner Lethargie gerissen und wollte selbst losfeuern, als Blanco und der Mann zu seiner Rechten wie von Geisterhand unkontrolliert zu zucken begannen. Hudson brauchte seine Zeit, um zu realisieren, dass ihre Körper soeben von zahllosen Kugeln durchsiebt wurden. Ob Oberschenkel, Bauch, Arme, Brust, Hals oder Kopf: Keine einzige Stelle ihrer Körper wurde verschont. Erst jetzt nahm Hudson das donnernde Rattern der Feuerstöße mehrerer Maschinengewehre wahr. Die enorme Geschwindigkeit und unaufhörliche Intensität des Kugelhagels führte zu verheerenden Einschlägen und brachte nun die Männer zur Strecke, die ihm vor wenigen Sekunden noch in Überzahl gegenübergestanden waren. Nach einer für ihn gefühlten Ewigkeit sanken ihre durchlöcherten und blutüberströmten Körper schlussendlich langsam, beinahe anmutig auf den harten Boden. Nur Bruchteile später verstummte das Mündungsfeuer.

Hudson rührte sich nicht. *Scheiße, bin ich tot?* Er schaute vorsichtig nach rechts und tastete ungläubig seinen Körper nach Einschusslöchern ab. Bolivar stand weiterhin neben ihm und war augenscheinlich unverletzt. Er fuhr sich mit seinen Händen über das Gesicht und nahm so intensiv wie selten zuvor jegliches Detail wahr – den Widerstand seiner Bartstoppeln, die feuchtnasse Stirn, das Pochen seiner Schläfe. *Ich lebe noch! Verdammt, ich lebe! Wie kann das sein?*

Hudson drehte sich zaghaft um, als seine Ohren eindeutig die Rotorengeräusche eines Hubschraubers vernahmen. Wieso er diese bis dato nicht gehört hatte, blieb ihm ein Rätsel, da der Hubschrauber annähernd über ihm kreiste. Aus der Ferne konnte er einen Bordschützen erkennen, der an einem an der Heckklappe des Hubschraubers montierten Maschinengewehr saß. Neben ihm prangte groß und in leuchtenden Farben die kolumbianische Staatsflagge.

Hudson hatte sich inmitten seines Austretens also doch nicht getäuscht gehabt. Die mikroskopisch kleinen Punkte, die er glaubte, am Horizont gesehen zu haben, erwiesen sich tatsächlich als das, was sich sein Unterbewusstsein im Verlauf dieses gnadenlosen Angriffs auf sein Leben und das seiner Kollegen so sehnlich gewünscht hatte: Das kolumbianische Militär war dem Geleitgesuch nachgekommen, das er de Sucre, einem befreundeten, hochrangigen Beamten im Verteidigungsministerium, mittels des kurzen Telefonats an der Tankstelle zuvor mitgeteilt hatte. Niemand hatte ihn nach dem Inhalt seines Gesprächs gefragt, daher behielt er seinen Plan B letztlich für sich. Anhand einer Landkarte hatte Hudson de Sucre seine geographischen Koordinaten präzise durchgeben können und sie hatten einen Treffpunkt nahe der nächstgelegenen Schnellstraße vereinbart. Dieser war nur unweit vom Standort ihres Pausenstopps entfernt gewesen. Er hatte de Sucre um Unterstützung gebeten, nicht weil er schon geahnt hatte, dass ein Angriff kurz bevor stand. Sie hatten durch den Unfall nach dem ersten Checkpoint vielmehr einfach zu viel Zeit verloren gehabt. Aus diesem Grund sollte ihn ein Hubschrauber abholen und nach Möglichkeit auch seine Leute mitnehmen. Er hatte de Sucre zudem davon erzählt, dass er sich ständig verfolgt fühlte. Dies muss am Ende für seinen Freund vom Militär wohl den Ausschlag dafür gegeben haben, schwer bewaffnete Hubschrauber zu entsenden. Und genau das hatte sich nun als unverhoffter Glücksfall erwiesen. Dass die militärischen Einheiten, die wohl von einem nahegelegenen Stützpunkt bei Baranquilla aufgebrochen waren, jedoch gerade noch rechtzeitig eintreffen würden, war nicht mehr zu erwarten gewesen. Auch wenn es das Schicksal mit ihm und Bolivar gut meinte, kam die Hilfe für seine Kollegen nur wenige Minuten zu spät.

Hudson wandte sich vom Hubschrauber ab und sah, dass ein Zweiter soeben circa 50 Meter von ihm entfernt gelandet war. Die Tür der Pilotenkabine wurde hastig aufgerissen. Ein Mann in Uniform stieg aus und marschierte in Begleitung zweier Soldaten geradewegs auf ihn zu. Hudson widmete seine Aufmerksamkeit derweil wieder den Toten, die vor ihm lagen. Es war ein grausamer Anblick. Von der einen auf die andere Sekunde ergriff erneut eine grenzenlose Schwere von ihm Besitz. Er schüttelte ungläubig mit dem Kopf und begann, sich große Vorwürfe zu machen: *Wie konnte all dies nur passieren? Meine Kollegen wollten lediglich helfen und sind nun wegen mir tot. Das haben sie nicht verdient!*

Er war am Leben. Dafür musste er dankbar sein. Letzten Endes hätte alles auch anders ausgehen können und er würde jetzt selbst in einer Blutlache im kolumbianischen Dschungel liegen und verrotten.

Falls es überhaupt irgendetwas Positives an dieser Exkursion gab, an dem er sich festklammern konnte, dann die Gewissheit, dass zumindest alle seine Beweise gesichert waren. Er war ebenfalls froh, dass er sich nach wie vor auf seine innere Stimme und sein Bauchgefühl verlassen konnte. Die Art und Weise, wie Schulz sie hatte entkommen lassen, hatte ihn misstrauisch gemacht. Der von ihm getätigte Anruf auf ihrem Rückweg war, wie sich im Nachhinein herausstellte, seine einzige Lebensversicherung gewesen. Ohne die Rettung des kolumbianischen Militärs wären Bolivar und er gleichermaßen dem Tode geweiht gewesen. Denn Schulz hatte offenbar zu keinem

Zeitpunkt vorgehabt, ihn und seine Kollegen von dannen ziehen zu lassen.

Hudson wurde plötzlich von einer tiefen, rauchigen Stimme aus seinen Gedanken gerissen. Bevor er sich zu der Person umdrehte, die ihn gerade eben auf Englisch angesprochen hatte, warf er einen letzten, verächtlichen Blick auf Blancos toten Körper. *Das hast du verdient, du Bastard!*, frohlockte er. Wenigstens er war tot.

»Sind Sie Hudson?«

»Ja, wer will das wissen? Ich habe soeben mit Müh und Not einen brutalen Mordanschlag überlebt. Daher bitte ich Sie um etwas Nachsicht!« Entgegnete er vollkommen erschöpft und überaus gereizt. Ihm stand ein uniformierter, eindeutig hochrangiger Militärangehöriger gegenüber. Dessen Uniform machte Hudson klar, dass er es mit einem Zwei-Sterne-General zu tun hatte.

Dieser schaute zunächst ihn, dann Bolivar an und sagte schließlich in einem äußerst nüchternen Ton, ohne dabei in irgendeiner Weise auf das Befinden der Überlebenden einzugehen: »Das war ja beinahe perfektes Timing. Leider waren wir für Ihre Kollegen einen Tick zu spät dran. Man kann halt auch nicht alles haben. Naja, Hauptsache Sie sind noch am Leben. Haben Sie die Beweise? Mein Chef erwartet Sie in spätestens zwei Stunden.«

Hudson fühlte sich genötigt, zustimmend zu nicken.

»Es scheint so, als wäre Ihre Gruppe von FARC-Rebellen attackiert worden. Das ist hier nicht unbedingt deren Einzugsgebiet, aber dieser Fall zeigt uns, dass wir immer auf alles gefasst sein müssen«, ergänzte der Mann, der sich Hudson zuvor als General Rodriguez vorgestellt hatte.

»Sie irren sich, General«, fuhr Hudson ihm entschieden ins Wort. »Woraus schließen Sie, dass uns FARC-Rebellen angegriffen hätten? Tragen die getöteten Uniformierten etwa eine Armbinde mit der Flagge der FARC-EP?«

Rodriguez kniff argwöhnisch seine Augen zusammen. Er hatte eine solche Reaktion offensichtlich nicht erwartet. »Ja, in der Tat«, erwiderte er schroff.

Für Hudson ergab nun alles einen Sinn. Um den Verdacht nicht auf Kervielia zu lenken, sollten als FARC-Rebellen getarnte Männer unter der Führung Blancos die Gefahr, die durch Hudsons Arbeit entstanden war, beseitigen. Der Angriff erfolgte deshalb nicht in unmittelbarer Nähe von La Guajira Nueva, sondern erst einige Dutzend Kilometer entfernt. Deswegen konnten Hudson und sein Team die zweite Sicherheitsschleuse ohne Probleme passieren. Kervielia hatte sie beobachtet und musste ihnen auf Schritt und Tritt gefolgt sein. Wahrscheinlich ab der ersten Minute, als sie das Dorf von James betreten hatten. So war davon auszugehen, dass Kervielia ebenfalls in Erfahrung bringen konnte, dass dieser der Gruppe geholfen hatte. Dies bedeutete letztlich, dass Hudson und sein Team dem Rohstoffkonzern nichtsahnend wichtige Arbeit abgenommen hatten. Denn Kervielia wusste mittlerweile genau, welche Dorfbewohner weiterhin eine Gefahr darstellten und somit zu beseitigen waren.

Für Hudson war das alles zu viel des Guten. Doch ihm blieb keine Zeit, weder für Trauer um den Tod seiner Begleiter noch um das Geschehene ansatzweise zu verarbeiten. Und auch das Schicksal von James schien bereits besiegelt zu sein, ohne dass er irgendetwas dagegen hätte unternehmen können.

Er versuchte so gut es ging, die Ereignisse der letzten Minuten zu verdrängen und sagte zu Rodriguez, wieder halbwegs gefasst: »Herr General, die Soldaten des anderen Hubschraubers sollen den Tatort und die Leichen meiner Freunde sowie die der Angreifer sichern und deren Abtransport überwachen. Mich bringen Sie mit Bolivar bitte auf dem schnellsten Wege zu de Sucre. Wir haben keine Zeit mehr zu verlieren.«

\*\*\*

### Indonesien, ein Tag später

Seit ein paar Stunden hatte er indonesischen Boden unter seinen Füßen. Dass ein Auslandsauftrag binnen der ersten Wochen anfallen würde, hätte Nathan beileibe nicht für möglich gehalten. Doch wie hatte es sein Chef, Bill Charon, formuliert: Es war ein Testlauf, eine Bewährungsprobe – aber auch gleich eine Schicksalsfrage? Würde er bei diesem Einsatz scheitern, würde er damit bei Charon Jove & Associates ein für alle Mal seine Chancen verspielt haben? Fragen über Fragen schossen wild durch seinen Kopf.

CJA verfügte über ein Büro im Business District von Jakarta. Indonesien hatte sich, nicht nur aufgrund des Wirtschaftswachstums der letzten Jahre, sondern auch dank seiner Führungsrolle innerhalb des ASEAN-Verbundes, des unglaublichen Bevölkerungswachstums sowie seiner G20-Mitgliedschaft zu einem der wichtigsten Schwellenländer der letzten Dekade entwickelt. Daraus erwuchs die logische Konsequenz, dass Indonesiens Hauptstadt zu einer der wichtigsten Finanz- und Wirtschaftsmetropolen in ganz Südostasien aufgestiegen war – neben Peking, Hong Kong, Shanghai, Tokyo, Singapur, Bangkok und Kuala Lumpur.

Als Nathan durch die Häuserschluchten des Geschäftsviertels der Stadt lief, konnte er sich nicht des Eindruckes erwehren, dass immer mehr ausländische Investoren und multinationale Firmen ihre Büros nach Jakarta verlagerten. Überall prangten Firmenschilder bekannter Konzerne, Banken und Hedgefonds an den Eingängen der riesigen Hochhäuser. Jakarta drehte, ähnlich wie andere Weltmetropolen, mächtig an der Preisspirale. Dennoch lohnte sich für seinen Arbeitgeber die Rechnung. Die 250 m² große Hauptstadtrepräsentanz lag im Goldenen Dreieck der Stadt, genauer gesagt im Mandiri Micro Business District in unmittelbarer Nähe zum Grand Hyatt. Klotzen statt kleckern lautete die Devise, das war Nathan von Anfang an klar.

Es war ein sehr heißer, sonniger Vormittag. Die Luftfeuchtigkeit war extrem hoch und bereitete Nathan Schwierigkeiten, sich überhaupt zu bewegen. Er fühlte sich ausgelaugt und wie erschlagen. Die klimatischen Bedingungen sollten ihm auch den Rest des Tages über noch zu schaffen machen.

Er kam gerade mit seinem Vorgesetzten Carl Remmel aus dem Briefing für ihr anstehendes Mandat. Sie verließen ihr Büro im Business District der Stadt, um etwas essen zu gehen. Gemeinsam mit Remmel hatte er den Auftrag, die Recherchearbeiten einer Gruppe internationaler Journalisten über Kervielias Palmölplantagen in den Regenwaldgebieten Borneos, die besonders stark von illegaler Abholzung betroffen waren, gezielt zu konterkarieren. Die Aufgabe war denkbar schwierig, da es in diesem Zusammenhang gleichermaßen um ethische Maßstäbe ging. Zumindest Nathan war davon überzeugt.

Wie es um Moral im Kapitalismus bestellt war, wusste er nur zu gut aus den Theorievorlesungen von Professor Scolvus an der Harvard Universität. Dass CJA in dieser Hinsicht ein problematischer

Arbeitgeber sein könnte, hatte er bei seiner Bewerbung zu Anfangs erfolgreich ausgeblendet. Sobald es jedoch darum ging, sich diesen Fragen in der Praxis zu stellen, würde er Gewissensbisse bekommen. Trotzdem war er fest entschlossen, sich bei CJA durchzusetzen. Hierzu musste er gegenläufige ethische Maßstäbe seinerseits im Extremfall hintanstellen.

Um ihren Auftrag erfolgreich zu gestalten, zapften sie in Phase eins die äußerst guten politischen Kontakte von CJA an und hatten zu diesem Zweck am späteren Nachmittag gleich mehrere Termine vereinbart: Einen beim indonesischen Umweltminister, die anderen in der amerikanisch-indonesischen Handelskammer sowie im indonesischen Innenministerium.

Am darauffolgenden Tag kamen sie zudem nicht umhin, die Lage vor Ort persönlich zu sondieren und mit Hilfe lokaler Polizeibehörden potenzielle Untersuchungen sofort im Keim zu ersticken. Wie diese exzellenten netzwerkpolitischen Verzweigungen unterhalten wurden, darüber vermochte Nathan nur zu mutmaßen, finanzielle Anreize und Job-Versprechungen waren aller Wahrscheinlichkeit nach entscheidende Komponenten, die dieses Netzwerk wie Klebstoff zusammenhielten – wie sich im Laufe des Tages zeigen sollte. Dies war in seinen Augen kein gutes Zeichen und sorgte für einen ersten Anflug leichter Zweifel an dem Sinn seiner Tätigkeit.

Carl Remmel, Vizepräsident bei CJA für globales Krisenmanagement und Sonderaufgaben war ein umgänglicher Mensch. Er war Amerikaner und pendelte abwechselnd zwischen London und New York. Er hatte pausenlos einen witzigen Spruch parat, manchmal war sein Humor aber eher derb und beleidigend. Sehr zu Nathans Missfallen. Doch er musste in solchen Fällen stets gute Miene zum bösen Spiel machen, um Remmels großes Ego nicht unnötig zu reizen. Letzteres kam bei ihm nicht sonderlich gut an. Er war dennoch zweifelsohne eine herausragende Respektsperson, die sich binnen kürzester Zeit der Unterstützung aller ihm untergeordneten Angestellten sicher sein konnte. Dies war in erster Linie seinem harten, aber gleichzeitig fairem Auftreten sowie seiner Fachexpertise geschuldet. Er hatte ständig eine Lösung parat – für jedes Problem. Das imponierte Nathan.

Remmel war für ihn ein gutaussehender, schneidiger Mann, der sich seines Eindruckes, den er bei Frauen hinterließ, mit Sicherheit bewusst war. Und dies versuchte er bei jeder sich bietenden Gelegenheit auszunutzen. Seine knapp 40 Jahre sah man ihm kaum an. Nur an der einen oder anderen Stelle lugte ein graues Haar hervor in seiner dichten, braunen Haarpracht. Remmels Statur war der Nathans durchaus ähnlich. Er war vielleicht nur drei bis vier Zentimeter kleiner und hatte überaus feine Gesichtszüge, die nahezu keine Falten bildeten. Hinzu kam, dass er immer braun gebrannt war. Kein Wunder, denn er war problemlos in der Lage sich mindestens dreimal im Jahr den teuersten Strandurlaub auf Bonaire, Ibiza oder St. Barts ohne nennenswerte finanzielle Einbußen zu leisten. Er hatte eine tiefe, leicht rauchige Stimme, die seine sehr männliche Ausstrahlung perfekt ergänzte. Sein modischer, deutlich italienisch angehauchter Kleidungsstil mit Präferenz für teure Maßanzüge rundete das makellose Erscheinungsbild passend ab.

Carl Remmel war vom ersten Tag an von Nathan begeistert. Das lag daran, dass er sich ein Stück weit selbst in dem jungen Mann wiederzuerkennen glaubte. Nathans Arbeitseinstellung, sein herausragender analytischer Scharfsinn, seine genialen Gedankengänge zu innovativen Problemlösungen, aber auch seine lockere, entspannte Art – all das machte ihn zu einem Musterschüler. Darüber hinaus verfügte er über Charisma und die notwendigen zwischenmenschlichen Kommunikationsfähigkeiten. Dies waren die entscheidenden Faktoren, die Zauderer von Machern unterschieden und für eine erfolgreiche Karriere bei CJA unerlässlich waren.

Bevor sich beide auf den Weg zu ihrem ersten Termin machten, gingen sie ins Attarine. Für Remmel war stets nur das Teuerste und Beste gut genug. Eigentlich für Geschäftsessen zur Pflege von Kunden- und politischen Kontakten gedacht, reservierte CJA regelmäßig die besten Tische in den angesagtesten Restaurants der Stadt.

Dort angekommen, nahm Remmel Nathan zwischen Vor- und Hauptspeise beiseite und erklärte ihm, worauf es bei den schwierigen Deals, zu denen er gerufen wurde, ankam: »Nathan, die Rahmenbedingungen – regulatorischer, wirtschaftspolitischer oder gesellschaftlicher Natur – entscheiden nur im zweiten Schritt über Erfolg und Misserfolg in unserer Branche. Letztendlich sind deine Persönlichkeit und die Fähigkeit, Entscheidungsträgern deine Interessen aufzuoktroyieren, von weitaus größerer Bedeutung. Selbstverständlich ohne physische Gewaltanwendung! Du bist auf dem richtigen Weg. Wenn du weiter in deine Rolle bei CJA hineinwächst, wirst du rasant aufsteigen und alle übertrumpfen. Da bin ich mir ganz sicher.« Er äußerte dies voller Inbrunst und untermalte seine Überzeugung mit einem Augenzwinkern in Nathans Richtung. Dieser musste schmunzeln. Sie hatten ein tolles Verhältnis. Nicht im Sinne einer fortwährenden Harmonie, aber eines gegenseitigen Respekts. Das schätzte Nathan am meisten. Er konnte viel von seinem Vorgesetzten lernen, dessen war er sich sicher. „Getting things done" – das war Remmels Devise. Und dem konnte er nur zustimmen.

Nathans Mentor redete sich beinahe in einen Rausch: »Business creates power, mein Freund. So und nicht andersherum. Das geht ebenso, ist aber der falsche Weg. Denn Zwang darf niemals Geschäfte beeinflussen. Merk dir das. Nichtsdestotrotz unterliegen auch wir, du und ich, einem ewigen Kampf um Macht und Einfluss – ob wir es wollen oder nicht. Management Consultants versuchen aus den Schwächen ihrer Auftraggeber Kapital zu schlagen. Wir hingegen merzen diese Schwächen proaktiv aus und bewahren oder mehren zielgerichtet die Macht unserer Klienten. Das ist im Kern etwas vollkommen anderes.«

Remmel erwartete von Nathan seine uneingeschränkte Aufmerksamkeit. Dies bekam er direkt zu spüren, als ihm sein Vorgesetzter mit voller Wucht gegen das Schienbein trat, da Nathans Blicke für eine Sekunde lang von dem Po einer Kellnerin in den Bann gezogen worden waren.

»Hier spielt die Musik, mein kleiner Casanova.«
Nathan rieb sich das Schienbein. Es war ein ziemlich fester Tritt gewesen, sodass der Tisch gewackelt hatte und Gäste in der näheren Umgebung sich schnell zu ihnen umdrehten und sie kurzzeitig anstarrten.

»Unsere Aufträge sind meist delikat. Ohne Zweifel. Aber wieso haben wir diesen bei CJA angenommen? Weil wir die Navy Seals in Anzügen sind und wir mit unseren Waffen – Information und Wissen – Gegner beseitigen. Hierfür gelten folgende goldene Regeln: Erstens, wir wollen immer gewinnen. Nur der Sieg zählt. Zweitens, keine Gnade mit dem Feind. Drittens, vertraue dir selbst, zweifel niemals an deinen Stärken und Fähigkeiten. Viertens, Scheiß auf all die Neinsager, die behaupten: Du kannst dies nicht und jenes nicht. Führe dir pausenlos vor Augen, wie weit die Menschheit bereits gekommen ist. Wir sind nicht nur auf dem Mond gelandet, sondern erforschen mit Kepler, Curiosity, Philae und Rosetta die Ursprünge unseres Lebens und die Zusammenhänge des Universums, Lichtjahre von der Erde entfernt. Haben uns die knausrigen Neinsager und Pessimisten dorthin gebracht? Sicherlich nicht. Fünftens: Gib niemals auf. Das Leben ist ein Schlachtfeld. Schwäche wird mit deiner Niederlage enden. Niemand kann dich am Weitergehen hindern außer du selbst. Sechstens, lasse niemals deine Kameraden und deine Familie im Stich. Du und ich, wir sind Teil einer Eliteeinheit, einer Bruderschaft. Niemand, nicht einmal dein verhasster Arbeitskollege, wird auf dem Schlachtfeld je zurückgelassen. Verstanden? Siebtens, die Wörter „Niederlage" und „Rückzug" existieren in unserer Welt nicht analog dem Motto, wie es an einer zentralen Stelle in House of Cards hieß: Es gibt keinen heiligen Boden für diejenigen, die erobert werden – there is no sacred ground for the conquered. Besser hätte auch ich es nicht formulieren können. Die Geschichte ehrt nur Sieger, keine Verlierer. Um eine Niederlage abzuwenden, musst du deshalb bereit sein, den letzten Zentimeter zu gehen, der über Sieg oder Schande entscheidet. Und achtens: Wir sind die Besten. Alle anderen sind Quacksalber, die nur „quak quak quak" machen und nichts können. Das sind meine acht Gebote. Brenne sie dir tief in dein Gehirn ein. Sauge sie auf. Jeden Tag. Jede Minute. Jede Sekunde.«

Remmel machte eine Pause, um die Worte sacken zu lassen. »Also gut, das reicht dann für den Moment.«

Wie aus dem Nichts huschte ihm ein breites Grinsen über das Gesicht, von der einen Backe bis zur anderen. Es fehlte nur noch, dass er sich selbst auf die Schulter klopfte. Nathan musste kurz auflachen.

»Ich meine das alles todernst, Nathan.«

*So war er nun einmal. Ein Nimmersatt. Ein Peiniger eines jeden Berufseinsteigers*, dachte sich Nathan. Er selbst hatte sich daran sofort gewöhnt. Aus diesem Grund verstanden sie sich auf Anhieb so gut. Wäre dies nicht der Fall gewesen, würde Nathan wohl schon in der Hölle schmoren oder hätte längst das Weite gesucht.

Das gemeinsame Essen dauerte eine Stunde. Sie besprachen wichtige strategische Ansätze und Herangehensweisen sowie Verhandlungskonzepte. In der Sprache der Wirtschaftsdiplomatie entsprach Remmel in Nathans Augen ganz eindeutig dem rationalistischen Spieler, der keinerlei distributive Politik auf Basis gemeinsamer Gewinne anstrebte, sondern die Annahme vertrat, dass der Sieger alles zu bekommen hatte, während die anderen Verhandlungsparteien zwangsweise leer ausgingen.

So banal konnten sie das Spiel hier in Indonesien nicht spielen, da CJA auf die Gutwilligkeit der jeweiligen Entscheidungsträger angewiesen war, um die Interessen ihres Klienten am Ende nicht nur artikulieren, sondern auch durchsetzen zu können. Nathan selbst hatte hinsichtlich der Implementierung jedoch nichts zu melden, sondern sollte nur passiv beobachten. Remmel übernahm die alleinige Führung.

\*\*\*

**Am gleichen Tag**

Für Nathan waren die Geschäftstermine rasend schnell vergangen. Das erste Treffen fand im indonesischen Umweltministerium statt. Der zuständige Minister erteilte beiden eine Privataudienz. Ein freundliches Händeschütteln, man kannte sich. Remmel sprach mit ihm in lockerer Runde über die beste Partylocation für den Abend. Da würde man sich ja wiedersehen.

Der Minister war schätzungsweise 60 Jahre alt und erzählte ausführlich, wie sehr er auf junge Frauen stand. Das machte er zu jedem Zeitpunkt überaus schamlos deutlich. Er schien aufgrund einiger Komplexe aber nicht dazu in der Lage zu sein, die Frauen, die seinem Beuteschema entsprachen, auch anzusprechen. Remmel bot ihm diesbezüglich seine Unterstützung an: »Alles kein Problem, Herr Minister. Wir können Ihnen hierbei selbstverständlich behilflich sein. Wir gehen ein bisschen zusammen feiern und dann ergibt sich das Ganze von alleine. Zur Not müssen wir dem Glück einfach ein wenig auf die Sprünge helfen«, sagte er selbstbewusst.

*Na wunderbar, das kann ja was werden*, kam es in Nathan umgehend hoch.

Im Anschluss tauschte man sich kurz über das Befinden von Bill Charon und Gregory Jove aus. Remmel merkte unterschwellig nebenbei an, dass Indonesien zu einem wichtigen Kernmarkt für CJAs

Klienten werden könne, noch mehr als es ohnehin schon der Fall gewesen war. Die Kunden von CJA benötigten hierfür allerdings günstige politische und rechtliche Rahmenbedingungen. Sofern keine allzu strengen Umweltauflagen insbesondere im Bereich der Holz- und Palmölwirtschaft geplant würden, würde CJA allen empfehlen, die jeweiligen Investitionen im Land weiter aufzustocken. Unter Abgabe einer entsprechenden Gebühr an das Umweltministerium natürlich. Um sicherzustellen, dass die indonesische Regierung künftig keine geschäftsschädigenden Gesetze, vor allem für Kervielia, mehr erlassen würde, würde CJA zudem im Gegenzug dabei Unterstützung leisten, den Umweltminister zum kommenden Spitzenkandidaten für das Präsidentenamt aufzubauen.

*Mit etwas Wohlwollen kann man dieses Vorgehen illegales Lobbying nennen. Oder auch einfach nur Korruption*, spann Nathan seine Gedanken weiter.

Als Gegenleistung erwartete Remmel von dem Minister, dass er ein für den morgigen Tag angesetztes Interview mit dem internationalen Journalistenteam kompromittieren würde, indem er die Schuld an der illegalen Regenwaldabholzung allein der europäischen Politik der Biospritsubvention in die Schuhe schieben würde. Darüber hinaus sollte der Minister diverse Umweltauflagen im Bereich der Rohstoffgewinnung und des Palmölanbaus in Regenwaldgebieten aufweichen.

»Alles kein Problem, Herr Remmel«, konstatierte der Minister zum Schluss ihrer Unterredung mit beinahe jovialer Gelassenheit. Nach zehn Minuten war alles vorbei. Man schüttelte sich die Hände und dann machten sie sich wieder auf den Weg.

Der zweite Termin bei der amerikanisch-indonesischen Handelskammer verlief ähnlich entspannt. Hier war Remmel ebenfalls kein Unbekannter.

»Na Carl, was machst du denn hier? Die Ladyboys gibt's doch eher in Bangkok und Manila!«, hallte es durch das Büro des amerikanischstämmigen Geschäftsführers John Pellin, als sie eine halbe Stunde nach dem ersten Termin durch die große Bürotür hineingeschlendert kamen.

»John, ja wundert mich, dass du dann überhaupt noch in Jakarta anzutreffen bist«, entgegnete Remmel sichtlich sarkastisch. Pellin hatte stets sehr gute Kontakte zu den amerikanischen Botschaftern jener Länder gepflegt, in denen er gerade gearbeitet hatte. Das wusste Remmel nur zu gut und schlug daraus beständig Kapital, wie er Nathan durch die Blume mitgeteilt hatte, kurz bevor sie in Pellins Büro gegangen waren. Dieser Umstand genügte, um zumindest eine oberflächliche Freundschaft mit ihm aufzubauen.

*Bei den Amerikanern ging das ja ständig recht leicht.* Das hatte Nathan schon vor ihrem zweiten Termin erkannt. Er ahnte allerdings, dass man gut damit beraten war, bei Pellin auf der Hut sein. Obwohl er auf den ersten Blick wie ein ignoranter Texaner aus dem Bilderbuch wirkte – nur ein Cowboyhut fehlte, um das klischeehafte Erscheinungsbild zu komplettieren – wusste er seinen Gegenüber in regelmäßigen Abständen zu überraschen, sowohl in positiver als auch in negativer Hinsicht.

Es dauerte keine fünf Sekunden, bis Pellin ihnen einen Whiskey angeboten hatte. Nathan lehnte dankend ab. Carl Remmel ließ sich hingegen nicht zweimal bitten.

Sie warfen sich zunächst gegenseitig ironische Beleidigungen, unterirdisch schlechte Witze und frauendiffamierende Sprüche zu. So sah es zumindest Nathan. Er musste dabei mehrfach die Augen verdrehen, wenn auch so, dass es niemand mitbekam. Fünf Minuten lang dauerte der aberwitzige Schlagabtausch. Nathan hatte in dieser Zeit kein einziges Wort gesagt. Doch er wusste, dass sein Mentor nur in eine Rolle schlüpfte. Ob man wollte oder nicht: Man hatte sein Gegenüber jedes Mal an der richtigen Stelle abzuholen. Dies gelang nur über Sympathie und dadurch, dass er sich dem vorgegebenen Niveau anpasste. Remmel beherrschte dieses Spiel wie aus dem Effeff. Nach dem anfänglichen Geplänkel wechselte er abrupt das Thema und kam auf sein eigentliches Anliegen zu sprechen.

»Du weißt, wieso wir hier sind, John. Kervielia hat seinen Unternehmenssitz zwar in der Schweiz, beschäftigt aber alleine in den USA mehr als 165000 Menschen. Viele der Arbeitsplätze liegen in wichtigen Swing States und in Bundesstaaten, die für die kommenden Senatswahlen teilweise besonders bedeutend sein werden. Es wäre natürlich tragisch, müsste Kervielia anlässlich außenwirtschaftlicher Probleme Arbeitsplätze in Ländern mit hohen Lohn- und Produktionskosten wie den USA abbauen. Das Unternehmen könnte jedoch auch das genaue Gegenteil anvisieren. Letzteres wäre gewiss im Interesse von Botschafter Cooke, dem man nachsagt, er würde in der nahen Zukunft auf das Präsidentenamt schielen«, führte Remmel weiter aus. »Wir haben später einen Termin beim Innenminister und der Herr Botschafter könnte sich ja unseres Anliegens annehmen. Es wäre sicherlich nicht vorteilhaft, sollte der bilaterale Handel zwischen den USA und Indonesien und primär die amerikanischen Auslandsinvestitionen einen direkten Schaden von etwaigen journalistischen Querschlägern nehmen. Wenn uns der Botschafter mit unserem kleinen Problem hilft, kann er sich der Unterstützung wichtiger Geldgeber für seinen zukünftigen Wahlkampf sicher sein.«

Pellin schaute ihn abschätzig an. Unabhängig von seiner scheinbar hinterwäldlerischen Ader wusste er nur allzu gut, wie die Geschäfte zu laufen hatten. Der US-Botschafter sollte Druck auf den Innenminister ausüben, um die lokalen Behörden für die morgige Stippvisite auf Linie zu bringen.

»Du wolltest ohnehin seit einer gefühlten Ewigkeit dieses Land verlassen, John«, sagte Remmel mit fast schon rührseliger Stimme. »Bei CJA in New York wird die Position des Vizepräsidenten in der Abteilung Internationale Märkte frei. Ich lege gerne ein gutes Wort für dich ein. Das Gehalt spielt keine Rolle. Beginn wäre in vier bis fünf Monaten. Davor könntest du also schön Urlaub machen.«

Nathan bildete sich in diesem Moment ein, dass Pellin tatsächlich eine Sekunde lang darüber nachgedacht hat, das verlockende Angebot abzulehnen oder gar weiter zu verhandeln. Dem war jedoch nicht so. Er streckte seine Hand aus und Remmel schlug ein. Der Deal war erledigt.

Der dritte Termin am Nachmittag war in der Folge reine Formsache. Einmal rein. Klarmachen, dass man da war und was man wollte. Händeschütteln. Und direkt raus. Der Innenminister war äußerst kurz angebunden, doch der vorherige Anruf des Botschafters hatte Wirkung gezeigt. Bereits ausgestellte Drehgenehmigungen für die Journalisten in dem betroffenen Gebiet des Regenwaldes würden wieder einkassiert werden. Bei Zuwiderhandlung waren die Behörden dazu angehalten, diesen zudem ihren Visastatus mit sofortiger Wirkung zu entziehen und sie auszuweisen. Sache erledigt.

\*\*\*

**Borneo, 09.08.2014**

Der Aufenthalt in Indonesien war Nathans erster überhaupt in Südostasien. Nachdem sie im ersten Schritt auf politischer Ebene ihren Einfluss wirksam ausgespielt hatten, galt es noch eine Etappe hinter sich zu bringen, und zwar mitten im indonesischen Regenwald. Dann würde es für ihn und Remmel wieder nach London zurückgehen. Auf Geheiß von Bill Charon sollten sie sich heute selbst ein Bild von der Lage vor Ort machen, um zu gewährleisten, dass sie die absolute Kontrolle über die Situation behalten würden. Der Auftraggeber, in diesem Fall die Kervielia Group, hatte während der Durchführung eines Mandates keinerlei Mitspracherecht mehr. Das war Teil der Geschäftsbedingungen, denen sich jeder Klient von CJA unterzuordnen hatte – völlig unabhängig von der zu lösenden Krise.

Im Kern lag für Nathan darin allerdings ein gewisses Maß an doppelzüngigem Leichtsinn. Wüsste CJA nicht, was sich vor Ort im Detail zutrug, so wäre es für die Beratungsfirma im Fall der Fälle sicherlich einfacher, sich jeglicher juristischen Verantwortung zu entziehen. Aufgrund der vorherrschenden Geschäftspraxis und alleinigen Kontrolle lief das Unternehmen oftmals Gefahr, gegebenenfalls immer eine Teilschuld zu tragen und sich somit angreifbar gegenüber Dritten zu machen. Denn Kritiker hatte das Unternehmen zu genüge.

Doch wegen der uneingeschränkten Schweigepflicht, die effektiv verhinderte, dass Informationen an die Öffentlichkeit gelangten und CJAs exekutiver Perfektion in sogenannten „Behind-closed-doors-Verhandlungen" hatte die Firma bisher kontinuierlich über eine Art Immunität verfügt und musste sich noch nie mit juristischen Klagen auseinandersetzen. Charon und Jove selbst hatten ein perfekt austariertes Kontrollsystem geschaffen, das sicherstellte, dass keiner ihrer Angestellten kritische Informationen jeglicher Art preisgeben konnte, ohne dabei selbst erpressbar zu werden. Konsequenterweise war es bis dato zu keinem Zeitpunkt zu einem solchen Leak gekommen. Wenn, dann geschah dies lediglich auf Seiten des Klienten. Sollten in diesem Falle alle Stricke reißen, so konnte man sich in der Vergangenheit stets auf das ausgeklügelte und weit verzweigte, gesellschaftspolitische Netzwerk des Unternehmens verlassen. Bis zum heutigen Tag gelang es CJA mit Hilfe seiner Kontakte jeden erdenklichen Rechtsstreit umgehend im Keim zu ersticken. Hinzu kam, dass die Firma der breiten Öffentlichkeit schlichtweg nicht bekannt war. Folglich stand sie weniger im Rampenlicht und geriet nur selten unter Druck.

Alles in allem ermöglichten diese speziellen Rahmenbedingungen ein Agieren sowohl im Verborgenen als auch in einer Art rechtsfreiem Raum, den CJA jederzeit zu seinen Gunsten manipulieren konnte. Müsste Nathan das Profil seines Arbeitgebers beschreiben, so wäre die Bezeichnung als politisch agierender Unternehmer, der in kritischen Momenten sich im politischen Milieu bietende Gelegenheiten gezielt zur Manipulation ausnutzt, durchaus zutreffend. Entscheidend für den Einfluss des Manipulators, sprich CJA, war, wann es ihm gelang, Aufmerksamkeit für die eigenen Belange zu generieren und fokussieren. CJA offerierte an dieser Stelle den zu manipulierenden Zielgruppen, die in den meisten Fällen über keine festen Präferenzen verfügten, nur *eine* mögliche Problemlösung von vielen. Diese sollte anschließend im Idealfall von politischen Entscheidungsträgern, Institutionen oder Konkurrenten selektiert werden.[21]

Der Begriff der politischen Manipulation war dank der Arbeit von Unternehmen wie CJA per definitionem negativ konnotiert. Das hatte Nathan am meisten gestört. Es konnten sich zwar auch Akteure dieser Manipulation bedienen, die eine direkte Wohlfahrtssteigerung im volkswirtschaftlichen Sinne verfolgten. Diese allgemeine Maxime der Wohlfahrtssteigerung war jedoch nie im Sinne von CJA, da es im Kern fortlaufend um die Durchsetzung spezieller Partikularinteressen ging. Hauptzielgruppe der politischen Manipulation war der politische Entscheidungsträger, da sich die Problemstellungen der Klienten von CJA in der Mehrheit der Fälle um die Bereiche staatliche Regulierung und Krisenmanagement drehten.

Für die Arbeit des politischen Unternehmers war es essenziell, zumindest in demokratischen Systemen, dass ausschließlich die politischen Entscheidungsträger, und nicht der Manipulator selbst, beschlossen, welche Lösungen übernommen werden. Ob CJA die relevanten Interessen durchzusetzen vermochte, hing letzten Endes da-

---

[21] Zahriadis, Nikolaos (2007): „The Multiple Stream Framework: Structure, Limitations, Prospects", in: Sabatier, Paul A. (Hrsg.): *Theories of the policy process,* Boulder.

von ab, wie Informationen und Fachwissen vom politischen Manipulator präsentiert und vom Empfänger verarbeitet würden.

Die Identitäts- und Sinnbildung diente daher nur als notwendige Bedingung, nicht als Erklärung politischer Veränderungen. Lobbying betreibenden Beratungsfirmen wie eben CJA spielte es grundsätzlich in die Hände, dass es häufig zu einer Überlastung des politisch-institutionellen Systems kam, sobald eine kleine Gruppe politischer Entscheidungsträger mit zu vielen Problemen, Informationen und Lösungen konfrontiert wurde. Angesichts dieses Dilemmas konnten politische Unternehmer sehr leicht ihre Muskeln spielen lassen und regulierend eingreifen. Allen voran die institutionellen Rahmenbedingungen, sprich die politischen Einflusskanäle, waren in Indonesien exzellent ausgeprägt, wie die Gespräche mit hochrangigen Ministern und Wirtschaftsvertretern eindrucksvoll gezeigt hatten. Aus diesem Grund bedurfte es in diesem Fall letztlich gar keiner politischen Manipulation im klassischen Sinne.

Nathan fand sich unterdessen ein wenig verloren im indonesischen Regenwald wieder und machte sich ausgiebig Gedanken darüber, was es genau bedeutete, für CJA tätig zu sein. *Lass den Quatsch. Jetzt bist du schon hier und kannst es sowieso nicht mehr ändern*, redete er sich ein und versuchte vor allem, sich möglichst gar nicht zu bewegen, um so sein Schwitzen nicht weiter zu verschlimmern. »Diese Schwüle ist ja unerträglich«, stöhnte er vor sich hin. Remmel warf ihm einen flüchtigen, etwas abfälligen Blick zu, während Nathans Schultern müde herunterhingen. Sein Körper schlurfte niedergeschlagen vor sich hin, sichtlich geplagt von der hohen Luftfeuchtigkeit. Er war für dieses Klima schlichtweg nicht gemacht.

»Nun reiß dich mal zusammen, Nathan. Wir sind zum arbeiten hier und haben einen Auftrag zu erfüllen. Da lässt man sich doch nicht von so ein bisschen Hitze plattmachen! Lass uns mit Mo Palar zügig die weitere Vorgehensweise besprechen, dann ab die Post.«

Nathan und Carl Remmel waren in Begleitung von Mohammed Palar vor einer Stunde nach Borneo gereist. Palar war ihnen von der Regierung in Jakarta als ortskundiger Führer an die Seite gestellt worden. Er lehnte lässig gegen einen weißen Toyota Land Cruiser und wartete auf seine zwei Begleiter. Bevor es im Geländewagen für alle drei weiterging, händigte er Nathan und Remmel aktualisierte

Landkarten aus, die Kervielias Palmölplantagen geographisch punktgenau abbildeten.

Remmel hatte einen schnellen Blick darauf geworfen, wirkte aber eher desinteressiert. Er war im Geiste wohl bereits im Flieger zurück nach Dubai, wo sie eine Zwischenlandung auf ihrem Weg nach London einzulegen hatten, mutmaßte Nathan. Er selbst hatte seine Karte sofort eingehend und präzise studiert. Auf dieser waren zahlreiche Sektoren verzeichnet, die dagegen weder nennenswerte, zusammenhängende Regenwald- noch Palmölflächen markierten. Sie entsprachen vielmehr einem unübersichtlichen Fleckenteppich von Parzellen unterschiedlichster Größe. Anhand der Maßstabskalierung der Karte wurde ihm auf der Stelle bewusst, dass diese Parzellen weitläufiger waren, als es zunächst den Anschein hatte.

Sein Wissen über die Region beschränkte sich darauf, dass erst Anfang 2013 eine Tochtergesellschaft der Kervielia Group mittels Genehmigungen durch das indonesische Forst- und Umweltministerium mit der Erschließung der Flächen rund um das Camp Leakey begonnen hatte. Bei diesem handelte es sich um ein bedeutendes Orang-Utan-Schutzgebiet im Tanjung Puting Nationalpark. Die Erschließung unterlag deshalb sehr strengen Umweltschutzauflagen, um die Bewahrung des umgebenden Regenwaldes sicherzustellen. Nathan und Remmel waren mit Palar in diese Ecke Indonesiens gereist, um sich in Pembuang mit der örtlichen Polizeibehörde zu treffen und mögliche Maßnahmen zu koordinieren, die den Auftrag hatte, das internationale Journalistenteam an der Ausübung ihrer Arbeit zu hindern.

Die Anreise nach Pembuang glich einer einzigen Odyssee. Sie waren dazu in den frühen Morgenstunden von Jakarta nach Pangkalanbun geflogen. Dort hatten sie Palar getroffen. Anschließend mussten sie mit dem Auto eine halbe Stunde über Stock und Stein bis zum Fluss Kumai fahren, nur um dort in ein Boot umzusteigen, das sie alle gen Norden brachte. Nach einer nicht enden wollenden Irrfahrt hatten sie schließlich im bornesischen Nirgendwo angelegt und standen nun vor dem weiß leuchtenden Toyota. Sie gingen noch die letzten Punkte ihres Plans durch, um dann schnellstmöglich nach Pembuang aufzubrechen. Pembuang war eine kleine Stadt, die nordöstlich des Tanjung Puting Nationalparks gelegen war und die sie mit dem Auto innerhalb von circa 80 Minuten erreichen würden. Um

Pembuang herum hatte die New APP Palm Oil Company, eine Tochtergesellschaft der Kervielia Group, ihre Palmölplantagen anlegen dürfen. Das Journalistenteam sollte schon am Tag zuvor in dieser Region ankommen. Insofern war es ihnen möglicherweise entscheidend zuvorgekommen.

\*\*\*

**Ein paar Stunden später**

Nathan, Remmel und ihr Führer Palar waren in den frühen Mittagsstunden endlich in Pembuang angekommen. Ihr Wagen machte vor dem örtlichen Polizeirevier halt, wo sie seit längerem von einer zehnköpfigen Einheit erwartet wurden. Da keiner der Polizisten, auch nicht der Hauptkommissar, Englisch sprach, ergriff Palar das Wort und übersetzte simultan für alle Anwesenden. Remmel stand neben ihm und hörte aufmerksam zu.

»Das Journalistenteam ist gestern eingetroffen, Mr. Remmel. Das bestätigte mir der Hauptkommissar gerade eben. Alle Polizisten, die Sie hier sehen, werden uns begleiten und helfen, die Journalisten ausfindig zu machen. Diese sind heute Morgen ohne Vorwarnung aufgebrochen und die Polizei hat bis dato nichts unternommen«, dolmetschte Palar.

»Das soll doch wohl ein Witz sein!«, reagierte Remmel erbost.

»Ich fürchte nein.«

»Es ist also niemand auf die Idee gekommen, die Journalisten beschatten zu lassen? Das ist ja nicht zu glauben! Haben sie zumindest eine grobe Vorstellung davon, wo wir mit der Suche beginnen sollen? Unser Zeitfenster ist extrem klein, Mohammed!«

Remmel war nicht erst ob dieses Versagens deutlich gereizt, das war unübersehbar. Derweil er mit Palar weiter diskutierte, begutachtete Nathan die Umgebung. Das Städtchen lag zwar inmitten des Regenwaldes, allerdings gab es im unmittelbaren Umkreis nur noch vereinzelt Bäume, an deren Schönheit man sich hätte ergötzen können. Die Ausläufer des Regenwaldes konnte er nur in einiger Entfernung ausmachen. Pembuang war keine illegal angelegte Siedlung, sondern von den Behörden selbst geplant und somit von der Staatsregierung als Teil der Entwicklung des ländlichen Raums genehmigt worden.

Nathan betrachtete das Städtchen näher, das seinen ganz eigenen, jedoch für ihn nicht gerade positiven Charme hatte. Entlang der Straßen türmte sich zu beiden Seiten Müll auf. Zudem gab es offensichtlich keine Kanalisation. Dementsprechend stieg ihm in regelmäßigen Abständen ein beißender Geruch in die Nase. Es schien, als verrichtete jeder sein Geschäft dort, wo es gerade möglich war. Verdreckte Hunde streunten ziellos umher und steckten ihre Schnauze in jeden Müllhaufen, den sie vorfanden, als unterdessen eine Gruppe kreischender Kinder einem provisorischen Fußball hinterherjagte. Der Boden unter seinen Füßen war staubtrocken und bildete einen unwirtlichen Kontrast zum saftigen Grün des Regenwaldes in der Ferne. Der Ort regte ihn unerwartet zum Träumen an.

Ohne dass er es mitbekommen hätte, trat Remmel an seine Seite und rüttelte ihn wach: »Zum Glück müssen wir hier nicht länger verweilen. Komm, wir müssen los!«

Nathan zögerte weiterhin, als sein Vorgesetzter bereits zum Auto stapfte und sich noch einmal mit einer Warnung an ihn umdrehte: »Wir können dich auch gerne hier lassen. Damit habe ich kein Problem!«

»Jaja, ich komme schon.«

Nathan stieg hastig in den Toyota ein, an dessen Steuer Palar saß. Nach einer Kehrtwende verließen sie rasch das Dorf, gefolgt von drei Geländewagen der örtlichen Polizeibehörde.

Die darauffolgende Fahrt führte Nathan und Remmel tiefer in den indonesischen Regenwald. Es war eine holprige Angelegenheit, da es keine gut ausgebaute Infrastruktur gab. Die rudimentären Schotterpisten waren mit Löchern übersät und der letzte Monsunregen hatte für einen besonders matschigen und rutschigen Untergrund gesorgt. Sie mussten an vielen Stellen äußerst behutsam fahren, weshalb die Wagenkolonne teilweise nur sehr langsam vorankam. Die unberechenbare Straßenführung erschwerte die Reise zusätzlich. Für Nathan war es eine große Überraschung, dass die Infrastruktur der Region angesichts ihrer wirtschaftlichen Bedeutung dermaßen hinterherhinkte. Es gab so gut wie keine geteerten Schnellstraßen, auf denen man landwirtschaftliche Produkte oder Holz rasch hätte abtransportieren können.

Im Laufe der Fahrt in Richtung Camp Leaky, wo die Polizei das Journalistenteam vermutete, sah er unzählige Menschen auf den Palmölfeldern arbeiten, denen der einst blühende und lebendige Regenwald gewichen war. Die Mehrheit der Arbeiter waren wohl Tagelöhner. Am Horizont waren wiederholt lodernde Flammen und dunkle Rauchschwaden zu beobachten, die weite Teile der Landschaft einhüllten und symptomatisch für den zunehmenden Rückzug der Natur standen. Die Stimmung hatte etwas Apokalyptisches. Anders konnte Nathan die Szenerie nicht beschreiben. Der menschliche Irrsinn erreichte an diesem Ort seinen Höhenpunkt, gerade vor dem Hintergrund, dass fast alle Tagelöhner aus indigenen Volksgruppen stammten und dazu gezwungen waren, für ihr Überleben die eigene Heimat zu roden und zu brandschatzen. *Was für eine kranke Perversion der menschlichen Existenz*, dachte er sich immer und immer wieder. Mit der fortschreitenden Erschließung der Regenwälder verloren diese Volksgruppen mehr und mehr ihre ursprüngliche Lebensgrundlage und wurden so zunehmend zu Sklaven ihrer selbst.

Die gigantischen Ausmaße der von Menschenhand geschaffenen landwirtschaftlichen Nutzfläche, die sich Nathan und allen anderen hier offenbarte, machte es beinahe unmöglich, das Journalistenteam zügig aufzuspüren. Über Funk hatte deshalb einer der Polizeiwagen vorgeschlagen, die nächste Abzweigung nach links zu nehmen, um so zu einem Hügel zu gelangen, von dem man das Camp Leaky umgebende Areal sehr gut überblicken konnte. Palar unterbreitete Remmel den Vorschlag der Polizei und dieser stimmte zu. Aufgrund des unwegsamen Geländes kamen sie nach der Weggabelung nur noch im Schritttempo voran, doch die Wagenkolonne erreichte nach weiteren zehn Minuten den Fuß eben dieses Hügels und hielt auf einer größeren Freifläche an.

Nathan und Remmel stiegen als erste aus. Der Hügel stellte sich als steiler heraus, als sie es erwartet hatten. Palar unterhielt sich eine Zeit lang mit dem Polizeichef, der Remmel und Nathan schließlich andeutete, ihm zu folgen.

In Begleitung des kleinen, dicklichen Polizisten begannen Nathan, Remmel und Palar hastig mit dem Aufstieg. Ein kleiner Trampelpfad schlängelte sich in weiten Kurven den Westhang des Hügels empor und wurde rasch steiler. Insbesondere Palar erklomm den Hügel scheinbar ohne größere Mühe und hatte bereits nach wenigen

Metern den vorauspreschenden Polizisten überholt. Palar war klein, schlank und flink. Er bewegte sich geschmeidig wie ein Fuchs und raste der Hügelspitze entgegen. Nach kürzester Zeit hatten Nathan und Remmel den Blickkontakt zu ihm verloren. Zu allem Überfluss mussten sie dem Polizeichef, der sich ab der ersten Minute ausschließlich durch seine unüberhörbaren Schnaufgeräusche bemerkbar machte, mehrmals bei seinem kräftezehrenden Aufstieg helfen. Bei jeder Pause, die sie einlegten, verdrehte Remmel entnervt die Augen. Nathan konnte klar sehen, wie seine Blicke den Polizisten voller Wut durchbohrten. Aber auch Nathan war genervt. Ohne den Polizisten – der darauf bestanden hatte mitzukommen, da er eben der lokale Polizeichef sei – wären sie längst am Gipfel angelangt. Es dauerte schließlich eine weitere Viertelstunde, bis sie die Spitze erreicht hatten.

Bis auf Palar, der aufrecht stand und regungslos den Horizont absuchte, mussten sich alle anderen erst einmal kurz erholen. Nathan und Remmel waren, nachdem sie die letzten Zentimeter erklommen hatten, vor Erschöpfung in die Hocke gegangen. Nathan wurde es dabei zwei Sekunden lang schwarz vor Augen. Er merkte, wie sein Herz kraftvoll pumpte. Er war mal wieder vollkommen nassgeschwitzt. *Wie ich dieses Gefühl hasse!*

Remmel tippte ihn plötzlich an und flüsterte ihm zu: »Wäre unser kleiner, fetter Polizeichef nicht mitgekommen, der dazu noch stinkt wie Sau, wären wir schon längst unten. Der hat ja nach wenigen Metern wie ein halbtotes Walross geschnauft. Was macht der denn, wenn er mal einen Verbrecher jagen muss?«

»Kommen Sie endlich, meine Herren. Sie müssen sich das anschauen«, durchbrach Palar das darauffolgende Schweigen.

Erst jetzt wandten sich Nathan und Remmel der atemberaubenden Aussicht zu, die vor ihren Füßen lag. Beide richteten sich auf, gingen langsam zu Palar hinüber und stellten sich schweigend neben ihn.

Sie fühlten sich wie erschlagen, denn die schiere Gewalt der visuellen Eindrücke raubte ihnen zunächst die Fähigkeit zu sprechen. Vor ihnen lag: Nichts. Einfach nichts. Außer einer endlosen Wüste abgeholzten Regenwaldes. Abgesägte, vom Leben für immer abgetrennte Baumstümpfe ragten als die letzten stummen Zeugen der vormaligen Blüte der Natur aus dem graubraunen, matschigen Untergrund.[22]

Es war herzzerreißend. Für alle. Nathan stockte der Atem und er versuchte seine Gedanken zu ordnen und sich auf das Wesentliche zu fokussieren. Er hatte in der Vergangenheit mehrfach Fernsehbilder von Brandrodungen des Regenwaldes in anderen Weltregionen gesehen, doch auf die Wucht, die dieses persönliche Erlebnis nunmehr entfaltete, war er nicht vorbereitet gewesen.

Soweit sein Auge reichte, war kein einziger Baum mehr zu sehen. In allen Himmelsrichtungen war die Landschaft von Zerstörung und Verderben geprägt. Nur im Osten konnte man noch die scharfe, wie mit einem Lineal gezogene Grenze zwischen Abholzungsgebiet und ursprünglichem Regenwald erkennen. Es war eine von Menschenhand geschaffene Linie, die die gnadenlose Unterwerfung von der Freiheit sowie den Tod vom blühenden Leben trennte. Auf eine perverse Art und Weise übte diese Todeszone eine gewisse Faszination auf Nathan aus, der er sich nicht zu entziehen imstande war.

Die absolute Freiheit des Seins sowie der unumstößlich wirkende Wohlstand der westlichen Hemisphäre ging, zumindest zu einem Großteil, auf die Kosten anderer. Dieses Ungleichverhältnis spiegelte sich an Orten wie diesem auf grausame Weise wider. Zehntausende, für alle Zeiten verlorene Hektar Regenwald lagen nun zu seinen Füßen. So als wäre er der Herrscher der Welt, der sich die Natur und die ihr innewohnenden Lebewesen untertan gemacht hat.

Wie ein Schachbrett war der Regenwald in einzelne Parzellen aufgeteilt, Stück für Stück penibel seziert und dem Erdboden gleichgemacht worden. Weitläufige Transportwege durchpflügten das Gebiet, auf denen die Bagger und Traktoren das teure Holzgut sammelten und später auf Lastwagen umlagerten. Der Regenwald, die grüne Lunge des blauen Planeten, war dem menschlichen Treiben wehrlos ausgeliefert. Der Monsunregen hatte einzelne Gräben, die von Baggern geschaffen worden waren, mit Wasser gefüllt. Der teils matschige Untergrund gab nur noch abgehackte Baumstümpfe und abgebrochene Äste preis, die wie Speerspitzen gen Himmel ragten.

---

[22] Siehe dazu auch nachfolgende Videoaufnahmen von Greenpeace Deutschland (Februar 2015) aus Indonesien unter:
https://www.facebook.com/greenpeace.de/videos/10153044318992488/?fref=mentions.

Es waren einige Minuten vergangen, bis Palar das belastende Schweigen durchbrach und völlig niedergeschlagen sagte: »Ich habe schon viel gesehen. Aber das hier ...« Er schüttelte mehrmals ungläubig den Kopf. Er konnte sich auf die nimmersatte Zerstörungswut der Menschen keinen Reim machen. »Sieht man so etwas erstmal mit eigenen Augen, verändert sich die Wahrnehmung der Welt für immer.«

Sie beobachteten ferner einen Bagger, der geradewegs durch die östliche Waldgrenze fuhr, dabei Bäume umriss, Pflanzen niedermähte und alles unter seinen schweren Metallketten zermalmte, das sich nicht mehr rechtzeitig in Sicherheit bringen konnte. Es schien beinahe so, als hörten sie das Knacken der widerspenstigen Bäume sowie das verzweifelnde Kreischen der Tiere, die um ihr Leben kämpften, bis zu der weit entfernten Anhöhe, auf der sie gegenwärtig standen.

Diese direkte Erfahrung bewegte Nathan zutiefst. Ohne dass er es merkte, bildete sich auf seinen Augen ein feuchter Film, der schließlich dazu führte, dass ihm eine Träne über die Wange kullerte. Ein Gefühl emotionaler Ergriffenheit und Verzweiflung machte sich in ihm breit, als er inmitten der wüstenartigen Landschaft plötzlich einen umherirrenden Orang-Utan entdeckte.

Dieser hatte die blitzartige Brandrodung seines Lebensraumes überlebt und zog verloren, isoliert und verwirrt seine Kreise. Mit seinem mitgebrachten Fernglas erkannte Nathan, dass der Affe sichtlich abgemagert und entkräftet war. Der ausgewachsene Orang-Utan, von Dreck übersät, bewegte sich in kleinen, ruckartigen Kreisen von der einen Seite zu anderen. Er hatte vollkommen die Orientierung verloren.

Er starrte so angestrengt auf den Affen, dass er sich bald darauf einbildete, dass sich ihm dieser zuwandte und ihn kritisch beäugte. »Was tun wir unserem Planeten nur an«, murmelte Nathan in sich hinein.

»Bitte? Hast du was gesagt, Nathan?«

»Nein, alles gut, Carl. Mich nimmt das Ganze hier nur ein wenig mit. Hast du da unten den ...?«

Remmel unterbrach Nathan und gab ihm deutlich zu verstehen, dass er mit Palar einiges zu besprechen hatte. »Mohammed, also dieses gesamte vor uns liegende Gebiet wird zu Palmölplantagen umfunktioniert, ja?«, fragte er ungläubig in die Runde. Sein Blick schweifte dabei für eine Sekunde zum Polizeichef ab. Dieser hatte sich mittlerweile ebenfalls wieder erholt, aber hinsichtlich der Szenerie nichts weiter gesagt, sondern hielt nach den Journalisten Ausschau.

»Ja«, erwiderte Palar. Er war vorrangig als Übersetzer mitgekommen, doch nebenbei arbeitete er auch als externer Berater für den indonesischen WWF-Ableger. Dessen war sich CJA vorab wohl nicht bewusst gewesen. »Man kann es eigentlich nicht glauben, wenn man es nicht mit eigenen Augen gesehen hat«, fuhr er ernüchtert fort.

Dann wandte er sich geradeheraus an seine beiden Begleiter: »Wenn Sie in nordwestlicher Himmelsrichtung auf circa zehn Uhr schauen, können Sie bereits die Ausläufer der neu angelegten Palmölplantagen erspähen. Das hier gewonnene Öl wird in erster Linie nach Europa verschifft. Mit ungefähr 60 Millionen Tonnen per annum ist Palmöl das weltweit meistverwendete Pflanzenfett. Der Konsum von Palm- und Palmkernöl, welches aus der Frucht und den Kernen der Ölpalme extrahiert wird, hat sich in den vergangenen 20 Jahren nahezu verdoppelt. Letztlich kann das Problem der Abholzung, zumindest im Falle der Schaffung von neuen Palmölfeldern, nur dann wirksam bekämpft werden, wenn beispielsweise die Europäische Union in ihrer Förderpolitik für Biosprit radikal umdenkt. Anfangs sollten Nachhaltigkeitszertifikate sicherstellen, dass bei der Verarbeitung von Biosprit kein Palmöl aus zu schützenden Regenwaldgebieten verwendet wird. Ob dies tatsächlich der Fall ist, prüft die EU nicht. Oder nur sehr unzureichend. Sobald ein Zertifikat draufklebt, ist die Sache auch schon durch. Der Markt verlangt quasi, dass dieser Regenwald legal oder eben illegal gerodet wird. Letzten Endes führt Biosprit die Debatte über den Klimawandel ad absurdum, denn Biodiesel, der aus Pflanzenöl gewonnen wird, generiert ähnlich hohe klimaschädliche Emissionswerte wie herkömmlicher Diesel. Würde die EU diese sinnlose Biodiesel-Richtlinie endlich abschaffen, gebe es in Indonesien eine geringere Nachfrage nach geeigneten Anbauflächen für Palmöl.[23] [24] Allerdings darf man nicht

---

[23] SPIEGEL Online (2015): „Tropischer Regenwald: EU-Importe fördern illegale Abholzung", Hamburg [http://www.spiegel.de/wissenschaft/natur/eu-importe-foerdern-abholzung-in-den-tropen-a-1023885.html].

vergessen, dass die Problematik äußerst vielschichtig ist und natürlich weit über das Thema des Biosprits hinausreicht. Denn Palmöl findet heute in einer Vielzahl von Alltagsprodukten Anwendung, von der Margarine über Schokolade bis hin zu unzähligen Kosmetikartikeln. Der Erfolg des Palmöls begründet sich darin, dass die Ölpalme um ein Vielfaches ertragreicher ist als vergleichbare Pflanzen, wie zum Beispiel Raps.«

Remmel verzog sein Gesicht, als ob er nicht glauben konnte, was er gerade zu hören bekam.

Palar fuhr unablässig fort: »Borneo ist die drittgrößte Insel der Welt. Vor einigen Jahren gelang es uns beim WWF in Zusammenarbeit mit anderen NGOs und nationalen Regierungen das sogenannte Heart of Borneo-Gebiet[25], ein großes Netzwerk bestehend aus Schutzzonen und nachhaltig genutzten Wäldern, zu etablieren. Die Größe des Gebietes beträgt circa 220000 km², was ungefähr der Fläche Großbritanniens entspricht. Eine besondere Herausforderung ist, dass sich das Netzwerk über drei Ländergrenzen, nämlich jene von Indonesien, Malaysia und Brunei erstreckt. Dieser Umstand erschwert eine staatenübergreifende Kooperation ungemein. Die Regenwälder in diesen drei Ländern gehören zu den ältesten und artenreichsten der Erde. In den Urwäldern Indonesiens leben rund zehn Prozent der weltweit vorkommenden Tier- und Pflanzenarten an Land. Viele der Arten sind zudem endemisch. Das heißt, dass sie ausschließlich in dieser Weltregion heimisch sind, darunter der Orang-Utan, der Sumatra-Tiger und das Java-Nashorn. Sie alle stehen auf der Roten Liste der IUCN und sind teils akut vom Aussterben bedroht. Betrachtet man selektiv lediglich die Flora des Heart of Borneo, so kann man feststellen, dass es in Anbetracht der Vielfalt den gesamten afrikanischen Kontinent in den Schatten stellt. Aber wir sind nicht nur bestrebt, die Regenwälder in diesen drei Ländern zu schützen. Der schlimmste Kahlschlag war jüngst vor allem in Kambodscha, Laos und Vietnam zu beobachten. In den letzten 15

---

[24] Doku/ZDFzoom (2014): „Biosprit – Tödlicher Feind der Orang-Utans", Mainz: *ZDF Mediathek* [https://www.zdf.de/dokumentation/zdfzoom/zdfzoom-biosprit-toedlicher-feind-der-orang-utans-100.html].

[25] World Wide Fund for Nature/WWF Deutschland (2009): „Das Herz von Borneo", Berlin [http://www.wwf.de/fileadmin/fm-wwf/Publikationen-PDF/Projektblatt_HeartofBorneo.pdf].

Jahren wurden mehr als 70 Prozent, das muss man sich mal vorstellen, des kambodschanischen Regenwaldes abgeholzt. Und ein Ende ist nicht in Sicht. In ganz Südostasien ist dieses Ländereck mit am stärksten von illegaler Abholzung betroffen. Und alle machen mit: Die Holzmafia, Papierhersteller, Möbelproduzenten, die örtliche Polizei, selbst Umweltschutzbehörden oder die jeweilige Armee des Landes – jeder will ein möglichst großes Stück vom immer kleiner werdenden Kuchen abhaben.«[26]

Nathan tauschte kritische Blicke mit seinem Vorgesetzten aus. Auch Remmel war mittlerweile mitgenommen – das konnte man klar und deutlich seiner Miene ablesen. Denn mit solch fatalen Auswirkungen wollte er seine Arbeit eigentlich nicht in Verbindung wissen. So gerne er es an dieser Stelle verdrängt hätte: Dies war unweigerlich der Fall, wie er nun feststellen musste. Die Kervielia Group war über ihre Tochtergesellschaft, die New APP Palm Oil Company, direkt in diese von Menschenhand verursachte Umweltkatastrophe involviert.

Den mitgekommenen Polizeichef schienen die Ausführungen Palars hingegen herzlich wenig zu interessieren. Er hielt mit seinem Fernglas weiterhin akribisch nach den Journalisten Ausschau und blieb in ständigem Funkkontakt mit seinem Team, das im Tal zurückgeblieben war.

»Erzählen Sie uns mehr, solange wir hier warten müssen, bis etwas passiert, Mohammed«, forderte Remmel währenddessen den Indonesier auf. Dieser nickte zustimmend und war sichtlich erfreut, dass sein Fachwissen so gefragt war.

»Hier in Indonesien müssen wir davon ausgehen, dass bereits beinahe 80 Prozent des ehemals existierenden Regenwaldes zerstört wurden. Seit 1990 wurden in meinem Heimatland mehr als 31 Millionen Hektar unberührten Regenwaldes unwiederbringlich vernichtet. Dies entspricht ungefähr der Größe Deutschlands. Im Tagesdurchschnitt läuft das auf circa 23 Quadratkilometer hinaus. Und auf die Stunde heruntergebrochen geht uns eine Fläche von 136 Fußballfeldern verloren. Die Zerstörung erfolgt entweder durch großangelegte Brandrodungen oder maschinell mittels Bagger und Kettensägen. Sie dürfen dabei im Zusammenhang mit der Schaffung von

---

[26] Greenpeace e.V. (2015): „Ausverkauf im Paradies", Hamburg [http://www.greenpeace.de/themen/walder/urwalder/ausverkauf-im-paradies].

Palmölplantagen eines nicht vergessen, und zwar, dass die gewonnenen Agrarflächen nur eine sehr kurze Halbwertszeit aufweisen. Die Humusschicht der Urwaldböden ist in ihrer Ausprägung überaus dünn. Die starke Sonneneinstrahlung hat zur Folge, dass sich besonders schnell Verkrustungen bilden und Bodenerosion eintritt. Die zurückbleibenden, nährstoffarmen Böden sind für land- und forstwirtschaftliche Aktivitäten dann kaum bis gar nicht mehr von Nutzen. Ist dies der Fall, ziehen die Bauern und Plantagenbesitzer einfach weiter und roden die nächsten Urwälder ab. Dies wird so lange so weitergehen, bis es keine Wälder mehr gibt, die man noch abholzen könnte. Anstatt entsprechende Wiederaufforstungsvorschriften einzuhalten, lassen die Bauern oder Palmölplantagenbesitzer oftmals nur eine unfruchtbare Wüste zurück. Und dort, wo Böden für Palmölplantagen oder den Anbau anderer agrarischer Erzeugnisse generell ungeeignet sind, wird das Holz an sich zum Objekt der Begierde.[27]

Es ist ein schier endloser Kreislauf der Zerstörung und des Raubbaus. Der Fokus liegt ausschließlich auf grenzenlosem Wachstum, obwohl die natürlichen Ressourcen ganz offensichtlich nicht unendlich verfügbar sind. Unsere indonesischen Wälder liefern hierfür ein sehr anschauliches und zugleich erschütterndes Beispiel. Und niemand hinterfragt dieses grundsätzliche Geschäftsmodell im Hinblick auf seine Nachhaltigkeit. Weltweit existieren nur mehr sechs große, zusammenhängende Waldgebiete. Dazu zählen die Urwälder Nordamerikas in Alaska und Kanada, das Amazonas-Regenwaldgebiet, die Bergwälder Chiles, die Urwälder Russlands sowie die Regenwälder Zentralafrikas und Indonesiens.[28] Trotz unserer Bemühungen und derer anderer Umweltschutzaktivisten, trotz bestehender internationaler Abkommen und des Eingeständnisses der politischen Klasse in vielen Ländern, dass die Regenwälder fortan geschützt werden müssten, werden jedes Jahr Millionen Hektar für die Landwirtschaft oder

---

[27] Greenpeace e.V. (2015): „Ausverkauf im Paradies", Hamburg [http://www.greenpeace.de/themen/walder/urwalder/ausverkauf-im-paradies].
[28] Planet Wissen (2014): „Brandrodung – Landgewinnung durch Feuer", Stuttgart (u.a): *Westdeutscher Rundfunk (WDR), Südwestrundfunk (SWR) und ARD-alpha* [https://www.planet-wissen.de/natur/naturgewalten/waldbraende/pwiebrandrodunglandgewinnungdurchfeuer100.html].

Holzindustrie freigegeben. Diese Entwicklung ist einfach traurig. Sehr traurig.«

»Was sind die direkten Folgen?«, erkundigte sich Remmel weiter. Nathan war überrascht, dass sein Vorgesetzter ein solches Interesse an der Materie an den Tag legte. Damit hatte er nicht gerechnet.

Palar gefiel sich eindeutig in seiner ihm zugeteilten Expertenrolle. Der Polizeichef hingegen demonstrierte noch immer absolute Gleichgültigkeit und suchte nach wie vor unnachgiebig, fast schon gierig nach dem Journalistenteam.

»Die Konsequenzen sind katastrophal. Für den Menschen, die Fauna und Flora sowie das Klima. Dabei muss man jedoch zwischen lokalen und globalen Auswirkungen differenzieren. Vorrangig verursachen die Brandrodungen vor Ort einen verheerenden Smog, mit schweren gesundheitlichen Folgen für die Menschen der Region. Auf globaler Ebene sind die Auswirkungen im Gegensatz dazu viel weitreichender. Einerseits emittieren die Brände beträchtliche Mengen $CO_2$. Auch aufgrund dieser Emissionen ist Indonesien in die Gruppe der Spitzenreiter der weltweiten $CO_2$-Verursacher aufgestiegen. Andererseits, und dies ist viel essenzieller, stirbt mehr und mehr ein Teil der grünen Lunge unseres Planeten ab. Denn intakte Wälder entnehmen der Atmosphäre große Mengen Kohlendioxid und speichern es in Form von pflanzlicher Biomasse.[29]

Gleichzeitig sind sie neben dem Phytoplankton, das nur in bestimmten Regionen der Weltmeere heimisch ist, der wichtigste weltweite Sauerstoffproduzent. Wir Menschen sind in unserer Naivität und Ignoranz oftmals dazu geneigt zu glauben, dass der Sauerstoff, den wir alle zum Leben brauchen, endlos verfügbar ist. Allerdings entsteht er erst durch äußerst komplexe chemisch-biologische Prozesse. Zerstören wir die Ursprungsquellen des Sauerstoffs, und dies tun wir bereits seit Jahrzehnten schonungslos, arbeiten wir fleißig an unserer eigenen Ausrottung. Eine weitere Problematik ist, dass die umfangreiche Entwässerung von Mooren in Regenwaldgebieten zu einer Entweichung des im Torf gespeicherten Methans führt. Dieses ist um ein Vielfaches klimaschädlicher als $CO_2$, ein Umstand der häufig ignoriert wird, denn im öffentlichen Diskurs

---

[29] Deutschle, Tom (2016): „Die traurigen Folgen der Regenwaldzerstörung", *Faszination Regenwald*, Hamburg [http://www.faszination-regenwald.de/infocenter/zerstoerung/folgen.htm].

beschränkt man sich gerne auf Kohlendioxid als Haupttreibhausgas. Über die Jahrtausende haben sich in Mooren gigantische Mengen Methan angesammelt, die man angesichts der aktuellen Entwicklung wahrlich als tickende Klimazeitbombe bezeichnen kann. Die in Torfböden in Südostasien gespeicherten äquivalenten $CO_2$-Mengen dürften größer sein als sämtliche Emissionen aus fossilen Brennstoffen, die im Laufe der letzten 70 Jahre verfeuert wurden – im globalen Maßstab, versteht sich. Sollte die Zerstörung der letzten Regenwälder mit dem gleichen Tempo voranschreiten, geht der WWF davon aus, dass es bis circa 2025 nichts mehr gibt, was man in diesem Teil der Erde noch abholzen könnte. Es sei denn, die Regierungen vollziehen endlich eine radikale Kehrtwende und verhängen ein Schutzmoratorium für den gesamten noch existierenden Wald. Dies wird sogar grundsätzlich in Betracht gezogen, doch letztlich dann doch wieder verworfen, da stets die potenziell entgehenden Gewinne gegengerechnet werden. Ein Moratorium wäre deshalb wohl nur implementierbar, wenn die internationale Staatengemeinschaft für die entfallenden Einkünfte Kompensationszahlungen an den indonesischen Staat und betroffene Unternehmen leisten würde. Einen vergleichbaren Vorstoß gab es zum Beispiel vom derzeitigen ecuadorianischen Präsidenten Rafael Correa. Dieser hatte im Rahmen seiner Yasuní-ITT-Initiative für sein Land vorgeschlagen, dass die Weltgemeinschaft für die Gewährleistung des fortwährenden Schutzes eines bedeutenden Nationalparks, und den damit einhergehenden Ausfall beträchtlicher Öleinnahmen, finanziell aufkommen sollte.«[30]

»Und wie ist die Lage andernorts auf der Welt?«, bohrte Remmel nach.

Während Palar fortfuhr, kramte Nathan die Landkarte aus seinem Rucksack heraus, die er am heutigen Morgen erstmals studiert hatte, und begann, sie erneut näher zu begutachten. Mit einem Ohr lauschte er parallel Palars Worten: »Nun ja, Mr. Remmel. In anderen Teilen der Welt sieht die Zukunft nicht unbedingt rosiger aus. Die wichtigste Weltregion zur Sicherung des Regenwaldbestandes ist neben Südostasien mit Sicherheit Lateinamerika. Auf globaler Ebene müssen

---

[30] Moncel, Remi (2009): „Ecuador Proposes Leaving Oil Untapped to Protect Forests and People", Washington D.C.: *World Resources Institute* [http://www.wri.org/blog/2009/01/ecuador-proposes-leaving-oil-untapped-protect-forests-and-people].

wir erkennen, dass trotz zahlreicher zivilgesellschaftlicher Initiativen und regionaler sowie internationaler Verträge die Abholzung nicht ab, sondern vielmehr zugenommen hat. Besonders besorgniserregend ist zudem, dass dies mit zunehmender Geschwindigkeit geschieht. Das zeigen unzählige Studien, darunter beispielsweise eine der University of Maryland, die auf der Auswertung umfassender Satellitenbilder basiert. Die größten Nettoverluste verzeichnen wir heutzutage in Lateinamerika. Die Food and Agriculture Organsiation, kurz FAO, beziffert den jährlich verschwindenden Wald dort auf circa vier Millionen Hektar. Brasilien ist weltweit negativer Spitzenreiter, gefolgt von Indonesien, der Demokratischen Republik Kongo, Kolumbien und Venezuela.[31]

Wir fürchten außerdem, dass sich die Abholzung noch weiter beschleunigt. 2016 wird beispielsweise eines der weltweit wichtigsten Moratorien auslaufen. Dieses stellt bis dato mehr als zwei Millionen Hektar tropischen Regenwaldes im brasilianischen Amazonasgebiet unter dauerhaften Schutz. Wenn dieses Moratorium nicht verlängert werden kann, wird der Wald dem Anbau von Soja zum Opfer fallen, das vor allem die Europäer und Amerikaner für ihre Viehzucht als Futtermittel benötigen. Primär die westlichen Industrieländer tragen eine große Mitschuld an der gesamten Misere. Der Flächenverbauch in Lateinamerika, Afrika und Südostasien nimmt auch deswegen konstant zu, weil Europa wie kein anderer Kontinent für seinen Konsum auf fremdes Land und fruchtbaren Boden angewiesen ist. Wie gefräßige Kraken breiten multinationale europäische, genauso wie amerikanische und chinesische Konzerne ihre Tentakel aus. Sie verdrängen subsistenzwirtschaftliche Kleinbauern, um Soja, Zuckerrohr oder Palmöl anbauen zu können. Alleine in Lateinamerika lässt die EU länderübergreifend eine Ackerbaufläche für die Futtermittelgewinnung betreiben, die so groß ist wie ganz England. Die reichen Erdteile leben somit im erheblichen Maß auf Kosten der Armen. Denn diese werden ihrer Nutzflächen beraubt, in ihrer Entwicklung

---

[31] SPIEGEL Online (2015): „Verlorener Regenwald: Satellitenfotos zeigen immer schnellere Abholzung", Hamburg
[http://www.spiegel.de/wissenschaft/natur/satellitenfotos-zeigen-immer-schnellere-regenwald-abholzung-a-1020637.html].

gehemmt und folglich selbst noch ärmer als sie es sowieso schon sind.«[32] [33]

Remmel machte einen mitgenommenen Eindruck, seine Mimik war ausdrucklos, beinahe desillusioniert. Dass er durch seine Arbeit indirekt an solchen Entwicklungen beteiligt war, war ihm mit solcher Klarheit bisher nicht bewusst gewesen. Der aktuelle Auftrag in Indonesien war zwar sein erster im Zusammenhang mit der umfangreichen Abholzung von Regenwäldern. Dennoch durfte das für ihn keine Ausrede sein.

Nachdem Palar sein Fachwissen zum Besten gegeben hatte, welches seine Wirkung wahrlich nicht verfehlte, fügte Nathan fassungslos an, dass laut der Karte, die ihm Palar gegeben hatte, ein Großteil des gerodeten Regenwaldes vor ihren Augen eigentlich unberührt sein müsste. Die Kervielia Group ließ trotz des Fehlens elementarer Genehmigungen jedoch einfach weiter abholzen.

Von der einen auf die andere Sekunde wurden die drei schlagartig in ihrer tiefgründigen Unterhaltung unterbrochen. Der Polizeichef, der bis dato kein Wort gesagt hatte, begann hastig in sein Funkgerät hineinzuplärren und nervös auf- und abzulaufen.

Remmel bat Palar, den Polizeichef zu fragen, was los sei. Dieser fuchtelte wild mit seinem Funkgerät umher und zeigte mit ausgestrecktem Arm nach Nordwesten. Wie aus dem Nichts tauchten in der Ferne zwei weiße Geländewagen auf, die auf einer der vielen Zufahrtsstraßen wie Fremdkörper in der trostlosen Landschaft wirkten. Der Polizeichef vermutete darin das Journalistenteam. Und er sollte recht behalten, wie sich kurz darauf zeigte.

Die Jeeps steuerten geradewegs auf den weiterhin ziellos umherirrenden Orang-Utan zu und kamen schließlich ganz in seiner Nähe zum Stehen. Mehrere Personen stiegen aus, darunter ein Mann, der eine Kamera aus dem Kofferraum des zweiten Wagens hervorholte. Drei von ihnen, ein indonesisch aussehender Mann und zwei Weiße, die alle angesichts der Westen, die sie trugen, einer Tierschutzorga-

---

[32] Klawitter, Nils (2015): „Neuer „Bodenatlas": Landnahme mit katastrophalen Folgen", Hamburg: *SPIEGEL Online* [http://www.spiegel.de/wirtschaft/moderner-kolonialismus-landnahme-mit-katastrophalen-folgen-a-1011754.html].

[33] Welt Online (2015): „Wir sind im Begriff, den Regenwald aufzuessen", Berlin [http://www.welt.de/wissenschaft/umwelt/article141310052/Wir-sind-im-Begriff-den-Regenwald-aufzuessen.html].

nisation angehörten, bewegten sich zielstrebig auf den Affen zu. Erst jetzt konnte Nathan mit seinem Fernglas das Emblem der International Animal Rescue Ltd. auf einem der Wagen ausmachen.

»Das sind die Journalisten, Carl«, ließ er zögerlich seinen Vorgesetzten wissen. Dieser zeigte keinerlei Regung.

Der Polizeichef schien sich dessen ebenfalls sicher. Palar übersetzte für Nathan und Remmel und es wurde schnell klar, dass der Polizeichef längst den Befehl an seine Polizisten gegeben hatte, das Team umgehend dingfest zu machen und etwaig bereits getätigte Videoaufnahmen zu konfiszieren.

Genau in dem Moment, als sich der Polizeichef auf den Rückweg machen wollte, ging Remmel auf ihn zu und sagte mit entschiedener, beinahe aggressiver Stimme: »Warten Sie. Pfeifen Sie Ihre Männer zurück. Wir werden nicht eingreifen. Ich habe hier das letzte Wort, wie Sie ja wissen. Wir haben an diesem Ort bereits genug Schaden angerichtet. Da brauchen wir nicht auch noch Menschen zu bestrafen, die lediglich helfen wollen. Ich werde an CJA übermitteln, dass wir nicht in der Lage waren, das Team ausfindig zu machen und dass die eingeleiteten Gegenmaßnahmen zu spät kamen. Punkt.«

# Fünftes Kapitel: Kreuzzug

### Washington, drei Tage später

»Das ist doch eine einzige Katastrophe!«, schäumte Montgomery Hallheim vor Wut und knallte seine Faust so heftig auf den schweren Holztisch von Pierce Tartaris, dass alle anderen Personen, die sich in dessen Büro im Kapitol eingefunden hatten, vor Schreck zusammenzuckten.

Gordon Kaleval, Bill Charon und Tartaris' Assistent Meyer hatten seit geraumer Zeit kein Wort gesagt. Hallheim polterte ohne Gnade darauf los und schimpfte alles und jeden in Grund und Boden. Ob zu Recht oder nicht, das spielte für ihn zu diesem Zeitpunkt keine Rolle. Seine pochende Halsschlagader zeichnete sich mit jeder Minute stärker ab, so in Rage war er hinsichtlich der Nachrichten, die ihn heute beim Frühstück erreicht und bis ins tiefste Mark getroffen hatten.

»Wofür haben wir euch eigentlich um Hilfe gebeten, Bill? Kannst du mir das bitte verraten?«

Charon war gerade im Begriff, etwas zu erwidern, als ihm Hallheim just forsch ins Wort fiel: »Jaja, ich kenne das Gerede und die Ausreden. Verschone mich bitte damit. Es ist ja nicht nur so, dass das Journalistenpack in aller Seelenruhe einen mehrstündigen Film drehen konnte, der in naher Zukunft ausgestrahlt werden wird. Nein, alleine die erste Berichterstattung auf deren Homepage und sozialen Netzwerken bringt das Fass zum Überlaufen, meine Herren. Speziell der Eintrag auf Facebook über Kervielias ach so asoziale Geschäftspraktiken in Indonesien, untermalt mit dem Foto eines halb verhungerten, geretteten Orang-Utans, wurde bereits über 300000 Mal geteilt. Seit heute Morgen glühen unsere Telefonleitungen. Das Haus brennt lichterloh! Das ist ein absolutes PR-Desaster, Bill!«

Nach der Wutrede herrschte unter allen Anwesenden betretenes Schweigen. »Monty«, sagte Charon mit sichtlich verunsicherter Stimme – im tiefsten Inneren wusste er, dass seinen Freund keine Erklärung besänftigen würde, dennoch wollte er es nicht unversucht lassen: »Unsere Leute vor Ort haben alles Menschenmögliche unternommen, um das Team ausfindig zu machen und an seiner Arbeit zu hindern. Alle Geschäftstermine liefen einwandfrei und sämtliche unserer politischen Kontakte wurden erfolgreich aktiviert. Allerdings waren die Journalisten zu keinem Zeitpunkt in einem Hotel oder sonst irgendwo registriert. Sie kamen und waren sofort wieder verschwunden. Wenn selbst die lokalen Polizeibehörden keine Spur finden konnten, wie hätten das unsere Leute dann in der Kürze der Zeit hinbekommen sollen?«

Charon kannte Hallheim eine halbe Ewigkeit. Er wusste, wie er tickte. Und er wusste vor allen Dingen, dass man ihm Kontra geben musste – unabhängig davon, ob er nun Recht hatte oder nicht. Ansonsten war man nicht nur erledigt und in seinen Augen jeglichen Respekts unwürdig, sondern wurde im übertragenen Sinne bei lebendigem Leibe von ihm gefressen.

Eine erneute Schweigephase folgte. Niemand wusste in diesem Moment etwas Sinnvolles einzuwerfen.

Hallheim schäumte immer noch vor Wut, als sein Geschäftspartner Gordon Kaleval das Wort ergriff: »So weit, so gut. Es ist wie es ist. Wir können das Geschehene nicht mehr rückgängig machen. Was wir jetzt brauchen, ist eine Strategie, die verhindert, dass unsere langfristigen Planungsziele von Dritten gefährdet werden. Fakt ist, die Sache mit Indonesien ist sehr unangenehm für uns. Aber eine speziell hierauf abgestimmte, umfassende Greenwashing-Kampagne unter Federführung von CJA wird sicherlich Abhilfe schaffen. Habe ich nicht Recht, Bill?«

Während Kaleval diesen Vorschlag formulierte, durchbohrte sein Blick mit Nachdruck den ihm gegenüber sitzenden Bill Charon. Dieser begann erst nach einigen Sekunden zögerlich zu nicken.

»Als deutlich gefährlicher stellt sich aktuell die Situation mit Leonrod Hudson dar«, fuhr Tartaris daraufhin fort. »Der Plan von Schulz, den Interpolhauptkommissar aus dem Weg zu räumen, ging nach hinten los. Unsere Partner beim kolumbianischen Geheimdienst waren in der Lage, ihn auf Basis fabrizierter Anschuldigungen nur für 48 Stunden in Bogotá festzusetzen und seinen Laptop zu konfiszieren. Das Ganze hatte schwerwiegende diplomatische Verstimmungen zur Folge, da sich nicht nur Interpol, sondern auch die britische Regierung eingeschaltet hat. Laut dem Verhör eines jungen Arbeiters aus La Guajira Nueva, der Hudson geholfen hatte, konnte dieser wohl erdrückende Beweise von dramatischer Tragweite sicherstellen. Der Verräter hatte Hudson sogar das Massengrab gezeigt. Sie wissen ja alle, wovon ich rede. Ob Hudson nach wie vor in

Besitz dieser Beweise oder eventuell noch weiterer ist, konnten unsere Leute nicht zweifelsfrei klären. Schulz vermochte letzten Endes nicht alles aus dem Jungen herausprügeln zu lassen.«

»Was ist mit dem Jungen? Er scheint ja ein wichtiger Hauptbelastungszeuge gegen uns zu sein.« Hallheims Stimme klang außerordentlich besorgt.

»Er ist tot. Mehr brauchen Sie nicht zu wissen«, fügte Meyer wie immer in sehr nüchternem und trockenem Ton an.

»Nun gut. Hudson ist vor einem Tag nach London zurückgekehrt. Wir müssen uns diesbezüglich eine neue Strategie überlegen – so schnell wie möglich«, konstatierte Hallheim weiter.

»Und was ist mit Bleriott?«, merkte Tartaris an.
Niemand reagierte.

»Was ist mit Bleriott?«, erneuerte der Senator aus Michigan seine Frage. Dieses Mal jedoch spürbar ungehaltener.

»Meyer, Sie waren bisher für die Überwachung dieser Umweltschnepfe verantwortlich. Wie lautet der Statusbericht?«, fragte ihn Kaleval gereizt. Bevor dieser etwas erwiderte, blickte er einmal in die Runde.

»Dr. Bleriott stürzte sich nach dem Tod ihres Mentors Scolvus in ihre Arbeit. Die Überwachungsprotokolle ihres Handys sowie ihres Arbeitscomputers und Privatlaptops belegen keinerlei ungewöhnliche Kommunikationshandlungen. Sie ist seitdem weder in der Öffentlichkeit aufgetreten noch hat sie den direkten Kontakt zu Journalisten beziehungsweise Medienvertretern gesucht. Wäre sie im Besitz von für uns kompromittierenden Daten und Dokumenten, so wären diese wohl schon längst über diverse Kanäle an die Öffentlichkeit gelangt. Aktuell kann ich nur bestätigen, dass sie das Land heute Morgen in Richtung London verlassen hat. Ob London ihre endgültige Destination ist oder sie weiterreisen wird, können wir zum gegenwärtigen Zeitpunkt nicht sagen.«

»Wird sie rund um die Uhr beschattet?«, bohrte Hallheim nach.

»Wenn Sie sich auf eine personenbezogene Überwachung beziehen, Mr. Hallheim, dann muss ich das verneinen. Mit anfänglichen Ausnahmen erfolgte ausschließlich eine allumfassende kommunikationsbasierte Observation des Zielobjekts durch unsere Leute bei der NSA«, fuhr Meyer sachlich fort.

»Das soll also bedeuten, dass wir in den letzten Wochen niemanden vor Ort hatten, hätte sie sich in der Mittags- oder Pinkelpause mit jemandem getroffen?«, resümierte Hallheim wütend.

»Das ist korrekt. Für eine vollständige Personenüberwachung nach dem Vorfall in Sacramento fehlte die Autorisierung«, konterte Meyer. Er wurde nervös, als er sah, dass Hallheim tief Luft holen musste. Er kannte ihn nur zu gut. Man wusste nie, was man von ihm und Kaleval zu erwarten hatte, wenn etwas nicht nach ihrem Willen lief. Insbesondere Hallheim neigte oft zu cholerischen Anfällen. Es kursierte das Gerücht, dass er im Zuge eines Wutausbruchs infolge eines gescheiterten Deals den Überbringer der Nachricht einmal mit einem Baseballschläger übel zugerichtet und nach einem Telefonat die Katze seiner Ehefrau aus dem 25. Stock des New Yorker Büros geworfen hatte. Vielleicht waren diese Geschichten übertrieben, sie trugen aber mit Sicherheit einen Funken Wahrheit in sich, das wusste auch Meyer.

»Diese Störfeuer müssen endlich aufhören, meine Herren!« Während Charon das sagte, tasteten seine Augen vorsichtig jede einzelne Person im Raum ab. »Nach dem Fall Heyessen hatten ja sowohl wir bei CJA als auch Kervielia die Sicherheitsvorkehrungen massiv verschärft. Belastende Dokumente wurden entweder vernichtet oder unter höchster Geheimhaltung umgelagert. Die entsprechenden Räumlichkeiten sind nur noch zehn ausgewählten Personen mit Fingerabdruck und Augenscan bei gleichzeitiger Eingabe eines Autorisierungscodes zugänglich. Hoch entwickelte, versteckte Trojaner scannen jeden Mitarbeiteraccount bis in den letzten Winkel. Dementsprechend werden die IT-Sicherheitsabteilungen sofort informiert, sobald eine Person für sie unbefugte Dokumente abruft und diese auf einen USB-Stick oder sonstiges Speichergerät lädt. So konnten wir das Risiko eines erneuten Whistleblows erheblich eindämmen.

Doch machen wir uns nichts vor: Es gibt eine Vielzahl von Menschen und Akteuren da draußen, die uns für unsere Arbeit hassen. Das ist die Realität. Wir haben aber wichtigere, strategische Ziele als die Reputation unseres Hauses angesichts der anstehenden Wahlen, die unsere omnipräsente Aufmerksamkeit verlangen. Für die US-Vorwahlen müssen wir unseren Präsidentschaftskandidaten erst wappnen. Jegliche negative Publicity, die David H. Philipps, unseren allseits hochgeschätzten Kandidaten, sei es mit Praktiken von CJA oder Kervielia in Verbindung bringen könnte, muss von nun an unter allen Umständen, ich wiederhole, unter allen Umständen, unterbunden werden.

Bis zur kommenden Präsidentschaftswahl ist es nicht mehr lange hin. Unsere Vision lässt sich nur verwirklichen, wenn wir uns alle an den ausgewiesenen Plan halten, der uns den Weg ins Weiße Haus ebnen wird. Dazu tragen die Hightech-Konzerne und eine große Zahl an US-Senatoren und Kongressabgeordneten bereits ihren Teil bei. Wir müssen ebenso endlich liefern. Bleriott und Hudson haben deshalb fortan höchste Priorität. Ich möchte, und da spreche ich im Namen aller Beteiligten, das Problem binnen sieben Tagen beseitigt wissen. Samuel Wisser von Blue Horizon und andere CEOs haben heute Morgen in einer Telefonkonferenz mir ihr Unbehagen betreffend des, naja, sagen wir mal unzureichenden Krisenmanagements geäußert. Unser Präsidentschaftskandidat Philipps schlug in die gleiche Kerbe. Beide wollten eigentlich heute anwesend sein, doch wichtige Geschäftstermine in Europa verhinderten ihre Teilnahme an unserem Treffen. Samuel ist morgen von der deutschen Bundeskanzlerin Merkel zum Brunch in das Kanzleramt eingeladen. Philipps tourt derweil seit zwei Tagen durch Großbritannien, um sich einen Namen zu machen und auf internationaler Ebene in Stellung zu bringen. Es liegt also an uns, meine Herren.«

»Vor allem Samuel Wisser soll sich mal nicht so aufplustern«, platze es aus Tartaris heraus. »Wir, zusammen mit wenigen weiteren Senatoren, tragen hier das größte Risiko in unserer strategischen Partnerschaft. Uns alle eint nur der Wunsch nach einer neuen Form der Demokratie, die endlich die Grundidee des totalen Kapitalismus umzusetzen versucht. Wir alle teilen die Meinung, dass es in den USA einerseits zu viele Restriktionen des kapitalistischen Unternehmertums von Seiten des Staates und andererseits eine zu geringe Bereitschaft gibt, dieses System in den Rest der Welt zu exportieren. Die Hightech-Branche und uns verbindet, dass zentrale Geschäftspraktiken, die uns noch erfolgreicher machen könnten, in westlichen Demokratien, einschließlich der USA, nun einmal illegal sind. Wir müssen uns an diesen Gemeinsamkeiten und unserer gemeinsamen Bande orientieren, das sind die alles entscheidenden Faktoren. Dann ist alles möglich.«

Er sagte dies mit solcher Inbrunst und Überzeugung, dass alle anderen mit einstimmen mussten. Es war an der Zeit, das verstaubte Washingtoner Establishment aufzumischen und ihr eigenes Weltbild mit aller Gewalt durchzusetzen. Zu lange waren alle Beteiligten dazu gezwungen gewesen, ausschließlich als Bittsteller vorstellig zu werden, egal ob bei den Republikanern oder Demokraten. Viele radikale, neue Ideen würden sie nur dann realisieren können, wenn sie selbst in Washington die Fäden in ihren Händen hielten. Die Zeit war reif für einen neuen Kreuzzug. Einen Kreuzzug gegen Washington, gegen die Republikaner, gegen die Demokraten, gegen das altgediente System, gegen Maven Bleriott und gegen Hudson. Nichts und niemand sollte sie aufhalten.

\*\*\*

### London, 24 Stunden später

»Der Kampf gegen Kervielia, Virgin Materials und all die anderen Konsortien kommt einem Kreuzzug gegen das Böse gleich! Verstehst du das nicht? Es geht um viel mehr, als nur um den Tod deines Vaters.«

Manchmal überkam Dr. Bleriott der Eindruck, dass Julius Heyessen den Ernst der Lage nicht begriff. Es ging nicht nur darum, die Mörder seines Vaters zur Rechenschaft zu ziehen. Ihr Engagement war vielmehr Teil eines größeren Ganzen, das viel weitreichendere Konsequenzen hatte.

Dr. Bleriott und Heyessen waren heute jeweils getrennt voneinander in London angekommen. Julius war von der Schweiz aus angereist. Sie selbst hatte einen Direktflug von Boston aus genommen. Der Grund, weshalb sie sich in London eingefunden hatten, war denkbar einfach: Am Vortag hatte sie endlich einen Termin mit Leonrod Hudson, dem Hauptkommissar und Abteilungsleiter für Umweltverbrechen bei Interpol, vereinbaren können. Dank ihrer Recherchen wusste sie, dass er vornehmlich in Lyon tätig war. Interpol verfügte mit der National Crime Agency (NCA) allerdings über eine Zweigstelle in London. Über einen Kontakt bei der NCA hatte sie kürzlich erfahren, dass Hudson in den kommenden Tagen in der britischen Hauptstadt verweilen würde. Dr. Bleriott und Hudson hatten sich über William Scolvus im vergangenen Juli in den USA bereits kurz kennengelernt gehabt. Damals hatte er ihr zum Abschluss des ersten Konferenzabends seine Visitenkarte zugesteckt, doch sie hätte es sich nicht träumen lassen, dass sie diese tatsächlich einmal brauchen würde. Als sie dann die geheimnisumwobenen Notizen von George Heyessen in ihren Händen gehalten und am Ende des Briefes die Initialen LH erblickt hatte, hatte sie auf der Stelle realisiert, dass damit Hudson gemeint sein musste. Die Zahlenkombination, die auf die Initialen folgte, entsprach seiner direkten Telefondurchwahl für das Londoner Büro, der Schwere halber von hinten gelesen und ohne die Null am Anfang. Das zweite L stand für London, GB war dementsprechend selbsterklärend.

Trotz mehrmaliger Anrufe in Hudsons Büro war sie über Tage hinweg immer wieder von der Verwaltung abgewimmelt oder hingehalten worden. Anfänglich war er in einem Meeting, anschließend wiederum zu Mittag. Es hatte einem Katz- und Mausspiel geglichen. Erst wenige Stunden vor ihrem Abflug war es ihr schließlich gelungen, Hudson persönlich zu sprechen. Dieser hatte auf die hinterlassenen Nachrichten reagiert und sie auf dem alten Handy, das sie von ihrem Doktorvater in Kalifornien erhalten hatte, zurückgerufen. Sie wechselten nur ein paar Sätze, woraufhin Hudson unmittelbar eine Einladung nach London aussprach. Im Verlauf des Telefonats hatte Hudson ihr gegenüber nur beiläufig erwähnt, dass er einen komplizierten Auslandseinsatz hinter sich hatte und deshalb für einige Zeit nicht erreichbar gewesen war. In dem Gespräch hatte Dr. Bleriott wiederum nur angedeutet, weshalb das Treffen für sie so dringend war. Dennoch hatten die dürftigen Details, die sie Hudson offenbarte, sofort seine Neugierde geweckt. Ohne mit der Wimper zu zucken, hatte sie den erstbesten Direktflug nach London gebucht und umgehend Julius Heyessen von ihren Reiseplänen in Kenntnis gesetzt.

Sie hatte kurz ernsthaft in Betracht gezogen, Joseph Eris darüber zu informieren, was es mit ihrer überstürzten Abreise auf sich hatte. Nach reifer Überlegung hatte sie sich letzten Endes dagegen entschieden. Er war ihr nach dem Tod ihres Doktorvaters eine wichtige Stütze gewesen, aber hätte womöglich darauf bestanden, sie nach London zu begleiten. Und das wollte sie nicht. Sie würde ihn nach ihrer Rückkehr in die USA jedoch in alles einweihen. Das hatte sie sich fest vorgenommen.

Julius Heyessen hatte ebenfalls alles stehen und liegen gelassen und war am heutigen Morgen nach Großbritannien aufgebrochen. Am Haupteingang des zentral gelegenen Hauptbahnhofs King's Cross St. Pancras hatten sich beide verabredet und nahmen von dort aus eiligst ein Taxi zur Adresse der NCA. Der Termin mit Hudson war für 16 Uhr angesetzt. Ursprünglich wollte Dr. Bleriott zuerst in ihr Hotel und sich ausruhen, da sie der Jetlag überraschend stark mitnahm. Das Zeitfenster zum Handeln war allerdings sehr klein. *Schlafen kann ich auch, wenn ich tot bin*, sagte sie sich ein ums andere Mal und kämpfte mit viel Kaffee und Bewegung gegen die Müdigkeit an.

Die Taxifahrt in die Tinworth Street dauerte knapp 20 Minuten, was im Hinblick auf den Londoner Stadtverkehr, vor allem zu dieser Tageszeit, überaus zügig war. Sie waren kaum im Stau gestanden und kamen somit pünktlich an. Dann mussten sie wider Erwarten eine geschlagene Dreiviertelstunde auf Hudson warten. Gerade bei Dr. Bleriott sorgte die Warterei zunehmend für eine hohe innerliche Anspannung. Der Termin mit Hudson war von essenzieller Bedeutung und würde dem Lauf der Dinge möglicherweise eine völlig neue Wendung geben. Jede weitere Minute, die verging, strapazierte ihre Nerven darum nur noch mehr, so dass sie mehrmals aus ihrem Stuhl aufsprang und den Gang vor Hudsons Büro schnellen Schrittes auf- und ablief. »Setz dich bitte wieder hin und beruhige dich, Maven. Du machst mich nervöser, als ich es ohnehin schon bin«, forderte Julius Heyessen seine Begleiterin wiederholt auf.

Schließlich kam der Interpolagent endlich um die Ecke gebogen. Als er seine Gäste abholte und in sein Büro lotste, fiel Dr. Bleriott sofort auf, wie strapaziert dessen Gesichtszüge waren. Man sah Hudson unweigerlich an, dass er unter hohem psychischen und emotionalen Druck stand.

»Dr. Bleriott, Mr. Heyessen. Danke, dass Sie so kurzfristig kommen konnten. Verzeihen Sie, dass ich die letzten Tage nicht erreichbar war, doch bei Interpol haben sich die Ereignisse sprichwörtlich überschlagen. Ich glaube, dass das, was Sie mir nun mitteilen werden, wahrscheinlich in direktem Zusammenhang mit den jüngsten Geschehnissen in Kolumbien stehen könnte. Was kann ich für Sie tun?«

Während er sprach, ließ sich Hudson kraftlos in seinen schwarzen Ledersessel plumpsen und lehnte sich erschöpft zurück. Er erwartete augenscheinlich, dass einer seiner beiden Gäste das Wort ergreifen würde.

Es vergingen etliche Sekunden, ohne dass jemand etwas sagte. Dr. Bleriott und Heyessen waren unentschlossen. Sie wussten nicht, was sie Hudson anvertrauen sollten. Diesem blieb das Misstrauen nicht verborgen.

»Verzeihen Sie bitte, wenn ich das sage, aber Sie haben sich an mich gewandt und nicht umgekehrt! Könnte es sein, dass Ihr Besuch in irgendeiner Form mit der Kervielia Group in Verbindung steht?«

Hudson wusste, dass er ins Schwarze getroffen hatte. Jemand musste schließlich den ersten Schritt wagen und die verbotenen Worte aussprechen.

»Ja, Mr. Hudson«, erwiderte Julius Heyessen zögerlich. Seine Stimme klang leicht zittrig. »Ich habe dank einiger Notizen meines Vaters, die ich nach seinem Tod in seinem Haus in der Schweiz gefunden habe, einen wichtigen Anhaltspunkt über den Verbleib belastender Kervielia-Dokumente gefunden, die mein Vater im Rahmen seiner Tätigkeit für den Konzern illegal entwendet hatte.«

Als er dies aussprach, merkte er zu seiner eigenen Zufriedenheit, dass er sich von nun an Hudsons uneingeschränkter Aufmerksamkeit sicher sein konnte. Dieser wirkte auf ihn wie ausgewechselt. Die Nachricht schien Hudsons Körper neues Leben eingehaucht zu haben und verschaffte ihm einen regelrechten Energieschub. Hudson beugte sich nach vorne und schaute seinem Gegenüber fest in die Augen: »Also war Ihr Vater am Ende doch erfolgreich?«

»Scheinbar ja. William Scolvus hatte mit meinem Vater den Plan ausgeheckt, entscheidende Beweise für massive Umweltvergehen und Menschenrechtsverletzungen der Kervielia Group zusammenzutragen, aber schlussendlich wusste der Professor nichts über deren genauen Verbleib.«

Bevor Julius Heyessen mit seinen Ausführungen fortfuhr, suchte er nochmals den Blick seiner Begleiterin. Mit einer aufmunternden Geste signalisierte sie ihm, weiterzuerzählen: »Jedenfalls hat mein Vater in einem der Briefe, den ich in seinem Haus gefunden habe, dargelegt, wie er an die Informationen gelangt war und dass er diese sichern konnte. Auf Basis dieser Tatsache lässt sich in meinen Augen ohne jeglichen Zweifel eine Verbindung zwischen Kervielia und seinem Tod herstellen. Irgendwie muss sein damaliger Arbeitgeber von dem Datenklau Wind bekommen haben. Ich vermute, dass sie seinen Arbeitsplatz und seine Kommunikation intensiv überwacht hatten. Mein Vater hat jedoch mittels eines kryptischen Gedichts, das ich in seinem durchwühlten Arbeitszimmer gefunden habe, Hinweise auf den Aufenthaltsort der von ihm gestohlenen Dokumente hinterlassen. Dessen bin ich mir sicher. Das heißt, wir sind uns sicher.«

Nachdem sich Heyessen korrigiert hatte, deutete er abwechselnd auf Dr. Bleriott und sich selbst.

»Mittels eines Gedichts?«, hakte Hudson sichtlich irritiert nach.

»Ja, zusammen mit einem kleinen Schlüssel, der womöglich für ein Schließfach gedacht ist, befand sich das einseitige Gedicht in einer Art Geheimfach. Wissen Sie, mein Vater war ein überaus vorsichtiger Mensch. Für den Fall, dass jemand vor mir die Schachtel mit den darin befindlichen Hinweisen entdeckt hätte, wollte mein Vater sicherstellen, dass diese fremde Person nicht sofort herausbekommen würde, was es sowohl mit dem Gedicht als auch mit dem Schlüssel auf sich hat.«

»Haben Sie beides dabei?«, erkundigte sich Hudson weiter und zog seine linke Augenbraue fragend nach oben.

Heyessen suchte erneut die Reaktion seiner Begleiterin. Diese nickte ihm zu.

»Ja, warten Sie einen Moment.« Er durchwühlte aufgeregt seine mitgebrachte Tasche, nur um kurz darauf eine Schachtel sowie das einseitig beschriebene Papier hervorzuholen und beides an Hudson weiterzureichen. Dieser zögerte keine Sekunde und griff eilig nach den Gegenständen. Er begutachtete zunächst den Schlüssel und fing dann an, das Gedicht laut vorzulesen. Während er dies tat, schweiften seine vor Neugierde funkelnden Augen andauernd zum Schlüssel ab, den er immer wieder ungläubig anstarrte.

»Können Sie sich einen Reim auf das poetische Werk Ihres Vaters machen? Ich meine, wieso denn so kompliziert? Ihr Vater hätte die Dokumente ja auch einfach in dem Geheimfach in seinem Haus einlagern können. In diesem Fall müssten wir nun nicht mühsam danach suchen«, fragte er Julius Heyessen, ohne ihn dabei direkt anzuschauen. »Mal abgesehen davon, handelt es sich nicht unbedingt um das literarisch feinsinnigste Gedicht, das ich je gelesen habe!« Ein verschmitztes Lächeln huschte in der Folge über sein Gesicht.

»Da haben Sie schon Recht. Ich kann mir auch nicht genau erklären, weshalb mein Vater diesen Weg gewählt hat. Wahrscheinlich war ihm das Risiko schlichtweg zu groß, die Unterlagen in den eigenen vier Wänden einzulagern. Sie müssen wissen, dass es für eine sehr lange Zeit nicht gut um unser Verhältnis gestanden hat. Ich hatte oftmals das Gefühl, meinen Vater nie wirklich zu kennen. Doch unabhängig davon: Dass wir Sie hier in London treffen wollten, hat einen guten Grund. Wir sind fest davon überzeugt, dass der Schlüssel zu einen Schließfach gehört, das sich irgendwo in der Stadt befinden muss!«

Hudson konnte seine Überraschung kaum verbergen. »Sind Sie sich da ganz sicher?«, hakte er weiter nach.

»Naja, zumindest relativ sicher. In dem Gedicht meines Vaters ist von der nördlichsten Stadt der Römer die Rede. Betrachtet man die größte Ausdehnung des römischen Reiches, so liegt die Vermutung nahe, dass es sich um eine Stadt oder einen Ort im heutigen Großbritannien handeln muss. London wurde ursprünglich unter dem Namen Londinium von den Römern gegründet. Alles, was wiederum nördlich des frühen Londiniums lag, also an den erst später entstandenen Hadrianswall heranreichte, entsprach zur damaligen Zeit, bis auf die eine oder andere Ausnahme, eher Siedlungen als Städten. Und mein Vater liebte London. Meines Wissens hatte er zeit seines Lebens nie einen englischen Ort außerhalb der britischen Hauptstadt besucht gehabt. Nun ja, und als ich heute am Londoner Bahnhof King's Cross St. Pancras ankam, fiel ich aus allen Wolken, als mir der Gedanke durch den Kopf schoss, dass mit »wo des Königs Kreuz den Heilig hat« eventuell dieser Bahnhof gemeint sein könnte. Wie an jedem Bahnhof, gibt es auch dort zahlreiche Schließfächer. Wir besitzen ja noch diesen Schlüssel, der über eine Kennung verfügt, mittels derer wir mit ein wenig Glück die Schließfachnummer zurückverfolgen können. Doch sollte das Schließfach überdies mit einer Zahlenkombination gesichert sein – wovon auszugehen ist – fehlt uns diese leider.«

»Hmm, also falls das alles so stimmt, vermute ich, dass Ihr Vater diese Kombination geschickt in dem Gedicht versteckt hat. Der letzte Teil spielt möglicherweise darauf an. Diese Zeilen müssen wir dekodieren«, spann Hudson seine Gedanken weiter. »Des Platon Nomoi Werk dir wird zeigen, daß Zahl und Wort einand nicht schweigen, ob der Lösung Freund im Titel liegt«, zitierte der Interpolagent mehrmals hintereinander die entsprechende Passage.

»Nomoi ist ein Spätwerk von Platon. Falls die Lösung im Titel enthalten sein sollte, muss Nomoi für etwas stehen. Was ist, wenn wir uns am lateinischen Alphabet orientieren und die Buchstaben aller Wahrscheinlichkeit nach für Zahlen stehen?«, fragte Hudson mit aufgeregter Stimme in die Runde. »Im lateinischen Alphabet steht N an 14. Stelle, O an 15., M an 13. und I an 9. Gemäß der Buchstabenreihenfolge ergibt sich somit die Zahlenkombination 141513 159.«

Es vergingen erneut einige Sekunden angespannter Stille. Keiner der drei Anwesenden vermochte ein Wort zu sagen. *Waren sie der Lösung nun entscheidend näher gekommen?* Heyessen dachte zwangsweise darüber nach, welche Folgen dies für ihn haben würde. *Wir müssen die Mörder meines Vaters finden. Ich bete zu Gott, dass wir hier richtig liegen.*

Dann fuhr Hudson wieder fort: »Wenn wir mittels der bisher vorhandenen Informationen das Schließfach in London ausfindig machen und in Besitz der belastenden Dokumente gelangen würden – sofern diese tatsächlich existieren – wäre dies ein Meilenstein für Interpols polizeiliche Arbeit. Das zusätzliche Beweismaterial könnte es mir ermöglichen, die bis dato nur bruchstückhaft vorliegenden Einzelteile zu einem großen Ganzen zusammenzufügen. Sind Sie sich dessen im Klaren?«

Er legte eine klug gewählte Pause ein, um seinen Worten Nachdruck zu verleihen. Währenddessen fixierte er mit starrem Blick abwechselnd Dr. Bleriott und Julius Heyessen. Er konnte nicht klar umreißen, was den beiden gerade durch den Kopf gehen musste.

Er ballte unbewusst seine Hände zu Fäusten. *Würden heute mein Kervielia-Trauma, all die Entbehrungen und Jahre harter Arbeit sowie die mich täglich plagenden Zweifel endlich zu einem positiven Abschluss kommen? Fokussiere dich auf das Wesentliche, Leon, du warst noch nie so nah an deinem Ziel!*, sinnierte er und sprach sich selbst Mut zu.

»Mr. Hudson«, wandte sich Dr. Bleriott an den Interpolhauptkommissar und riss ihn aus seinen Geistesblitzen: »Wie dürfen wir

Ihre letzten Aussagen verstehen? Wir haben Ihnen einen außerordentlich großen Vertrauensvorschuss entgegengebracht. Im Gegenzug stehen Sie in der Pflicht, uns an Ihrem Wissen teilhaben zu lassen. Zudem sind wir mit unserem Vorstoß ein sehr hohes Risiko eingegangen. Deshalb wäre ein gewisses Maß an Entgegenkommen äußerst wünschenswert.«

Wie Pfeile durchbohrten ihre und Heyessens Blicke Hudson, ihren einzig verbliebenen Verbündeten. Dieser registrierte ihre Erwartungshaltung und hatte sich umgehend eingestehen müssen, dass vor allem Dr. Bleriott Anspruch auf eine Erklärung für seine getätigten Aussagen sowie sein Verhalten hatte. Er kam der Bitte schließlich nach, denn auch er war in ganz besonderem Maße auf die Kooperation mit beiden angewiesen.

»Sie konnten mich zuletzt einige Tage lang nicht erreichen, da ich insbesondere meinen Einsatz in Kolumbien unfreiwillig – um es mal vorsichtig auszudrücken – um zwei Tage verlängern musste.«

Als Hudson dies sagte, spürte er, dass die Neugier seiner Gegenüber angesichts dessen, was nun folgen möge, ins schier Unermessliche stieg. Er wollte sie nicht länger auf die Folter spannen, doch er wählte seine Worte mit Bedacht, da seine Ausführungen eigentlich der allgemeinen Schweigepflicht unterlagen. Eine Informationsoffenlegung gegenüber Dritten, besonders bei schwebenden Verfahren, konnte ihn den Job kosten. Und in genau dieser Zwangslage befand er sich zu diesem Zeitpunkt.

»Meiner Abteilung wurde auf Initiative des Internationalen Strafgerichtshofs eine Untersuchung zugewiesen, zu deren Zweck ich nach Kolumbien, respektive La Guajira Nueva, reisen musste. Mein Team bestand einschließlich meiner Wenigkeit aus sieben Personen, darunter drei Zivilisten. Wir sollten der tödlichen Revolte in der Mine La Guajira Nueva, von der Sie vermutlich in den Medien Notiz genommen haben, auf den Grund gehen. Unser Auftrag bestand darin, vor Ort zu klären, ob Kervielias Tochtergesellschaft, Carbacal, als Minenbetreiber fahrlässiges Verhalten oder sogar eine vollständige Verantwortung für die Ereignisse nachzuweisen sein würde.«

Die Mimik von Dr. Bleriott und Heyessen ließen den Interpolhauptkommissar zu dem Schluss kommen, dass sie ohne Zweifel wussten, wovon er gerade sprach. Dies veranlasste ihn dazu, die Geschehnisse zu komprimieren und in einer Kurzfassung wiederzugeben. In ruhigem Ton fuhr er fort: »Mein Team und ich gelangten während unseres beinahe dreitägigen Aufenthalts in La Guajira Nueva in den Besitz belastender Materialien, die eine externe Planung sowie Autorisierung der tödlichen Niederschlagung der Revolte in den Dörfern zumindest realistisch erscheinen lassen. Die entsprechenden Videodateien und Fotoaufnahmen werden seit heute Morgen von Interpols Fachabteilungen im Detail begutachtet und ausgewertet. Als sich mein Team und ich auf den Rückweg nach Bogotá machten, gerieten wir in einen Hinterhalt. Inoffiziell kann ich hierbei bestätigen, dass es sich bei den Angreifern, die nur dank des Eingreifens des kolumbianischen Militärs getötet werden konnten, um Angestellte von Carbacal Industries handelte. Demzufolge war es offensichtlich, dass meine gesicherten Beweise von großem Wert gewesen sein mussten. Leider verloren bei dem hinterhältigen Angriff fast alle meine Teammitglieder ihr Leben. Nach der Rettung wurde ich direkt in die Hauptstadt ausgeflogen. Dort wurde ich jedoch bereits von Vertretern des kolumbianischen Inlandsgeheimdienstes DAS erwartet. Unter Vorgabe staatsgefährdenden Verhaltens wurden mein Kollege und ich daraufhin in Vorsorgehaft genommen und unsere mitgebrachten Dokumente sowie Unterlagen beschlagnahmt. Zum Glück hatten sie den in meiner Arschritze versteckten USB-Stick nicht entdeckt, so dass ich nicht mit ganz leeren Händen nach Europa zurückgekehrt bin.«

Hudson schnaufte einmal durch, da ihn seine Gäste in Anbetracht der soeben getätigten Aussagen ungläubig anstarrten. »Ja, ich weiß, es klingt ein wenig absurd. Aber nur so habe ich meine Beweise sichern können. Wie dem auch sei. Meine Verhaftung hatte enorme diplomatische Zerwürfnisse zur Folge. Nach 48 Stunden durfte ich das Land auf Druck Interpols, des Internationalen Strafgerichtshofs und der britischen Regierung dann endlich verlassen. Und gleich nach meiner Rückkehr war bei Interpol die Hölle los. Verzeihen Sie daher bitte das lange Warten.«

Wieder studierte Hudson aufmerksam die Reaktionen von Dr. Bleriott und Heyessen. Deren Gestik stimmte ihn positiv und er interpretierte sie so, dass sie verstanden hatten, worum es im Kern ging und was alles auf dem Spiel stand.

»Mittels Ihrer Hilfe sind wir jetzt dazu imstande, etwas Historisches zu erreichen. Ich hoffe, Sie sind sich darüber im Klaren«, fuhr

Hudson eindringlich fort und kratzte sich dabei an seiner rechten Schläfe. »Kervielia steht schon seit Ewigkeiten ganz oben auf Interpols Priortitätenliste, da das multinationale Unternehmen sowohl seinen Handlungsradius als auch seine Geschäftsfelder über die Jahre mehr und mehr ausgedehnt hat. Unsere Ermittlungen verliefen allerdings stets im Sande, entweder aufgrund mangelnder Beweislast oder diplomatischen und politischen Drucks, die Untersuchungen wegen Geringfügigkeit einzustellen. Mittlerweile scheint aber eine Grenze des Machbaren für Kervielia erreicht zu sein. Die Tatsache, dass das Unternehmen nicht einmal davor zurückschreckt, Interpolagenten töten zu lassen, zeigt, dass viel mehr auf dem Spiel steht, als wir uns aktuell vorstellen können.«

Hudson strahlte in diesem Augenblick eine schier unbändige Entschlossenheit aus. Er war sich nun sicherer denn je, dass er dieses für ihn so belastende Kapitel seiner bald 15 Jahre währenden Karriere bei Interpol zeitnah würde schließen können.

»Nun ja, man kann davon ausgehen, dass sich vermutlich einige Spitzenpolitiker, nicht nur in den USA, sondern auch in Europa, aus reiner Profitgier wissentlich die Hände dreckig gemacht haben«, merkte Julius Heyessen an und übernahm erneut das Zepter. »Hinter Kervielia stehen mit Montgomery Hallheim und Gordon Kaleval zwei der einflussreichsten Persönlichkeiten der USA, die regelmäßig auf den Spitzenplätzen des Forbes-Ranking der mächtigsten Menschen der Welt gelistet sind. Es ist ja hinreichend bekannt, dass die heutigen Senatoren Pierce Tartaris, Grace Reberger, Calbert M. Heckler oder Martha Westmarrero ehemalige Kommilitonen beider Unternehmenseigner sind. Zudem besteht augenscheinlich eine enge Bande zu CEOs und Gründern von Tech- und IT-Firmen sowie anderen Großkonzernen wie Samuel Wisser oder Allister Dehms. Kervielia unterhält sogar strategische Allianzen mit Rohstoffkonkurrenten, allen voran mit der Virgin Materials Group. Dies konnte man den zuletzt veröffentlichten strategischen Positionspapieren der Konzerne eindeutig entnehmen. Die Unternehmenseigner der Kervielia Group zählen darüber hinaus zu den bedeutendsten Financiers des republikanischen Präsidentschaftskandidaten Philipps, der vor ein paar Wochen als erster Bewerber für das Amt seinen Handschuh in den Ring geworfen hat. Ich glaube, dass er gerade in Großbritannien die Werbetrommel rührt, wenn ich mich recht entsinne. Sie legen sich hier mit einem nicht zu verachtenden Prozentsatz der mächtigsten Menschen der Welt an, Mr. Hudson. Soviel ist sicher.«

»Dessen bin ich mir durchaus bewusst, das können Sie mir glauben!«, erwiderte Hudson trocken. Er spürte, dass Heyessen seine Standhaftigkeit testen wollte.

»Was mich vor allem antreibt, ist die Frage, was all die Personen eint, die Sie soeben aufgelistet haben, Mr. Heyessen«, sagte Hudson in die Runde. Ahnungslosigkeit und Unverständnis standen ihm ins Gesicht geschrieben. »Unabhängig von persönlichen Freundschaften: Weshalb kooperieren solch unterschiedliche Personen aus so grundverschiedenen Industrien miteinander?«

Da Hudson zunächst keinerlei Reaktion von seinen Gästen erhielt, war er bereits im Begriff, sich zur Seite zu drehen und aus seinem Sessel zu erheben, als Dr. Bleriott plötzlich Hudsons Einfall aufgriff und begann, ihre Sicht der Dinge darzulegen. Sichtlich überrascht, ließ sich der Interpolhauptkommissar wieder in seinen Stuhl plumpsen.

»Das kann ich Ihnen schon sagen, wenn Sie möchten«, erwiderte sie mit kecker Stimme. Sie genoss diese Situationen immer aufs Neue, in denen sie dazu in der Lage war, alle zu überraschen und in denen sie ihr Wissen zum Besten geben konnte, ohne dabei jedoch als Besserwisserin aufzutreten. Diese Gratwanderung beherrschte sie nahezu perfekt.

»Zwei Worte: Totaler Kapitalismus.«[34]

»Totaler Kapitalismus?«, wiederholte Hudson ihre Aussage und zog fragend seine Augenbrauen nach oben. Er wusste nicht, was er darauf entgegnen sollte.

»Sie alle eint die Ideologie des libertären, totalen Kapitalismus. Die Demokratie, wie wir sie kennen, hat in ihren Augen ausgedient. Unternehmerisches Handeln soll oder muss per definitionem völlig frei von gesetzlichen Einschränkungen, demokratischer Mitsprache und zu hoher Steuerlast sein. Dies bedeutet folglich die Schaffung eines Minimalstaates. Sowohl Unternehmensgewinne als auch persönliches Einkommen sollen gleichermaßen nur rudimentären Belastungen unterliegen. Im Extremfall können die Anhänger des totalen Kapitalismus sogar eine vollkommene Abschaffung erwägen. Glei-

---

[34] Leys, Colin (2008): „Total Capitalism – Market Politics, Market State", London: *The Merlin Press Ltd.*

ches trifft auf den Sozialstaat zu, dessen Existenz im totalen Kapitalismus nicht nur *nicht* gesichert ist, sondern gänzlich auf den Müllberg menschlicher Untaten zu verschwinden hat. Die gesetzliche Krankenversicherung, Arbeitslosengeld, Kindergeld – sämtliche Formen der sozialen Wohlfahrt verlieren im Angesicht totaler kapitalistischer Kontrolle jegliche Daseinsberechtigung.

All dem liegt die Vorstellung zugrunde, dass der Staat ausschließlich daran interessiert ist, die Wirtschaft, also Unternehmer, fortwährend zu bevormunden und in ihrer Handlungs- und Entscheidungsfreiheit einzuschränken. In ihrer Argumentation ziehen Vertreter dieser Kapitalismusform in der Regel eine Parallele zum Sozialismus, dessen Scheitern in seiner eigenen Natur begründet war. Klimaschutzvereinbarungen, ja der gesamte Umweltschutz an sich, werden beispielsweise bis aufs Blut bekämpft und als wohlstandsgefährdender Faktor eingestuft. Im Hinblick auf ihr Geschäftsfeld erscheint es mehr als plausibel, dass Konzerne, die Rohstoffe abbauen und damit handeln, generell gegen Umweltschutzauflagen opponieren, da diese ihren unternehmerischen Erfolg stark in Mitleidenschaft ziehen können. Unterm Strich sind strengere Umweltvorschriften gleichbedeutend mit verminderten Einnahmen. Ganz einfach. Im Zusammenhang mit meinen Ausführungen zur vermeintlichen Antithese zwischen staatlicher Kontrolle und der Freiheit wirtschaftlichen Handelns kommen die Tech-Firmen ins Spiel.«

Dr. Bleriott legte eine kurze Pause ein. Ihr Hals trocknete merklich aus. Sie bat Hudson deshalb um ein Glas Wasser. Ihr war nicht entgangen, dass er ein großes Interesse an ihren weiteren Ausführungen zu haben schien. Möglicherweise dämmerte es ihm gerade, dass er seinen Suchradius hinsichtlich involvierter Personen und Unternehmen in Zukunft deutlich würde erweitern müssen.

Im Stile einer Vorlesung an der Universität fuhr sie fort: »Weitgehend außerhalb der öffentlichen Wahrnehmung engagieren sich einige Tech- und Internetkonzerne seit geraumer Zeit in der Planung sogenannter Mikrogesellschaften, die in internationalen Gewässern ohne Hoheitsbefugnisse staatlicher Akteure angesiedelt werden und ausschließlich eigenen Regeln folgen sollen. In der Folge bedeutet das, dass sich diese „New Societies" im Idealfall komplett von staatlichen Sphären abkoppeln und autark agieren. Diese sich auf Schiffen, umfunktionierten Tankern oder ausgedienten Bohrinseln befindlichen neuen Staaten werden wie Start-ups geführt. Wie Unternehmen, die freilich keinerlei datenschutzrechtlichen Beschränkungen oder dem Primat demokratischer Verantwortlichkeit unterworfen sind. Die Prämisse der Effizienzmaximierung wird hierbei als höchstes Gut angesehen. Die Demokratie an sich wird hingegen als etwas Beengendes bewertet. In Staaten wie den USA verbietet sie gewisse unternehmerische Praktiken, die aufgrund bestehender Gesetze illegal sind. Die Tech-Unternehmen zielen demzufolge darauf ab, grenzenlose Räume, ähnlich des Internets, zu schaffen. Räume, in denen sie ungehindert und frei von jeglichem staatlichen Eingriff neue Entwicklungen, aber auch Regierungs- und Gesellschaftsformen testen können.[35]

Summa summarum kommt all das der Schlussfolgerung gleich, dass die Demokratie in ihrer jetzigen Gestalt nicht nur veraltet ist, sondern komplett abgeschafft werden muss. Zudem sollen Staaten und deren Regierungen nicht über das alleinige Entscheidungs- und Gestaltungsmonopol verfügen dürfen. Mikrogesellschaften, die sich in den entlegensten Winkeln der Weltmeere befinden, würden keinerlei Visabeschränkungen unterliegen und Konfrontationen zwischen Staat und Unternehmer weitestgehend obsolet machen. Das Konzept der sogenannten „Charter Cities", das in eine ähnliche Richtung geht, macht in diesem Zusammenhang allerdings deutlich, dass sich neue gesellschaftliche Organisationsformen nicht zwingend auf die Ozeane beschränken müssen. Ebenso können sie an Land umgesetzt werden.«

Dr. Bleriott pausierte erneut. Ihre Worte hinterließen sowohl bei Hudson als auch Julius Heyessen bleibenden Eindruck. Beide hatten noch nie zuvor von den quasi überstaatlichen Mikrogesellschaften gehört und mussten die Informationen daher erst einmal sacken lassen.

»All das klingt zugegebenermaßen doch ein wenig abenteuerlich. Sie wollen damit also andeuten, dass ein gewisser Teil der weltweit größten und einflussreichsten Konzerne an der Abschaffung unserer Demokratie arbeitet?«, hakte Hudson nach.

---

[35] ttt - titel thesen temperamente (14.04.2014): „Hat die Demokratie ausgedient? Silicon-Valley-Milliardäre planen eigene Mikrogesellschaften", Berlin: *ARD-Mediathek* [http://programm.ard.de/TV/arte/ttt---titel-thesen-temperamente/eid_2872211918407372].

»Ja«, erwiderte Dr. Bleriott kurz und trocken. »Das weitreichende Netzwerk, das sich dahinter verbirgt, können wir uns wohl nicht mal ansatzweise vorstellen. Hallheim und Kaleval ist es über die letzten Jahre seit der Amtsübernahme Barack Obamas gelungen, das politische System in den USA nachhaltig zu verändern. Nicht umsonst gelten die zwei Amerikaner als große Unterstützer der Tea Party-Bewegung. Aber auch in Europa, in erster Linie in Österreich, Frankreich, Italien und im Vereinigten Königreich, nimmt die Zahl der Sympathisanten einer Demokratieüberwindung, wohlgemerkt nicht einer Demokratieerneuerung, zu. Wieso glauben Sie, dass Philipps nach Bekanntgabe seiner Präsidentschaftskandidatur umgehend die Briten aufgesucht hat, um sich in Stellung zu bringen? Die USA und Großbritannien hatten schon seit jeher eine besondere Beziehung zueinander.«

»Und wie gelang oder gelingt es Kervielia, das politische System, vornehmlich in den USA zu unterminieren?«, konterte Heyessen mit einer Gegenfrage.

Wieder wusste sie hierauf eine Antwort zu geben: »Nicht nur die Unternehmenseigner der Kervielia Group, sondern auch andere Persönlichkeiten wie Schauspieler, Philanthropen oder religiöse Vertreter sind Teil der Bewegung. Vordergründig wurde ein Netz von Stiftungen, Denkfabriken und politischen Organisationen über das ganze Land gespannt, in denen sich jedermann engagieren kann. Diese Graswurzelbewegungen unterstützen in Wahlen jedoch gezielt radikale Kandidaten und betreiben einen Wahlkampf, der gegen das Washingtoner Establishment und somit auch gegen die Republikaner und Demokraten gleichermaßen gerichtet ist. Die tragende Säule dieses Netzwerkes bilden mediale Leitfiguren, die in der Regel dem konservativ-religiösen Spektrum zuzuordnen und die außerdem davon überzeugt sind, dass ihr Glaube alle Lebenssphären zu dominieren habe. Als wichtigste Sprachrohre dienen vor allem Fernsehkanäle, Radioshows, Blogs und Zeitungen, die über die letzten Jahre in ihrer Quantität rasant zugenommen haben. Dadurch wird die Öffentlichkeit kontinuierlich über viele verschiedene Wirkungsebenen indoktriniert, beispielsweise mit kritischen Kommentaren zum Klimawandel, zum Gesundheitssystem oder zu drohenden Jobverlusten infolge schärferer Umweltauflagen.

Alles in allem beruht der Ansatz des totalen Kapitalismus auf einer elitären Weltanschauung. Denn Wandel wird von oben herab induziert und nur die Infrastruktur und Ressourcen der Besten sind entscheidend für das Gelingen des großen Ganzen. Den Ausgangspunkt für die Macht der Eliten bildet, wie bereits angedeutet, die Annahme, dass alles den Gesetzen und Mechanismen eines profitablen Unternehmertums gehorchen muss. Dies hat zur Folge, dass transnationale unternehmerische Eliten die Definition nationaler Wettbewerbsfähigkeit vorgeben. Alles wird darauf ausgerichtet. Auf diese Weise erhalten Unternehmen eine noch nie dagewesene Direktivmacht, gegen die nicht einmal mehr der Staat ankommt. Aufgrund dessen ändert sich auch die Natur der Politik selbst, da Politikgestaltung, ihre inhaltliche Ausformulierung und Implementierung dem Diktat der Märkte zu folgen hat und nicht umgekehrt. Konsequenterweise entspricht dieser Prozess einer de facto-Entmachtung des Wählers und einzelnen Bürgers, der rein als Kunde angesehen wird, und nicht mehr als Gesellschaftsakteur, gegenüber dem man demokratisch verantwortlich ist. Ob beispielsweise die öffentliche Energieversorgung einwandfrei funktioniert oder Krankenhäuser dauerhaft finanziert sind, spielt für dieses System keine Rolle. Im totalen Kapitalismus können Sie dem Verfall staatlicher Wohlfahrtsgüter nur dann entgegenwirken, wenn öffentliche Dienstleistungen privatisiert werden. Und das kommt dem Ende gesellschaftlicher Solidarität und Kohäsion gleich. Passenderweise kann man hier durchaus von einer allumfassenden Kontrolle des öffentlichen sowie privaten Lebens sprechen. Alles wird in ein marktwirtschaftliches Geschäftsideal konvertiert. Damit ist das Ende der Demokratie, wie wir sie kennen, erreicht.«

Für einen Moment beschlich Dr. Bleriott der Eindruck, dass ihr allen voran Hudson nicht so recht Glauben schenken wollte: »Dr. Bleriott, allen Ihren Aussagen zum Trotz scheint die Tea Party-Bewegung in den USA dennoch im Niedergang begriffen zu sein und überzeugte bei den letzten Wahlen nicht mehr. Wie soll da ein Präsidentschaftskandidat gewinnen, der dieser Bewegung nahesteht und ferner ein Vertreter des totalen Kapitalismus ist?«, entgegnete er. Dr. Bleriott ließ die Zweifel des Interpolhauptkommissars nicht unkommentiert und legte nach.

»Die Wiederwahl Obamas 2012 konnte die Gruppierung noch nicht verhindern, das ist richtig. Doch hat sich durch die Tea Party-Bewegung die politische Landschaft irreversibel verändert. Die Radikalisierung der Wählerschaft erreicht so ungeahnte Ausmaße. Und wenn Barack Obama bis zum Ende seiner Amtszeit beziehungsweise alle moderaten Präsidentschaftsanwärter in den anstehenden Vorwahlen dem einfachen Wähler keinen echten Wandel glaubhaft vermitteln können, dann hat ein radikaler Kandidat, aus welchem Spektrum auch immer, sehr gute Chancen, 2016 ins Weiße Haus einzuziehen. Ebenso trat die Hightechbranche erst vor kurzem als potenzieller Partner der Rohstoff- und Ölindustrie in die Allianz ein. Für die 2016er Wahlen könnte dies ein wahrer Gamechanger sein. Sie dürfen außerdem nicht vergessen, dass das, was ein Politiker anfänglich verspricht und letzten Endes in die Tat umsetzt, jeweils auf einem anderen Blatt Papier geschrieben steht. Philipps ist Republikaner, aber nicht aus Überzeugung. Er hatte schon mehrfach damit gedroht, als unabhängiger Kandidat in die Vorwahlen zu gehen. Dieses Szenario ist real. Viele verbinden die Tea Party ausschließlich mit den Republikanern, da in dieser Bewegung seit jeher Politiker mit libertärem, radikalem Gedankengut eine politische Heimat gefunden haben. Das ist allerdings schlicht falsch, da der Wind nun aus einer anderen Richtung weht. Angesichts des aktuellen Zustands der Republikaner scheint darüber hinaus derzeit eher ein demokratischer Präsident ab 2016 wahrscheinlich. Wieso am Ende also Philipps? Über die finanziellen Ressourcen, um den äußerst teuren Wahlkampf zu stemmen, verfügt er als Self-made-Milliardär und dank seiner bereits erwähnten Gönner sowieso. Hinzu kommt, dass er sich durch seine extrem polarisierende Persönlichkeit von allen anderen Kandidaten deutlich abhebt. Er sagt stets das, was er denkt. Das kommt bei etlichen Amerikanern überaus gut an. Sein größter Vorteil ist aber, dass er nicht dem Washingtoner Establishment angehört und sich so volksnaher geben kann als andere Gegenkandidaten. Sämtliche Medien berichten im Übrigen, dass er sowieso keine Chance hätte, sollte er wider Erwarten in die Vorwahlen kommen. Viele Wähler sehen darin die Bestätigung, dass die Medien zusammen mit der politischen Elite die Kandidaten unter sich absprechen. Entscheidend kommt hinzu, dass sich eine Mehrheit der Amerikaner, wie zahlreiche Umfragen zeigen, vom Establishment in Washington im Stich gelassen fühlt, eben wegen weiterhin hoher Arbeitslosenzahlen, der Auswirkungen illegaler Einwanderung und des schlechten Zustands der öffentlichen Infrastruktur in weiten Teilen des Landes. Aus diesen Gründen darf man die Kandidatur von Philipps keinesfalls unterschätzen. Und falls die Tech- und Internetindustrie mit ihrem immensen Einfluss tatsächlich als Kooperationspartner für Philipps infrage kämen, ist alles möglich.«

Das hatte gesessen. Hudson musste erst einmal schlucken und tief Luft holen. Diese möglichen Verzweigungen und Machenschaften raubten ihm den Glauben an sich selbst als mündigen Bürger und an die Demokratie als Ganzes. Zumindest schien sich die Entwicklung derzeit auf die USA zu beschränken. Erste Anzeichen des Wandels wurden jedoch auch in anderen Teilen der westlichen Welt mehr und mehr sichtbar und würden für die Zukunft Böses erahnen lassen.

Insbesondere die Tech-Industrie formulierte immer häufiger freimütig ihren globalen Machtanspruch.[36] Dies war überaus besorgniserregend. Für jedermann. Gemäß Dr. Bleriotts Ausführungen würde die Demokratie im totalen Kapitalismus nur noch als Kontrollobjekt der Märkte und des kapitalistischen Wirtschaftssystems existieren. In seinen Augen war dies eine radikale Vorstellung, die zumindest in Teilbereichen eine klare Daseinsberechtigung besaß, den Mikrogesellschaften sei Dank.

»Nun gut«, fasste Hudson zusammen, »diese Komplexität war mir bis zum heutigen Tage verborgen geblieben. Sie könnte aber als Erklärungsansatz dafür dienen, weshalb Kervielia und andere Unternehmen seit geraumer Zeit ihre Interessen mit solcher Vehemenz und Radikalität durchzusetzen versuchen. Es geht hier augenscheinlich nicht nur um Profitsteigerungen, sondern auch um rein politisches Machtkalkül.«

Dr. Bleriott nickte zustimmend. »All das war meinem Doktorvater ein Dorn im Auge, denn er analysierte diese Zusammenhänge scharfsinnig wie kein anderer. Seine letzte öffentliche Kritik am unternehmerischen Handeln schlug in eben diese Kerbe. Dass er sich

---

[36] Beutelsbacher, Stefan, Sommerfeldt, Nando und Zschäpitz, Holger (2016): „Die gefährliche Dominanz der großen Vier", Berlin: *WELT Online* [https://www.welt.de/finanzen/article150809163/Die-gefaehrliche-Dominanz-der-grossen-Vier.html].

damit indes in unmittelbare Lebensgefahr begab, konnte er nicht ahnen. Keiner von uns. Die Auswüchse des totalen Kapitalismus sind eine Kriegserklärung an uns alle, an die Natur, an die Freiheit und an die Demokratie. Es handelt sich um einen Kreuzzug, dem wir alle entschieden entgegentreten müssen, sonst werden wir ihm unweigerlich zum Opfer fallen.«

# Sechstes Kapitel: Die erste Schlacht

**23 Uhr, gleicher Tag**

»Was machst du denn hier?«, fragte Dr. Bleriott vollkommen verdutzt. Nachdem sie nach dem langen Gespräch mit Leonrod Hudson ausgiebig zu Abend gegessen hatte, freute sie sich nur noch auf ihr Bett und begab sich daher eilig zum Supreme Gardens Hotel.

Dort angekommen, wurde sie bereits sehnlichst von Joseph Eris im Foyer erwartet. Aufgrund seines unangekündigten Besuchs fiel die Umarmung von ihrer Seite aus zunächst distanzierter aus, als es Eris lieb gewesen wäre. Doch je fester er sie an sich drückte, desto erleichterter war sie, dass sie in diesem Moment seine starke Schulter zum Anlehnen hatte. Sie wollte etwas sagen, allerdings legte er ihr direkt seinen rechten Zeigefinger auf den Mund. Sie sollte einfach schweigen.

»Du hast vor deiner Abreise unnatürlich aufgeregt und angespannt gewirkt. Das entsprach rein gar nicht deinem Naturell und hat mich stutzig gemacht. Deshalb dachte ich mir, ich fliege dir kurz entschlossen hinterher, um dir im Fall der Fälle beizustehen. Glücklicherweise hattest du meinen Drucker verwendet, um die Buchungsbestätigung für das Hotel auszudrucken. Diese hattest du anscheinend vergessen und in der Ablage liegen lassen. Ansonsten hätte ich dich nie in London finden können.«

»Ohje, achja ich hatte das ...«

»Halte einfach mal kurz deinen Mund, meine Liebe. Du sollst nur eines wissen: Egal, was dich derzeit belastet, du kannst dich immer auf mich verlassen. Immer.«

Eris war sich der Wirkung seiner Worte sehr wohl bewusst. Maven und er waren sich binnen kürzester Zeit unfreiwillig sehr nahe gekommen und hatten von Beginn an ein sehr gutes Gespür für die Gefühlslage des jeweils anderen gehabt. Aus diesem Grund war er davon überzeugt, dass sie sich letzten Endes über seinen spontanen Besuch freuen würde, anstatt ihn vielmehr vor Wut in den Boden zu stampfen.

Sie verharrten einige Minuten lang eng umschlungen im Foyer. Maven Bleriotts innere Aufregung musste sich erst legen. Sie rechnete Eris seine Geste und Initiative hoch an. *Was für ein Mann! Und was für ein Glück ich doch habe, ihn an meiner Seite zu wissen.* In diesem Augenblick entschloss sie sich dazu, ihm im Laufe seines Aufenthalts die Gründe für ihren überstürzten Aufbruch nach London offenzulegen.

»Komm, wir gehen schnell auf mein Hotelzimmer. Du wirst nicht glauben, was ich dir alles zu erzählen habe!«

Am nächsten Tag stand der wichtigste Teil ihrer Reise an. Sie hatte mit Hudson und Heyessen vereinbart, dass sie sich gemeinsam auf die Suche nach dem ominösen Schließfach machen würden, wenngleich noch immer unklar war, ob sie überhaupt die richtige Fährte verfolgten. Hudson hatte für dieses Vorhaben alle anstehenden Termine extra abgesagt. Auch vor dem Hintergrund, dass er am Folgetag die Ergebnisse der Untersuchung seiner Bild- und Videodateien erwarten würde, die er vor seinen Verfolgern in Kolumbien retten konnte. Hudson hatte in der Angelegenheit sowohl von Julius Heyessen als auch von ihr absolutes Stillschweigen verlangt. In Bezug auf Eris würde sie sich schlichtweg nicht daran halten. Möglicherweise konnte er ihnen sogar behilflich sein.

\*\*\*

## Canary Wharf, London, zur gleichen Zeit

Seit seiner Rückkehr aus Indonesien fühlte sich Nathan unter ständiger Beobachtung. Nicht nur durch Bill Charon, der wie ein Tornado gewütet hatte, als er erfuhr, dass Remmel und er den wichtigsten Teil ihres Auftrages nicht erfolgreich ausgeführt hatten.

Remmel hatte zwar mehrmals versucht, Nathan zu beruhigen und die Schuld für ihr Versagen ganz auf sich genommen. Trotz dieses Einsatzes, ihn in Schutz zu nehmen, waren seine ersten Arbeitstage hart gewesen. Selbst an Sonntagen und spät abends wurde Nathan regelmäßig ins Büro zitiert und musste sich mit der Erstellung von Tabellenkalkulationen, Medienanalysen, Kommunikationsbriefings und Powerpoint-Präsentationen herumschlagen. Er befand sich zwar erst in der Anfangsphase seiner Tätigkeit bei CJA, allerdings löste seine Indonesienerfahrung Emotionen in ihm aus, die er noch nicht so recht einzuordnen vermochte.

Hatte er wirklich seinen Wunschberuf gefunden? Wie sollte er zukünftige ethische Gewissensentscheidungen für sich selbst lösen? Wollte er tatenlos mitansehen, in welch fragwürdige Geschäftspraktiken sich CJA scheinbar oftmals hineinziehen ließ? Diese und viele andere Fragen durchpflügten seine Gedankenwelt seither stets aufs Neue und seine innere Verunsicherung wuchs mit jedem weiteren Arbeitstag ein Stückchen mehr.

Interessanterweise konnte er bei Remmel eine ähnliche Entwicklung beobachten. Zumindest glaubte er das. Sein Vorgesetzter wirkte ständig neben sich, seitdem sie aus Südostasien zurückgekehrt waren. Beide waren innerhalb kürzester Zeit von dem Mandat abberufen worden. Im Gegenzug hatten Charon und Jove höchstpersönlich das Zepter übernommen, was einer Höchststrafe gleichkam. Sowohl Remmel als auch er hatten sich neu zu beweisen, bevor ihnen wieder anspruchsvolle Einsätze übertragen würden.

Die Spätschicht des heutigen Tages kam für Nathan infolgedessen wenig überraschend. Eigentlich wollte er nur noch nach Hause, aber er musste sich mit der inhaltlichen Vorbereitung anstehender Seminare zum Krisenmanagement auseinandersetzen. Die Monotonie dieser Arbeit lähmte nicht nur seinen Körper, sondern in erster Linie seinen im Grunde vitalen und stetig umtriebigen Geist.

Er hatte sich soeben einen Kaffee geholt, um gegen die drohende Müdigkeit anzukämpfen, als er einen leichten Lufthauch hinter sich verspürte. Eher er in der Lage war zu reagieren, knallte ihm jemand einen Stapel Akten auf den Schreibtisch.

Nathan zuckte zusammen. Es war Charon: »Sciusa! Ordnen Sie diese Akten als letztes in die jeweiligen Dossiers im Stock über uns ein. Dann können Sie nach Hause. Sie müssen ja morgen erneut um sieben Uhr auf der Matte stehen.« Ein hämisches Grinsen überkam sein Gesicht. Manchmal war es einfach zu offensichtlich, dass er besondere Genugtuung verspürte, wenn er andere Menschen quälte.

»Für die Dokumente SO-2014-SEA-12 bis 15 benötigen Sie diesen Code. Er gewährt Ihnen Zugang zur Aktenkammer, den Fingerabdruck- und Augenscanner können Sie ignorieren. Diese funktionieren sowieso noch nicht. Der Inhalt der Dokumente ist streng geheim. Sie wissen, was das bedeutet.« Charon legte ihm daraufhin einen kleinen Notizzettel auf den Schreibtisch. Ohne Nathan eines erneuten Blickes zu würdigen, drehte er sich um und zog eiligst von dannen.

Nathan versuchte anfänglich, dem Zettel keine große Beachtung zu schenken. Doch er fühlte sich irgendwie magisch von ihm angezogen. Das lag unter anderem wohl darin begründet, dass nur wenigen Angestellten das Recht vorbehalten war, Einsicht in die Aktenkammer mit der höchsten Sicherheitsstufe zu erhalten. Die Möglichkeit, eben dies zu tun, übte einen nahezu unwiderstehlichen Reiz auf ihn aus. Nathans Augen wanderten beinahe im Sekundentakt zwischen Computerbildschirm und Notizzettel hin und her, bis er es nicht mehr aushielt, den Code an sich riss und die Akten ruckartig vom Tisch zog.

*Sei's drum, dies ist also der Schlüssel ins Allerheiligste. Dann wagen wir uns mal in die geheime Schatzkammer*, huschte es Nathan durch den Kopf. Seine Konzentration hatte zu diesem Zeitpunkt ohnehin bedenklich nachgelassen, dementsprechend kam diese unerwartete Ablenkung gerade recht.

Während er sich auf den Weg Richtung Aktenlager machte, konnte er sich nicht der inneren Frage erwehren, ob er denn nicht mal einen Blick in die von Charon ausgehändigten Unterlagen werfen sollte.

*Nur für einen Bruchteil einer Sekunde! Was kann schon passieren?* Tief in seinem Inneren entbrannte ein Kampf zwischen Besonnenheit und unstillbarer Neugier, zwischen Vernunft, sich nicht selbst mitwissend zu machen und der radikalen Angst, Teil etwas Großen zu sein, das jedoch gefährliche Nebenwirkungen mit sich bringen könnte. Seine Arbeit entsprach einer Gratwanderung, auf der klare Grenzen zwischen Gut und Böse, Richtig und Falsch, rechtlicher Sicherheit und Strafbarkeit mehr und mehr zu verschwimmen drohten. Und das, obwohl er erst vor kurzem bei CJA angefangen hatte. *Steckt dahinter Kalkül, dass gerade ich dazu auserkoren wurde, den am besten gesicherten Raum des Unternehmens betreten zu dürfen? Vielleicht ist das ja ein Test? Du musst alle negativen Assoziationen ausblenden, Nathan! Hätten Sie dich tatsächlich feuern wollen, wäre dies längst geschehen.*

Nach drei Minuten Fußweg erreichte Nathan die Stahltür zur Aktenkammer für Dokumente mit hoher Sicherheitspriorität. Rechts neben der Tür war eine Zahlentastatur mit dazugehöriger Anzeige angebracht, um den Code einzugeben.

Nathan verharrte angespannt in seiner Körperhaltung und starrte wie gebannt auf das Türschloss. *Was ist nur los mit dir? Was war schon groß dabei?*

Seine rechte Hand bewegte sich zögerlich zum Eingabefeld. Er zog sie ungewollt zurück. Sekunden vergingen. Dann atmete er ein paar Mal tief durch. Ein inneres Kribbeln erfasste jeden Winkel seines Körpers. So unruhig wie jetzt hatte er sich selten gefühlt. Die einzige vertraute Konstante in diesem Moment war sein Herzschlag, der allerdings mit steigender Aufregung spürbar in seiner Intensität zunahm. Er lauschte dem rhythmischen Pochen in seiner Brust und begann zu schwitzen.

*Jetzt reiß dich mal zusammen!*, mahnte sich Nathan zu mehr Selbstdisziplin. Er wischte die Zweifel gedanklich beiseite, tippte den Zahlencode ein und drückte auf „Bestätigen". Er vernahm umgehend, wie sich ein Schloss entriegelte und die Eisentür aufsprang. Er musste sie nur noch aufdrücken, doch sie war schwerer als gedacht. Wenngleich er von sehr kräftiger Statur war, stemmte er sich mit seinem ganzen Körpergewicht gegen die Tür, um diese vollständig zu öffnen.

Dann machte er einen großen Schritt in die Kammer. Er blieb schließlich wie angewurzelt stehen. Es war kalt und die Atmosphäre in dem Raum hatte für ihn etwas Befremdliches. Nathan schaute sich in alle Richtungen um und erlag erneut seiner inneren Zerrissenheit: *Das ist also das Zentrum der Macht! Soll ich diese Gelegenheit nutzen, um mehr über die Geschäftsgebaren meines Arbeitgebers zu erfahren? Und wie soll ich reagieren, gesetzt den Fall, dass sich hierbei Abgründe auftun, von denen ich zum gegenwärtigen Zeitpunkt noch gar keine Vorstellung habe?*

Nathan konzentrierte sich auf die Akten in seinen Händen, nahm die erste Mappe mit der Referenz SO-2014-SEA-15 vom Stapel und schlug sie auf. „SO" stand für „Special Operations", eine eigentlich im Militär- oder Geheimdienstjargon übliche Formulierung. Für eine Unternehmensberatung war sie dagegen eher ungewöhnlich. 2014 entsprach der Jahreszahl, „SEA" stand für „Southeast Asia" und definierte den Lokalisierungspunkt, wohingegen „15" die Anzahl der bereits in diesem Jahr durchgeführten Sondereinsätze für den genannten Operationssektor bezifferte. Der Bericht, den Nathan gerade in seinen Händen hielt, deckte ebenso seinen letzten Auftrag ab. Etwaige Kommentare von Charon oder Jove wollte er sich an dieser Stelle beileibe nicht zumuten. Davon hatte er in zahlreichen Besprechungen ausreichend abbekommen. Aus diesem Grund schlug er die Akte sofort wieder zu. Er wollte sich beeilen und machte sich auf die Suche nach dem entsprechenden Aktenschrank, den er kurz darauf auch ausfindig machen konnte. Sein Zeigefinger glitt von Schublade zu Schublade. Als er die Richtige gefunden hatte, tippte er als Bestätigung mehrmals auf die Außenwand, zog sie auf und ging die Nummerierung der einzelnen Akten durch.

Seine Aufregung hatte sich mittlerweile gelegt. Er wollte nur so schnell wie möglich seine Aufgabe erfüllen und sich nicht weiter mit den hier eingelagerten Informationen beschäftigen, die möglicherweise sein gesamtes Weltbild ins Wanken bringen würden.

Nachdem er alles eingeordnet hatte, drehte er sich um und marschierte zielstrebig zum Ausgang. Währenddessen fiel ihm jedoch zufällig eine spezielle Kennzeichnung an einem der hohen Aktenschränke zu seiner Rechten ins Auge. Sie war auf Augenhöhe angebracht, so dass sie sich direkt in seinem Sichtfeld befand.

Ohne es zu wollen, blieb er ein Stückchen nach dem Aktenschrank abrupt stehen und setzte zwei, drei Schritte zurück. Langsam, aber bedächtig näherte er sich der Schublade. Reflexartig kniff er die Augen zusammen, so, als müsste er sich nochmals vergewissern, was er Sekundenbruchteile zuvor beinahe übersehen hätte.

»SO-2010/13-WW-UK-Strafrelevanz«, las Nathan zweimal laut die Kennzeichnung vor, die seine Aufmerksamkeit erregt hatte.

Ohne weiter darüber nachzudenken, öffnete er die Schublade und griff nach der erstbesten Akte, die ihm in die Hände fiel. Soweit er nach einem flüchtigen Blick erkennen konnte, gab die Schublade inhaltlich nicht viel her. Nathan zog die Akte mit einem Ruck heraus und ehe er sich versah, lag die erste Seite aufgeschlagen vor ihm. Der Zeit, die er nun schon in der Aktenkammer verbracht hatte, schenkte er keine Beachtung mehr. Seine Wahrnehmung kanalisierte sich vielmehr auf exakt diesen einen Moment und blendete alles um ihn herum aus.

In Gedanken versunken fuhr Nathan fort: »SO steht also wieder für Sondereinsätze. WW für weltweit. 2010/13 entspricht den Jahren

2010 bis 2013. UK war die Abkürzung für Umweltkatastrophen.« Bei dem Wort „Strafrelevanz" blieben seine Augen allerdings hängen: *Was verbirgt sich wohl hinter diesem banal klingenden Wort?*, fragte er sich unweigerlich. Er begann nervös mit dem Zeigefinger seiner rechten Hand auf die obere Ecke des Dokuments zu tippen. Er folgte letzten Endes seiner Intuition und blätterte um.

Was er hier zu lesen bekam, machte ihn sprachlos und erschütterte ihn in seinen Grundfesten.

Nathan schloss die Akte umgehend, nur um sie einen Moment später ein zweites Mal aufzuklappen und wie gebannt weiterzulesen. Je länger er las, desto stärker fingen seine Augen an zu funkeln. Vor schier unersättlicher Neugierde. Vor Überraschung. Vor grenzenlosem Entsetzen.

Er blätterte weiter und vergaß das sich zu Beginn selbst auferlegte Gebot, den Raum schnellstmöglich zu verlassen. Die Minuten vergingen. Dann schloss er das Dossier.

Was er hier vorgefunden hatte, würde die Einstellung zu seinem Arbeitgeber für immer verändern. Strafrechtlich relevant war es in jedem Fall, was er sich in den letzten Minuten zu Gemüte geführt hatte. Nicht nur, dass sein Arbeitgeber Charon Jove & Associates für nahezu alle bedeutenden Umweltkatastrophen der vergangenen Jahre gegenüber den Verursachern freiwillig seine Beratungsdienste angepriesen hatte, nein, die Firma bot willentlich ihre Hilfe an, beispielsweise Beweise zu vernichten, Zeugen zu verleumden oder zentrale Akteure, egal ob Richter oder wissenschaftliche Gutachter, zu schmieren. Der Akte konnte er entnehmen, dass CJA sein Handwerk äußerst gut verstand und höchst professionell agierte. Die Liste der entsprechenden Mandate war lang. Und das, obwohl das Dossier nur die Jahre 2010-2013 abdeckte.

Einzelne, sogenannte negative Umweltereignisse wurden penibel chronologisch dargestellt und durch Krisenpläne ergänzt. Zudem waren alle relevanten Ansprechpartner aus Politik, Diplomatie, Wirtschaft, Justiz oder Militär gelistet. Blätterte man zum Anhang der Akte, der alle entsprechenden Personen aufführte, dann wurde einem unweigerlich bewusst, dass der Einflussradius von CJA weit über das hinausging, was man dem Unternehmen aus juristischer Sicht zugestehen würde. Die Firma hatte einfach überall ihre Finger im Spiel.

Darüber hinaus wurde eine Einschätzung des Bedrohungsgrades der jeweiligen Umweltkatastrophe für die Zukunft des verursachenden Unternehmens an jede individuelle Folgenanalyse angeschlossen. Fast alle Krisen waren entweder als „kritisch" oder „existenzgefährdend" klassifiziert. Den Kern eines jeden Berichts bildeten jedoch Handlungsempfehlungen, die die Verursacher in die Wege leiten sollten. Jede Handlungsoption war mit einem Schädigungsfaktor für die Reputation („SF – R") sowie für das operative Geschäft („SF – OG") des Akteurs versehen. Die Auflistung der Umweltkatastrophen (UKs) alleine für den begrenzten Zeitraum von 2010 bis 2013 erstreckte sich über zahlreiche Seiten. CJA ließ scheinbar keine Krise aus, um finanziellen Profit daraus schlagen zu können. Alles in allem waren einige prominente Umweltkatastrophen gelistet, die Nathan auch aus der medialen Berichterstattung kannte. Zu seiner Überraschung musste er hingegen feststellen, dass das Dossier eine umfangreiche Anzahl von Vorfällen schilderte, von denen er im Gegensatz dazu noch nie gehört hatte. CJA musste in diesen Fällen einen exzellenten Job gemacht und jegliche mediale Aufmerksamkeit erfolgreich im Keim erstickt haben. Dass sein Arbeitgeber dabei im großen Stil strafbare Handlungsoptionen aufzeigte, setzte dem Ganzen die Krone auf. Dies war gerade deshalb bemerkenswert, da viele sehr bekannte Großkonzerne, darunter die Kervielia Group, namentlich und als Verursacher dieser „Zwischenfälle" genannt waren. Ein Auszug aus der Zusammenfassung gab auf den ersten Seiten Folgendes zu Protokoll:

| Negative UKs: Name / Land / Jahr / Verursacher | Handlungsebenen und Ansprechpartner | Krisenstufen / Handlungsempfehlungen | Strafrelevanz der Handlungsoptionen und Bedrohungsgrad der Krise (0 – 10) |
|---|---|---|---|
| Deepwater Horizon Oil Spill / USA, MEX / 2010[37] / Hallheim | Ebene A: intern<br><br>Ansprechpartner: Doug Geyser, CEO | • Sofortige Löschung belastender Kommunikationsprotokolle und Dokumente zur Bestandsaufnahme der Sicherheitsbestimmungen/Instandhaltung (u.a. in Bezug auf die Fehler bei der Zu- | Sehr hoch<br>SF – R: 10<br>SF – OG: 10<br>BG: Existenzgefährdend;<br>Faktor 10 |

---

[37] Siehe auch weiterführende Information unter https://en.wikipedia.org/wiki/List_of_oil_spills.

| | | | |
|---|---|---|---|
| Offshore Oil Extraction (HOOE) | +44 2079484-8762<br>+44 7301990-234 | sammensetzung des Zementschlamms & im Design des Ölbohrloches) und betreffend ignorierter Sicherheitstests auf der Bohrinsel<br>• Erlassen eines medialen Kontaktverbots für Angestellte und Arbeiter aller Bohrinseln in der Region<br>• Anwenden von Blame & Shame-Taktiken im Rahmen eines eigenen Berichts, um Dritten Teilschuld zuzuschreiben<br>• Zugeben menschlichen Versagens nur dann, wenn nicht mehr vermeidbar, denn: Vorgesetzte erteilten die Genehmigung, die Bohrflüssigkeit in dem Ölbohrloch durch Salzwasser zu ersetzen, das nicht schwer genug war, das Gas, das in das Loch entweichen konnte, daran zu hindern, die Rohrleitung zur Bohrinsel zu entzünden<br>• Präsentieren eines unternehmenseigenen Bauernopfers (am besten den Standortleiter und Bohrinselkontrolleur) | |
| | Ebene B: lokal<br><br>Ansprechpartner: Godfrey Sandlin, Head of Operations, HOOE<br>+1 73176624-438 | • Durchführung einer Eindämmungspolitik vor Ort durch proaktive Umweltsanierungen (Notfallzahlungen sowie öffentliche Vorstandspräsenz unabdingbar; HOOE muss die Story selbst erzählen und darf nicht nur reagieren) | keine |
| | Ebene C: national<br><br>Ansprechpartner: Minister, Staatssekretäre und Büroleiter der | • Proaktive Einrichtung eines Entschädigungsfonds für Reinigungskosten und Schadensersatzansprüche (i.H.v. $20 Mrd.)<br>• Um sich juristisch nicht noch angreifbarer zu machen: Behauptungen lancieren, HOOE habe keine grobe Fahrlässigkeit | keine |

| | | | |
|---|---|---|---|
| | jeweiligen Präsidenten – USA/Mexiko (siehe Liste im Anhang) | oder vorsätzliches Fehlverhalten begangen + die gesamte Golfregion durchlebe ohnehin eine schnelle Erholung | |
| | Ebene D: internat.<br><br>Ansprechpartner: Doug Geyser, CEO +44 2079484-8762 und Claire Trueman-Barth, Global Head of Crisis Communications, HOOE +44 2079484-8744 +44 7301920-830 | • Aktivierung aller unternehmensinternen Krisenpläne zur Steuerung und Koordinierung aller Kommunikationsprotokolle<br>• Aktivierung des Kriseninterventionsteam für digitale Kommunikation/soziale Medien<br>• Überarbeitung eigener Sicherheits- und Umweltstandards<br>• Umsetzung einer Greenwashing-Kampagne<br>• Einsetzung einer eigenen Ethikkommission<br>• Lancieren eines internen Mitarbeiterschreiben zur gezielten Informationssteuerung<br>• Anpassung aller relevanten Dokumente, um auf Leaks reagieren zu können | keine |
| Jebel al-Zayt Oil Spill / ÄGY / 2010[38] / Egyptian National Oil Corporation (ENOC) | Ebene A: intern<br><br>Ansprechpartner: Siehe Liste im Anhang | • Überprüfung aller internen und externen Kommunikationswege; keinerlei mediale Berichterstattung in der Region zulassen → gegebenenfalls Entzug von Lizenzen und Verhaftungen, falls Verstöße vorliegen<br>• Subventionierung bereits gebuchter Reisen in das Zielgebiet mit Vergünstigungen<br>• Ausnutzung der Gleichzeitigkeit des Deepwater Horizon Oil Spill; globaler Medienfokus günstig → Krise kann vor Ort binnen weniger Tage beseitigt werden | Zunehmend bis hoch<br>SF – R: > 6<br>SF – OG: > 6<br><br>BG: Regulierbar; Faktor < 4 |
| | Ebene B: lokal | • Durchführung von Umweltsa- | keine |

---

[38] Siehe auch weiterführende Information unter
https://en.wikipedia.org/wiki/Jebel_al-Zayt_oil_spill.

| | | | |
|---|---|---|---|
| | Ansprechpartner: Siehe Liste im Anhang | nierungen auf Staatskosten → Ausgleich über Steuererhöhungen für Hotelübernachtungen | |
| | Ebene C: national<br><br>Ansprechpartner: Siehe Liste im Anhang | • Ankündigung einer Sicherheitsprüfung aller Bohrinseln (staatlich und privat)<br>• Veröffentlichung eines Kurzberichts zur Leugnung potenzieller Folgeschäden<br>• Veröffentlichung einer Pressemitteilung: Bestätigung, dass schnelles Regierungseingreifen das Leckausmaß limitieren konnte; Nennung einer geringeren Austrittsmenge an Öl | Moderat<br>SF – R: < 4<br>SF – OG: < 4 |
| | Ebene D: internat.<br><br>Nicht relevant | • keine | keine |
| Bullenbaai Oil Spill / Curacao / 2012[39] / Kervielia Petroleum | Ebene A: intern<br><br>Ansprechpartner: Frank Kurtz, CEO<br>+1 28136621-818 | • Sofortige Löschung belastender interner Kommunikationsprotokolle betreffend der Sicherheitsbestimmungen auf allen Ebenen | Hoch<br>SF – R: > 7,5<br>SF – OG: > 7,5<br>BG: Zunehmend kritisch; Faktor 6,5 |
| | Ebene B: lokal<br><br>Ansprechpartner: Cornelius McCormack, Head of Special Operations, Kervielia Petroleum<br><br>+599 972120- | • Leugnung, dass es sich um menschliches Versagen handelte; andere Ursachenquellen identifizieren und aktiv über Medienkanäle kommunizieren<br>• Durchführung sofortiger Umweltsanierungen, um Ölausbreitung auf Urlaubssektoren zu verhindern → wenn nicht durchgeführt, dann Risiko einer zu hohen Öffentlichkeitseinwir- | Zunehmend bis hoch<br>SF – R: > 6<br>SF – OG: > 6 |

---

[39] Siehe auch weiterführende Information unter
http://curacaochronicle.com/local/maximum-penalty-for-bullenbaai-oil-spill-is-5000-guilders/.

| | | | |
|---|---|---|---|
| | 0212 | kung | |
| | Ebene C: national<br><br>Ansprechpartner: Siehe Liste im Anhang | • Einrichtung eines kleinen Entschädigungsfonds, falls kritische Medienberichterstattung erfolgt → ansonsten Zahlung einer Strafe von 5000 Guilders (= $2800), da alte Regularien Anwendung finden (Port Regulations, 1936) | Moderat<br>SF – R: < 4<br>SF – OG: < 4 |
| | Ebene D: internat.<br><br>Ansprechpartner: Siehe Liste im Anhang | • Durchführung einer Greenwashing-Kampagne (Vorschläge im Anhang), da Schadensereignisabfolge zu frequentiert (3 Lecks/ 2012) → NGOs nehmen Curacao seit letztem Oil Spill verstärkt in den Fokus<br>• Schließung einer strategischen Partnerschaft mit ausgewählten NGOs | Keine |
| Guarapiche Oil Spill / Venezuela / 2012[40] / Venepec – The National Energy Consortium of Venezuela | Ebene A: intern<br><br>Ansprechpartner: Siehe Liste im Anhang | • Abweisen oppositioneller und allgemeiner Medienanfragen<br>• Vermeidung von spezifischen Angaben zu den Ursachen und zum Umfang des Ölaustritts → Bekanntgabe vor allem der tatsächlichen Austrittsmenge (größer 60000 Barrel Öl) zu riskant; hätte nationale und internationale Auswirkungen | Zunehmend bis hoch<br>SF – R: > 6,5<br>SF – OG: > 6,5<br>BG: Zunehmend bis hoch;<br>Faktor > 6 |
| | Ebene B: lokal<br><br>Ansprechpartner: Siehe Liste im Anhang | • Abschalten der lokalen Wasseraufbereitungsanlage<br>• Unterbindung lokaler Proteste<br>• Initiieren einer öffentlichkeitswirksamen staatlichen Medienkampagne → Vizepräsident soll Wasser aus dem verschmutzten Fluss trinken<br>• Einleitung sofortiger Umweltsa- | Zunehmend bis hoch<br>SF – R: > 6,5<br>SF – OG: > 6,5 |

---

[40] Siehe auch weiterführende Information unter
https://venezuelanalysis.com/news/6817 und
https://www.stabroeknews.com/2012/news/stories/02/12/venezuela-says-guarapiche-oil-spill-under-control/.

|  |  |  | |
|---|---|---|---|
|  |  | nierungsmaßnahmen unter Einsatz von mindestens 1500 Arbeitern von Venepec → Konstante mediale Streuung, dass der Staat alles Menschenmögliche unternimmt, um die Krise zu lösen; Bekanntgabe nach ca. 14 Tagen, dass mehr als 90% des ausgetretenen Öls beseitigt wurden; Botschaft: Die Regierung ist handlungsfähig und löst Krisen resolut und schnell |  |
|  | Ebene C: national<br><br>Ansprechpartner: Siehe Liste im Anhang | • Absetzung des Chefs des Staatskonzerns und diesen als Bauernopfer präsentieren<br>• Verkünden einer Revision der Sicherheitsregularien betreffend aller Ölförderungseinrichtungen<br>• Öffentliche Diskreditierung oppositioneller Berichterstattungen als unwahr und voreingenommen<br>• Sofortige Auflösung potenzieller nationaler Proteste und Verhaftung von Führungspersonen unter Verweis auf staatsgefährdendem Verhalten | Zunehmend bis hoch<br>SF – R: > 6,5<br>SF – OG: > 6,5 |
|  | Ebene D: internat.<br><br>Ansprechpartner: Siehe Liste im Anhang | • Keine Akkreditierung internationaler Medienvertreter<br>• Verhinderung der Kontaktaufnahme internationaler Journalisten und Medien zur venezolanischen Opposition (siehe rote Liste von in- sowie ausländischen Gefährdungspersonen im Anhang) | Moderat<br>SF – R: < 5<br>SF – OG: < 5 |

Nathans Neugierde war nun nicht zu bremsen. Er machte sich in der Folge daran, noch weitere Schubladen zu durchkramen. Nicht mehr zielgerichtet und ruhig, sondern willkürlich und hektisch, getrieben von der Gier nach Mehr. Mehr Informationen.

*Verdammt, die Zeit vergeht rasend schnell! Ich muss hier raus, bevor jemand merkt, seit wann ich schon von meinem Arbeitsplatz weg bin*, schoss es ihm durch den Kopf, während sich seine flinken Hände ihren Weg durch zahlreiche weitere Akten bahnten.

Ein flüchtiger Blick auf seine Uhr verriet ihm, dass er bereits 15 Minuten und somit viel zu lange in der Aktenkammer zugegen war.

Er öffnete schließlich mit brachialer Gewalt und einem lauten Knall die Schublade unterhalb derer für Sonderoperationen. Das Echo breitete sich unkontrolliert bis in den letzten Winkel des großen Raumes aus. Ohne dem weitere Beachtung zu schenken, griff er in die vor ihm fein säuberlich aufgereihten Unterlagen. Dabei zog er wahllos zwei Dokumente heraus. Das erste war mit der Kennzeichnung GR-2014-Update-SOP versehen, das zweite mit SO-2013-MEX-TR. GR stand für Government Relations und erfasste Standardprozeduren (kurz SOPs) für Lobbyingstrategien, die offensichtlich vorrangig für Rohstoffkonzerne gedacht waren. Der in der Akte dargelegte Aktionsplan beschrieb einen wesentlichen Kern der Arbeit von CJA. Dieser empfahl Branchenunternehmen, sich aktiv sowohl in Gesetzgebungsprozesse als auch in gesellschaftliche Debatten einzuschalten, um ihre Interessen zu durchzusetzen und die Öffentlichkeit gezielt zu manipulieren.

Gemäß dem Aktionsplan hing der Erfolg einer Lobbyingstrategie jedoch von einer Vielzahl von Faktoren ab. So war ein sehr fundiertes Fachwissen über die politischen Entscheidungs- und Gesetzgebungsprozesse per definitionem unerlässlich. Als ebenso entscheidend wurde der Zeitpunkt eingestuft, zu dem man sich in diese Prozesse einzuklinken versuchte. Entscheidend war, die zentralen Zielvorgaben der politischen Ansprechpartner auf lokaler sowie nationaler Ebene zu identifizieren und die eigene Strategie geschickt darauf aufzubauen. Ein ergänzendes Element war der Zusammenschluss mit anderen Akteuren, in der Regel Branchenkonkurrenten, zu sogenannten „Smart Alliances". So ließ sich die eigene Verhandlungsstärke auf Basis des Zusammenführens gemeinsamer finanzieller Ressourcen sowie des Verschmelzens eigentlich konkurrierender Expertise konsolidieren. Eine ausgeprägte Anpassungsfähigkeit an sich rasant verändernde Gegebenheiten war ein zusätzlicher, essenzieller Baustein einer jeden Lobbyingstrategie. Das größte Gewicht war letztlich im Gegensatz dazu der Informationshoheit beizumessen. Verfügte man über Informationen, die sonst niemand hatte, war es deutlich leichter, beträchtlichen Einfluss auf politischer Ebene auszuüben und eigenen Anliegen den nötigen Schub zu verleihen.

Im Zuge der Globalisierung und der damit einhergehenden veränderten Rolle der Privatwirtschaft als verantwortungsvoller Akteur war es immer wichtiger geworden, Diskurse nicht nur im politischen, sondern auch im soziokulturellen und wissenschaftlichen Kontext mitzugestalten und gezielt zu beeinflussen. Die Fähigkeit der Diskursdeutung beziehungsweise die Strategie der „Thought Leadership" stellte aus diesem Grund ein weiteres Kernelement einer Lobbyingstrategie dar. Eine einmal errungene Diskurshoheit gegenüber politischen Entscheidungsträgern und anderen Akteuren konnte demnach als wesentliches Druckmittel genutzt werden.

*In Indonesien war die Sache aber ganz anders gelagert,* kam es sofort in Nathan hoch. Tatsächlich klaffte zwischen Theorie und Wirklichkeit eine nicht zu überbrückende Lücke. Wüsste die breite Öffentlichkeit, wie CJA und andere Beratungsfirmen die Bestechlichkeit einiger Politiker und Bürokraten ohne jegliche Skrupel ausnutzten, dann stünde es um diese Firmen wohl viel schlechter.

Insbesondere großen Rohstoffunternehmen wurde seit geraumer Zeit eine erhöhte Aufmerksamkeit zuteil, nicht nur von Seiten der Politik, wie sich beispielsweise durch die neue EU-Rohstoffstrategie zeigte, sondern auch der Zivilgesellschaft und Nichtregierungsorganisationen. Die Rohstoffbranche in ihrer Gesamtheit sah sich verstärkt dem Vorwurf der aktiven Umweltzerstörung und lokalen Verletzung von Arbeits- und Menschenrechten in Drittstaaten ausgesetzt. Die Förderung privatwirtschaftlicher Regulierungsregime, zum Beispiel im Rahmen der Welthandelsorganisation (WTO) oder der United Nations Conference on Trade and Development (UNCTAD), sollten genau genommen den Aktions- und Einflussradius von Unternehmen erhöhen und derartige Vorwürfe mittels einer verbesserten Verhandlungsposition gegenüber der Politik entkräften. Dies konnte die Mehrzahl der Unternehmen jedoch nicht alleine bewerkstelligen. Deshalb gingen sie enge Kooperationen mit Beratungen wie eben CJA ein, die über die notwendige Expertise und das Netzwerk in Politik, Wirtschaft, Medien und Gesellschaft verfügten. Auf diese Zusammenarbeit ging ursprünglich die öffentlichkeitswirksame Einführung des Geschäftszweigs der Corporate Social Responsibility (CSR) zurück, denn ethikkonformes Handeln war in den letzten

Jahren kontinuierlich wichtiger geworden und wurde von der Gesellschaft zunehmend vorausgesetzt.

»Was für eine Heuchelei. Aus reiner Überzeugung handelt heutzutage sowieso kaum jemand verantwortungsbewusst. Die meisten Unternehmen betreiben Augenwischerei und konterkarieren die vorgelebte Moral still und heimlich hinter den Kulissen«, sagte Nathan empört vor sich hin.

Seine Wut steigerte sich zusehends. CJA wurde schlicht und einfach von Rohstoffkonzernen, Investmentbanken oder anderen Großunternehmen engagiert, um die Drecksarbeit zu erledigen. Die Worte des Aktionsplans waren nicht mal das Papier wert, auf dem sie geschrieben standen.

Nathan spürte, dass er sich umso stärker von seiner Arbeit entfremdete, je mehr Informationen er in sich aufsaugte. Sein anfänglich fast schon überschwänglicher Enthusiasmus über die Karriereaussichten bei CJA löste sich sukzessive in Luft auf.

Dennoch zwang er sich weiterzulesen, wohl in der Erwartung, dass der nächste große Knall bald folgen würde. Doch das vorliegende Dokument war in dieser Hinsicht vielmehr enttäuschend. Im Folgenden beschrieb es nur noch die parlamentarischen Beteiligungswege der Unternehmen auf nationaler Ebene und die Notwendigkeit, eigene Spezialabteilungen aufzubauen. Diese dienten vordergründig dazu, durch eine umfassende Forschungs-, Risiko- und Datenanalyse zu einem genaueren Vorabszenario bezüglich der potenziellen Auswirkungen politischer Gesetzesinitiativen zu gelangen.

Aufgrund spezieller Networking-Events, die politisch gewollt und gezielt gefördert wurden, verfügte CJA überhaupt erst über seine einzigartigen Einflusskanäle. Bot man dann weiterhin spezielle finanzielle Zuwendungen in Form von Wahlkampfsubventionen oder der Schaffung von Arbeitsplätzen jedweder Art an, konnte man sich der Unterstützung der Politik meist sicher sein.

War dies nicht der Fall, tat die Androhung von Enthüllungen betreffend privater Verfehlungen basierend auf außerehelichen Affären, sexuellen Perversionen oder anderen obskuren Machenschaften ihr Übriges. Politiker wurden so zu gefügigen Lämmern, die einem bereitwillig jeden Wunsch erfüllten. Beinahe jeder hatte Leichen im Keller. Vor allem diejenigen, die in ihrem Leben nach Macht strebten. Dieses Pauschalurteil vermochte Nathan zu diesem Zeitpunkt ohne Umschweife zu unterschreiben.

»Scheiß drauf. Das sind doch alles nur leere Phrasen.« Er schlug die Akte zu und überlegte für einen kurzen Augenblick, ob er die Aktenkammer endlich verlassen sollte, da fiel sein Blick auf das zweite Dokument mit der Kennung SO-2013-MEX-TR, das er vor sich liegen hatte. So sehr er auch dagegen ankämpfte, er konnte seinen Blick nicht davon lösen. Die Abkürzung MEX stand für Mexiko. Seines Wissens führte CJA allerdings keinerlei Klienten aus diesem Land in seinem Portfolio. Er schlug schwungvoll die erste Seite auf und begann eifrig darin zu lesen.

»Was zum ...?« Vor lauter Schock ließ er die Akte direkt fallen, bis sie mit einem lauten Klatscher auf dem Boden aufkam. Mit diesem Dokument hatte er nun endgültige Gewissheit, dass er einem dramatischen Trugschluss unterlegen war, als er das Jobangebot von CJA angenommen hatte. Wie ein gewaltiger Faustschlag traf ihn die Realität mit voller Wucht. Ihm wurde vorübergehend schwindelig.

Trotz seines emotionalen Gemütszustands, hob er die Akte hastig wieder auf und vergewisserte sich, dass er sich nicht verlesen hatte: Charon Jove & Associates unterhielt in Mexiko weder eigene Geschäfte noch betreute das Unternehmen etwaige Kunden in diesem Land. Das hinderte die Firma allerdings nicht daran, anderweitig tätig zu sein. So hatte es sein Arbeitgeber unter Ausnutzung des weitverzweigten Netzwerks geschafft, der Kervielia Group beziehungsweise deren Tochtergesellschaft Carbacal Extractive Mexico eine Partnerschaft mit zwei der mächtigsten Drogenkartelle des Landes, den Caballeros Templarios, auch Tempelritter genannt, und Los Zetas, zu vermitteln.

Aktenseite um Aktenseite las sich wie der Auszug aus einem schlechten Hollywood-Thriller, den sich jemand zusammengesponnen hatte – mit der traurigen Gewissheit, dass die irrwitzig anmutenden Beschreibungen der Realität entsprachen.

Die Tempelritter waren, so viel wusste Nathan aus den Medien, eine Art pseudo-religiöses Kartell, das aus dem mexikanischen Bundesstaat Michoacán an der Pazifikküste stammte. Im Gegensatz zu Konkurrenten wie dem Sinaloa-, Golf- oder Tijuana-Kartell waren die Tempelritter vor einigen Jahren aktiv in den Rohstoffhandel eingestiegen und so zunehmend zu relevanten Geschäftspartnern in der Branche aufgestiegen. Darüber hinaus waren sie in umfangreiche, illegale Bergbauaktivitäten verwickelt. Doch die weitaus einflussreicheren Los Zetas wurden in diesem Zusammenhang ebenfalls gelistet. Sie kontrollierten weite Teile Mexikos und die Grenzregionen zu Belize und Guatemala. Illegale Abholzungen ganzer Regenwaldgebiete in den Nachbarstaaten gingen auf dieses Drogenkartell zurück.[41]

Gemäß dem Dossier schien Carbacal Extractive besonders daran interessiert gewesen zu sein, die Vorzüge einer möglichen Kooperation mit *beiden* Kartellen auszuloten und diese entsprechend in die Tat umzusetzen. Die potenzielle Zusammenarbeit umfasste dabei alle nur erdenklichen Rohstoffe, die in Mexiko vorzufinden waren, inklusive Holz und Sand. Die Brutalität, mit der die Kartelle ihre Interessen durchsetzten, spielte für Kervielia augenscheinlich keine Rolle. Dies war vor dem Hintergrund bemerkenswert, dass es US-Bürgern sowie amerikanischen Unternehmen nämlich gesetzlich strikt verboten war, Geschäftsbeziehungen jeglicher Art mit den Kartellen zu unterhalten.

Die Caballeros Templarios waren mit ihren Zellen mehrheitlich in und um Mexico City aktiv. Der Name rührte daher, da das Kartell von all seinen Mitgliedern eine abstinente Lebensführung mit absolutem Alkohol- und Drogenverzicht einforderte.

Nach anfänglichem Fokus auf ihre Stammregionen, hatten die Kartelle über die Jahre eine strategische Ausweitung ihrer Geschäfte auf andere Länder, nicht nur auf dem nord- und südamerikanischen Kontinent, sondern auch in Europa vollzogen. Diese forcierte Internationalisierung bedeutete zum Beispiel, dass das Sinaloa-Kartell seinen Einfluss auf mehr als 40 Länder weltweit ausdehnen konnte. Das vorrangige Ziel war, Einnahmen aus dem Drogen- und Menschenhandel sowie erpresste Schutzgelder in legale Wirtschaftszyklen zu überführen und somit reinzuwaschen. Alles in allem agierten die meisten Kartelle wie eigenständige Großkonzerne, die mit Investitionen innerhalb verschiedener Märkte ihr Glück suchten.[42]

---

[41] Ehringfeld, Klaus (Juli 2015): „Drogenkrieg in Mexiko", Hamburg: *SPIEGEL Online* [http://www.spiegel.de/panorama/justiz/drogenkrieg-in-mexiko-der-einfluss-der-kartelle-grafik-a-969656.html].
[42] Ebd.

Laut dem vorliegenden Dokument kaufte Carbacal Extractive den Kartellen Rohstoffe wie Holz, Sand oder Eisenerz zu unter dem gängigen Marktniveau liegenden Preisen ab, um diese dann gewinnbringend weiterzuveräußern. Als Gegenleistung verhalf man den Kartellen zu legalen Investitionen im Ausland, beispielsweise in Form von Immobilien in Florida oder dem Erwerb von Unternehmensanteilen von Mittelständlern. Dem Dokument war außerdem eine Liste korrupter mexikanischer und internationaler Politiker, Verwaltungsbeamter und einzelner Polizei- sowie Militärangehöriger als Ansprechpartner beigefügt, nach Land, Bundesstaat und Einflussgrad geordnet. Durch Querweise wurde ersichtlich, was sich die Kervielia Group die Kooperation mit den Kartellen kosten ließ. Die aufgelisteten Summen der Schmiergeldzahlungen an Staatsbeamte und andere Akteure sprengten Nathans Vorstellungskraft. Als er weiterblätterte, stieß er auf eine Seite mit Codewörtern, die man zu benutzen gezwungen war, falls man mit dem jeweiligen Ansprechpartner in Kontakt treten wollte. Die Kartelle hatten für ihre Kommunikation eine eigene, verschlüsselte Sprache entwickelt und die vorliegende Seite enthielt einen entsprechenden Leitfaden dazu.

Noch viel erschreckender war für Nathan jedoch die Erkenntnis, dass die Akte eine rote Liste von Zielpersonen führte, die ausgeschaltet werden sollten oder es möglicherweise schon waren. Einzelne, beigefügte Passfotos waren bereits rot durchgestrichen. Die darauffolgenden Seiten gaben alle relevanten Bankverbindungen preis, über die die Geschäfte schlussendlich abgewickelt wurden. Nathan war sich bewusst, dass das an die Kartelle weitergeleitete Geld über eine Vielzahl verschiedenster Konten und Unterkonten in zahlreiche Länder überwiesen worden war, so dass eine nachträgliche Rückverfolgung durch Strafbehörden nahezu unmöglich erschien. Auf Grundlage dieser Informationen musste er sich genau jetzt schmerzhaft eingestehen, dass sein Arbeitgeber indirekt sogar an der Ermordung von Menschen beteiligt gewesen war, die den Geschäftsinteressen einzelner Klienten entgegenstanden.

Ungläubig blätterte Nathan mehrfach hektisch vor und zurück, so als wollte er es einfach nicht wahrhaben. So als könnte er den Inhalt der Akten nochmals umformulieren und in das Korsett seines eigenen Weltbildes zwängen. Doch seine persönliche Niederlage war besiegelt, seine moralische Unversehrtheit verloren. Er war nun Teil eines Systems, das seinen ethischen Grundsätzen diametral zuwiderlief.

Welche Schlüsse hatte er daraus ziehen? Im Eifer des Gefechts spulte er imaginär alle möglichen und unmöglichen Handlungsszenarien durch. *Soll ich für meine Überzeugungen einstehen und mein Leben dafür riskieren oder das Unerträgliche erdulden? Junge, in was hast du dich da nur hineingeritten?!*

Während er desillusioniert in seiner Position vor der geöffneten Schublade verharrte, bemerkte er nicht, dass soeben die Eingangstür der Aktenkammer geöffnet worden war. Jemand schlängelte sich geschmeidig wie eine Katze durch das Labyrinth der Aktentürme und näherte sich ihm mit rasantem Tempo. Die Schritte des Unbekannten hallten leise, kaum wahrnehmbar durch den Raum. Nathan hatte der Person den Rücken zugewandt und war ihr schutzlos ausgeliefert. Der Mann war schließlich ganz nah und berührte fast die Schulter Nathans, als er die Hand wieder zurückzog und fragte: »Nathan, was zur Hölle machst du hier drinnen?«

Die aus dem Nichts aufgetauchte Stimme erfasste die Weite der Kammer wie ein Erdbeben, woraufhin Nathans Herz beinahe stehengeblieben wäre. Hätte er nicht auf der Stelle Remmels Stimme erkannt, wäre er wohl umgehend vor Schock umgefallen. Dieser musste seine Frage wiederholen, erst dann drehte sich sein Schützling, eine Akte weiterhin fest in seinen Händen haltend, langsam zu ihm um. Remmel konnte an Nathans Gesichtsausdruck ablesen, dass etwas nicht stimmte. Er war kreidebleich. Seine Gesichtszüge wirkten erschöpft, beinahe so, als hätte man ihm jeglichen Lebenssaft aus den Adern gesaugt. Sein Anblick glich dem eines Boxers, der den finalen Knockoutpunch erwartete und keinerlei Energie mehr für eine effektive Gegenwehr aufbringen konnte. Remmel war entsetzt.

Ihm wurde nun schmerzhaft klar, dass sein Lehrling am gleichen Scheidepunkt angelangt war, an dem er sich selbst zu Beginn seiner Karriere bei CJA befunden hatte. Ohne auf eine Antwort zu warten, machte er den letzten Schritt auf Nathan zu, griff nach der Akte, legte sie zurück in die Schublade, schloss diese behutsam und sagte: »Wir müssen reden, mein Freund. Du hättest keine Sekunde lang hier drinnen sein dürfen. Zum Glück habe nur ich mich gewundert, weshalb du so lange von deinem Arbeitsplatz abwesend warst. Komm, wir müssen schnellstens verschwinden. Charon ist, Gott sei

Dank, vor über einer halben Stunde nach Hause gegangen. Hätte er dich hier so vorgefunden, dann ...«

Er wollte Nathan gerade an der Schulter packen, als dieser mit emotionaler, spürbar zittriger Stimme aussprach, was ihm in diesem Augenblick durch den Kopf ging: »Das hier ist eine Schande, Carl. Eine Schande, die meine Weltanschauung und Wertvorstellungen vollständig auf den Kopf stellt. Eine Schande, die alles, woran ich je geglaubt habe, mit Füßen tritt. Was ich gelesen habe, kommt einer Kriegserklärung an mich, dich sowie die gesamte Menschheit gleich. Kervielia ist ein Monster. Und CJA hat dieses Monster mit erschaffen. Ich werde nicht untätig zusehen, wie CJA alles zerstört, wofür ich stehe. Ich werde kämpfen und du wirst mich davon nicht abhalten! Niemand!«

Remmel schaute Nathan eindringlich an. Schließlich nickte er demütig. Er hatte verstanden.

# Siebtes Kapitel: Krieg

**London King's Cross St. Pancras,
15.08.2014**

»Wer sind Sie gleich nochmal?«, fragte die dickliche, kleine Frau, die vor Hudson gemütlich in ihrem Sessel saß. Sie sprach mit einem ausgeprägten Cockney-Akzent, den Hudson nicht ausstehen konnte. Obwohl er selbst Engländer war, tat er sich ungeheuer schwer, Menschen mit diesem Akzent zu verstehen, da sie beispielsweise einzelne Buchstaben ausließen und ganze Wortfetzen einfach verschluckten. Die junge Frau kaute offensiv auf ihrem Kaugummi herum und starrte abwechselnd Hudson, seine zwei Begleiter, Dr. Bleriott und Heyessen, und die Decke an.

»Zum letzten Mal, mein Name ist Hudson. Ich ...«, entgegnete er relativ gelassen, als sie ihm erneut das Wort abschnitt.

»Sie halten sich wohl für ganz wichtig, dass Sie glauben, die gesamte Schlange wartender Leute überspringen zu können«, ging ihn die Angestellte des Kundenservice von Transport for London (TFL) scharf an und schaute dabei skeptisch hinter ihrer verglasten Kabine hervor.

»Hören Sie, wie heißen Sie?«

»Emma.« Ohne ein weiteres Wort hinzuzufügen, tippte sie auf ihr Namensschild, das Hudson zunächst übersehen hatte. Sie war überaus gereizt.

»Jetzt machen Sie mal den Weg frei und schummeln sich nicht vor. Wir haben nicht ewig Zeit. Es gelten Regeln für alle und Sie ...«

»Emma, ja? Ich sage es Ihnen noch ein Mal: Ich bin von Interpol und wir benötigen von Ihnen nur eine kleine Information. Alle anderen müssen halt kurz warten.«

Der TFL-Angestellten merkte Hudson an, dass sie keine Ahnung hatte, was sie nun damit anzufangen hatte. Sie untermalte dies theatralisch durch ein Verdrehen ihrer Augen. Sie machte nicht nur einen desinteressierten Eindruck, sondern war es tatsächlich auch.

*Du dumme Kuh! Für mehr als Essen und gelangweilt auf einem Stuhl rumhocken hat es im Leben wohl nicht gereicht. Nur wenn man dir einen Donut in Aussicht stellt, kann man sich deiner Aufmerksamkeit vielleicht sicher sein, oder?* kochte es in Hudson hoch.

»Also, ein letztes Mal: Ich bin von Interpol. Das ist eine Polizeibehörde. Hier ist meine Marke. Ich muss dringend mit Ihrem Vorgesetzten reden. Falls Sie mich weiterhin ignorieren, wird das Konsequenzen für Sie haben!«

Emma schwieg. Sie machte den Anschein, als wollte sie nur ihre Zeit totschlagen. Aufs Neue rollte sie ihre Augen und warf zuerst Hudson, dann Dr. Bleriott und als letztes Julius Heyessen einen verächtlichen Blick zu, ehe sie endlich zum Telefon griff und daraufhin etwas Unverständliches in den Hörer sprach. Sie sagte anschließend kein Wort mehr, hörte ihrem Gesprächspartner lediglich zu und legte wieder auf.

»Sie müssen sich leider ein wenig gedulden.« Sie konterte Hudsons Reaktion mit einem selbstgefälligen Gesichtsausdruck, so dass diesem beinahe der Kragen platzte. Die TFL-Angestellte schien den Moment voll auskosten zu wollen, als hinter ihr plötzlich die Tür aufgestoßen wurde und sich ein großer Mann von bärenartiger Statur seinen Weg durch den viel zu engen Durchgang bahnte. Hudson musterte den Mann von oben bis unten. Dieser hatte seinen Kopf einziehen müssen, damit er nicht gegen den Türrahmen knallte. Seine breiten Oberarme zeichneten sich deutlich unter seinem eng anliegenden, weißen und an den Ärmeln hochgekrempelten Hemd ab. Beide Arme zierten großflächig mehrere Tattoos. Die Erscheinung des Mannes hatte anfangs etwas Bedrohliches an sich. Mit einer unmissverständlichen Kopfbewegung gab er Hudson, Dr. Bleriott und Heyessen zu verstehen, sich rechts um die Ecke des Kundenservice-Centers zu begeben. Dieser Aufforderung kamen sie sofort nach.

Dort angekommen, wartete der Mann bereits auf sie, der sich in der Folge als Emmas Vorgesetzter und Leiter des Kundenservice, Mr. Audrey, vorstellte: »Verzeihen Sie bitte das Verhalten meiner Angestellten, aber Emma ist manchmal wie ein Bauer, der nur das frisst, was er kennt. Wie auch immer, Sie wissen mit Sicherheit, was ich meine.«

Nachdem einige Sekunden vergangen waren, blickte Audrey fragend in die Runde. Als eine erste Reaktion ausblieb, sah er sich genötigt, das Wort zu ergreifen: »Als ich hörte, dass Sie von Interpol sind, habe ich Emma natürlich gleich den Marsch geblasen, dass das alles so nicht geht und ...«

Bevor er seinen Satz zu Ende führen konnte, hob Dr. Bleriott, der das ganze Theater offensichtlich zunehmend auf die Nerven ging, ihre Hand und gab Audrey deutlich zu verstehen, dass er schweigen solle.

»Mr. Audrey, ich bin Interpolhauptkommissar Hudson, das sind meine Kollegen. Hier ist mein Ausweis«, merkte Hudson mit ruhiger Stimme an. Er wollte Audrey so wenig Auskunft wie möglich darüber geben, weshalb er und seine zwei Begleiter heute hierhergekommen waren. Vor diesem Hintergrund sollte er ruhig glauben, dass sie alle von Interpol waren.

»Sie müssen uns für einen kurzen Moment helfen, das ist alles. Danach sind Sie auch direkt wieder entlassen und können Emma zusammenstauchen.« Während er dies sagte, konnte er sich ein hämisches Grinsen nicht verkneifen. Dann fuhr er entschieden fort: »Wir benötigen Zugang zu einem der Schließfächer, das sich irgendwo auf dem Bahnhofsgelände befindet. Warten Sie ...«

Hudson griff in seine rechte Sakkotasche und händigte Audrey den Schlüssel aus, den er von Dr. Bleriott und Julius Heyessen erhalten hatte.

»Nun gut, das dürfte nicht so schwierig sein, da der Schlüssel über eine Kennung verfügt. Sie wissen, dass Sie für das Öffnen des Schließfaches einen neunstelligen Code benötigen? Sollten Sie diesen nicht besitzen, können wir eine mögliche Zwangsöffnung nur auf Basis eines Gerichtsbeschlusses durchführen.«

Audreys sehr männliche Stimme strahlte entgegen seiner anfänglichen Nervosität Ruhe und Souveränität aus. Er wusste routiniert mit der sicherlich nicht alltäglichen Situation umzugehen. Derweil er daraufhin zu seinem Handy griff, um in der Verwaltungszentrale des Bahnhofs anzurufen und die Kennung des Schlüssels durchzugeben, erkannte Hudson, dass Dr. Bleriott und Heyessen überaus positiv gestimmt schienen. Sie hatten immense Erwartungen an den heutigen Tag gehabt, genauso wie er selbst. Er rief sich in Erinnerung, dass der Code, den sie zusammen dekodiert hatten, aus eben neun Zahlen bestand. Sie waren also auf einem guten Weg.

Nach etwa einer Minute legte Audrey auf und deutete den drei Wartenden an, ihm zu folgen: »Wir müssen circa fünf Minuten laufen. Das Schließfach trägt die Nummer 1837-B-22«, ließ der TFL-Angestellte sie weiter wissen.

Im Laufe des Fußmarsches redete niemand mehr ein Wort außer Audrey selbst. Er war sehr gesprächig, ein charmanter Kerl, den man manchmal aufgrund seines Akzents allerdings kaum verstand. Kurz bevor sie ihr Ziel erreichten, gingen sie an einer WH Smith Buchhandlung vorbei. Genau in dieser Sekunde durchfuhr Dr. Bleriott ein Geistesblitz, sie stupste intuitiv Heyessen an und deutete auf das Geschäft. Sein Blick verriet ihr, dass er keine Ahnung hatte, was sie von ihm wollte.

»Hast du die Buchhandlung gesehen?«, fragte sie ihn mit flüsternder Stimme.

»Was habe ich? Buchhandlung? Welche Buchhandlung?« Um sich zu vergewissern, drehte er sich suchend um.

»Ja, dort rechts von dir ist ein WH Smith.«

»Und weiter?«

Dr. Bleriott musste ob der ignoranten Frage ihre Augen verdrehen. »Erinnerst du nicht mehr an die vorletzte Strophe des Gedichts deines Vaters? In Worten schweig und lös das Schloss, das verbarg sich hinter Bücherlist, am Fuß der großen Statu Christ. Und jetzt schau mal zu deiner Linken.«

Während sie Heyessen dazu aufforderte, ihrer Handbewegung zu folgen, konnte sie das aufkommende Leuchten in seinen Augen förmlich spüren.

Er blieb einen Moment lang stehen und blickte abwechselnd nach rechts in Richtung des Bücherladens und dann nach links, wo er eine Jesus Christus-ähnliche Statue ausmachte. Ihn überkam darauf ein inneres Kribbeln, eine sich anbahnende Erregung, die er nur mühsam zu beschreiben imstande war. Heyessen dämmerte es, wie nah sie nun des Rätsels Lösung waren. Dies bedeutete womöglich auch Aufschluss darüber, weshalb sein Vater sein Leben lassen musste. Und wer dafür die Verantwortung zu tragen hatte. Insbesondere auf die letzte Frage erhoffte er sich sehnlichst eine Antwort.

»Komm Julius, wir müssen weiter!«

Nach zehn Metern waren sie rechts um die Ecke gebogen, um sich auf der Rückseite der Buchhandlung wiederzufinden. Audrey führte die drei ihm fremden Personen zielgerichtet zu einem kleinen Schließfach mit der Kennung 1837-B-22. Als sich alle davor aufreihten, legte sich ein fast schon unheimlicher Mantel der Stille über die Gruppe. Hudson hielt den Schlüssel, den er kurz zuvor von Audrey zurückbekommen hatte, fest in seinen Händen. Die Anspannung war für alle greifbar. Heyessen sprang leicht von einem Bein auf das andere. Dr. Bleriott biss nervös unentwegt auf ihrer Unterlippe herum.

Hudson suchte gezielt die Zustimmung seiner beiden Begleiter. Ohne sie wäre er mit großer Wahrscheinlichkeit nie so weit gekommen. Heyessen und Dr. Bleriott erwiderten seinen fragenden Blick mit einer auffordernden Geste. Er zögerte.

»Nun öffnen Sie endlich das verdammte Schließfach, Hudson!«, rief ihm Dr. Bleriott zu.

Er hatte sich über den Inhalt und daraus resultierende Eventualitäten entgegen seines eigenen Habitus vorab keinerlei Gedanken gemacht. Aus Selbstschutz stapelte er eher tief in Bezug auf die Ergebnisse, die man aus den vermeintlich kompromittierenden Dokumenten extrahieren würde können. Sofern diese überhaupt existierten.

»Also gut, meine Freunde.« Hudson atmete einmal tief durch. »Wir wissen alle, warum wir uns hier eingefunden haben. Auf geht's! Mensch, bin ich aufgeregt, ähnlich wie bei meinem ersten Mal.« Er hielt für einige Sekunden inne, nur um anschließend fortzufahren: »Damals habe ich übrigens kläglich versagt. Das soll uns hier und heute aber nicht passieren.« Ein gezwungenes Lächeln huschte über sein Gesicht. Alle mussten mitunter schmunzeln. Auch Audrey, der als unwissender Beobachter keinerlei Vorstellung von der Bedeutung dieses Augenblickes hatte.

Als Hudson den Schlüssel in das Loch steckte, war jegliche Lockerheit aus seinen Gesichtszügen verschwunden. Er runzelte die Stirn. Bevor er den Schlüssel umdrehen konnte, hatte er noch einen Code in ein zusätzlich angebrachtes Zahlenschloss einzugeben. Hudson tippte nachfolgend die neunstellige Zahlenkombination ein. Ein leises Klicken war zu vernehmen und führte dazu, dass Hudson leicht zusammenzuckte: Der Schlüssel passte und die dazugehörige Zahlenkombination war ebenso richtig gewesen.

Hudson suchte erneut den Augenkontakt mit Dr. Bleriott und Heyessen. Sie hielten es selbst nicht mehr aus. Für Dr. Bleriott ging alles viel zu langsam. Am liebsten hätte sie Hudson beiseite gestoßen und das Schließfach aus der Verankerung gerissen, um so schnell wie möglich an die darin befindlichen Dokumente zu gelangen.

Hudson zog mit einem Ruck die Tür des Schließfaches auf. Bis auf eine vollgestopfte Akte war es leer. Er griff umgehend nach ihr, als plötzlich ein kleiner Umschlag herausrutschte und gen Boden fiel. Er fing ihn gerade noch rechtzeitig auf und klemmte die dicke Akte unser seinen rechten Arm, um mit seinen Händen den Umschlag genau abtasten zu können. Er fühlte einen kleinen, länglichen Gegenstand. *Vermutlich ein USB-Stick*, nahm Hudson an.

Die Spannung stieg ins Unermessliche. »Und was ist drinnen, Hudson? Machen Sie jetzt das Ding auf!«, forderte Heyessen ihn auf. Er wippte dabei nervös auf seinen Zehenspitzen auf und ab.

Ohne sich darüber weitere Gedanken zu machen, ob es eine gute Idee sein würde, die Akte hier in aller Öffentlichkeit und am helllichten Tag zu öffnen, reichte Hudson Maven Bleriott den Umschlag und begann, die ersten Seiten zu überfliegen. Anhand seiner Reaktion konnten sowohl Dr. Bleriott als auch Heyessen feststellen, dass die Informationen, die sich Hudson in diesem Moment offenbarten, ein Volltreffer waren.

»Meine Freunde, ich glaube wir haben gefunden, wonach wir und vor allem ich schon seit so langer Zeit gesucht haben«, konstatierte er mit sichtlich erleichterter Stimme. Seine zuvor stark ausgeprägten Gesichtsfalten entspannten sich wieder und er verzog seine Mundwinkel zu einem zaghaften Grinsen. Zentner der Belastung fielen in dieser Sekunde von ihm ab.

Dr. Bleriott, Julius Heyessen und er beglückwünschten sich gegenseitig und sprachen Danksagungen aus, ohne sich zu diesem Zeitpunkt auch nur ansatzweise des vollen Umfangs der Informationslage im Klaren zu sein. Und nichtsahnend, dass sie seit Verlassen des Interpolbüros in der Tinworth Street vor einer knappen Stunde ununterbrochen von einer Person oberserviert wurden. Diese stand genau in ihrem Blickfeld, versteckte sich aber hinter einer Säule.

Als sich die Person von Hudson und seinen Kollegen abwandte, versendete sie noch eine Nachricht per Handy: »Zielpersonen sind fündig geworden. Initiiere nächste Phase.«

\*\*\*

## 30 Minuten später

Dr. Bleriott hatte sich während der gesamten Rückfahrt im Taxi vom Hauptbahnhof zu ihrem Hotel unwohl gefühlt. Sie fürchtete, beobachtet und verfolgt zu werden. Da war es zum wiederholten Mal, diese paranoide Empfindung, die sie Wochen zuvor in Kalifornien das erste Mal geplagt hatte. Sie wusste nicht, wie sie damit umgehen sollte, so behielt sie ihr Unbehagen für sich.

Heyessen ging es ebenfalls nicht gut, jedoch aus anderen Gründen. Er war körperlich und mental ausgelaugt. Als sie am Bahnhof King's Cross St. Pancras tatsächlich fündig geworden waren, löste sich die Belastung, die er seit dem Tod seines Vaters verspürt hatte, allmählich auf. An die Stelle dieses ständigen Drucks trat grenzenlose Erschöpfung. Obwohl er Dr. Bleriott erst seit kurzem kannte, hatte er zuweilen den Eindruck, als wäre er in dieser Zeit um Jahre gealtert. Seine eigentlich jugendhafte Erscheinung vergrub sich unter einem seit Wochen nicht mehr gestutzten Bart. Seine Lider wirkten schwach und dunkle Ringe zeichneten sich unter seinen Augen ab, die von ausgedehntem Schlafmangel zeugten. Er war über die letzten Wochen träge geworden und machte kaum noch Sport. Das spürte er auch am Hosenbund, der stärker spannte als früher.

Das Taxi brachte beide in Dr. Bleriotts Hotel. Zu ihrer großen Überraschung hatte sich Hudson ohne vorherige Absprache bei ihrer Verabschiedung dazu entschieden, ihnen die Beweise aus dem Schließfach auszuhändigen. Er fürchtete, dass zentrale Positionen innerhalb seiner Behörde kompromittiert sein könnten und ging deshalb davon aus, dass die Unterlagen in ihren Händen sicherer sein würden.

Während der fünfundvierzigminütigen Taxifahrt hatte sie zusammen mit Heyessen einen ersten prüfenden Blick auf die Dokumente aus der Akte geworfen. Er war einen Teil durchgegangen, sie einen anderen. Bei der sehr oberflächlichen Durchsicht der Dokumente, die mehrere hundert Seiten umfassten, wurde deutlich, dass die Beratungsfirma Charon Jove & Associates die gesamte Kommunikation zwischen Kervielias Unternehmensführung und den lokalen Führungskräften der jeweiligen Tochterfirmen steuerte und kontrollierte. Keinerlei noch so vertrauliche Information wurde vor CJA geheimgehalten. Die Kommunikationsprotokolle erhärteten zudem eindeutig den Verdacht, dass die Unternehmensführung um Montgomery Hallheim und Gordon Kaleval direkte Befehle an die Führungsriege in Kap Verde, Kolumbien und Indonesien weitergab, die Rückschlüsse auf das Begehen schwerer Straftaten zuließen oder diese sogar ausdrücklich einforderten. Insbesondere für Hudsons Arbeit war dies Gold wert, da gemäß der Dokumente bereits vor geraumer Zeit befohlen wurde, beispielsweise »etwaige künftige Aufstände in La Guajira Nueva unter Ausschaltung der Rädelsführer gewaltsam niederzuschlagen, ohne Rücksicht auf Verluste.« Die Dokumente lasen sich wie ein nervenaufreibender Krimi, den ein erfahrener Autor nicht besser hätte verfassen können. Sie gaben darüber hinaus präzise darüber Aufschluss, wie es Kervielia gelang, ganze Ländermärkte alleine zu beherrschen und die Konkurrenz mit illegalen Mitteln auszuschalten.

Mit dieser veränderten Sachlage wurde Dr. Bleriott und Heyessen unumwunden klar, dass eine Weiterleitung der vorliegenden Unterlagen an entsprechende Strafbehörden wie den Internationalen Strafgerichtshof einer Vielzahl von sehr einflussreichen Personen das Genick brechen würde. Bis es soweit kommen würde, sollten sie auf Anweisung Hudsons den restlichen Tag nutzen und eine umfassende Erstsichtung der Unterlagen vornehmen. Gleichzeitig hatte ihnen Hudson zugesichert, dass er intern alle vertrauenswürdigen Kanäle aktivieren würde, um eine sichere und lückenlose Beweisüberstellung an den Internationalen Strafgerichtshof zu ermöglichen. Dazu hatte er allerdings noch die Ergebnisse der forensischen Untersuchungen bezüglich der Geschehnisse in Kolumbien abzuwarten, die er im Laufe des Tages erwartete. Am späten Abend sollten sie dann wieder zu ihm ins Büro kommen, um das weitere Vorgehen zu eruieren. Soweit der Plan.

Heyessen begleitete Dr. Bleriott nach ihrer Ankunft auf ihr Hotelzimmer. Als sie schließlich gemeinsam durch die Tür im vierten Stock traten, musste er zu seiner großen Überraschung feststellen, dass sie nicht alleine waren und dass ihm plötzlich ein ihm unbekannter Mann gegenüberstand.

Dr. Bleriott nahm sofort wahr, dass Heyessen der Schock ins Gesicht geschrieben stand. Seine Mimik verfinsterte sich aufs Neue, als sie zu ihm sagte: »Julius, das ist mein Freund Joseph Eris. Er ist stellvertretender Direktor der EPA und bemühte sich um eine Zusammenarbeit mit William Scolvus, kurz bevor dieser ermordet wurde. Er weiß daher über alles Bescheid.«

»Bitte was? Das ist ja alles schön und gut, aber bist du noch ganz bei Trost, Maven? Hudson hat unmissverständlich klargemacht, dass außer uns dreien niemand in die Sache involviert sein darf. Du kannst doch nicht ohne vorherige Absprache mit uns jemand Fremden einweihen! Weiß der gute Mann hier denn, weshalb wir heute den Bahnhof King's Cross St. Pancras aufgesucht haben?«

Sie nickte. Heyessen konnte seinen Ärger nicht verbergen.

»Meine Güte, Maven!«, hallte es durch das Zimmer. »Was ist nur los mit dir? Das darf alles nicht wahr sein. Wie konntest du nur?«

Dr. Bleriott waren die Vorwürfe in diesem Augenblick relativ gleichgültig. Wobei sie diese Gefühlslage selbst überraschte, denn sie entsprach eigentlich überhaupt nicht ihrem Naturell. Sie war einfach nur froh, die große Last nicht mehr alleine tragen zu müssen.

Eris wollte sich Heyessen vorstellen, dieser lehnte brüsk ab. Er schubste den für ihn fremden Mann rüde beiseite, bahnte sich seinen Weg zum Hotelfenster und blickte verzweifelt in die Ferne.

Ohne Dr. Bleriott anzusehen, fuhr er fort: »Was soll das Ganze, Maven? Wir hatten doch mit Hudson fest vereinbart, dass so wenig Leute wie möglich von unserem Fund erfahren sollten. Und jetzt stehe ich hier vor vollendeten Tatsachen. Du weißt mit am besten, was für uns alle auf dem Spiel steht. Und mittlerweile haben wir auch noch die Beweise meines Vaters in dem Schließfach gefunden, die wir zwei heute genauer sichten wollten. So gefährdest du nur ...«

Ehe Heyessen seinen Satz zu Ende führen konnte, machte es einen dumpfen Knall und seine Stirn schlug gegen die dicke Fensterscheibe, der er sich zugewandt hatte. Sein Kopf glitt langsam, beinahe in Zeitlupe an ihr hinab und hinterließ ein großes, blutrotes Spritzmuster. Sein Körper sackte in sich zusammen und zuckte noch mehrfach auf dem Boden, als kleine, kaum sichtbare Fontänen Blut aus seiner offenen Wunde am Hinterkopf hervorquellten.

Er konnte die Kugel nicht kommen sehen. Das Geschehene vollzog sich in wenigen Sekundenbruchteilen, so dass Dr. Bleriott, gelähmt von der entsetzlichen Wendung der Ereignisse, nicht zu reagieren imstande war.

Nachdem sie zunächst quälend lange in dem Anblick des vor ihr liegenden, leblosen Freundes gefangen war, wanderten ihren Augen, von Angst erfüllt und bis ins tiefste Mark erschüttert, zu Eris.

Dessen Handfeuerwaffe, eine Walther P22 mit Schalldämpfer, zielte noch immer in die Richtung, in der Heyessen gerade eben seinen Satz zu Ende bringen wollte. Eris' Hand zeigte keine Anzeichen von Nervosität. Kein Zittern. Nichts. Er führte die gezielte Tötung scheinbar mit einer solch emotionalen Kälte aus, dass sich Dr. Bleriott nicht des Eindruckes erwehren konnte, dass er eine gewisse Routine darin haben musste. Zumindest im Umgang mit Schusswaffen stand das für sie außer Frage.

Es herrschte eine gespenstische Ruhe. Ihr Innerstes fuhr schnurstracks mehrmals Achterbahn und versuchte krampfhaft eine Erklärung für die grausamen Geschehnisse zu finden.

Eris warf seiner Geliebten einen abgebrühten Blick zu. Er hatte nicht vor, sie zu töten. Wenn sie jedoch Probleme machen sollte, würde er sie ebenso aus dem Weg räumen, ihm blieb dann keine andere Wahl. Er mochte sie, allerdings war er in diesem Moment mehr denn je dazu gezwungen, seine Gefühle vollständig auszublenden.

Er musterte sie aufmerksam von oben bis unten. Sie stand unter Schock und war erst einmal nicht dazu in der Lage, auch nur ein einziges Wort zu sagen. Es war daher an ihm, den ersten Schritt zu machen: »Es tut mir leid, dass du das mitansehen musstest, Maven.« Seine Stimme klang entgegen der dramatischen Umstände sehr ruhig, beinahe einfühlsam. »Ich musste es tun. Und wenn du mir nicht die Akte mit den Beweisen aushändigst, wird es dir leider genauso ergehen«, fuhr er fort. Dabei zeigte er mit seiner Pistole flapsig auf den toten Körper von Heyessen.

»Aber gehe erstmal schnell ins Badezimmer und hole einen feuchten Lappen, damit du die Sauerei am Fenster aufwischen kannst«, fuhr Eris sie an, nun sichtlich angespannter. So routiniert er zuvor noch rübergekommen war, so überraschender war für Dr. Bleriott seine eindeutig aufkommende Nervosität. Eris drohte augenscheinlich die Kontrolle über sich und seine Emotionen zu verlieren.

Ihr selbst war es nach wie vor nicht möglich, sich von der Stelle zu rühren. Sie konnte einfach keinen klaren Gedanken fassen, ihre Wahrnehmung war zutiefst gestört und verzerrt. Eben war die Welt noch klar umrissen, richtig und falsch waren messerscharf voneinander zu unterscheiden. In Folge der Ereignisse geriet diese vermeintlich scharfe Trennung zwischen Gut und Böse innerhalb kürzester Zeit aus den Fugen. Sie hatte ihr Herz an einen Mann verloren, der in dieser Sekunde, aus welchen Motiven auch immer, sogar bereit war, ihr das Leben zu nehmen. So wie er es bei Julius Heyessen getan hatte, den sie unwissend in eine ausweglose, tödliche Falle gelockt hatte.

Sie war geistig weitestgehend abwesend, als Eris sie grob an ihren Schultern packte. Dies riss sie aus ihrer Lethargie und katapultierte sie zurück in die Realität. Dabei sah sie dem Mann, über dessen Anwesenheit sie tags zuvor noch überglücklich gewesen war, tief in die Augen. Sie musste mit den Tränen kämpfen.

»Los jetzt!«, erneuerte Eris seine vorherige Aufforderung. Da sie nicht unmittelbar spurte, vergaß er sich vollends und zerrte seine Geliebte gewaltsam ins Bad. Er presste sie auf den Boden, griff nach einem Handtuch, befeuchtete dieses und drückte es ihr in die Hand, ehe er sie rüde wieder hochzog und aus dem Badezimmer geradewegs auf das Fenster zuschubste. Da sie sich beharrlich weigerte, ihm Folge zu leisten, knallte er ihr Gesicht mit einem lauten Klatscher gegen die Scheibe, so dass ihre linke Backe einen großen Abdruck in den Blutspritzern von Heyessen hinterließ. Sie stöhnte mehrmals auf.

»Gut, gut. Gib her«, sagte sie, nachdem sie erkannte, dass jeglicher Widerstand sinnlos erschien.

Eris lockerte seinen Griff und ließ sie gewähren. Ehe sie den Lappen zum Wischen ansetzte, flüsterte er ihr ins rechte Ohr: »Mach mir bitte keine Probleme, Maven. Ich möchte dir nichts antun. Wenn du mir im Fall der Fälle aber in die Quere kommst, habe ich keine andere Wahl, als dich zu töten.«

Als sie langsam zu putzen begann, blickte sie unweigerlich auf den Boden. Immer wieder. Sie war halb über Heyessens Leiche gebeugt, um an das Fenster zu kommen. Es war ein schrecklicher Anblick. Einer, der sich bis an ihr Lebensende in ihre Erinnerung einbrennen würde.

Während sie das Blut abwischte, unter welches sich auch einzelne Hautfetzen von Heyessens Kopf gemischt hatten, arbeitete ihr Gehirn fieberhaft daran, einen Ausweg aus ihrer verzweifelten Situation zu finden. Doch angesichts der Aufregung fiel es ihr nach wie vor schwer, klar und strukturiert zu denken. Um die Zeit zu überbrücken, fragte sie Eris mit anklagender Stimme: »Warum, Joe, warum nur?« Sie versuchte erneut, ihre aufkommenden Tränen zu unterdrücken. Trotz der Anwürfe und des flehenden Schluchzens: Eris ignorierte sie.

Sobald sie fertig war und auf dem Fenster nur noch eine verschmierte, aber nicht mehr als Blut erkennbare Stelle übrigblieb, warf sie das Tuch achtlos in die Ecke und machte direkt einen Schritt auf Eris zu. Sie war davon überzeugt, dass ihn das verunsichern würde. Es war nicht zu übersehen, dass er sich äußerst unwohl fühlte. *Kein Zweifel, Maven, freiwillig tut er all das mit Sicherheit nicht.*

»Ich musste es tun, Maven. Ich brauche die Beweise! Sie sind mein Weg zurück in die Freiheit. Als dein Freund unreflektiert meinte, ihr hättet die belastenden Dokumente hierhergebracht, konnte ich mein Glück kaum fassen. Dann hat das Eine zum Anderen geführt.«

Obwohl sie noch immer wie angewurzelt am Fenster stand, richtete Eris warnend seine Pistole auf sie.

»Also, wo sind die beschissenen Dokumente, Maven?«, brüllte er sie abermals an. »Sag es mir und dieses Martyrium hat umgehend ein Ende für dich.« Je mehr wertvolle Zeit für ihn verging, desto mehr verlor er seine Beherrschung.

Von der jungen Wissenschaftlerin kam keine Reaktion. Das machte ihn rasend vor Wut. Er schrie sie lauthals an. Anschließend suchte er fieberhaft den Raum ab und entdeckte die Tasche, die Julius Heyessen bei sich trug, neben der Tür.

»Vielleicht hat dein Freund die Dokumente ja bei sich gehabt«, sagte Eris leicht sarkastisch. Als er gerade im Begriff war, sich von Dr. Bleriott wegzudrehen und zur Tasche hinüberzugehen, sah sie ihre Chance gekommen. Sie machte drei schnelle Schritte nach vorne und warf Eris mit ihrem ganzen Körpergewicht um, so dass er gegen das hinter ihm befindliche Bett fiel. Bevor er seine Balance wiedergefunden hatte, trat ihm Dr. Bleriott so fest sie konnte mit dem linken Knie in den Schritt. Sie traf die Hoden in einem beinahe perfekten Winkel. Der Tritt war so massiv gewesen, dass ihn der unmittelbar aufkommende Schmerz binnen weniger Millisekunden lähmte, er wieder in sich zusammensackte und nur unter größter Anstrengung in der Lage war zu atmen. Er kniff seine Augen zu und krümmte sich, derweil sich sein Gesicht zu einer schmerzverzerrten Grimasse verzog.

Zu ihrem Entsetzen verfügte Eris jedoch über eine so gute Körperkontrolle, dass er die Pistole in der gesamten Zeit nicht hatte fallen lassen. Als sie ihm schon zu entgleiten drohte, packte er mit seinen Fingerspitzen zu und sicherte die Waffe.

Ohne ihm allerdings weitere Beachtung zu schenken, sprintete sie los und riss nach wenigen Metern die Eingangstür zum Hotelzimmer auf. Sie war bereits im Türrahmen angelangt, als sie im Eifer des Gefechts über ihre eigenen Beine stolperte und den Halt verlor. Eris hatte sich währenddessen wieder ein wenig gefangen und vermochte sie noch schemenhaft am Ausgang zu erkennen. Er hielt die Pistole fest in seiner Hand und drückte ab. Einmal, dann ein zweites und drittes Mal. Er schoss so lange, bis das Magazin leer war. Dann war es plötzlich ganz still.

Im nächsten Atemzug starrte er auf die offenstehende Hotelzimmertür. An der Stelle, wo sich gerade eben noch Maven aufgerappelt hatte, löste sich langsam eine Wolke aus Staub und Holzsplittern in Luft auf. Sowohl die Tür als auch die Zimmerwände waren von Einschusslöchern durchsiebt. Ebenso die Wand im Gang.

»Verdammte Scheiße. Wo ist sie?«, fluchte Eris in sich hinein. *Ich muss sie doch getroffen haben!*

Mühsam und unter Schmerzen richtete er sich auf. Er nahm, weiterhin leicht benommen, den Boden um die Tür näher unter die Lupe und entdeckte überall kleine Blutspritzer.

*Du musst hier sofort weg, Joe!*, sagte er zu sich selbst, als er bereits erste, entfernte Stimmen vernahm. Glücklicherweise lag die Tasche von Heyessen noch immer an Ort und Stelle. Er war somit in Besitz der Beweise, die er benötigte, um endlich sein altes Leben zurückzubekommen. Und nur das zählte.

\*\*\*

**Tinworth Street, zur gleichen Zeit**

*War es eine gute Idee gewesen, den beiden sämtliche Dokumente zu überlassen? Verlange ich ihnen zu viel ab? Was wäre, sollte ihnen etwas zustoßen? Wir haben keine Sicherheitskopien …*

Hudson plagten starke Zweifel an seiner Vorgehensweise, als er die schwere Tür zum Labor für forensische Untersuchungen aufstieß. Hier hatte er um 16 Uhr einen Termin mit George Zhang, dem chinesischstämmigen Leiter der Abteilung Forensik und Ballistik. Sie kannten sich schon seit Ewigkeiten. Zhang war eine Koryphäe, vor allem auf dem Gebiet der forensischen Datenanalyse. Würde er nicht dahinterkommen, wer sich auf den Bildern und in den Videos aus Kolumbien verbarg, dann würde es wohl niemand schaffen. Zudem musste Interpol die Echtheit der Aufnahmen erst noch verifizieren – auch wenn sich Hudson unmöglich vorstellen konnte, dass James ihn in Bezug darauf angelogen hatte. Das waren eben die Vorschriften und er war auf Dienstwegen dazu verpflichtet, sich penibelst daran zu halten.

Mit dieser Gewissheit im Hinterkopf ging Hudson hastigen Schrittes zur entsprechenden Laborabteilung im weitläufigen Untergeschoss des mehrstöckigen Interpolgebäudes in der Tinworth Street.

Die Auswertung der Bilder und Videos hatte sich in seinen Augen einfach viel zu lange hingezogen. Er war sich durchaus bewusst, dass Zhangs Arbeitsbelastung und die seines Teams enorm war. Hier unten stapelte sich die Arbeit. Jeden Tag kamen unzählige neue Fälle hinzu, denn die organisierte Kriminalität schlief offensichtlich nie. Aus diesem Grund konnte er Zhang eigentlich keinen Vorwurf machen, aber er wollte nun endlich wissen, woran er war.

Bevor er die zweite Sicherheitstür passieren durfte, musste er sich bei einem Sicherheitsmann registrieren und ausweisen. Das war das gängige Prozedere.

»Gab es hier unten in letzter Zeit irgendwelche Gäste, Jim?«, fragte Hudson den Sicherheitsmann eher beiläufig.

Der behäbige, dickliche Mann in der Kabine und er tauschten einen flüchtigen Blick aus.

Durch den offenen Spalt bekam Hudson eine desinteressierte Antwort zu hören: »Ja. Ein Neuer. Zumindest war der noch nie hier, wenn ich Dienst geschoben habe«, fügte Jim Cassini an.

In diesem Moment griff er nach einem mit dunkler Schokolade überzogenen Donut, in welchen er genüsslich hineinbiss, so dass die Hälfte zuerst auf sein Hemd und kurz darauf auf seinen Schreibtisch fiel.

Jim war die gute Seele des Hauses. Jeder mochte ihn. Wirklich jeder. Er hatte eine sehr herzliche Art, die ihn von Beginn an sympathisch machte. Darüber hinaus verfügte er über einen exzellenten analytischen Scharfsinn sowie ein beinahe fotografisches Gedächtnis. Leider stand er sich dank seiner aufbrausenden Art oftmals selbst im Weg. Aufgrund einer internen Disziplinarmaßnahme hatte er heute Abend mal wieder Dienst im Sicherheitsbereich schieben müssen. Dies lag aber überwiegend daran, dass er hinsichtlich seiner körperlichen Fülle kaum mehr für den Außendienst in Frage kam, wenngleich seine Expertise nach wie vor stark gefragt war.

»Dir kam wohl eine Sache verdächtig an ihm vor, kann ich deiner Stimme entnehmen, nicht wahr?« Hudson war automatisch stehengeblieben, als dieser lediglich das Wörtchen »ja« auf seine Frage hin geäußert hatte.

»Er hatte einwandfreie Dokumente. Er meinte, er sei eben erst aus Lyon hierher versetzt worden. Er gehörte der Abteilung Organisierte Kriminalität an, falls ich mich recht entsinne. Habe seine Daten im System gleich zweimal überprüft. Alles hatte seine Richtigkeit«, fuhr Cassini fort. Zweifel schwangen deutlich in seinen Worten mit.

»Aber?«, hakte Hudson nach.

»Aber er hatte irgendwie etwas Hinterhältiges, gar Bösartiges an sich. Man kann es nur schwer in Worte fassen. Sein gesamtes Erscheinungsbild wirkte speziell durch eine markante Narbe an der Wange irgendwie seltsam. Er wollte lediglich Beweise zur Sichtung abgeben. Du hast ihn gerade um 20 Minuten verpasst. Ein komischer Kerl. Naja, seitdem ist niemand da gewesen. Alle anderen haben schon Feierabend gemacht. Nur Zhang eben nicht. Und du kennst ja unseren Chinesen. Sobald er einmal mit der Arbeit angefangen hat, bekommt man ihn so schnell nicht mehr zu Gesicht.«

»Aha, danke Jim. Machst du bitte die Tür auf?« Hudson runzelte die Stirn. Ohne weiter darüber nachzudenken, durchschritt er die aufgegangene Tür. Dahinter offenbarte sich ihm das Herzstück von Interpol und alleinige Königreich von George Zhang. Sein Wort bedeutete hier Anklage und Richterspruch zugleich.

Hudson ging einen kleinen Gang entlang, stieg ein paar Treppenstufen herab und stand schließlich in einem großen Vorraum. Er blickte sich um. Nirgends war ein Lebenszeichen von Zhang zu vernehmen. Dies überraschte ihn jedoch nur wenig, denn es war des Öfteren ein schwieriges Unterfangen, den Wissenschaftler in den weitläufigen Laborräumen ausfindig zu machen. Hudson scannte daraufhin aufmerksam seine Umgebung. Geradeaus vor ihm befand sich einer von zwei Layout-Rooms. Hier fanden regelmäßig Besprechungen, aber auch kleinere Untersuchungen statt. Links und rechts des Vorraums schlossen sich das DNA-Labor, zwei vollausgestattete Spurenlabore sowie ein überdimensioniert wirkendes, ballistisches Labor an. Zhang verschanzte sich vermutlich in einem dieser Räume.

Eigentlich war es Hudson leid, sich jedes Mal auf die mühselige Suche zu begeben, was er mit einem lauten Seufzer zum Ausdruck brachte. Er wollte einfach keine Zeit verschwenden. Bevor er mit Zhang verabredet war, hatte er über eine gesicherte Leitung mit seinem Freund Rallier vom Internationalen Strafgerichtshof telefoniert gehabt und ihn davon überzeugen können, Anklage gegen die Kervielia Group wegen Verbrechen gegen die Menschlichkeit und Umwelt zu erheben. Hierfür musste er allerdings bis zum morgigen Mittag alle Beweisunterlagen gebündelt übermitteln und sicherstellen, dass diese absolut stichhaltig waren. Damit würde zum ersten Mal in der Geschichte des Internationalen Strafgerichtshofes ein Unternehmen angeklagt werden. Rallier und er waren fest entschlossen, dies gemeinsam zu erreichen. Zhangs abschließende Analyse war das finale Puzzlestück in der Beweiskette.

*Ich habe nun so lange auf diesen Moment hingearbeitet. Gehofft. Gelitten. Gesucht. Gekämpft. Gefiebert und letztlich immer wieder verloren. Aber die Zeit der Niederlagen und Rückschläge hat allerspätestens mit dem heutigen Tag ein Ende!* Seine aufkommende Euphorie konnte Hudson nur mit größter Mühe zügeln. Ein starkes Kribbeln ergriff erneut von seinem ganzen Körper Besitz, ähnlich wie bereits ein paar Stunden zuvor, als er vor dem verschlossenen Schließfach am Bahnhof King's Cross St. Pancras gestanden hatte.

*Konzentriere dich auf das Wesentliche, Leon! Wo ist denn nur dieser Chinese?* Hudson ging das gesamte Labor ab. Von Raum zu Raum. Keine Spur von Zhang. Am Ende blieb nur noch einer der beiden Layout-Rooms übrig. Von außen waren diese dank der überaus großzügigen Verglasungen gut einsehbar, deshalb hätte er den Wissenschaftler konsequenterweise nach kurzer Suche ausfindig machen müssen. Er blieb an der Eingangstür des Raumes stehen und klopfte. Dann ein zweites Mal. Keine Reaktion.

*Seltsam,* dachte er sich und drückte den Türgriff herunter. Sie war nicht abgeschlossen.

Sein vorheriger Adrenalinstoß wich auf einmal dem Gefühl des Unbehagens. Der Beklemmung. Und des Widerwillens sich vorzustellen, dass etwas passiert sein könnte. Zögerlich wagte es Hudson, die Tür aufzuschieben und seinen Kopf vorsichtig durch den Spalt zu stecken. Es war nichts Ungewöhnliches zu sehen. Dann trat er vollständig in den Raum und erblickte eine meterlange Lichtwand, an der zahlreiche Fotos angebracht waren.

Er fuhr mit seinen kräftigen Händen über den großen Tisch, auf dem einzelne Dokumente ausgelegt waren. Als er einen Blick darauf werfen wollte, fiel ihm im Augenwinkel etwas in der hinteren Ecke des Raumes auf. Es hatte den Anschein, als würde sich am Boden eine Flüssigkeit ihren Weg durch den weiten Raum bahnen. Da das Deckenlicht ausgeschaltet war, war der Bereich nur schwer einzusehen. Die ominöse Flüssigkeit schien hinter einem Schrank hervorzukommen. Er trat näher an diesen heran und erkannte die dickflüssige Masse schließlich aus kürzester Distanz als das, was sie tatsächlich war: Blut.

Diese unmittelbare Erkenntnis traf ihn tief ins Mark. Seine Intuition sagte ihm, dass die Szenerie unweigerlich mit ihm in Verbindung stehen musste. Er machte daraufhin einen großen Satz und übersprang das sich weiter ausbreitende Blut, als er Zhang links von sich leblos auf dem Boden liegend entdeckte. Der Wissenschaftler hatte eine Wunde an seiner Schläfe. Doch diese war wohl nicht die Todesursache gewesen, denn jemand hatte ihm zusätzlich die Kehle durchgeschnitten.

Erst jetzt fielen Hudson die Blutspritzer auf, die überall verteilt waren. Reflexartig wandte er sich von der Leiche ab und suchte eilig nach dem Notfallknopf, der sich in jedem Raum befand. Er machte ihn unterhalb des Layout-Tisches aus, sprintete hinüber und schlug mit aller Kraft, die er hatte, mehrmals drauf, beinahe so, als müsste er sichergehen, dass dieser auch funktionierte.

Ein lautes Notsignal ertönte. Orangefarbene Warnleuchten gingen an. Er sah noch, wie Jim Cassini hastig in den Raum stürmte und mit seiner gezückten Waffe suchend um sich schaute, bevor er kraftlos und niedergeschlagen in sich zusammensackte. Wer auch immer Zhang ermordet hatte, tat dies aufgrund der Beweise, die er heute persönlich einsehen wollte. Diese schmerzhafte Erkenntnis war nun endgültige Gewissheit.

\*\*\*

### London Docklands, Mitternacht

»Hat Sie jemand gesehen?«, fragte der Mann in kritischem Ton, der sich Eris als Blochin vorgestellt hatte.
»Ja, ich glaube schon. Einige Hotelgäste waren nach den Schüssen aus ihren Zimmern geeilt, da diese teilweise die Wände durchschlugen. Zudem befand sich gerade ein Zimmermädchen auf dem Gang, als der ganze Scheiß passierte. Aber keine Sorge, alles spielte sich extrem schnell ab. Da hat mich niemand genauer ...«
»Jaja, das reicht.« Der ihm unbekannte Mann fuhr ihm brüsk ins Wort. Zu keiner Sekunde schaute Blochin Eris direkt an, sondern blickte stets an ihm vorbei.

Das machte Eris obendrein nervös. Nervöser, als er es ohnehin bereits war. Er wollte alles nur noch hinter sich bringen. Die Ausgangslage war für ihn nicht unbedingt nachteilig. Sie war sogar hervorragend. Er hatte Heyessen beiseite geschafft sowie die Beweise aus dem Schließfach gesichert, einschließlich des elektronischen Datenträgers. Ferner würde es den Polizeibehörden sehr schwer fallen ihn ausfindig zu machen, denn er hatte unter Angabe einer falschen Identität mittels eines gefälschten Ausweises in das Hotel eingecheckt. Einzig etwaige Sicherheitskameras hätten ihn aufzeichnen können. Mit Hilfe des ihm unbekannten Erpressers hatte er vor seiner Anreise nach London jedoch die Baupläne des Hotels erhalten, auf dem alle Kameras im und um das Gebäude markiert waren. Während Maven nicht im Hotel war, hatte er sich perfekt auf alle Szenarien vorbereiten und in der Folge einen geeigneten Fluchtplan entwickeln können, um alle Sicherheitskameras zu umgehen. Er war sich sicher, dass man ihn auf keiner Aufnahme finden würde, geschweige denn identifizieren könnte, was er auch Blochin klarzumachen versuchte.

»Ist Bleriott ebenfalls tot?«, hakte dieser nach.

Das einzige, was Eris wusste, war, dass er Blochin im Auftrag eines ihm unbekannten Mannes, der ihn auf Grundlage einiger schlimmer Verfehlungen in seiner Vergangenheit erpresste und sein ganzen Leben zu zerstören drohte, hier um diese Uhrzeit treffen sollte. Eris war klar, dass seine Antwort Blochin nicht schmecken würde. Doch er war ehrlich. Möglicherweise zu ehrlich.

»Nein, davon gehe ich nicht aus. In der Unübersichtlichkeit der Situation und angesichts der mehr als nur realen Gefahr entdeckt zu werden, konnte ich das in der Hetze nicht überprüfen. Es gab überall Blutspuren. Sie ist allerdings davongelaufen, deshalb kann sie nicht so schwer verletzt gewesen sein. Tot vor der Tür lag sie jedenfalls nicht. Aber vielleicht ist sie später zusammengebrochen. Haben Sie vorsorglich alle Krankenhäuser überprüft, so wie von mir empfohlen?«

Blochin registrierte diese Worte regungslos, nur um im Anschluss die für ihn alles entscheidende Frage zu stellen: »Haben Sie die sichergestellten Beweise bei sich?« Sein Tonfall war kalt, emotionslos, beinahe roboterartig. Das missfiel Eris.

»Ja, sie sind hier in der Tasche. Aber jetzt sind Sie erst mal an der Reihe, Ihren Teil der Vereinbarung einzulösen. Ich habe für Sie und ihren beschissenen Auftraggeber alles riskiert. Sie erhalten die Beweise erst ...«

Bevor Eris imstande war, seinen Satz zu beenden, zog Blochin in Windeseile ein Messer hervor, umschlang ruckartig seinen Hals und nahm ihn in einen festen Würgegriff, so dass er kaum mehr Luft bekam. Eris versuchte verzweifelt noch, sich zu befreien und packte verbissen mit beiden Händen den dicken Arm seines Gegenspielers. Exakt in dieser Sekunde ließ Blochin für einen entscheidenden Moment locker, sagte trocken »Die Firma dankt Ihnen für Ihre Dienste« und schnitt Eris mit einem geradlinigen, blitzschnellen Schnitt die Kehle durch. Obwohl Eris von sehr kräftiger Statur war, hatte er gegen Blochins brachiale Gewalt keine Chance gehabt. Nach kürzester Zeit war sein Todeskampf vorbei.

Danach ließ Blochin den Körper achtlos zu Boden sacken. Er genoss es immer wieder aufs Neue, dem Röcheln und den letzten Atemzügen seiner Opfer zu lauschen. So fühlte er sich freier als er jemals hätte sein können. Die Macht, als Richter über das Leben anderer zu urteilen, erfüllte ihn mehr als alles andere. Es war eine

Sucht, eine Art Selbstbefriedigung. Nur selten widerstrebte es ihm, zum Henker zu werden. Eine solche Ausnahme war beispielsweise Professor Scolvus gewesen. Er hatte aber nie eine Wahl. Der eloquente Professor hatte ihm leidgetan, da er für ihn als einer seiner persönlichen Leibwächter mit der Zeit eine gewisse Sympathie entwickelt hatte. Eris war für ihn hingegen ein Idiot und nichts weiter als ein insignifikanter Bauer in einem komplexen Schachspiel. Allein die Tatsache, dass er die Beweise einfach so mitgebracht und ihm unverblümt davon erzählt hatte, machte dies mehr als deutlich.

Nachdem jegliche Lebensenergie unwiederbringlich aus Eris' Körper verschwunden war, griff Blochin nach der Tasche, die dieser bei sich trug. Er schlang sie um sich, prüfte unverzüglich den Inhalt, zog die Leiche an den Rand des Docks und stieß den leblosen Körper ins Wasser. Blochin trat einige Schritte zurück und fokussierte für einen Moment den von den Stadtlichtern hell erleuchteten Horizont. Es war Zeit zu gehen.

Als er sich auf den Weg machte, wurde seine Silhouette langsam eins mit der Dunkelheit. Nur das sanfte, abklingende Plätschern der Wellen, ausgelöst durch den Aufprall von Eris' totem Körper auf dem Wasser der Themse, zeugte noch flüchtig von den brutalen Geschehnissen, die sich heute an diesem Ort abgespielt hatten.

# Achtes Kapitel: Lysis

### London, der Tag danach

»Leonrod, ich weiß, wie schlimm das Ganze für dich sein muss. Du hast jahrelang darauf hingearbeitet und jetzt stehen wir alle mit leeren Händen da. Ich hatte gerade ein langes Gespräch mit dem Leiter von Scotland Yard über den Stand der Ermittlungen. Zhangs Körper wies diverse Folterspuren auf. Er wehrte sich scheinbar tapfer bis zum Schluss, hatte letztlich aber keine Chance. Und alle Beweise, die du ihm zur forensischen Untersuchung ausgehändigt hattest, sind verschwunden. Außerdem ist Heyessen tot. Jemand hatte ihn und Maven Bleriott in ihrem Hotelzimmer kurz nach ihrer Ankunft abgepasst. Mit dem unbekannten Angreifer sind leider Gottes auch sämtliche Beweise aus dem Schließfach verschwunden, von denen du mir gestern noch erzählt hast. Die Ermittlungen laufen auf Hochtouren. Ich bin dennoch nicht besonders optimistisch, da der Täter von keiner Sicherheitskamera im Hotel oder in der näheren Umgebung erfasst wurde. Maven Bleriott trug zwei Schusswunden davon, die zum Glück nicht lebensbedrohlich sind. Sie gab in einer ersten Vernehmung an, dass der Angreifer ein gewisser Joseph Eris gewesen sei und für die amerikanische Umweltschutzbehörde gearbeitet habe. Sagt dir der Name etwas?«

Lucian Rallier, Vorsitzender Richter des Internationalen Strafgerichtshofs, schaute Hudson fast schon mitleidig an, dieser wich ihm aber direkt aus.

»Nein, Lucian. Ich kenne nur einen Paul Gunter von der EPA. Den hatte ich vor einigen Monaten einmal kennengelernt, als wir sein Büro in Washington aufgesucht hatten. Letzten Sommer hatte ich Gunter dann bei einer Fachtagung in Sacramento für eine Sekunde wiedergesehen, auf der Professor Scolvus gesprochen hatte. Wir hatten damals dessen ungeachtet kein Wort miteinander gesprochen. Ansonsten habe ich keine Ahnung. Dr. Bleriott hat diesen Namen, Eris, nie erwähnt. Wenn ihr den Namen und eine Personenbeschreibung bereits habt, müsste es doch für Scotland Yard ein Leichtes sein, den Bastard ausfindig zu machen oder nicht?«

»Der Mann, den Maven Bleriott als Joseph Eris kannte, hatte laut aktuellem Stand mehrere Identitäten. Bei der EPA hat es nie einen

Joseph Eris gegeben. Erschwerend kommt hinzu, dass niemand unter diesem Namen in das Hotel eingecheckt hatte. Scotland Yard versucht noch an ein Bild von ihm zu kommen, dazu müssen sie allerdings erstmal Dr. Bleriotts Handy finden. Das wäre der einzige Anhaltspunkt. Falls das wider Erwarten zu nichts führt, werden Spezialisten zusammen mit ihr ein Fahndungsfoto erstellen. Aber mach dir mal keine allzu großen Hoffnungen. Ähnlich schlecht sieht es mit dem vermeintlichen Interpolmitarbeiter aus, der Zhang um die Ecke gebracht hat. Alle Ausweise und Zugangsberechtigungen waren perfekt gefälscht. Jemand von ganz oben muss hier alle Hebel in Bewegung gesetzt haben, um das zu ermöglichen. Der Unbekannte kannte sich zudem sehr gut im Labor aus und umging geschickt alle Sicherheitskameras, so dass wir ausschließlich Aufnahmen seines Hinterkopfes haben. Zu allem Überfluss scheint auch Cassini, trotz seines guten Gedächtnisses, keine Hilfe zu sein, wenn es um eine nähere Beschreibung des Mannes geht.«

Rallier klang ebenfalls sichtlich niedergeschlagen. Er wollte seine Gefühlslage eigentlich vor Hudson verbergen, doch war er dazu nicht imstande. Die Enttäuschung war schlicht zu groß. Dass Hudson hinter einer ganz großen Sache her war, war nach der brutalen Ermordung von Zhang und Heyessen nun auch dem letzten Skeptiker bei Interpol und beim Internationalen Strafgerichtshof klar geworden. Er war heute Morgen extra aus Den Haag nach London gereist, um vor Ort mit Hudson die gesammelten Beweise durchzugehen und nachfolgend das weitere Vorgehen zu erörtern. Das alles war in diesem Augenblick hinfällig geworden.

Sie schweigen sich nach Ralliers enttäuschenden Ausführungen eine Zeit lang an. Hudson war zumindest darüber erleichtert, dass Dr. Bleriott den Anschlag auf ihr Leben überlebt hatte. Für den Rest des Tages stand nichts mehr an. Was hätten sie auch sonst tun sollen? Schließlich waren Rallier und er dazu gezwungen, erneut bei null anzufangen.

\*\*\*

## London, zur gleichen Zeit

Remmel spielte nervös mit seinem Kugelschreiber. Wieder und wieder ließ er ihn im gleichen Takt in seiner linken Hand im Kreis zirkulieren. Nathan saß ihm gegenüber und blickte ihn erwartungsvoll an.

Remmel war hin- und hergerissen. Vor einigen Minuten hatte er begonnen, elendig zu schwitzen. Er musste seine Krawatte lockern, um den obersten Hemdknopf öffnen zu können und endlich besser Luft zu bekommen. Er fühlte sich wie erschlagen, sowohl körperlich als auch mental. Die vergangenen Nächte hatte er kein Auge mehr zubekommen.

Die für ihn ungewohnte Beklemmung hatte seinen Anfang genommen, sobald Nathan und er aus Indonesien zurückgekehrt waren. Obwohl er geneigt war, es bei direkter Nachfrage zu leugnen, hatte sein Verhältnis zu CJA aufgrund der Erlebnisse im bornesischen Regenwald erste substanzielle Risse erlitten. Gewissermaßen war dies noch eine Untertreibung. Wie berechtigt diese Zweifel tatsächlich waren, wurde ihm dann schmerzhaft bewusst, als ihn Nathan tags zuvor mit den Akten über die Straftaten seines Arbeitgebers und der Kervielia Group konfrontiert hatte.

Ähnlich wie Nathan, hatte auch er zu Beginn seiner Tätigkeit mit den eigenen ethischen Maßstäben zu kämpfen gehabt. Die Situationen, die ihm in der Anfangsphase seiner Karriere Kopfzerbrechen bereitet hatten, waren allerdings nicht ansatzweise vergleichbar mit dem, was Nathan in der Aktenkammer zu Tage gefördert hatte. Er war kaum dazu imstande, seinen Gemütszustand in Worte zu fassen. Nur eines war klar: Er war zu einer Art Parteisoldat verkommen, der über all die Jahre keinen Auftrag und keine Entscheidung der Unternehmensführung hinterfragt hatte. Diese Erkenntnis verbitterte ihn zutiefst. Hätte er dies konsequent getan, hätte er wahrscheinlich nicht einmal die ersten sechs Monate bei seinem damaligen Traumarbeitgeber überstanden. Er hatte zu jener Zeit im Einklang mit seinem Gewissen die Entscheidung getroffen, bei CJA tätig zu werden, unter Einhaltung absoluten Gehorsams seinen Vertrag zu erfüllen und auf diesem Wege so schnell wie möglich die interne Karriereleiter zu erklimmen. Er hatte nicht unbedingt vorgehabt, sein gesamtes Arbeitsleben bei CJA zu verbringen, doch war man erst Teil des Systems, wurde man unweigerlich süchtig nach mehr. Vor allem nach immer mehr Macht und Einfluss. Die überdurchschnittliche Bezahlung, auch dank horrender Boni, tat ihr Übriges. Und die damals gerade aufkommende „Work Hard-Play Hard"-Attitüde hatte ihren ganz eigenen Reiz ausgeübt und ihn magisch angezogen.

Nun saß Remmel in seinem Büro in Canary Wharf und zerbrach sich den Kopf. Er hatte kein Wort gesprochen, seitdem Nathan den Raum betreten hatte. Diesen ließ das Schweigen allmählich unruhig werden.

»Also Carl, was machen wir jetzt? Wir müssen handeln! Und wir haben wohl nur ein sehr kleines Zeitfenster. Ich möchte hier an deine Vernunft appellieren! Einer meiner Harvard-Professoren hatte einmal gesagt, dass die Bewahrung der Reinheit des Gewissens das höchste Gut der menschlichen Seele sei. In vielerlei Hinsicht definierte er dies als einen lebenslangen Lernprozess. Bei der Mehrheit der Menschen setzt dieser Prozess jedoch nie in ausreichendem Maße ein, denn ihnen fehlt jegliches emotionale Feingefühl. Man kann es allerdings auch aktiv verdrängen, dem Gusto folgend, dass alles, was der eigenen Weltanschauung zuwiderläuft, nicht wahr sein kann und folglich ausgeblendet wird. Das ist der am weitesten verbreitete Fall einer kognitiven Barriere. Die Aufhebung dieser Barriere käme somit einer Säuberung der eigenen Seele gleich. Im gleichen Atemzug gestand er sich ein, dass dies gegenwärtig eine reine Wunschvorstellung bliebe, da die Menschheit für so etwas noch nicht bereit sei. Denn der Mensch würde laut ihm nur dann zu lernen beginnen, wenn er bereits alles verloren habe.«

Remmel sagte weiterhin nichts und tippte stattdessen mit seinem Zeigefinger ununterbrochen auf den Rand seines gut gefüllten Whiskeyglases. Nathan schmeckte das überhaupt nicht.

»Wer war noch gleich dein Lieblingsprofessor in Harvard?«, fragte ihn Remmel unvermittelt. »Du hast einen gewissen Dozenten bei unseren zahlreichen Unterhaltungen schon mehrmals zitiert. Dieses Moralgelaber von gerade eben verbinde ich mit einem ganz bestimmten Namen, aber ich komme nicht darauf ...«

»Bitte, was?«

»Ja, wie hieß dein Professor, der ständig über Ethik und Moral referiert hat? Mir liegt sein Name auf der Zunge ...«

Nathan wunderte sich, da er angesichts der Umstände die Relevanz der Frage nicht hinreichend erkennen konnte.

»Professor William Scott Scolvus. Er war ...«

»Jaja, das kenne ich ja alles. Scolvus, meintest du?«, wurde Nathan harsch von Remmel unterbrochen.

Dieser verstummte umgehend und nickte bejahend.

»Da fällt mir etwas ein. Ich glaube, wir hatten eine Akte über ihn angelegt. Er war in unseren Augen ein extrem unangenehmer Zeitgenosse. Sehr umtriebig, sehr engagiert, sehr kritisch in seinen Ausführungen, Diskursen und Handlungen. Bill regte sich oft über ihn auf. Falls ich mich recht entsinne, gab es in seiner Akte auch einen Verweis auf einen Interpolagenten, mit dem er kurz vor seinem Tod noch in engem Kontakt gestanden hatte.« Remmel hielt einen Moment lang inne. »Wenn wir die Beweise, die du in der Aktenkammer eingesehen hast, sicherstellen und an die Behörden aushändigen möchten, benötigen wir einen äußerst vertrauenswürdigen Ansprechpartner.«

Remmel sprang aus seinem Bürostuhl auf. Er war auf einmal wie ausgewechselt. Elanvoll. Entschlossen. Voller Energie: »Ich weiß, wo ich nach der Akte suchen muss. Ich bin gleich wieder da. Wenn ich Recht habe, werden wir bald alle Hände voll zu tun haben.« Er sagte dies, klopfte Nathan zweimal auf die Schulter und verschwand schnellen Schrittes aus seinem Büro.

\*\*\*

### Im Hauptbüro von CJA, 17.08.2014

Alle waren gekommen. Sie hatten aber auch keine andere Wahl gehabt, denn die letzten Tage und Wochen hatten sich als ungewollt ereignisreich erwiesen. Sie mussten reagieren, da zu viel auf dem Spiel stand. Alles wofür sie so viele Jahre hart und unnachgiebig gearbeitet hatten, konnte sich schlagartig in Luft auflösen. Und das wollte niemand tolerieren.

Anlässlich der sich überschlagenden Geschehnisse seit Juli stand primär Bill Charon im Kreuzfeuer der Kritik. Es war für diese sehr vielfältig zusammengesetzte Gruppe von Personen etwas durchaus

Ungewöhnliches, dass einem Mitglied so offen Kritik entgegenschlug.

Allerdings wusste Charon dieses heutige Treffen perfekt für seine eigenen Zwecke zu instrumentalisieren. Er war fest davon überzeugt, dass er seine Führungsposition nachhaltig würde stärken können, da keine andere Person darüber Kenntnis hatte, weshalb die Zusammenkunft einberufen worden war. Einige erwarteten am ehesten eine ausgedehnte Krisenbesprechung, dass eine Vielzahl drängender Probleme hingegen bereits gelöst war, daran vermochte niemand zu diesem Zeitpunkt einen Gedanken zu verschwenden.

Charon bat um Ruhe, als er sich von seinem Platz an der Spitze des großen Konferenztisches selbstbewusst, ja beinahe anmaßend, erhob. Sein Blick wanderte durch die Runde, bis die letzte Stimme verstummt war. Alle hatten sich heute zu dem außerplanmäßigen Treffen der Templer des Vierten Ordens eingefunden: US-Senatoren, Kongressabgeordnete, Vorstandsvorsitzende, Think-Tank-Direktoren, Lobbyisten und andere wichtige Persönlichkeiten. Sie stammten überwiegend aus den USA, aber auch Brasilien, Chile, Deutschland, Frankreich, Großbritannien, Irland, Kanada, die Niederlande, Österreich und die Schweiz waren vertreten. Allen Mitgliedern der Templer des Vierten Ordens war gemein, dass sie entweder an der Harvard University in den USA oder University of Oxford im Vereinigten Königreich studiert hatten und nur mittels eines streng gehüteten und langwierigen Aufnahmerituals Mitglied auf Lebenszeit in der geheimen Gesellschaft geworden waren. Der Geheimverbund war nirgends registriert oder als Studentenverbindung an den beiden Universitäten offiziell gemeldet. Sowohl Männer als auch Frauen konnten Teil der Templer des Vierten Ordens werden. Allerdings mussten sie alle entweder dem protestantischen oder katholischen Glauben angehören. Das war letzten Endes das alles entscheidende Auswahlkriterium, denn: Die geheime Gesellschaft hatte einen religiösen Ursprung sowohl in der puritanischen, harvardschen als auch zisterzienserschen, oxfordschen Bewegung. Die Zisterzienser hatten sich im 11. Jahrhundert vom Benediktinerorden abgespalten, deren wichtigster Vertreter, Bernhard von Clairvaux, zugleich Schutzherr des Templerordens gewesen war. Die Templer des Vierten Ordens waren gegen Ende der Großen Depression 1938 von protestantischen und katholischen Studenten zur Erneuerung des Kapitalismus einerseits und Überwindung der konfessionellen Spaltung des Christentums andererseits gegründet worden. Ihre Vision vom totalen Kapitalismus wurzelte in Max Webers Werk „Die protestantische Ethik und der Geist des Kapitalismus"[43], das die Ursprünge des modernen Kapitalismus in der protestantischen Verpflichtung eines jeden Gläubigen verortete, zum Ruhme Gottes und zur Milderung der eigenen Angst von Gott nicht zum ewigen Leben auserwählt worden zu sein, weltlichen materiellen Reichtum durch rastlose Arbeit konstant zu vermehren. Die in der Prädestinationslehre vorbestimmte Gnade Gottes konnte somit nicht durch transzendente Handlungen erlangt werden, sondern war durch die Verweltlichung des Gottesdienstes an den individuellen, wirtschaftlichen Erfolg im Diesseits gekoppelt. Der Vierte Orden stellte eine Weiterentwicklung des Dritten Ordens dar, einem Verbund von Männern und Frauen, die zwar nach den Idealen und dem Geist der katholischen und protestantischen Lehren lebten, jedoch keine religiösen Gelübde schworen. Stattdessen erachteten sie das Streben nach dem totalen Kapitalismus als höchste Priorität im Leben, dem sich alles unterzuordnen hatte.

Unter den anwesenden Mitgliedern befanden sich zahlreiche honorige und bekannte Persönlichkeiten wie beispielsweise David H. Philipps, der auserkorene amerikanische Präsidentschaftskandidat; die Kervieliaeigentümer Montgomery Hallheim und Gordon Kaleval; Allister Dehms, der Mitgründer des Mischkonzerns D&H Industries war; Frank Kurtz, CEO von Kervielia Petroleum; Samuel Wisser, CEO von Blue Horizon, dem größten Tech-Unternehmen der Welt sowie die einflussreichen US-Senatoren Grace Reberger, Calbert M. Heckler und Martha Westmarrero. In der Ecke hinter Charon stand zudem noch ein Mann im Halbdunkel des Raumes, der fast allen Anwesenden völlig unbekannt war.

»Meine Damen und Herren, liebe Brüder und Schwestern, ich bin mir bewusst, dass dieses Meeting sehr kurzfristig angesetzt wurde. Daher zunächst vielen herzlichen Dank, dass Sie sich alle binnen 24 Stunden hier einfinden konnten. Wenn ich so in die Runde schaue, scheint tatsächlich niemand zu fehlen. Das ist überaus erfreulich, da das letzte vollständige Zusammenkommen schon länger zurückliegt.

---

[43] Dirk Kaesler (Hrsg.), Max Weber (2010): „Die protestantische Ethik und der Geist des Kapitalismus: Vollständige Ausgabe", 3. durchgesehene Auflage, München: *Verlag C.H.Beck.*

Aus diesem Grund ist es umso wichtiger, dass wir die strategische Ausrichtung unseres Vorhabens am heutigen Tag diskutieren, analysieren und eventuell revidieren. Alles in allem befinden wir uns aber auf einem sehr guten Weg. 2016 ist ja das Stichjahr. Das wird unser Jahr!«

Charon fühlte sich in seiner Führungsrolle sichtlich wohl. Bevor er fortfahren konnte, fiel ihm Philipps, der von allen unterstützte US-Präsidentschaftskandidat für 2016, scharf ins Wort: »Naja, Bill. Das klingt ja ganz nett, aber die Ereignisse der vergangenen Wochen haben unser aller Geduld arg auf die Probe gestellt. Heyessen, Hudson, Kolumbien oder Indonesien: Euer Krisenmanagement war mehr als dürftig. Und jetzt willst du mit uns über die strategische Ausrichtung für 2015 und 2016 diskutieren?«

Philipps Frontalangriff auf Bill Charon hatte seine Wirkung auf alle anderen Personen im Raum nicht verfehlt. Einer Mehrheit war die Alleingänge von CJA seit langem ein Dorn im Auge gewesen, deshalb wollte er die Gunst der Stunde nutzen, um seiner Wut vor versammelter Runde Luft zu machen und die vorherrschende Stimmungslage zu seinen Gunsten und gegen Charon auszuspielen. Philipps schmunzelte süffisant und erwartete eine kleinlaute Reaktion Charons, als dieser vollkommen unvermittelt mit voller Wucht seine kräftige Faust auf den Tisch schlug.

Alle Anwesenden verstummten umgehend. Auch Philipps wusste nicht, wie er reagieren sollte. Charon wählte in der Folge jedes seiner Worte und jede seiner Gesten mit Bedacht, um ihnen besonderen Nachdruck zu verleihen. Sämtliche Kritiker innerhalb der Gruppe hatten sich darüber im Klaren sein, dass man sich nicht mit ihm anzulegen hatte. Würde man dies dennoch tun, so würde man es irgendwann bereuen.

Charon suchte den direkten Augenkontakt mit Philipps. Dessen Elan war auf einmal wie weggeblasen. Man sah ihm an, wie unwohl er sich plötzlich in seiner Haut fühlte, als er hektisch begann, mit seinem linken Zeige- und Mittelfinger den zugeknöpften Hemdkragen zu lockern, um sich etwas mehr Luft zu verschaffen. Während er dies tat, suchte er die Unterstützung der um ihn herum befindlichen Mitstreiter. Niemand reagierte. Niemand stärkte ihm den Rücken, obwohl die Mehrheit so dachte wie er. Das hatte man ihm zumindest in vielen Einzelgesprächen vorab versichert.

»Ich verbitte mir diese unbedachte Kritik. Noch viel mehr verbitte ich mir die Tonlage, mit der diese Kritik hier geäußert wird.« Charons Stimme war tief und kräftig und zeugte von einer ganzen Menge Arroganz. Sie verlieh ihm jedoch eine besonders machtvolle Aura, die seit jeher Menschen in ihren Bann zu ziehen vermochte.

Ohne weiter auf die Anschuldigungen einzugehen, schnipste Charon einmal mit der linken Hand. Daraufhin trat der Unbekannte hinter ihm aus dem Halbdunkel hervor. Er händigte Charon eine dicke Akte aus, die dieser lässig auf den Tisch vor sich knallte. Der Fremde sagte dabei kein einziges Wort. Charon wusste, dass Blochin eine Ausstrahlung hatte, die jeden einschüchterte und keiner Worte bedurfte. Seine Gesichtszüge hatten etwas Unheimliches an sich. Sie wirkten leblos. Bedrohlich. Und Charon nutzte Blochins Erscheinungsbild geschickt für seine eigenen Zwecke, um all seinen Kritikern und Widersachern zu verdeutlichen, wer das Sagen hatte.

Es legte sich ein bedrückender Mantel der Stille über den gesamten Raum. Die meisten Anwesenden begannen nervös auf ihren Stühlen hin- und herzurutschen.

Charon schien diesen Moment sichtlich zu genießen. Er fühlte sich darin bestätigt, dass er die entscheidende Kraft war, die die sehr unterschiedlichen Akteure in diesem Raum zusammengeführt hatte. Dann ergriff er wiederum das Wort und tippte gleichzeitig mit seinem Zeigefinger mehrfach nachdrücklich auf die Akte vor ihm. Seine kräftige Stimme hallte donnernd durch den weitläufigen Raum: »Hierin befinden sich alle Beweise, die uns das Genick brechen könnten. Ausnahmslos alle. Und hierauf.« Er griff in seine Sakkotasche, zog nacheinander zwei USB-Sticks heraus und warf diese vor sich auf den Tisch.

Ein nicht zu überhörendes Raunen erfasste den Konferenzsaal. Diese Wendung hatte offensichtlich niemand antizipiert. Charon warf dem völlig verdutzten Philipps anschließend einen überheblichen Blick zu.

»Sämtliches belastendes Material, sichergestellt aus Heyessens und Hudsons Fundus, liegt nun vor Ihnen. Kopien existieren nicht. Ich habe meinen Dienst getan, wie jedem Einzelnen von Ihnen versprochen. Infolgedessen zweifeln Sie nie wieder an CJA und vor allem nicht an mir! Nie wieder!« Charons Stimme hatte gegen Ende einen eindeutig aggressiven und feindseligen Unterton. Als er schließlich fragend in die Runde blickte, huschte ein selbstgefälliges Grinsen über sein Gesicht.

»Und was machen wir jetzt damit?«, wagte es Samuel Wisser, Vorstandsvorsitzender des US-amerikanischen Hightech-Konzerns Blue Horizon, vorsichtig seine Stimme zu erheben. Alle Köpfe drehten sich beinahe wie auf Befehl simultan zu ihm. Er fühlte sich angesichts seines kritischen Nachfragens unverhofft unter enormen Druck, doch an den Gesichtern der Mitstreiter konnte er ablesen, dass diese über seine Initiative erleichtert waren.

»Die Beweise werden entweder bei CJA in der Sicherheitskammer eingelagert oder später vernichtet. Das müssen wir letztlich alle einstimmig entscheiden«, sagte Hallheim in aller Ruhe. Kaleval und er hatten sich das gesamte Schauspiel im Hintergrund stehend angesehen und im Laufe der Auseinandersetzung keinerlei Reaktion gezeigt. Sie beide standen genauso im Kreuzfeuer der Kritik wie Charon und Jove. Entgegen ihrer Erwartungen hatte Charon sie kurz vor Beginn des heutigen Treffens in seine geplante Vorgehensweise eingeweiht. So wie sich am Ende alles darstellte, ging Charons Plan voll auf. Sie alle würden gestärkt aus der Sitzung hervorgehen und ihre Positionen an der Spitze der Gruppenhierarchie weiter konsolidieren.

In den unruhigen Wochen zuvor war in kürzer werdenden Abständen heftige Kritik an ihrem Führungsstil aufgekommen. Gerade Samuel Wisser, David Philipps und Grace Reberger, eine einflussreiche Senatorin aus dem Bundesstaat New York, hatten sich in dieser schweren Zeit als ernsthafte Herausforderer zu profilieren versucht. Philipps selbst wollte im Fall einer möglichen, erfolgreichen Präsidentschaftskandidatur nicht zu einer reinen Marionette der Gruppe verkommen, sondern von der Spitze herab oder zumindest auf Augenhöhe agieren. Doch die überraschende Wendung der Ereignisse drehte das Blatt unzweideutig wieder zu Gunsten Hallheims, Kalevals, Charons und Joves. Zwar fühlte sich die heterogene Gruppe dem übergeordneten Ziel, das globale Wirtschaftssystem den eigenen Interessen zu unterwerfen, unstrittig eng verbunden. Dennoch kam es zuletzt vermehrt zu Reibereien zwischen einzelnen Gruppenmitgliedern. Dies war einerseits dem Umstand geschuldet, dass alle Anwesenden zu den Besten ihres Fachs gehörten und über dementsprechend große Egos verfügten. Andererseits schienen sich die

Templer des Vierten Ordens mehr und mehr in Traditionalisten und Erneuerer aufzuspalten. Für letztere Gruppierung, zu der allen voran Charons größte Widersacher um Philipps, Wisser und Reberger gehörten, spielte die religiöse Komponente im Konzept des totalen Kapitalismus eine nur noch untergeordnete Rolle.

»Dann stimmen wir ab. Wer ist dafür, die Unterlagen zu vernichten?«, übernahm Charon zum wiederholten Male das Ruder. Alles war perfekt nach Plan gelaufen.

\*\*\*

### Kurz zuvor

Der Konferenzsaal war linksseitig verglast und gewährte großzügige Einblicke für gewollte und ungewollte Beobachter. Jeder Teilnehmer der ominösen Zusammenkunft von Personen unterschiedlichster Couleur, Herkunft und Kulturzugehörigkeit war der allgemeinen, gut gebildeten Öffentlichkeit wohl bekannt, denn die Teilnehmer waren Teil der jeweiligen politischen, wirtschaftlichen und gesellschaftlichen Eliten ihrer Länder.

Beim Passieren des Raumes auf den ersten Metern war Remmel dieser Umstand nur beiläufig aufgefallen. Er blieb abrupt stehen und machte schnellstens wieder einige Schritte zurück, um sich zu vergewissern, was er soeben aus dem Augenwinkel heraus gesehen hatte.

Niemand hatte sein Kommen bemerkt. Dies hoffte er zumindest. Remmel verharrte etliche Sekunden lang angespannt an Ort und Stelle und begutachtete die Szenerie, die sich ihm darbot. Er war ursprünglich zurück in sein Büro geeilt, da er vor einer Stunde den Notfall eines langjährigen Stammklienten gemeldet bekommen hatte. Sein Schützling Nathan Sciusa befand sich ebenfalls in den Startlöchern. Brannte erst einmal die Hütte, waren sie stets dazu gezwungen, alles stehen und liegen zu lassen, um die drohende Krise bestmöglich im Keim zu ersticken. Hierbei gab es kein Wenn und Aber.

Das Problem am heutigen Tag bestand jedoch darin, dass von Bill Charon für alle Mitarbeiter, einschließlich seiner Wenigkeit und Nathan, ein grundsätzliches Arbeits- sowie Anwesenheitsverbot nach 18 Uhr ausgesprochen worden war. Aus diesem Grund hatten alle

Angestellten das Bürogebäude bis 17:30 Uhr zu verlassen. Dies war an sich nichts Ungewöhnliches, da seine Chefs oftmals Exklusivklienten empfingen, deren Anonymität sie vertraglich zu gewährleisten hatten. Remmel kannte die Praxis, die in Anbetracht des Treffens hochrangiger Persönlichkeiten, dessen er soeben Zeuge wurde, ihm allerdings im Hier und Jetzt in einem völlig neuen Licht erschien.

Remmel zögerte. Er musste dringend in sein Büro, da er wichtige Unterlagen benötigte, die er von zu Hause aus digital nicht abrufen konnte. Was sollte er machen? Einfach vorbeigehen ging nicht. Würde man ihn sehen, würde das empfindliche Strafen nach sich ziehen. Doch die Neugierde hatte ihn gepackt. Sie hatte überhandgenommen und so konnte er nicht mehr anders, als dieses Gefühl schlussendlich zu befriedigen. Ansonsten käme er nicht zur Ruhe.

Er schaute sich suchend in alle Richtungen um. Da er an der von ihm aus gesehen hinteren linken Ecke des Konferenzraumes positioniert war, fiel ihm auf, dass eine Seitentür einen Spalt weit offenstand.

*Na, dann wollen wir mal reinhören, was Bill so zu sagen hat*, dachte er sich und ging vorsichtig zu eben dieser Tür. Gleichzeitig ließ er Nathan eine schnelle SMS zukommen, die ihn davor warnte, den direkten Weg wie er zu nehmen und ihm stattdessen nahelegte, über einen Seiteneingang im Osten des Gebäudes zum Büro zu gelangen.

Remmel näherte sich behutsam Zentimeter für Zentimeter dem Türspalt. Charons donnernde Stimme wurde klarer und immer kräftiger: »Hierin befinden sich alle Beweise, die uns das Genick brechen könnten. Ausnahmslos alle. Und darauf«, hörte er Charon auf einmal sagen.

Als dieser Satz gefallen war, weiteten sich seine Augen. Sein Puls begann sich umgehend zu beschleunigen. Dies war der Moment, in dem er sich dazu entschloss, seiner Angst ein Schnippchen zu schlagen und einen zaghaften Blick durch den Türspalt zu wagen.

Sein Blickfeld war schräg von der Seite auf die Tischspitze gerichtet, an der Charon stand. Er sah, wie dieser etwas aus seiner Sakkotasche zog und es auf den Aktenhaufen vor sich warf.

Charons markante Stimme, von der Remmel wusste, dass sie auf Außenstehende einen besonderen Eindruck machte, hallte durch den weiten Konferenzsaal.

Von seiner aktuellen Position aus war er zudem imstande, die geladenen Gäste relativ gut zu überblicken und den Monolog seines Chefs umfassend zu verfolgen. Als dieser die Frage in den Raum warf, was mit den belastenden Dokumenten zu passieren habe, musste sich Remmel erst noch innerlich die Augen reiben, ob das, wovon er gerade Zeuge wurde, auch wirklich der Realität entsprach.

Das Ergebnis war eindeutig: Eine klare Mehrheit der anwesenden Personen stimmte für eine Vernichtung der Akten sowie der elektronischen Daten auf den USB-Sticks. Diese würden einen Tag bei CJA in der Sicherheitskammer eingelagert und dann von Meyer, dem Assistenten von Senator Tartaris, vernichtet werden.

Remmel wurde sich in diesem Augenblick schlagartig bewusst, dass etwas nicht stimmte. Warum hatte die Gruppe soeben darüber abgestimmt, dass Beweise vernichtet werden sollten? Wenige Sekunden davor hatte er sich überdies gefragt, ob er den Namen »Hudson« gehört hatte, womit wohl nur Leonrod Hudson von Interpol gemeint sein konnte. Bestünde hier ein Zusammenhang, galt es die Vernichtung der Beweise mit allen Mitteln zu verhindern.

Unmittelbar danach sah Remmel aus seinem Blickwinkel, wie Meyer nach der Abstimmung an Charon herantrat, die Unterlagen einsammelte, darunter zwei USB-Sticks, und sich bedachten Schrittes zum Hauptausgang des Saales bewegte. Charon griff daraufhin nach ein Glas vor ihm und sprach einen Tost aus: »Auf unsere Mission, meine Freunde. Getreu unserem Motto: Spalten, zerstören, erobern und wiederbeleben – zu Ehren Gottes! Auf ein neues Amerika und eine neue Weltordnung.«

*Was hat das alles nur zu bedeuten? Ist das hier eine Sekte? Es ist an der Zeit zu handeln, Carl!* Remmel war im Begriff, sich umzudrehen, als ihn jemand an der rechten Schulter berührte. Er erschrak sich fast zu Tode, aber stellte zu seiner Erleichterung schnell fest, dass es Nathan war. Remmel verdrehte die Augen.

»Mach das nie wieder, Nathan!«, flüsterte er seinem Junior Associate zu. Nathan lachte leise auf.

»Was ist hier los, Carl? Was soll diese Geheimnistuerei? Und was hat es mit dem Treffen auf sich?«, entgegnete Nathan.

»Halt am besten einfach deinen Mund. Ich erkläre dir alles in Kürze. Wir müssen uns beeilen. Bis zum gegenwärtigen Zeitpunkt hat niemand unsere Anwesenheit registriert und das soll auch so bleiben.«

»Und was ist mit ...?«

»Ich habe doch gesagt du ... der beschissene Kunde muss warten. Wir haben jetzt ganz andere Prioritäten. Komm.« Als Remmel dies sagte, hatte er Nathan schon grob am linken Oberarm gepackt und zerrte ihn mit sich. Seine Intuition hatte Remmel selten im Stich gelassen. Etwas war bei CJA gehörig faul. Und er musste dringend etwas dagegen unternehmen.

Er schubste Nathan, der nicht verstanden hatte, worum es eigentlich ging, gerade noch rechtzeitig um die Ecke des Ganges, der von der Seitentür des Konferenzraumes wegführte. Bevor sie dahinter verschwanden, wagte es Remmel, sich auf den letzten Zentimetern blitzschnell umzudrehen. Im einfallenden Licht der schwachen Deckenbeleuchtung sah er, dass soeben jemand die Tür aufstieß, an der sie beide einige Sekunden zuvor gestanden hatten.

Nur Millisekunden später lugte ein Gesicht aus der Tür hervor, das begann, die nähere Umgebung aufmerksam zu prüfen. Die Person, die glücklicherweise nicht in seine Richtung schaute, hatte etwas Brutales und Unheimliches an sich. Eine große Narbe auf der Wange trug entscheidend zu diesem düsteren Erscheinungsbild bei.

Der Unbekannte machte einen entschiedenen Schritt aus der Tür heraus und stand nun mitten im Gang. Schließlich bog er links ab und verschwand nach wenigen Metern aus Remmels Sichtfeld. Doch er ahnte in diesem Moment, dass sich ihre Wege wohl bald wieder kreuzen könnten. Früher als es ihm womöglich lieb war.

\*\*\*

### Fünf Minuten später

Sie zögerten keine Sekunde lang. Es stand schlichtweg zu viel auf dem Spiel. Unverhofft offenbarte sich ihnen die einzigartige Gelegenheit, ihr Gewissen reinzuwaschen und den Ereignissen eine neue Wendung zu geben. Weder ausführliche Bedenkzeit noch Fragen nach den möglichen Konsequenzen – für sich oder andere – hatten in diesem Augenblick eine Daseinsberechtigung. Jegliches Zaudern konnte nicht nur für sie, sondern für viele andere Menschen weitreichende, schwerwiegende Folgen nach sich ziehen. Dies galt es unter allen Umständen zu verhindern. Zauderer sind noch nie in die Menschheitsgeschichte eingegangen, das wussten Nathan und Remmel. Und hierzu wollten, durften und konnten sie einfach nicht gehören. Nathan war seit ihrer Rückkehr aus Indonesien davon überzeugt, dass die dortige Erfahrung seinen Vorgesetzten nicht nur zutiefst erschüttert, sondern auch einen Gedankenwechsel in ihm in Gang gesetzt hat. Er hatte deshalb nur an den richtigen Stellen ansetzen müssen, um die bereits vorhandenen Zweifel weiter zu vergrößern. Anschließend war es nur eine Frage der Zeit, bis das gesamte Glaubenssystem in sich zusammenbrechen würde. An diesem Punkt waren sie mittlerweile angelangt. Es gab kein Zurück mehr, kein Zurückweichen vor der Verantwortung sich selbst und anderen gegenüber.

Hier standen sie nun und versteckten sich in einem kleinen Seitengang, der direkt zur sagenumwobenen Aktenkammer führte. Sie warteten auf den richtigen Zeitpunkt, um zuschlagen zu können. Und dies im wahrsten Sinne des Wortes, denn auf dem Weg zur Aktenkammer waren sie an Remmels Büro vorbeigekommen. Dieser war kurzentschlossen hineingegangen und hatte nach dem Baseballschläger gegriffen, der stets wie ein Samuraischwert hinter seinem Schreibtisch thronte. Mit diesem Schläger, den ein Autogramm seines Lieblingsspielers Barry Bonds zierte, war er dann schnurstracks an Nathan vorbeimarschiert und ging den Gang hinunter, um zur Aktenkammer zu gelangen. Remmel war für den Kampf gerüstet und zu allem bereit.

»Für was brauchen wir denn den Baseballschläger, Carl?«, hatte Nathan verunsichert gefragt.

»Keine Sorge, der ist nicht nur für Meyer gedacht, sondern auch für nervende Angestellte, die mir ständig auf den Sack gehen. Also, fordere es ruhig heraus.«

Nathan gab von da an keinen Laut mehr von sich, ohne explizit von Remmel dazu aufgefordert worden zu sein. Er wusste ganz genau, wann es gefährlich wurde, seinen Vorgesetzten übermäßig zu reizen. Und an diesem Kipppunkt befand sich dieser gerade.

»Also, ich vermute, dass Meyer jede Minute mit den kompromittierenden Dokumenten um die Ecke kommen wird. Halte dich bereit! Es muss alles zügig vonstattengehen. Der Fingerscanner funktioniert mittlerweile, deswegen soll er zuerst die Tür öffnen. Als nächstes knocke ich ihn aus und du huschst in die Kammer und sicherst die Beweise, die du mir zuvor gezeigt hast. Hast du alles verstanden?«

Nathan bejahte dies mit einem mehrmaligen Nicken.

Plötzlich hörten sie in der Ferne, dass sich ihnen eine Person näherte. Es dauerte dann nur wenige Augenblicke, bis Meyer, sichtlich gut gelaunt, um die Ecke gebogen kam und sich daran machte, den Sicherheitscode zur Aktenkammer einzugeben und seinen Fingerabdruck prüfen zu lassen.

Als ein unüberhörbares Klicken zu vernehmen war und Meyer begann, die Tür aufzudrücken, nutzte Remmel die Gunst der Stunde, stürmte ohne Vorwarnung aus seinem Versteck und zog Meyer mit dem Baseballschläger einen heftigen Schlag über den Kopf. Dieser klappte sofort in sich zusammen und sackte zur Seite weg. Bevor die Tür wieder ins Schloss fiel, hatte Nathan gerade noch rechtzeitig seinen Oberkörper dazwischen bekommen und stemmte sie mit seinem Gewicht weit auf.

Remmel drehte sich zu ihm und rief ihm hektisch, aber leise zu: »Los, Nathan! Du hast maximal fünf Minuten. Dann müssen wir hier raus sein.«

Während Nathan die belastenden Akten in der Kammer zusammensuchte, sammelte Remmel eilig die von Meyer fallengelassenen Unterlagen sowie die zwei USB-Sticks auf. Zu seinem Glück befand sich neben dem Aktenraum eine Putzkammer, in die er Meyers bewusstlosen Körper hineinschleifte und danach die Tür hinter ihm mit einem genüsslichen »Und tschüss!« zuknallte.

\*\*\*

### Kurze Zeit später

»Das ist doch einfach unfassbar. Alle Beweise sind weg?«, wütete Charon durch den Überwachungsraum des CJA-Büros, der sich im unteren Stockwerk befand. Er war außer sich vor Wut, so dass er das Whiskeyglas in seiner Rechten mit voller Wucht gegen die Wand knallte. Tausende Splitter verteilten sich in dem kleinen Raum, der gespickt war mit Monitoren und Bildern aus dem gesamten Gebäude. Alle – nicht nur Charon, sondern auch Tartaris und Hallheim – rangen um Fassung. Blochin stand währenddessen regungslos in der hinteren Ecke des Raumes. Meyer saß neben einem Sicherheitsmitarbeiter von CJA vor den hell flackernden Bildschirmen und hielt sich einen Eisbeutel an seinen Hinterkopf. Er hatte enormes Glück gehabt, da er sich nur eine Platzwunde am Hinterkopf und eine große Beule an seiner Stirn zugezogen hatte. Aber sein Kopf schmerzte und pochte so unangenehm, dass ihm des Öfteren unvermittelt schwindelig wurde.

Nachdem er nicht zurückgekommen war, hatte Charon seinen wichtigsten Mitarbeiter, Blochin, ausgesandt, ihn zu suchen. Dieser hatte Meyer dann dank einer winzigen Blutspur am Boden bewusstlos in einer Abstellkammer entdeckt. In den darauffolgenden 15 Minuten brach absolutes Chaos aus, als Blochin den Alarm ausgelöst hatte und Charon inmitten seines Vortrags über die Anpassung der strategischen Ausrichtung und Organisation der Templer des Vierten Ordens unterbrochen wurde. Schließlich hatte er zusammen mit Jove zwangsweise entschieden, die Zusammenkunft aufzulösen, was zu einigem Unbehagen unter den Mitgliedern der geheimen Vereinigung geführt hatte.

Und nun hatten sie sich hier in dem Überwachungsraum von CJA eingefunden und keiner wusste so recht, wie es weitergehen sollte.

Charons Blick wandte sich hoffnungsvoll Blochin zu, so, als ob dieser den Dingen eine unerwartete Wendung hätte geben können. Doch Blochin reagierte nicht. Er hatte dieses Mal keine Lösung parat. Das Schlamassel mussten Charon und die anderen ausbaden, nicht er. Er wusste aber auch, wie unverzichtbar er für Charon im Laufe der Zeit geworden war. Seine militärische Ausbildung beim KGB und einer der Öffentlichkeit weitgehend unbekannten russischen Eliteeinheit hatte ihm Fähigkeiten vermittelt, die nicht nur Charon, sondern schon viele andere Auftraggeber vor ihm für ihre Zwecke zu nutzen wussten. Sofern sie sich seine Dienste leisten konnten. Wer er war, woher er kam und wie alt er war, wusste niemand. Und das sollte auch so bleiben. Nur Charon gegenüber hatte er einmal erwähnt, dass Blochin lediglich ein selbstgewählter Spitzname war. In Anlehnung an den russischen General Wassili Blochin, der bei den stalinistischen Säuberungen im Zweiten Weltkrieg dutzende Menschen, vorrangig Vertreter der russischen Intelligenzija und der politischen Spitze des Landes, eigenhändig hingerichtet hatte.

»Mr. Charon, ich kann Ihnen nach Auswertung der bisherigen Aufnahmen bestätigen, dass Nathan Sciusa die Aktenkammer betreten und kurze Zeit später wieder mit mehreren Dokumenten in der Hand verlassen hat. Außer ihm ist jedoch keine andere Person zu sehen gewesen«, sagte der Angestellte des Sicherheitspersonals.

»Unglaublich! Wie konnten wir uns so sehr in dem Jungen täuschen?«, reagierte Charon rasend vor Wut – in erster Linie sich selbst gegenüber. Er war gerade im Begriff, vollends seine Beherrschung zu verlieren.

»Wir können definitiv nicht ausschließen, dass er einen Unterstützer hatte, da auf Ihre Anweisung hin ja ein Teil unserer Kameras ab 18 Uhr ausgeschaltet worden war.«

Um die Ankunft der hochrangigen Teilnehmer des geheimen Treffens zu verschleiern, hatten Charon und Jove beschlossen, die zentralen Überwachungskameras im Foyer sowie im Empfangsbereich des 12. Stocks abschalten zu lassen. Dies galt zwar nicht für die Aktenkammer und Kameras in anderen Bereichen des weitläufigen Büros, von denen alle Angestellten keine Ahnung hatten, dass sie existierten. Alles in allem erwies sich diese Entscheidung letzten Endes aber als gravierender Fehler.

»Was für ein Komplettreinfall. Das darf doch alles nicht wahr sein«, zürnte Charon, als er Nathan Sciusa auf einem der Monitore entdeckte und mit Argusaugen jede seiner Bewegungen verfolgte. »Dieser Bastard, wenn ich den in die Finger kriege! Dieser ganze ...«

»Jetzt reiß dich mal zusammen, Bill«, konterte Montgomery Hallheim. Für ihn war das Ganze zu viel. Ohne Vorwarnung holte er mit dem linken Arm weit aus und schlug seinem langjährigen Freund so fest er konnte mit der Faust ins Gesicht. Der Schlag hatte gesessen, woraufhin Charon kurz in die Knie gegangen war. Er rieb sich sein Kinn und blickte zu Hallheim auf. Es mutete fast so an, als hätte er dies gebraucht, um wieder einen klaren Gedanken fassen zu können. Er schüttelte sich, richtete sich auf und wischte mit der rechten Handoberfläche über seine blutige, aufgeplatzte Unterlippe.

Dann erhob Hallheim drohend seine Stimme: »Hör mir genau zu, Bill. Die Verkettung negativer Umstände zum Nachteil deiner Wenigkeit und des Fortbestehens von CJA und Kervielia nimmt mittlerweile Ausmaße an, die nicht mehr zu akzeptieren sind. Weder von mir noch von irgendwem sonst, der an unserem Projekt beteiligt ist.«

Seine Stimme machte jedem Zuhörer unmissverständlich klar, dass weitere Verfehlungen in keinster Weise mehr geduldet würden. Die absolute Mehrheit der Mitglieder der Templer des Vierten Ordens, da nahm er sich selbst nicht aus, hatte die zahlreichen Fehlschläge der jüngsten Vergangenheit zähneknirschend toleriert. Nun aber war die Grenze des Erträglichen für ihn und alle anderen erreicht.

Um seinem Standpunkt letzten Nachdruck zu verleihen, näherte er sich Charon bis auf wenige Millimeter, so dass nur noch ein Blatt Papier zwischen ihre beiden Nasen zu passen drohte: »Ich will alle tot sehen: Hudson, die Bleriott-Schlampe, euren Mitarbeiter – egal wann und wo, Hauptsache all diejenigen sterben, die uns in irgendeiner Form gefährlich werden können. Ein für alle Mal. Ist das klar, Bill?«

Charon zeigte keine Regung. Doch Hallheim konnte an dessen Augen ablesen, dass seine Wut ins Unermessliche gestiegen war. Gegenüber sich selbst, aber auch gegenüber den in seinen Augen überaus undankbaren Mitgliedern ihrer geheimen Gesellschaft.

»Wenn du das bis morgen nicht geregelt hast, war's das.«

\*\*\*

### Great Ormond Street Hospital, am nächsten Morgen

»Wie geht es jetzt weiter?«, fragte Dr. Bleriott mit zittriger Stimme. Diese Frage quälte Hudson schon seit dem Moment, als er Zhangs Leiche gefunden hatte. Die ganze Arbeit der letzten Jahre hatte er dem Kampf gegen Kervielia und andere Rohstoffkonzerne gewidmet, die wissentlich gegen geltende Umwelt- und Menschenschutzkonventionen verstießen und dabei schwerste Straftaten begingen. In keinem anderen Kriminalitätsbereich verlief die Grenze zwischen Gut und Böse in seinen Augen so scharf, wie im Fall von Umweltverbrechen. Es war für ihn immer wieder erstaunlich und abstoßend zugleich zu beobachten, wie Menschen durch ihre Geschäftsgebaren die eigene Existenz willentlich aufs Spiel setzten. Die Tatsache, dass alle, unabhängig des sozialen Status oder Einkommens, auf einen lebenswerten Planeten angewiesen waren, schien konsequent ignoriert zu werden. Sämtliche Gefahren für das Fortbestehen der

Menschheit, die realer waren, als es den meisten tatsächlich bewusst war, hinderten die Akteure an den Schalthebeln der Macht nicht daran, die Natur dauerhaft zu zerstören, anstatt langfristig zu denken und das eigene Handeln zu hinterfragen. Zu allem Überfluss hatte Interpol seit Anfang der 2000er feststellen müssen, dass die Zahl der Umweltverbrechen von Jahr zu Jahr neue Höchstwerte erreichte.[44] Dies war vor allem dem Umstand geschuldet, dass sich der Kampf um essenzielle, jedoch in ihrer Verfügbarkeit finite, also endliche Ressourcen dramatisch verschärft hatte und immer mehr Länder in den Rohstoffkrieg[45] einstiegen.

Nun saß Hudson an Maven Bleriotts Krankenbett und hatte keine überzeugende Antwort auf ihre Frage parat. George Heyessen, William Scolvus, Julius Heyessen – sie alle waren tot. Die gesicherten Beweise aus Kolumbien und dem Fundus der Heyessens waren gestohlen. Sein ewiger Kampf war wohl endgültig verloren. Er hatte in diesem Augenblick keinerlei Elan, keinerlei Entschlossenheit übrig, um eine weitere Attacke gegen den eindeutig übermächtigen Gegner zu lancieren. Nach seinem Gespräch mit Lucian Rallier hatte er ungebrochen ein wenig Optimismus verspürt, doch sobald er den ersten Schritt in das Krankenzimmer gesetzt und Maven Bleriott erblickt hatte, überkam ihn ein schier erdrückender Schwermut.

Er konnte sich selbst keinen Vorwurf machen. Niemand konnte ihm einen Vorwurf machen. Er war vielmehr so weit gekommen wie noch nie jemand vor ihm. Das half ihm allerdings auch nicht weiter.

---

[44] Nelleman, Christian (u.a.; 2016): „The rise of environmental crime: A growing threat to natural resources, peace, development and security", A UNEP-INTERPOL Rapid Response Assessment. Nairobi (u.a.): *United Nations Environment Programme and RHIPTO Rapid Response–Norwegian Center for Global Analyses* [http://wedocs.unep.org/bitstream/handle/20.500.11822/7662/-The_rise_of_environmental_crime_A_growing_threat_to_natural_resources_peace%2C_development_and_security-2016environmental_crimes.pdf.pdf?sequence=3&isAllowed=y].

[45] Hellwig, Christian (2015): „What can be done to stop the depletion of the world's natural resources?", *Global Risk Insights* [https://globalriskinsights.com/2015/05/what-can-be-done-to-stop-the-depletion-of-the-worlds-natural-resources/]; Showstack, Randy (2013): „Mineral Expert Discusses Global Scramble for Natural Resources", in Wiley/AGU Publications (Hrsg.): *EOS/Earth & Space Science News*, Washington, Vol. 94, Issue 47, Seite 434 [http://onlinelibrary.wiley.com/doi/10.1002/2013EO470002/abstract] und Klare, Michael (2012): „The Race for What's Left: The Global Scramble for the World's Last Resources", London: *Picador/Macmillan Publishers*.

An dieser Stelle musste er sich die bitterste Niederlage nicht nur seiner beruflichen Laufbahn, sondern auch auf persönlicher Ebene eingestehen. Und er würde in der Folge sehr lange brauchen, all die Rückschläge zu verarbeiten.

Dr. Bleriott musterte ihn ausgiebig. Hudson bemühte sich gar nicht erst, seine Gefühlslage und Resignation vor ihr zu verbergen. Ihr selbst erging es nicht viel besser. Der Schock darüber, von Eris so hintergangen worden zu sein, verletzte sie tief. Sie schämte sich, dass sie in seine Falle getappt war und Heyessens Tod zu verantworten hatte. Erst nachdem eine Fahndung nach Eris ausgeschrieben worden war, war sie in der Lage, sich dazu durchzuringen, Scotland Yard über ihre Liebesbeziehung in Kenntnis zu setzen.

Dr. Bleriott hakte zwei-, dreimal nach, ehe Hudson letztendlich auf ihre Frage reagierte. Sein Gesichtsausdruck war leer und ging an ihr vorbei. Dann stellte er zunächst eine Gegenfrage: »Wie geht es Ihnen, Maven? Die Ärztin meinte, Sie hätten zwei Kugeln abbekommen. Einen Arm- und einen Schulterschuss. Da haben Sie ...«

Sie fuhr ihm direkt ins Wort: »Reden wir nicht um den heißen Brei herum, Hudson. Es geht hier nicht um mich. Mir geht es gut. Ich werde es überleben. Auch wenn mir der Schock natürlich nach wie vor in den Gliedern steckt. Ich könnte eigentlich jede Sekunde losheulen, ich versuche aber standhaft zu bleiben, mich zusammenzureißen und dagegen anzukämpfen. Es geht um viel mehr als nur um Sie oder mich. Sie müssen das große Ganze sehen und die äußerst schmerzhaften Niederlagen mal für einen Moment ausblenden. Wir dürfen jetzt nicht aufgeben. Vor allen Dingen Sie nicht. Sie waren so kurz davor, den finalen Durchbruch zu schaffen. Sie müssen deshalb den Willen aufbringen, im Extremfall wieder bei null anzufangen.«

Hudson benötigte erneut eine Weile, um dagegenzuhalten: „Naja schauen Sie, Maven. Wir waren beinahe über die Ziellinie. Gegenwärtig stehen wir mit absolut nichts da, nada, niente, rien. Und von nichts kommt eben nichts.«

Er wich ihren hartnäckigen Blicken aus und ließ seine Hände elanlos auf die Oberschenkel fallen. In dieser Stunde der Hoffnungslosigkeit vermochte ihn nichts und niemand aufzubauen. Dr. Bleriott wollte soeben abermals das Wort ergreifen, als Hudson in seine Hosentasche griff und sein Geschäftshandy herauszog. Es hatte zweimal vibriert.

»Hudson, lassen Sie nicht ...« Sie unterbrach ihren Satz, als sie feststellte, dass Hudson plötzlich voll konzentriert auf sein Handy starrte und still vor sich hin las.

»Was ist los?«, fragte sie verunsichert. Sie wusste nicht, wie sie seine Körpersprache zu deuten hatte.

Nach einigen Sekunden schaute Hudson auf. Ein ungläubiges Staunen stand in sein Gesicht geschrieben: »Ich glaube, das Blatt hat sich soeben zu unseren Gunsten gewendet.«

# Neuntes Kapitel: Reinigung

**19.08.2017, früher Morgen, irgendwo im Süden Londons**

»Haben Sie die Beweise?«

»Viel wichtiger ist: Kann ich Ihnen vertrauen beziehungsweise wieso sollte ich Ihnen überhaupt vertrauen?« Die in der Stimme mitschwingenden Zweifel waren nicht zu überhören. Und sie hatten durchaus ihre Berechtigung.

Beide Männer waren sich darüber im Klaren, dass ihre jeweiligen Schicksale untrennbar miteinander verbunden waren. Einer musste jedoch den ersten Schritt wagen. Und dies war letztlich Remmel.

»Also gut. Ich bin in einem der Datensätze, die ich bei mir habe, auf Sie gestoßen, Mr. Hudson. Ein Dossier von CJA führt Ihren Namen auf einer sogenannten roten Bedrohungsliste. Das bedeutet, dass Sie durch Ihre Tätigkeit entweder CJA selbst oder einem beziehungsweise mehreren Klienten meines Arbeitgebers gefährlich werden können. Diese Tatsache genügte mir, um zu dem Entschluss zu kommen, dass sie für mein Anliegen der richtige Ansprechpartner sein würden. Wir haben aber keine Zeit zu verlieren. Es steht zu viel auf dem Spiel. Hier ist die Akte, bitte werfen Sie einen schnellen Blick hinein.«

Hudson musterte Remmel eingehend. Der ihm unbekannte Mann war hochnervös und drehte sich fortlaufend unruhig in alle Himmelsrichtungen um.

»Es steht zweifelsohne viel auf dem Spiel, Mr. Remmel. Da kann ich Ihnen nur zustimmen. Bis zu dem Zeitpunkt, als ich Ihre SMS erhalten hatte, glaubte ich, alles verloren zu haben. Wenn Ihre Nachricht den Tatsachen entspricht, werden Sie möglicherweise die bedeutendsten Ermittlungen meiner beruflichen Laufbahn wieder auf den richtigen Weg führen. Wie sind Sie eigentlich genau an die Unterlagen gekommen?«

»Für ausschweifende Ausführungen haben wir keine Zeit, fürchte ich. Das einzige, was Sie an dieser Stelle wissen müssen, ist, dass mein Assistent und ich, zumindest noch bis gestern Abend, für

Charon Jove & Associates tätig waren. Unser Leben ist in ernster Gefahr! Wir haben gestern, entgegen der Sicherheitsbestimmungen der Unternehmensführung, aufgrund eines Notfalls unser Büro aufgesucht. Uns sind dann in der Folge Dokumente in die Hände gefallen, die für CJA äußerst brisant sind. Wie ich Ihnen ja bereits geschrieben habe, befinden sich darunter auch diejenigen Datensätze, die ein ehemaliger Mitarbeiter von Kervielia vor geraumer Zeit gestohlen hatte. Ich glaube sein Name war George Heyessen.«

Als Remmel dies sagte, konnte er direkt eine Veränderung in Hudsons Mimik ausmachen. In dieser Sekunde erkannte er, dass es die richtige Entscheidung gewesen war, sich an den Interpolagenten zu wenden. Diese eintretende Gewissheit ließ ihn fortan innerlich etwas ruhiger werden.

Hudson versuchte, die unerwartete Wendung der Ereignisse zu verarbeiten und musste das Ganze erst noch sacken lassen. Dann entgegnete er selbstbewusst: »Was verlangen Sie als Gegenleistung für die besagten Dokumente?«

Ohne mit der Wimper zu zucken, schoss es aus Remmel heraus: »Solange unsere Chefs von CJA und deren Mitwisser frei herumlaufen, sind wir Freiwild. Daher benötigen Nathan und ich Ihren Schutz. Und wohl auch eine neue Identität. Nicht mehr und nicht weniger. Da in dem Bürogebäude von CJA überall Kameras angebracht sind, wissen mittlerweile all die Leute, die Sie eigentlich dingfest machen wollen, mit großer Wahrscheinlichkeit, wer die Dokumente entwendet hat. Wir hatten zwar versucht, diese so gut es ging zu umgehen, aber wer weiß schon, ob das am Ende umfassend geklappt hat. Und ich glaube, ich muss Ihnen als Interpolhauptkommissar nicht näher erläutern, mit welch brutalem Machtapparat wir uns hier angelegt haben. Ohne Ihre Hilfe sind wir unseren Gegenspielern schutzlos ausgeliefert, da sie uns mittels ihrer beinahe unerschöpflichen Ressourcen binnen kürzester Zeit überall aufspüren können.«

Hudson wusste nur allzu gut, wovon sein Gegenüber gerade sprach.

»Ich brauche irgendeinen Beweis dafür, dass Sie wirklich in Besitz der restlichen Dokumente sind und dass Sie mir so eine ernstzunehmende, juristische Handhabe gegen die Kervielia Group und ihre Verbündeten ermöglichen.«

Ohne dem etwas zu entgegnen, zog Remmel einige zusammengeknüllte Blätter aus seinem Jackett hervor und reichte sie Hudson. Dieser griff beherzt zu und begann aufgeregt zu lesen. Er konnte nicht glauben, was er in den folgenden Minuten zu sehen bekam.

»Die Kervielia Group kooperiert also mit mexikanischen Drogenkartellen? Das hätte ich nie und nimmer für möglich gehalten«, gab Hudson erstaunt zu. Dann machte er den alles entscheidenden Schritt: »Wir haben einen Deal, Mr. Remmel. Wir nehmen Sie und Ihren Assistenten umgehend in unser Zeugenschutzprogramm auf, sobald Sie mir die restlichen Dokumente zukommen lassen.« Dabei bot er ihm eine Einwilligung per Handschlag an, die Remmel ohne zu zögern annahm. Er hatte ohnehin keine andere Wahl gehabt.

\*\*\*

### Später am Abend

»Leon, ich weiß, wie schwer all das sein muss. Insbesondere vor dem Hintergrund, dass uns erst der Tod unzähliger Menschen die Grundlage geliefert hat, endlich gegen Kervielia vorzugehen. Aber ich kann dir leider nicht mehr helfen. Wir befinden uns in einer Sackgasse«, sagte Rallier ernüchtert. Seine Stimme klang eindeutig niedergeschlagen, denn kurz zuvor hatte er noch alle Hebel in Bewegung gesetzt, um dem verhassten Rohstoffkonzern dank Hudsons erdrückender Beweise endgültig den Garaus zu machen. Die letzten Jahre waren auch an ihm nicht spurlos vorübergegangen. Diese erneute persönliche Niederlage wog deshalb besonders schwer.

»Jetzt hör mir doch zu, Lucian! Sprechen wir auf einer sicheren Leitung?«, fragte Hudson sichtlich ungehalten. Rallier war konsterniert.

»Was ist los, Leon?«

»Wir haben keine Zeit, mein Freund. Ist sie sicher oder nicht?«, erneuerte Hudson seine Frage.

»Ja, aber ...« Als Rallier seinen Satz fortführen wollte, unterbrach ihn Hudson schroff: »Bitte entschuldige, die Zeit drängt. Hör mir einfach nur zu! Gott, Mutter Theresa, der Papst oder wer auch immer meint es gut mit uns. Ich habe die Beweise wieder. Alle! Und sogar noch einige mehr. Bei der ersten Sichtung der zusätzlichen Unterlagen ...«

»Bitte, was?«, Rallier konnte nicht glauben, was er eben zu hören bekam. Ihm war fast der Hörer aus der Hand gefallen. Seine Stimme klang zittrig. »Leon, ich bitte dich, verarsche mich nicht! Ich habe für so etwas keine Nerven mehr.« Die letzten Wochen waren für beide eine unglaublich emotionale Achterbahnfahrt gewesen und hatten stark an ihren Kräften gezehrt. Gestern schien bereits alles verloren. Nicht mal 24 Stunden später war alles abermalig auf den Kopf gestellt. Diese Hochs und Tiefs, die in ihrer Brutalität nicht schlimmer hätten sein können, ließen Rallier verzweifeln. Er stammelte nur einzelne Wörter vor sich hin. Zweifel waren in seinen Augen mehr als nur angebracht.

Doch Hudson wies ihn rüde in die Schranken und sagte selbstbewusst: »Lass mich einfach nur ausreden. Ich habe zwei Kronzeugen, die offiziell noch für Charon Jove & Associates arbeiten. Als Gegenleistung für ihre Hilfe verlangen sie die Aufnahme in ein Zeugenschutzprogramm und eine neue Identität. Ich habe diesbezüglich bereits die ersten Schritte in Kooperation mit Scotland Yard veranlasst. Dort wissen nur drei Leute Bescheid. Wir müssen den Kreis der Eingeweihten so klein wie möglich halten. Die Ermordung Zhangs und vieler weiterer Personen, die mit Kervielia oder CJA in Verbindung standen, hat uns gnadenlos vor Augen geführt, dass niemand sicher und auch Interpol kompromittiert ist.«

Hudson spürte, dass Rallier angestrengt zuhörte. Sie mussten nun alles daran setzen, das Leben von Nathan Sciusa und Carl Remmel zu schützen und binnen kürzester Zeit ein Verfahren gegen deren Verfolger einzuleiten, denen jegliches Mittel recht schien, um ihre Interessen ohne Rücksicht auf Verluste durchzusetzen. Für Hudson stand zudem außer Frage, dass auch er selbst und Rallier in der Zwischenzeit ins Fadenkreuz der Kervielia Group geraten waren.

»Lange Rede, kurzer Sinn: Das ist unsere letzte Chance, mein Freund. Da du ja noch in London weilst, werde ich dir gleich eine Adresse schicken, zu der du dich bitte, ohne Umschweife und Fragen zu stellen, begibst. Dort wirst du mit meinen Zeugen persönlich sprechen können. Und du wirst alle Beweisunterlagen an Ort und Stelle mitnehmen, sie den entscheidenden Stellen beim Internationalen Strafgerichtshof aushändigen und so schnell wie möglich eine Anklageschrift verfassen. Einverstanden?«

\*\*\*

### Canary Wharf, kurze Zeit später

Meyer rannte abgehetzt den weiten Flur hinunter. Der Widerhall seiner Laufschritte war noch in weiten Teilen des Stockwerkes zu vernehmen. Dabei stolperte er vor lauter Eile beinahe über seine eigenen Beine und verlor für einen Augenblick das Gleichgewicht. Er musste die Informationen, die er soeben erhalten hatte, sofort übermitteln. Es ging um jede Sekunde.

Der Daten- und Dokumentenklau durch Nathan Sciusa hatte alle kalt erwischt. Ob er Helfer hatte, wusste zum gegenwärtigen Zeitpunkt niemand, denn die gut versteckten Sicherheitskameras in der Aktenkammer hatten nur ihn aufgezeichnet. Whistleblower waren für CJA und seine Klienten der größte anzunehmende Katastrophenfall. Als Hauptverantwortliche für das Krisenmanagement in solchen Fällen gerieten konsequenterweise in erster Linie Tartaris, Charon, Jove und er unter enormen Druck.

Nachdem sich Bill Charon gerade noch als großer Retter des gemeinsamen Vorhabens der Templer des Vierten Ordens inszeniert hatte, wog der darauffolgende Verlust sämtlicher belastender Dokumente sehr schwer. Meyer und sein Chef Tartaris, aber auch Charon selbst, konnten in der letzten Zeit mehrfach spüren, dass die übrigen Mitglieder der geheimen Gesellschaft ihre Entmachtung durchsetzen wollten. Mit Meyers jetziger Nachricht würde sich das Blatt erneut zu ihren Gunsten wenden.

Meyer riss ohne Vorwarnung die Tür zu einem der Besprechungsräume neben Charons Büro auf. Da er ganz außer Puste war, brachte er anfangs keinen klaren Satz hervor, so dass ihn Tartaris entnervt unterbrach und scharf anging: »Was wollen Sie, Meyer? Wir stecken eh schon bis zum Hals in der Scheiße. Wenn Sie uns nichts Hilfreiches zu sagen haben, das zur Lösung dieses Desasters beiträgt, dann verdünnisieren Sie sich auf der Stelle.«

Hallheim, Kaleval, Wisser, Philipps, Charon, Grace Reberger und er waren um einen großen Tisch in der Mitte des Büroraumes versammelt, der eigentlich für Treffen mit Klienten gedacht war. Niemand würdigte Meyer eines Blickes. Auch Tartaris nicht. Das missfiel ihm sehr, trotzdem schluckte er wie so oft seinen Ärger herunter. Er hatte über die Jahre ausreichend Zeit gehabt, sich an diese Form des Umgangs zu gewöhnen. Man konnte so hart und lange arbeiten wie man wollte, Anerkennung gab es dafür so gut wie nie. Ab und an gelang es ihm dennoch, dank seiner herausragenden Leistungen Tartaris ein lobendes Wort entlocken. Genau auf diese Momente hatte er letztlich beständig hingearbeitet. Sie trieben ihn an.

Tartaris richtete sich auf, um seinem treuesten Weggefährten zum wiederholten Male die gleiche Frage zu stellen, dieses Mal jedoch sichtlich ungehalten: »Jetzt spucken Sie es endlich aus, Meyer. Wir haben nicht den ganzen Tag Zeit!«

Meyer selbst kämpfte gegen sein aufkommendes Lächeln an. Es fiel ihm sehr schwer, seine Euphorie im Zaum zu halten. Dann antwortete er schließlich: »Ich weiß, wo sich unsere Zielperson aufhält.«

Auf einen Schlag konnte er sich der uneingeschränkten Aufmerksamkeit aller Anwesenden sicher sein. Ein Raunen ging durch die Gruppe und alle schauten ihn erwartungsvoll an.

»Wie meinen Sie das?«, warf Kaleval ein.

Meyer zögerte. Er wollte den Augenblick des Triumphs zumindest ein wenig auskosten. Nach einer auffordernden Geste Charons fuhr er fort: »In Zusammenarbeit mit unseren Männern bei der NSA gelang es uns, Teile eines Gespräches zu dekodieren, das vor kurzem hier in London geführt wurde. Und zwar zwischen Hudson und Lucian Rallier vom Internationalen Strafgerichtshof. Wie sich nun herausstellt, wurde Sciusa in ein Zeugenschutzprogramm aufgenommen und hat Hudson beziehungsweise Rallier die von uns gestohlenen Unterlagen bereits übergeben oder wird dies bald tun. Interessanterweise sprach er von Zeugen, also Plural, und nicht nur von einer Person. Dies bedeutet im Umkehrschluss, dass wir in unseren Reihen wohl einen weiteren Verräter haben. Im Anschluss sandte Hudson Rallier eine Textnachricht, die die NSA unter Zeitdruck ebenfalls nur partiell entschlüsseln konnte, die aber zumindest eine Adresse in East London für ein Treffen nannte. Wir haben wohl nicht viel Zeit.«

»Ein weiterer Whistleblower? Das darf doch nicht wahr sein!« Tartaris war außer sich vor Wut. »Also gut. Sehr gute Arbeit, Meyer! Jetzt muss alles schnell gehen. Informieren Sie unseren besten Mann. Er soll sich der Sache annehmen und das Problem ein für alle Mal aus der Welt schaffen.«

Meyer nickte, drehte sich in Militärmanier um und war gerade dabei, sich gen Ausgang zu bewegen, als Charon ihn fragte: »Meyer, haben Sie herausgefunden, was mit Remmel passiert ist? Er ist heute nicht zur Arbeit erschienen.«

»Ja. Er hat sich krank gemeldet. Für mehrere Tage.«

\*\*\*

**South London, 20.08.2014**

War es die richtige Entscheidung gewesen, die eigene berufliche Zukunft womöglich für immer aufs Spiel zu setzen? Was kommt mittelfristig auf ihn zu? Wird er je wieder sicher in Freiheit leben können?

Als Nathan neben Remmel auf dem Sofa saß und über sein Leben sinnierte, wusste er, dass es die einzig tragfähige Entscheidung gewesen war, CJA den Rücken zu kehren. Dann wurde er unerwartet aus seinen Gedanken gerissen: »Unter keinen Umständen dürfen Sie die Wohnung verlassen, solange wir nicht grünes Licht gegeben haben. Ist das klar?« Hudsons Tonfall wirkte ernst und fest entschlossen zugleich. Rallier stand neben ihm, sagte aber kein Wort. Dass es das Schicksal nochmal so gut mit ihnen meinen würde, hätten sie nach den zahlreichen, bitteren Rückschlägen nicht mehr für möglich gehalten.

In diesem Augenblick hatten sich alle vier in einer Wohnung im Süden Londons eingefunden, in ihrem Schicksal vereint. Ob sie es wollten oder nicht. Es lag nun ausschließlich an ihnen, den mächtigsten Rohstoffkonzern der Welt und seine Verbündeten endgültig zu Fall zu bringen. Doch jeglicher Leichtsinn und jegliches Zaudern konnten tödlich sein – für alle Beteiligten.

»Wo haben Sie die Beweise, meine Herren?«, schaltete sich Rallier in das Gespräch ein. »Ich habe alle notwendigen Unterlagen dabei, so wie mit Leonrod Hudson besprochen. Auch für den Schutz

Ihrer Familien ist gesorgt. Sie werden alsbald von Kollegen in den USA und hier in England gebrieft. Sie können beide heute noch mit ihren Eltern und Geschwistern telefonieren. Jetzt müssen Sie Ihren Teil der Vereinbarung einhalten.«

Während er dies klarstellte, öffnete er seine mitgebrachte Aktentasche und holte vier Blätter heraus, jeweils zwei für Remmel und zwei für Nathan. Diese enthielten alle Informationen und Grundsätze ihrer Zusammenarbeit mit Interpol, Scotland Yard und dem Internationalen Gerichtshof, einschließlich der Zusicherung einer möglichen Amnestie in Folge der Untersuchungen gegen CJA, sofern sie sich selbst – wissentlich oder nicht – relevanter Straftaten schuldig gemacht hatten. Nathan griff beherzt zu und begann, die Informationen eingehend zu prüfen.

»Wir haben die restlichen Beweise nicht hier. Die Situation war uns zu unsicher«, offenbarte Remmel zögerlich, fast kleinlaut.

»Bitte was? Ich glaube, ich habe mich gerade eben verhört, Mr. Remmel!« Hudson war der Verzweiflung nahe. Rallier musste ebenfalls entnervt aufstöhnen, um anschließend erst einmal tief durchzuatmen. Er ging unruhig in dem Zimmer auf und ab. Es verging eine halbe Minute, in der niemand auch nur ein Wort sagte. Dann wandte sich Rallier in schroffem Ton an Remmel: »Hören Sie mir gut zu: Wir haben unseren Teil des Deals eingehalten. Sie schulden uns etwas. Also wie ...«

Ehe er sich in Rage redete, ging Nathan entschlossen dazwischen und meinte: »Ihre uns hier vorgelegten Unterlagen für das Zeugenschutzprogramm sind auf den ersten Blick einwandfrei. Wir sind Ihnen zu großem Dank verpflichtet. Carl hat die Unterlagen auf meinen Rat hin nicht allzu weit von hier sicher eingelagert.«

»Exakt. Und ich bringe Sie jetzt umgehend dort hin. Kommen Sie, wir haben keine Zeit zu verlieren«, forderte Remmel Rallier und Hudson auf, ihm zu folgen. Diese mussten die Augen verdrehen, sie waren genervt und desillusioniert, allerdings hatten sie keine andere Wahl.

Bevor sich Remmel mit Rallier und Hudson auf den Weg machte, wandte er sich ein letztes Mal an Nathan: »Du bleibst hier, egal was passiert!« Er sagte dies, da waren die Drei auch schon verschwunden und verließen das Gebäude so schnell sie konnten.

Nathan saß unterdessen auf einem nicht gerade gemütlichen Sofa. Sein Körper war vor lauter Anspannung völlig verkrampft, doch er merkte, wie die Last allmählich von seinen Schultern abfiel. Er zerbrach sich den Kopf über die Geschehnisse der letzten Tage und Wochen. Noch bis vor kurzem hätte er sich gewünscht, die Zeit zurückdrehen zu können, um im Laufe seines Bewerbungsprozesses beim Minigolf gegen Charon und Jove absichtlich zu verlieren. Dies hätte bedeutet, dass er den Job bei CJA wohl nie bekommen hätte. Doch das Schicksal hatte offenbar anderes mit ihm vor. Damit hatte er sich abzufinden. Und am Ende lag es nur an ihm, wie weit er zu gehen bereit war und welche Schandtaten er mit seinem Gewissen vereinbaren konnte oder nicht. Bei CJA gelangte er früher als gedacht an seine moralischen Grenzen. Von dem großen Selbstbewusstsein zu Beginn seiner Tätigkeit bei CJA war nichts mehr übrig geblieben. Die Selbstzweifel nagten mittlerweile unerbittlich an ihm. Nur die Tatsache, dass sein Mentor im selben Boot saß wie er, machte die Situation etwas erträglicher. Remmel hatte die Reißleine gezogen, wenngleich es seine Zeit gedauert hatte. Als sie sich kennenlernten, war sein Chef der klassische Parteisoldat. Er hinterfragte keinen einzigen Auftrag, sondern führte sie alle gewissenhaft aus. Erst der Zufall sollte letztlich alles auf den Kopf stellen.

Und hier saß er nun. Auf einem verdreckten Sofa, in einer heruntergekommenen Wohnung im Londoner Nirgendwo. Zum Warten verdammt. Zu warten auf die Ungewissheit und in der Hoffnung, dass mit seiner und Remmels Hilfe eine ganze Reihe verabscheuenswerter Menschen für eine lange Zeit im Gefängnis verschwinden würde.

Nathan schaute sich in dem spärlich eingerichteten Wohnzimmer um. Er wusste nicht, was er tun sollte und schaltete deshalb den Fernseher an. Er zappte einmal durch alle Kanäle, nur um das alte Gerät nach wenigen Minuten gelangweilt wieder auszuschalten. Er war mit seinen Gedanken ganz woanders.

*Das musst du erstmal allen schonend beibringen*, dachte er sich. Mit Antritt seines Jobs hatte er aufgrund der ausufernden Arbeitszeiten und der Zeitverschiebung kaum Zeit gehabt, mit seinen Eltern, seinen drei Geschwistern oder seinen Freunden in Kontakt zu bleiben. Dass er jetzt Kronzeuge in einem sehr wahrscheinlichen Verfahren gegen allseits bekannte Unternehmen und Persönlichkeiten war, vermochte er selbst noch gar nicht zu begreifen. Wie sollte all das seine Familie erst verstehen?

*Dafür bleibt mir später genügend Zeit*, verdrängte er die Fragen. Vielleicht würde er trotz aller Warnungen einen Augenblick rausgehen, um frische Luft zu schnappen. Sein aktueller Aufenthaltsort schien Lichtjahre von seinem alten Leben entfernt, er fühlte sich leer und musste irgendwie auf andere Gedanken kommen. Vor allem war er kein Typus Mensch, der sich ohne Probleme stundenlang faul auf ein Sofa setzen und die Zeit totschlagen konnte. Seine Rastlosigkeit verschlimmerte sich, als er unfreiwillig die alte Uhr fokussierte, die ihm gegenüber an der Wand angebracht war. Mit jeder Sekunde bildete Nathan sich ein, der Uhrzeiger würde lauter und lauter schlagen. Schließlich hielt er es nicht mehr aus.

Er sprang elanvoll auf, griff nach dem vor ihm liegenden Wohnungsschlüssel und ging auf die Eingangstür zu. Ohne weiter über die mahnenden Worte von Remmel nachzudenken, öffnete er sie mit einem schnellen Ruck. Sein Blick war auf den Boden gerichtet. Als er aufblickte, um die Tür hinter sich zuzuziehen, erlitt er beinahe einen Herzinfarkt: Direkt vor ihm stand ein älterer Herr mit Vollglatze in einem ausgefransten Morgenmantel, darunter trug er ein mit Essensresten verdrecktes Achselhemd. Seine löchrigen Sandaletten rundeten das Gesamtbild passend ab. Er stank nach Alkohol und wirkte verwirrt. Der Mann war keine Bedrohung, das erkannte Nathan sofort.

»Was laufen Sie denn hier am späten Abend so durch die Gänge? Dank Ihnen bin ich soeben tausend Tode gestorben. Kann ich Ihnen weiterhelfen?«, fragte Nathan höflich, aber bestimmt.

Der alte Mann zeigte keine Reaktion. Sein Gesichtsausdruck erweckte den Anschein, als würde er durch Nathan hindurchgehen. Dann blinzelte er zweimal und begann etwas Unverständliches vor sich hin zu faseln, nur um besorgt zu fragen, ob sich Nathan denn in die Hosen gemacht hätte, nachdem er die Tür aufgerissen hatte. »Das stinkt hier wie in einer Kloake, mein Sohn! Woher kommt das nur?« Inmitten seiner Phrasen kratzte er sich zu Nathans Verstörung ungeniert einige Male am Hintern.

»Tut mir leid, ich habe dafür keine Zeit. Einen schönen Abend noch!« Ohne sich länger mit dem Mann aufzuhalten, wich Nathan einen entschiedenen Schritt zurück, knallte die Wohnungstür zu und bahnte sich seinen Weg zum Treppenhaus. Im Weggehen rief ihm der Mann noch hinterher: »Pass bloß auf, das hier ist eine gefährliche Ecke. Da klauen dir die Assis beim Scheißen sogar die Toilette unterm Arsch weg.«

Nathan musste einen Moment lang schmunzeln. Hätte er sich auf den verwirrten, älteren Herren eingelassen, wäre daraus mit Sicherheit eine sehr belustigende, aber wohl auch anstrengende Konversation entstanden.

Wenig später stand Nathan vor dem Haupteingang des Gebäudes, das er sein temporäres Zuhause nennen durfte. Beinahe nostalgisch drehte er sich zweimal um und betrachtete es von oben bis unten. Die Bauqualität war miserabel. Der Verputz bröckelte an der gesamten Hausfassade, deren unterer Bereich von Graffiti übersät war. Das Haus war in den 1960er oder 1970er Jahren errichtet worden, vermutete er. Es war ein hässlicher Bau. Angesichts der Umstände konnte er aber wahrlich kein Fünf-Sterne-Hotel erwarten.

Er wandte sich der näheren Umgebung zu und stellte fest, dass er keine Ahnung hatte, wo er sich befand. Hudson hatte Remmel und ihn zu diesem Ort bringen lassen, doch er hatte dem Straßenverlauf während der gesamten Fahrt keine Beachtung geschenkt. Es war viel zu gefährlich und leichtsinnig zugleich, sein privates Smartphone zur Orientierung zu verwenden, da es zu leicht gewesen wäre, das Signal zu orten.

Zögerlich betrat er den Bürgersteig. Ohne irgendeinen Plan marschierte er einfach los. Mit jedem weiteren Schritt, den er machte, löste sich die zusehends Anspannung in seiner Brust. Er fühlte sich mit jedem Meter, den er ging, besser und innerlich entspannter.

Als er die Straße in Richtung eines nahegelegenen Parks überqueren wollte, sagte ihm sein Bauchgefühl auf einmal, dass ihn jemand verfolgte. Er drehte sich um und erspähte zwei Personen, die offensichtlich hinter ihm liefen. *Was wollen die nur?* Nathan tat zunächst so, als hätte er sie nicht gesehen. Schließlich blickte er ein zweites Mal hinter sich und war nun fest davon überzeugt, dass die unbekannten Personen ihm folgten, und niemand anderem. Er wurde unruhig, ging aber schnelleren Schrittes weiter. Mit einem stets zur Seite gewandten Blick versuchte er seine Verfolger genauer zu lokalisieren. Ein auf die andere Sekunde konnte er sie plötzlich nicht mehr sehen. Diese Feststellung machte ihm Angst. Sein Herz schlug ihm gefühlt bis zum Hals und ein Adrenalinschub durchfuhr seinen Körper. *Hätte ich bloß auf Carl gehört und wäre in der Wohnung geblieben! Wo sind die Typen nur? Sind sie unmittelbar hinter mir? Soll ich mich spontan umdrehen und sie geradewegs angreifen? Das bisschen Krav Maga, das ich ...*

Bevor er seinen Gedanken zu Ende spinnen konnte, spürte Nathan, dass sich ihm jemand zügig näherte. Unnatürlich schnell. Ein starker Windstoß erfasste die Straße und blies ihm direkt ins Gesicht. Das Atmen fiel ihm kurzzeitig schwer, zu heftig blies der Wind. Er verlor für den Bruchteil einer Sekunde die Orientierung. Im Augenwinkel bemerkte er dann zu seinem Schock eine Hand, die nach seiner rechten Schulter griff. Sie war drauf und dran zuzupacken, als sich Nathan instinktiv um die eigene Körperachse drehte, sie sich schnappte und zu einem kräftigen Hebelgriff ansetzte.

Der Fremde musste vor Schmerz laut aufschreien. Derweil Nathan den Angreifer mit verdrehtem Arm festhielt, trat er ihm mit voller Wucht mit dem linken Knie gegen die Brust. Der heftige Tritt raubte dem Mann vorübergehend die Fähigkeit zu atmen. Danach ließ Nathan dessen Arm los, woraufhin dieser regungslos nach hinten umfiel. All dies vollzog sich extrem schnell.

Nathans Instinkte funktionierten wieder reibungslos. Er hatte unbewusst eine Verteidigungshaltung eingenommen und war etwas in die Knie gegangen. Seine Hände waren fest zu Fäusten geballt. Er war zu allem bereit: *Kommt ruhig her, ihr feigen Bastarde! Ich mache euch fertig!* Angriffslustig starrte er abwechselnd seine beiden Gegner an. Nun stand er hier, im Londoner Nirgendwo, umringt von beinahe vollständiger Dunkelheit und erdrückender Stille. In Erwartung des Schlimmsten.

Der zweite Mann rührte sich nicht mehr. Erst jetzt erkannte Nathan, dass er seine Arme zaghaft nach oben gestreckt hatte, so als würde er sich ergeben wollen. Der andere Fremde krümmte sich am Boden und stöhnte mittlerweile leise auf. Er hatte aller Wahrscheinlichkeit nach große Schmerzen.

»Was soll der Scheiß?«, schrie Nathan die Unbekannten an. »Was wollt ihr von mir?«

»Mann, ganz ruhig. Wir wollten dir nur ein paar Drogen verkaufen. Flakka. Richtig gutes Zeug. Kennst du das? Macht dich krass high.« Der junge weiße Mann, der vielleicht knapp 20 Jahre alt war, schien nicht ganz auf der Höhe zu sein. Seine Reaktionszeit war langsam und er sprach wie in Zeitlupe. Er hatte die Kapuze seines weiten Pullovers übergestülpt, so dass Nathan sein Gesicht nur schlecht im Halbschatten ausmachen konnte. Nicht zu übersehen war jedoch eine Tätowierung unterhalb des linken Auges. Mit seinen zerfetzten Baggies sah er wie ein klassischer Drogendealer aus und erfüllte somit sämtliche Klischees. Obwohl er wie auf Drogen wirkte, redete der Mann ohne Punkt und Komma auf Nathan ein: Ob er Flakka schon mal ausprobiert hätte; was die damit verbundenen Vorteile wären; dass man so high würde, dass man sich selbst in Parallelwelten wandeln sehe. Er hörte zu Nathans Missfallen gar nicht mehr auf.

Nathan realisierte, dass die zwei Männer keinerlei Gefahr für ihn darstellten. Sie suchten nur nach einem neuen Konsumenten, um womöglich ihre eigene Sucht zu finanzieren. Genervt fuhr Nathan dem Drogendealer scharf und unmissverständlich ins Wort: »Nimm deinen Scheißfreund und verschwindet. Und Eure Drogen spült ihr lieber die Toilette runter. Ich bin nur hier draußen, um mal ein bisschen Luft zu schnappen. Nicht mal das kann man in Ruhe machen.«

Sein Gegenüber blickte ungläubig drein. Doch er hatte verstanden und half seinem immer noch schwer benommenen Kumpanen auf die Beine. Während sie sich ohne weitere Anstalten von Nathan entfernten, schaute er ihnen hinterher, bis sie am Ende aus seinem Sichtfeld verschwunden waren.

*Endlich wieder Ruhe. Endlich wieder allein*, dachte er sich erleichtert. In der Folge prüfte er seine Umgebung genauer. Anhand der Straßenschilder erkannte er, dass er sich irgendwo in Croydon befinden musste.

*Naja, viel schlimmer kann's wohl nicht mehr werden*, sagte er sich, zuckte mit den Schultern und setzte seinen Weg nach einem flüchtigen Blick in alle Himmelsrichtungen fort. Wüsste er nicht, dass er in Croydon war und hätte sich der Vorfall gerade eben nicht ereignet, so hätte er diesen Stadtteil im Schleier der Nacht nicht als das wahrgenommen, was er war: Ein asozialer Schandfleck einer so reichen, aber an Menschen überquellenden Weltmetropole. Die soziale Schere wurde stetig größer. Croydon stand symbolisch für diese Entwicklung.

Nachdenklich wanderten Nathans Augen gen Himmel. Dieser war klar und sternenreich, was in der heutigen Zeit äußerst ungewöhnlich war für eine Großstadt wie London. Durch die ausufernde Lichtverschmutzung, die durch künstliche Lichtquellen entstand, konnte man selbst an besseren Tagen kaum etwas am Himmelsfirmament erkennen.[46] [47]

Nathan hatte seit jeher eine Faszination für Astronomie und Dinge, die der Mensch wohl nie zu erklären imstande sein würde. Würden mehr Menschen ab und an ihren Blick zum Nachthimmel richten, würden sie eventuell realisieren, wie unendlich klein und insignifikant sie waren und dass die Menschheit trotz aller wissenschaftlichen Errungenschaften im Endeffekt nahezu nichts wusste: Weder woher sie kam noch wie es zu erklären war, dass sich das Universum endlos ins Nichts ausdehnte oder was dieses Nichts eigentlich war. Sie würden feststellen, dass ihre pure Existenz überhaupt erst durch millionenfache Zufälle möglich wurde. Und sie würden dazu gezwungen sein, sich vor Augen zu führen, wie zerbrechlich alles um sie herum war: Ein blauer Ball, umgeben vom schwarzen Nichts. All diese Fragen spielten jedoch für die große Mehrheit der Menschen keine Rolle. Denn die meisten waren nicht gewillt oder fähig, über den Tellerrand hinauszublicken und in langfristigen Zeitdimensionen zu denken. Auf diese Weise würde die Menschheit zu keinem Zeitpunkt jene kritische Masse erreichen, die sie benötigte, um den Dingen einen grundsätzlich anderen Verlauf zu geben. Dass 2050 beinahe zehn Milliarden Menschen auf der Erde leben werden, schien die breite Masse im Hier und Jetzt nicht sonderlich zu interessieren. Und das, obwohl schon im Jahr 2014 die ersten planetarischen Grenzen der Menschheit zur Verfügung stehenden, endlichen Ressourcen überschritten worden waren. Wie würde die Welt dann erst mit drei Milliarden Menschen mehr zurechtkommen?[48] [49] Manchmal

---

[46] WELT Online (2015): „Lichtverschmutzung – Eine richtig dunkle Nacht wird immer seltener", Berlin
[http://www.welt.de/wissenschaft/umwelt/article137384509/Eine-richtig-dunkle-Nacht-wird-immer-seltener.html].
[47] Siehe auch weiterführende Informationen unter:
http://de.wikipedia.org/wiki/Lichtverschmutzung.
[48] Hellwig, Christian (2015): „What can be done to stop the depletion of the world's natural resources?", *Global Risk Insights*

glaubte Nathan, dass nur er sich die wirklich wichtigen Fragen der Zeit stellte. Die Mehrzahl seiner Freunde hatte für derlei Überlegungen weder das nötige Feingefühl noch die geistige Kapazität oder Zeit übrig. Weltdemographie, internationale Sicherheit, die dauerhafte Verfügbarkeit elementarer Ressourcen, die Erhaltung der Artenvielfallt, die Frage, woher die Menschheit ursprünglich kam oder was ihre Bestimmung war – all diese zentralen Gesichtspunkte spielten im Alltag der meisten Menschen keine Rolle. Wenngleich doch genau das Gegenteil der Fall sein sollte. Die Annahme der Endlosigkeit aller Dinge, einschließlich der eigenen Existenz, konnte nur der Arroganz des Menschen entspringen, der alles und jedem seine Herrschaft aufzuoktroyieren versuchte, ohne dabei zur gleichen Zeit einen echten Gedanken an die Gefahren für das eigene Fortbestehen zu verschwenden.

Nach einigen Metern kam Nathan am Eingang des Parks an, den er zuvor aus der Ferne gesehen hatte und dessen Verlauf sowie Größe sich nur schemenhaft durch das von der Seite kommende Straßenlicht abzeichneten. Es wäre vermutlich nicht die beste Entscheidung gewesen, zu dieser Tageszeit und in dieser Gegend gerade in eben diesen Park zu gehen.

Er wog eilig ab. Dann machte er kehrt, um sich auf den Weg zurück zur Wohnung zu machen.

Als er sich fast vollständig umgedreht hatte, vernahm er hinter sich ein leises Rascheln. Er schaute sich fragend um. *Nichts zu erkennen. Spielt mir meine Wahrnehmung einen Streich?*

Dann wieder, das gleiche Geräusch. Nathan bemühte sich, die Richtung zu lokalisieren, aus der dieses kam. Er ging vorsichtig weiter in den Park hinein, leicht gebückt. Dabei setzte er leise und behutsam einen Schritt vor den nächsten.

Es knackte.

*Was könnte das nur sein?*

Plötzlich berührte etwas seinen linken Fuß. Er zuckte zusammen und musste feststellen, wie angespannt und hochsensibel er doch noch

---

[http://globalriskinsights.com/2015/05/what-can-be-done-to-stop-the-depletion-of-the-worlds-natural-resources/].

[49] SPIEGEL Online (2015): „Weltbevölkerung im Jahr 2100: Uno erhöht Prognose auf elf Milliarden Menschen", Hamburg
[http://www.spiegel.de/wissenschaft/mensch/uno-prognose-weltbevoelkerung-im-jahr-2100-11-2-milliarden-a-1045920.html].

immer war. Nach der Erfahrung mit den Junkies, die ihm vor wenigen Augenblicken noch Drogen verkaufen wollten, war sein Körper in absoluter Alarmbereitschaft und hellwach.

Nathan verharrte für ein paar Sekunden in seiner verkrampften, gebückten Haltung. Als er schlussendlich den Boden näher betrachtete, war er dazu angehalten, laut auflachen: Ein Wildhase bahnte sich seinen Weg durch seine offen stehenden Beine und huschte schließlich in kleinen, schnellen Sprüngen an ihm vorbei. »Du hast mir eine Todesangst eingejagt, mein Kleiner.«

Just in dem Moment, als der Hase Nathan erstmals eines Blickes zu würdigen schien, spürte er von hinten einen dezenten Windhauch.

Bevor er sich komplett umgedreht hatte, traf ihn ein schwerer Tritt im oberen Rückenbereich. Dieser ließ ihn unkontrolliert nach vorne stürzen, so dass er heftig auf den Boden knallte, mit der rechten Schläfe voraus. Nathan hatte erfolglos versucht, den Sturz mit seinen Händen abzufedern, diese knickten allerdings zur Seite weg als sie den Boden berührten. Seine Handgelenke brannten daraufhin vor Schmerz.

*Was zum Teufel ...? Ich kann ... ich kann kaum mehr ...* Er begann stark zu röcheln. Der Tritt war so brachial gewesen, dass er ihm die Luft zum Atmen nahm. Tränen schossen in seine Augen. Sein Körper stand kurz davor zu hyperventilieren. Dann ließ das brennende Druckgefühl ganz langsam nach.

Er wollte sich gerade aufrappeln, da traf ihn erneut ein heftiger Schlag in die Magengrube. Er schrie wiederholt laut auf. Es fühlte sich so an, als hätte ihm jemand seine Leber und Nieren zerrissen. Der Schmerz war schier unerträglich. Verzweiflung machte sich in ihm breit und ihn überkam zum ersten Mal wirkliche Todesangst. Er schwitze, doch gleichzeitig war ihm kalt.

Ohne sich dessen bewusst zu sein, war Nathan nach dem zweiten Tritt ein Stück weiter in den Park hineingerobbt. Erst jetzt war er dazu in der Lage, sich für einen Moment lang der Richtung zuzuwenden, aus der die Schläge gekommen waren. Seine Wahrnehmung war zunächst benebelt und verschwommen. Die Schläge und der unmittelbare Schmerz hatten seine Sehfähigkeit spürbar beeinträchtigt. Er kniff seine Augen angestrengt zusammen, um besser sehen zu können. Die nähere Umgebung blitzte nur hier und da bruchstückhaft auf. Parallel hierzu drangen die Schmerzen, die er verspürte, bis in die entlegensten Fasern seines Körpers vor. Nathan fasste sich intuitiv an seine Lippe. Erst jetzt realisierte er, dass ihm Blut aus dem Mund tropfte.

Die Lichtblitze ließen allmählich nach, so dass er die groben Umrisse einer großgewachsenen Person ausmachen konnte. Sie stand nur wenige Meter von ihm entfernt und bewegte sich nicht, sondern wirkte wie eine Statue, die über ihm thronte und auf ihn herabblickte.

»Was soll das Ganze, um Gottes willen?«, brüllte Nathan verzweifelt aus sich heraus – was ihn im selben Moment ungemein anstrengte. Er war physisch vollkommen am Ende und sein gesamter Körper brannte wie Feuer. Nachdem er die Kraft aufgebracht hatte, den Fremden voller Wut anzuschreien, musste er mehrfach intensiv husten. Zur gleichen Zeit fürchtete er, dass ihm jederzeit sein Mageninhalt hochkommen würde.

»Was soll das, verdammt nochmal? Wenn es um die Drogen geht, ich will den Scheiß nicht. Kapiert das endlich!«

Erneut erhielt er keine Antwort auf seine Frage. Hilflosigkeit und Panik machten sich zunehmend in ihm breit.

»Wer sind Sie? Nehmen Sie, was Sie wollen ... aber lassen Sie mich ...« Nathan stützte sich mit seiner rechten Hand ab und versuchte sich zitternd aufzuraffen. Während er sich auf die Beine kämpfte, vernahm er ein gedämpftes, kaum wahrnehmbares Zischen. Keine Millisekunde später verspürte er in seinem linken Oberschenkel wie aus dem Nichts einen beißenden Schmerz. In seinem Schockzustand konnte er nicht genau bestimmen, was ihn ausgelöst hatte. Innerhalb kürzester Zeit breitete er sich jedoch auf das ganze Bein aus und Nathan stellte schlagartig voller Entsetzen fest, dass er soeben angeschossen worden war!

*Was ist das nur für ein Alptraum? Das kann doch nicht ...* Nathan war noch in der Lage, sein Gleichgewicht kurz zu halten, als sein linkes Bein letzten Endes trotz der Bündelung all seiner Kräfte nachgab und zur Seite wegsackte. Er verlor den Halt und ging direkt wieder zu Boden. Danach starrte er die Silhouette des Unbekannten an und bemühte sich, ihn im Halbdunkel näher zu identifizieren. In dieser Sekunde erkannte er, dass der Fremde aufs Neue den rechten Arm ausstreckte: »Du scheiß Bastard«, kam es wütend aus Nathan heraus, als ihm ein zweiter Schuss den rechten Oberschenkel zerfetzte.

Er stieß dabei solch einen Schrei aus, dass man ihn wohl am anderen Ende des recht weitläufigen Parks noch hatte hören können.

Entgegen der glühenden Schmerzen, die sich in einer neuen Schockwelle in seinem Körper ausbreiteten, fing er an, immer stärker zu frieren. Er war unfähig sich zu bewegen. Seine Beine gehorchten ihm nicht mehr. Plötzlich wurde ihm schwarz vor Augen und er drohte ohnmächtig zu werden. Ihm war klar, dass sein Leben auf Messers Schneide stand. Seltsamerweise spulte sich inmitten des Todeskampfes kein Film vor seinem inneren Auge ab. Er war geistig voll und ganz da.

Würde ihn doch noch jemand retten?

Zu seiner Überraschung verschwand die Schwärze vor seinen Augen so schnell wie sie gekommen war. Sein Blick wanderte zurück zu dem Angreifer. Mit letzter Kraft brüllte er in dessen Richtung: »Was wollen Sie? Hinterrücks jemanden erschießen, das kann auch der größte Feigling.«

Erst als sich Nathan schon völlig wehrlos am Boden befand, näherte sich ihm der Mann bis auf wenige Schritte. Ohne dass er sich dagegen hätte wehren können, packte ihn dieser brutal am Hinterkopf und richtete seinen gepeinigten Körper gewaltsam auf, so dass er wiederholt aufschrie. Der Fremde riss Nathans Kopf zu sich herum. Als sich ihre Blicke trafen, durchfuhr es Nathan: *Scheiße, den habe ich doch erst kürzlich bei CJA gesehen!*

Blochins eiskalte Augen hatten Nathan fest im Visier. Es war nicht zu übersehen, dass er das Leid seines Opfers in vollen Zügen genoss.

»Sie wissen, weshalb ich hier bin. Wo sind die Beweise, die Sie mitgehen haben lassen, Sciusa?«, sagte Blochin. Seine Stimme war nachdrücklich, aber ruhig und passte deshalb so gar nicht zu der Extremsituation, in der sie sich gerade befanden.

Nathan legte seinen Kopf leicht zur Seite, um das Blut, das sich in seinem Mund angesammelt hatte, auszuspucken. In ihm wuchs die Erkenntnis, dass er bei dem Angriff schwere innere Blutungen davongetragen haben musste. Würde ihm nicht bald jemand zu Hilfe kommen, war er so gut wie tot. Daher war es letztlich irrelevant, ob ihm Blochin eine weitere Kugel in den Kopf jagen würde oder nicht.

Dieser hielt ihn nach wie vor so fest, dass er sich kaum rühren konnte. Doch Nathan bündelte abermals all seine Kräfte, um dem Auftragsmörder ein breites Grinsen entgegenzustrecken. Mit zittriger Stimme fauchte er ihn an: »Wer sind Sie überhaupt? Ein hässliches Würstchen in der Landschaft, das ist schon mal sicher. Ein dummer und bedeutungsloser Bauer in einem Ihren Verstand übersteigenden Schachspiel!«

Blochin ignorierte Nathans Aussagen und erneuerte im Gegenzug seine Frage: »Nochmal: Wo sind die Beweise? Wenn Sie es mir jetzt sagen, lasse ich Sie möglicherweise weniger qualvoll sterben.« Es vergingen einige Sekunden erdrückender Stille.

Trotz der Lautstärke seiner Schreie schien bis dato niemand von den entsetzlichen Ereignissen, die sich ganz in der Nähe diverser Wohnhäuser abspielten, Notiz genommen zu haben. Mit der Zeit begann Nathan hämisch loszulachen, sehr zur Überraschung Blochins.

»Was gibt's da so dumm zu lachen?«, fuhr dieser ihn an.

Nathan schaute dem Auftragsmörder tief in die Augen. Mit gefasster Stimme und unter Einsatz seiner letzten verbliebenen Energiereserven brachte Nathan noch folgende Sätze heraus: »Sie kommen zu spät! Die Beweise habe ich nicht mehr. Während Sie hier Ihre Zeit mit mir verschwenden, sind die Dokumente auf dem Weg zu Interpol, hahaha! Hudson hat einen Hinterausgang genommen, als Sie brav vor dem Gebäude auf mich gewartet haben. Mann sind Sie dämlich und stümperhaft ...«

Angesichts der unverfrorenen Häme, die ihm entgegenschlug, war Blochin für einen Moment konsterniert. Er zögerte. Dies war für ihn äußerst untypisch, denn er war es in der Regel gewohnt, dass seine Opfer um Gnade winselten. Aus diesem Grund musste er sein Augenmerk neu fokussieren und sich die eigentliche Kernaufgabe seines Auftrags in Erinnerung rufen, die er zu erfüllen hatte.

Blochin richtete nun seine Waffe auf Nathans Kopf. Für diesen verging alles wie in Zeitlupe. Anfänglich sah es so aus, als wollte Blochin einfach abdrücken, allerdings wurde er unversehens von einer sich schnell nähernden Polizeisirene abgelenkt. In der Ferne konnte Nathan bereits das kräftige Flackern des Blaulichts erspähen, das die dunkle Nacht und umliegenden Häuser sowie Bäume erleuchtete. Das Polizeiauto fuhr direkt an dem Park entlang, in dem sie sich befanden. Blochin hielt inne.

Würde er endlich gerettet werden? Nathan nahm die Geschehnisse um sich herum nur noch schemenhaft wahr. Zu groß war seine physische und mentale Erschöpfung. Er blickte ein letztes Mal auf, als die Sirene schon ganz nah wirkte, nur um festzustellen, dass das Fahrzeug an ihm und dem Park vorbeiraste. Als sich das Schrillen der Sirene innerhalb kürzester Zeit immer weiter entfernte, schossen Tränen in seine Augen. *Das darf alles nicht wahr sein! Das war's dann wohl endgültig!*

Blochin zeigte nach wie vor keine Regung und musterte Nathan eindringlich. Seine ausgeprägte Menschenkenntnis hatte ihm stets verlässlich gezeigt, wann jemand log und wann nicht. Die wenigsten seiner Opfer waren dazu in der Lage, ihre wahren Empfindungen im Angesicht des Todes vor ihm zu verschleiern und ihn zu manipulieren. So war er auch jetzt fest davon überzeugt, dass Nathan Sciusa die Wahrheit sagte.

Ein auf die andere Sekunde steckte er seine Waffe in den Hosenbund, zog ein Handy aus der Hosentasche und wählte eine Schnelldurchwahl. Nach einem kurzen Telefonat legte er wieder auf und wandte sich ein letztes Mal an Nathan: »Leider muss ich Ihnen mitteilen, dass wir für Sie keine Verwendung mehr haben.«

Ohne eine weitere Reaktion abzuwarten, zog Blochin seine Waffe und schoss Nathan schräg von der Seite in den Kopf. Dieser sackte in sich zusammen und war sofort tot.

Blochin begutachtete den unter ihm liegenden jungen Mann, dessen Tod im Grunde genommen unausweichlich war, noch eine Weile. Sein Mut und seine Charakterstärke im Angesicht der ausweglosen Situation hatten ihm imponiert. Anschließend erhob er sich und verschwand in der Dunkelheit der Nacht.

\*\*\*

### London, Außenstelle von Interpol, zwei Tage später

Der Fußmarsch entlang des Korridors zog sich quälend lange hin. Er stand symptomatisch für die beschwerlichen Ermittlungen, wiederkehrenden Rückschläge und zahlreichen Entbehrungen über all die Jahre. Doch nun erwartete ihn das so sehnlichst erhoffte Ende dieser

Odyssee, die nicht nur einen enormen physischen, sondern vor allem auch seelischen Tribut von ihm und allen Beteiligten gefordert hatte. All die Hindernisse, die Hudson in den Weg geworfen wurden, konnten ihn letztlich nicht aufhalten und zur Aufgabe bewegen, auch die kürzliche Ermordung von Nathan Sciusa nicht. Sein Wille, seine Entschlossenheit und Aufopferungsbereitschaft wurden bis über die Grenzen des Erträglichen hinaus strapaziert. Wie er es am Ende aber auch drehte und wendete, er war dazu verdammt, einfach durchhalten. Das war er all denjenigen schuldig, die auf diesem langen Weg im Kampf für das Gute ihr Leben hatten lassen müssen.

Schlussendlich hatten sich all die brutalen Niederlagen und Qualen, der Kampf und die gnadenlose Ungewissheit, welche Wendungen der nächste Tag bringen würde, gelohnt. Wenngleich zuletzt einige Dinge von Zufällen abhängig gewesen waren, war Hudsons Glaube an das Gute unerschütterlich. Und das würde heute siegen. Das Schicksal würde es ihm nun erlauben, das dunkelste Kapitel seiner durchaus erfolgreichen Laufbahn für alle Zeiten zu schließen. Diese finale Gewissheit war die größte Genugtuung, die er noch vor einigen Tagen nicht mehr für möglich gehalten hätte.

Hudson erreichte schließlich den Verhörraum mit der Nummer I10-8. Kurz bevor er die Tür öffnete, atmete er einmal tief durch und musste all seinen Mut zusammennehmen. Die bevorstehende Vernehmung würde sein eigenes und das Leben vieler anderer Menschen für immer verändern. Als er den Türgriff beherzt heruntergedrückte, spürte er, dass seine Hände unangenehm nassgeschwitzt waren. Es gab jetzt kein Zurück mehr.

Ohne einen weiteren Gedanken an die aufkommenden Selbstzweifel zu verschwenden, öffnete Hudson schwungvoll die Tür. Schon beim Betreten des Raumes wich er dabei den wütenden Blicken seiner Gegenüber, Bill Charon, Gordon Kaleval und Montgomery Hallheim, zu keinem Zeitpunkt aus. Diese saßen zusammen mit ihren Anwälten aufgereiht an einem langen Tisch und warteten seit über einer Stunde darauf, dass etwas passieren würde.

Hudson ging behäbig auf sie zu, so als wollte er ihnen suggerieren, dass er alle Zeit der Welt hatte. Um seine Autorität zu demonstrieren, stützte er sich mit geballten Fäusten auf dem Tisch ab und suchte zielgerichtet Augenkontakt zu den drei Männern, denen nun doch nach so langer Zeit endlich eine Anklage durch den Internationalen Strafgerichtshof drohte. Die mitgebrachten Anwälte interessierten ihn keine Sekunde.

Charon, Kaleval und Hallheim war Hudsons selbstbewusstes Auftreten sichtlich unangenehm. Dieser schnalzte ein Mal überzogen mit seiner Zunge und zog den Stuhl, der ihnen gegenüber positioniert war, quietschend vom Tisch weg, so dass sie und ihre Anwälte die Gesichter verziehen mussten. Während er sich wie in Zeitlupe hinsetzte, knallte er einen Stapel Akten auf den Tisch. Als nächstes holte er zwei USB-Sticks aus seiner Sakkoinnentasche hervor und warf sie mit einem hämischen Grinsen lässig auf die vor ihm liegenden Unterlagen.

Charon schaute in der Folge abwechselnd Hallheim zu seiner Linken und Kaleval zu seiner Rechten an. Dann warf er Hudson einen despektierlichen und überheblichen Blick zu.

»Sie verschwenden hier unsere kostbare Zeit, Hudson. Keiner von uns dreien hat Ihnen etwas zu sagen. Sie legen sich mit den falschen Leuten an und werden sich noch wünschen, uns nicht ans Bein gepinkelt zu haben. Was soll das ganze Theater überhaupt? Haben Sie denn einen einzigen Zeugen für Ihre Anschuldigungen?«, fragte Charon verärgert. Dessen Vorwürfe prallten an Hudson ab, denn er wusste, dass sie nur leere Worte enthielten. Er hatte sich mit Rallier perfekt abgesprochen, die Anklageschrift war bereits gestern akribisch ausgearbeitet worden. Entscheidend war am heutigen Tag, Bill Charon und seinen beiden wichtigsten Kumpanen ein Geständnis zu entlocken. Das wollte er sich nicht nehmen lassen. Selbst wenn ihm dies nicht gelingen sollte, würden die Haftbefehle, die heute Morgen erlassen worden waren, dennoch an Ort und Stelle vollstreckt werden, da mit großer Sicherheit Fluchtgefahr bestand.

»Also gut, meine Herren: Lassen Sie mich Ihre Fragen so einfach wie möglich beantworten: All das, was hier vor Ihnen liegt, ist Ihr Todesurteil und wird Ihnen das Genick brechen!«

# Epilog

**Irgendwo im Grenzgebiet zwischen Peru und Brasilien, 12.12.2014**

An diesem einsamen Ort hatte die Welt noch ihr reines, unberührtes Antlitz. Die Zeit wirkte wie stehengeblieben und als Betrachter wähnte man sich einige Jahrhunderte zurück in die Vergangenheit versetzt. Hier hatte die Natur ihre Schönheit bewahren können und war vermeintlich frei von jeglichem negativen Einfluss des Menschen. All die Zerstörung, die der Natur jeden Tag widerfuhr, schien, wenn man wie José Antonio Gutman gerade über die entlegensten Winkel des Amazonasregenwaldes flog, auf einem anderen Planeten stattzufinden. Doch dieser beinahe undurchdringliche Dschungel war einer der letzten verbliebenen Zufluchtsorte einer verschwindend kleinen Gruppe von Menschen, die dort in völliger Freiheit und Unabhängigkeit lebten.

Gutman starrte aus dem kleinen Fenster auf den sich bis zum Horizont erstreckenden Regenwald. Obwohl er bereits unzählige Male über ihn hinweggeflogen war, zogen ihn seine Ursprünglichkeit und die kaum greifbaren Dimensionen immer wieder in den Bann und veranlassten ihn dazu, über das Leben zu sinnieren. Die wenigen, weiterhin isoliert lebenden indigenen Stämme des Amazonas waren für ihn Zeugen eines Vermächtnisses durch den Schöpfer an die gesamte Menschheit. Sie sollten nicht nur Gutman, sondern alle Erdbewohner daran erinnern, dass der Fortschritt auch stets zur Geißel der menschlichen Freiheit werden konnte. Sie lieferten den Beweis, dass ein Leben im Einklang mit der Natur durchaus möglich war. Diese Erkenntnis hatte die angeblich über allen Dingen thronende moderne Zivilisation nicht nur seit langem vergessen, sondern absichtlich verdrängt, um die ureigenen Profitinteressen und niederträchtigsten Gefühle zu befriedigen.

Für Gutman war es eine Lebensaufgabe, diese unberührten Völker zu beschützen. Denn Regierungen neigten oftmals dazu, ihre Existenz zu leugnen, nicht nur in Brasilien und Peru, sondern auch in vielen anderen Ländern. Wer nicht existierte, der bedurfte logischerweise auch keiner Schutzmaßnahmen. So einfach war die Gleichung. Nur wenn diese letzten freien Menschen freiwillig den Kontakt mit der Außenwelt suchten, sollte ein Austausch erfolgen. In Gutmans Augen war man aber dazu verpflichtet, diese Entscheidung jedes Mal den indigenen Stämmen selbst zu überlassen. Niemand sonst hatte das Recht dazu.[50]

Für seine heutige Mission war er am frühen Morgen mit einer kleinmotorigen Maschine aufgebrochen, um den Zustand einiger von ihm entdeckten Indianerstämme aus der Luft zu dokumentieren. Er war im Auftrag des brasilianischen Indian Affairs Department tätig und verfolgte seine Arbeit mit größter Hingabe, tiefgründigster Leidenschaft und maßvoller Demut. Zusammen mit seinen Kollegen überflog er zuvor sorgfältig ausgewählte Sektoren, machte Luftaufnahmen von den Stämmen, soweit dies möglich war, und verfasste ausführliche Notizen über seine Beobachtungen.

In den vergangenen Jahren war es zunehmend zu Sichtungen brennender Regenwaldgebiete und illegaler Kahlschläge gekommen, die sich ihren Weg durch den ehemals undurchdringlichen Urwald bahnten und den von Gutman dokumentierten Stämmen stetig näher kamen.

Der heutige Erkundungstrip verlief weitestgehend reibungslos und Gutman identifizierte zu seiner Zufriedenheit drei der vier verzeichneten Völker, die auf seiner Liste standen, und trug sie als gesichert in seinen Bogen ein. Es gab keinerlei Anzeichen für Eindringlinge oder ein ungewöhnliches Verhalten seitens der indigenen Bewohner. Er konnte vielmehr feststellen, dass sich die Siedlungen geographisch vergrößert hatten und dass mehr Dorfbewohner zu sehen waren als es früher der Fall gewesen war. Als sie nach circa zwei Stunden Flugzeit jedoch den vierten Quadranten ihrer Exkursion ins Visier nahmen, erkannte er zu seinem Entsetzen schon aus der Ferne, dass sie zu spät gekommen waren: Die radikale Moderne und ihre wuchernden Ausläufer hatten das letzte Dorf des heutigen Tages bereits Stunden vor ihrer Ankunft vereinnahmt. Rauch stieg kilometerweit in kleinen, dunkelgrauen Wolken auf, wo sich laut Kartierung einst eine Siedlung befunden hatte. Als Gutman die ersten Rauchfahnen am Horizont erblickt hatte, wusste er tief in seinem

---

[50] Siehe zu diesem Thema auch die nachfolgenden Videoaufnahmen von Survival International unter: [https://survivalinternational.org/uncontactedtribes] und [https://www.youtube.com/watch?v=sLErPqqCC54].

Inneren, dass er und seine Kollegen nicht nur zu spät gekommen, sondern dass sie erneut an ihrem eigenen Anspruch und ihrer Verantwortung, die Schwächsten zu schützen, gescheitert waren.

Sie überflogen das betroffene Gebiet in niedriger Höhe und mussten alle sichtlich gegen die aufkommenden Gefühle der Hilflosigkeit, Ohnmacht, Wut und Trauer ankämpfen. Aus sicherer Distanz sah Gutman, dass zahlreiche, spärlich bekleidete Körper regungslos zwischen den brennenden Hütten auf dem Boden lagen. Männer, Frauen und Kinder. Sie waren die letzen, verstummten Zeugen einer Kultur, die es wohl so in naher Zukunft nicht mehr geben würde. Beim Aufeinandertreffen zwischen fremden Eindringlingen und Eingeborenen hatten letztere in der Regel zu keinem Zeitpunkt eine Chance. Mit ihren primitiven Waffen hatten sie den Angreifern nichts entgegenzusetzen, denn verhandelt wurde nur äußerst selten. Sobald illegale Holzfäller und Rohstoffjäger auf indigene Einwohner trafen, wurden diese häufig regelrecht niedergemetzelt.

Während Gutman die Szenerie näher begutachtete, erspähte er inmitten der brennenden Hütten plötzlich ein kleines, weinendes Kind, das neben dem leblosen Körper einer jungen Frau stand und deren linken Arm verzweifelt hin- und herbewegte, so als würde sie dadurch wieder von den Toten auferstehen.

Das Kind schien gen Himmel zu schauen und mit seinem Blick dem Flugzeug zu folgen. In dieser Sekunde fasste Gutman den Entschluss, zumindest noch diesem vermeintlich letzten Überlebenden des dem Untergang geweihten Stammes zu retten. Diesem Auftrag fühlte er sich bis an sein Lebensende verpflichtet.

\*\*\*

### Lima, 13.12.2014

Dr. Bleriott führte die Expertendelegation der Vereinten Nationen an, die im Dezember 2014 zur 20. Weltklimakonferenz nach Peru geladen war. Anlässlich dieser Veranstaltung trafen sich die Vertragsstaaten der UN-Klimarahmenkonvention UNFCCC und des Kyoto-Protokolls zu wiederholtem Male, um die Grundlage für einen neuen Klimaschutzvertrag unter Einbindung aller zentralen Akteure, einschließlich der USA und Chinas, zu schaffen und im Dezember

2015 ein entsprechend bindendes Vertragswerk finalisieren zu können. Dr. Bleriott war nachträglich einstimmig zur Wortführerin des externen Expertengremiums gewählt worden, nachdem diese Rolle ursprünglich von ihrem Doktorvater William Scott Scolvus ausgefüllt hätte werden sollen. Die Fußstapfen, in die sie zu treten hatte, waren für sie eine große Bürde. Doch obwohl sie zunächst widerwillig die Führungsrolle innerhalb der Expertengruppe übernommen hatte, war sie bereit gewesen, die Herausforderung unter alle Umständen zu meistern. Das war sie ihrem langjährigen Freund schuldig.

Die Verhandlungen waren über die vergangenen Tage hinweg äußerst zäh verlaufen und beinahe jedes ihrer Gespräche sowie die ihrer Kollegen hatten bereits nach kürzester Zeit in einer Sackgasse geendet. Über die gesamte Veranstaltung war kaum einer der Repräsentanten der teilnehmenden Staaten dazu bereit gewesen, verbindliche Zusagen zu treffen. Die noch im November vor dem Klimagipfel staatsmännisch ausgerufene chinesisch-amerikanische Klimaschutzinitiative[51] hatte ihren medienwirksam postulierten Anspruch der Verantwortung allerspätestens hier in Peru vollkommen verfehlt und war schlichtweg zur reinen Symbolpolitik verkommen.

Nun stand sie hier am letzten Verhandlungstag spät in der Nacht in dem riesigen Konferenzsaal und fühlte sich irgendwie verloren. Jedem noch so großen Klimaschutzoptimisten war wohl schon nach wenigen Verhandlungsstunden klar geworden, dass auch dieser Gipfel erneut nichts Zählbares und Handfestes generieren würde, um endlich den Weg zu einem neuen Klimaschutzvertrag zu ebnen, der dann im kommenden Jahr in Paris verabschiedet werden sollte. Wesentliche Streitpunkte waren die anvisierten Beiträge der Schwellenländer, die die Hauptverantwortung den Industriestaaten zugeschrieben hatten, die Festschreibung verbindlicher Emissionswerte sowie die Einführung eines Klimafonds zur Abmilderung der Folgeschäden des Klimawandels für die kleinsten und ärmsten Länder der Welt. Bereits 2009 war der Gipfel in Kopenhagen im Hinblick auf diese Fragen an einem heftigen Richtungsstreit unter den anwesenden

---

[51] The White House/Office of the Press Secretary (2014): „U.S.-China Joint Announcement on Climate Change", Washington D.C.
[https://obamawhitehouse.archives.gov/the-press-office/2014/11/11/us-china-joint-announcement-climate-change].

Staats- und Regierungschefs, den nationalen Verhandlungsführern, Ministern, geladenen Experten und NGOs kläglich gescheitert.

Dr. Bleriott warf einen nervösen Blick auf ihre Uhr. Der Uhrzeiger stand bei 22:30 Uhr, als Dr. Nain Singh, Leiter der indischen Delegation, auf sie zukam. Die mühseligen und kräftezehrenden Verhandlungen der letzten Tage waren ihm deutlich anzusehen. Sein kraftloser Händedruck, mit dem er sie begrüßte, stand passenderweise für den Verdruss unzähliger Teilnehmer, die sich weitaus mehr von der Konferenz erhofft hatten.

Singh war einer der führenden Wirtschaftswissenschaftler Indiens und genoss vor allem in seiner Position als Staatssekretär des indischen Ministers für Umwelt, Wälder und Klimawandel hohes Ansehen. Darüber hinaus war er aufgrund unzähliger nationaler sowie internationaler Lehr- und Forschungsaufträge ein ausgewiesener Experte auf dem Gebiet der nachhaltigen Ressourcennutzung. Er war ein alter Freund von Professor Scolvus gewesen, doch Dr. Bleriott hatte ihn erst im vergangenen Sommer auf der Konferenz in Sacramento kennengelernt.

»Ach, Dr. Bleriott«, seufzte er. Seine Stimme klang noch niedergeschlagener als es seine gesamte Körpersprache hätte vermuten lassen. Er schüttelte mehrmals ungläubig den Kopf und musste sich scheinbar erst einmal fangen, um einen produktiven Satz herauszubringen: »Ich konnte mit großer Unterstützung einiger Kollegen des Expertengremiums in Zusammenarbeit mit dem peruanischen Konferenzleiter eine Verhandlungsverlängerung um ein paar Stunden durchsetzen. Nun ja, wie Sie sicherlich festgestellt haben, sind schon zahlreiche Delegationen vollständig abgereist. Ein Versuch war es dennoch wert. Leider muss ich Ihnen auch mitteilen, dass sich unsere Rohstoffinitiative nicht hatte durchsetzen können. Wie wir aus der Praxis wissen, haben insbesondere dank EITI, der Extractive Industries Transparency Initiative[52], und IRMA, der Initiative for Responsible Mining Assurance[53] der öffentliche Druck sowie die Marktstandardisierung seit 2003 spürbar zugenommen, aber das reicht einfach nicht. Die Konzerne verfolgen bis zum gegenwärtigen Zeitpunkt

---

[52] Weiterführende Informationen zu EITI (Extractive Industries Transparency Initiative) finden Sie unter https://eiti.org/.
[53] Weiterführende Informationen zu IRMA (Initiative for Responsible Mining Assurance) finden Sie unter http://www.responsiblemining.net/.

höchst fragwürdige Geschäftspraktiken einschließlich der Durchführung geheimer Offshoredeals, der Beförderung und Ausnutzung exzessiver Korruption und der eklatanten Verletzung von Umweltvorschriften sowie Menschen- und Arbeitnehmerrechten. Bei EITI machen viele Länder, die in bestimmten Segmenten über die wichtigsten Rohstoffvorkommen verfügen, gar nicht erst mit, darunter Argentinien, Brasilien, Chile oder China. Gleiches gilt für die Mehrheit der privaten und staatlichen Rohstoffkonzerne. Der Einflussbereich von IRMA ist ebenfalls extrem begrenzt, da der Standard erst in seiner Gänze entwickelt werden muss und, mal wieder, auf Freiwilligkeit beruht. Ich hatte gestern daher zu Beginn des Verhandlungstages den Vorschlag eingebracht, die zusätzliche Aufstockung des Klimafonds an die Verpflichtung zu knüpfen, dass sowohl Schwellen- und Entwicklungsländer als auch Industrienationen der Schaffung einer roten Liste von Rohstoffunternehmen zustimmen sollten, die nachweislich illegalen Geschäften nachgehen. Diese Liste würde dann um einen rechtlich verbindlichen Verhaltenskodex ergänzt werden. Sofern Konzerne oder Regierungen gegen diesen von der UN erlassenen Ethikkodex verstoßen würden, könnten sie auf der Basis eines im Vertragswerk eingebetteten Sanktionierungsmechanismus zu Entschädigungszahlungen verpflichtet werden. Dies würde allerdings erst erfolgen, sobald der Kodex nach einer Versuchsphase für sämtliche Rohstoffunternehmen rechtlich bindend würde. Wie Sie sich ja sicherlich vorstellen können, haben allen voran die Australier, Chinesen, Kanadier und die Schweizer, gar nicht mal so sehr die Amerikaner, diesen Vorschlag entschieden abgelehnt ... Mann, ich kann nicht mehr. Ich habe seit knapp 32 Stunden nicht mehr richtig geschlafen. Diese Veranstaltung ist wie ein nicht enden wollender Marathon.«

Dr. Bleriott lächelte ihn an und klopfte ihm ein paar Mal aufmunternd auf die Schulter.

»Wäre doch William nur da! Dann hätten wir jemanden an unserer Seite, der das Ruder auf den letzten Metern mit seinem bestehenden Charisma und seiner mitreißenden Ausstrahlung möglicherweise herumreißen hätte können«, sagte Singh anschließend, der Verzweiflung nahe. »Er wäre jetzt genau der Richtige gewesen, um die noch Anwesenden aufzurütteln und an ihre historische Verantwortung zu erinnern.«

Singh blickte sich suchend in dem großen Konferenzsaal um, in dem sich die verbliebenen Verhandlungsteilnehmer eingefunden hatten. Es hatte Anschein, als würde er nur darauf warten, dass der Messias höchstpersönlich um die Ecke kommen würde, um die Welt doch noch vor dem drohenden Kollaps zu retten. Dr. Bleriott schaute ihn einige Sekunden schweigend an. Plötzlich drehte sie ihm ohne jegliche Vorwarnung den Rücken zu und bewegte sich zielstrebig auf das Rednerpult zu. Auf dem Weg dorthin schubste sie etliche Personen, die sich aufgeregt in kleineren Grüppchen unterhielten, sanft, aber bestimmt beiseite.

Niemand schenkte ihr wirklich Beachtung. Sie selbst hatte auf Tunnelblickmodus geschaltet und ihre unmittelbare Umgebung dabei gezielt ausgeblendet. So ruhig und fest entschlossen sie in diesem Augenblick nach außen hin wohl gewirkt hatte, so angespannt, verunsichert und zweifelnd war sie tief im Innersten.

*Verdammt. Was mache ich hier eigentlich? Maven, lass das sein. Das ist keine gute Idee,* schoss es ihr durch den Kopf, nur um sich sofort wieder Mut zuzusprechen. *Nein, du musst das jetzt durchziehen. Du hast keine Wahl!*

Es war an der Zeit, den verbliebenen Verhandlungsteilnehmern, die noch nicht die Segel gestrichen hatten und deren Zahl durchaus beträchtlich war, eine klare und unmissverständliche Botschaft mitzugeben.

Sie erreichte schließlich das Podium und zögerte zunächst eine Sekunde lang. Dann fasste sie sich ein Herz und eilte zügig die wenigen Stufen zum Rednerpult empor. Dies war einer Vielzahl von Teilnehmern nicht verborgen geblieben.

Sobald sie die Bühne betreten hatte, verstummten die Personen der vordersten Reihen und wandten sich ihr mit erwartungsvollen Blicken zu. Das Herz schlug ihr bis zum Hals. Sie war noch nie in ihrem Leben so nervös gewesen wie in diesem Augenblick, von dem sie sich jedoch erhoffte, dass er alles verändern würde. Sie wusste, dass zu dieser späten Stunde keine Rede mehr auf der Tagesordnung angesetzt war. Diesen Umstand wollte sie sich zunutze machen.

Ein immer stärker werdendes Raunen erfasste den Raum und es dauerte eine Weile, bis das Stimmengewirr endlich nachgelassen hatte. Den Anwesenden wurde schnell bewusst, dass die junge Wissenschaftlerin eher spontan als geplant beabsichtigte, die Bühne für ihre ganz persönliche Ansprache zu nutzen.

Dr. Bleriott räusperte sich zweimal übertrieben stark ins Mikrofon, um sich auch der Aufmerksamkeit der Personen im hintersten Winkel des Raumes sicher sein zu können. Eine gespenstische Ruhe erfasste daraufhin den weitläufigen Saal, die sie allerdings nicht einschüchterte.

»Sehr geehrte Damen und Herren. Verehrte Kollegen. Viele von Ihnen kennen mich nicht, manche schon. Das ist an dieser Stelle aber nicht sonderlich relevant, da mein Anliegen losgelöst von jeglicher Nationalität, dem Berufsstand sowie der politischen Zugehörigkeit zu betrachten ist«, begann sie ihre Ansprache mit klarer Stimme. »Bevor sich unsere Wege in Kürze wieder trennen werden, möchte ich Ihnen allen noch einige Gedanken mit auf den Weg geben. Ursprünglich hätte mein Doktorvater Professor William Scolvus diese Abschlussrede halten sollen, aber er musste für seine Überzeugungen und einzigartige Arbeit vor ein paar Monaten leider sein Leben lassen. Seine Ideale sollen jedoch weiterleben und unser aller Handeln nachhaltig beeinflussen.«

Sie fühlte sich innerlich sehr aufgewühlt und hielt kurz inne. Über ihren Doktorvater zu sprechen, fiel ihr sichtlich schwer und sie spürte, wie sich Tränen in ihren Augen bildeten. Doch sie wischte diese entschieden beiseite. Nach dieser ungeplanten Pause fuhr sie selbstbewusst fort: »Die vorrangige Frage, die wir uns alle stellen müssen, lautet wie folgt: Ist die Menschheit überhaupt noch zu retten? Der Mensch ist die einzige Spezies, die dazu fähig ist, Dinge gleichermaßen zu lieben und zu zerstören. Wir wissen, dass wir außer dem blauen Planeten keine alternative Heimat besitzen. Und selbst wenn wir von heute auf morgen unsere Erde verlassen müssten, aus welchem Grund auch immer, wären wir dazu nicht imstande. Diese unumstößliche Abhängigkeit sollte uns normalerweise dazu bewegen, Tag für Tag über den zentralen Auftrag der menschlichen Existenz nachzudenken. Wir müssen insbesondere die Empathie als unsere inhärente Verantwortung uns selbst und allen anderen Lebewesen gegenüber annehmen, diese aktiv leben und uns von ihr zu jedem Zeitpunkt in unserem Handeln leiten lassen. Empathie ist keine Geißel, so wie es in der modernen Kapitalismuspraxis oftmals dargestellt wird. Empathie unterliegt vielmehr einer altruistischen Weltanschauung, die uns zu der Verantwortung verpflichtet, dem Wohl der gesamten Menschheit und aller Lebewesen zu dienen. Ökonomische Interessen können hierbei eine unterstützende Rolle zur Erreichung dieses Ziels spielen, keine Frage. Daraus abgeleitet ergibt sich zwangsweise die Schlussfolgerung, dass all diejenigen, die rein egoistisch handeln, ausgegrenzt werden müssen.

Uns alle in diesem Raum verbindet die Tatsache, dass wir trotz unserer vielfältigen Lebensweisen, Weltanschauungen, kulturellen und religiösen Wertvorstellungen, drei unbestreitbare Gemeinsamkeiten haben: Erstens, wir sind Menschen und zu Empathie befähigt. Zweitens, die Erde wird noch auf lange Zeit unser aller einziger Zufluchtsort bleiben. Und drittens, bündeln wir all unsere Kräfte, Expertise sowie unsere Bereitschaft, das Beste für unser Wohl zu erreichen, können wir diese sich schon im fortgeschrittenen Stadium befindliche Klimakatastrophe, wie jede andere globale Herausforderung der Menschheit auch, abwenden und bewältigen. Alle heute Anwesenden und ebenso diejenigen, die bereits abgereist sind, gehören der sogenannten globalen Elite an. Wir sind eine winzig kleine Gruppe. Deshalb verhandeln wir an diesem Ort und niemand anderer. Doch obwohl wir offensichtlich alles besitzen, wollen wir unser Fachwissen, unsere Fähigkeiten und unsere Leidenschaft, Dinge zu verändern, nicht mit denjenigen teilen, die sich am allerwenigsten vor den negativen Konsequenzen unseres Handelns schützen können. Im Gegensatz zu uns, teilen selbst die Ärmsten der Armen das Wenige, was sie besitzen, mit Menschen, die sich in vergleichbarer Not befinden.

Reue und die damit einhergehende Fähigkeit begangene Fehler einzugestehen, sind die ersten Schritte zur Besserung und begründen das Streben nach Ausgleich und Vernunft. Nur die intrinsische Erkenntnis, dass auch die Natur über ein Gedächtnis verfügt, wird uns den Weg bereiten, unserem Schicksal Rechnung zu tragen und unserer natürlichen Führungsrolle gerecht zu werden. Wenn wir nicht zu diesem Punkt gelangen, wird uns die Natur für unsere schwerwiegenden Fehler zur Rechenschaft ziehen, denn sie ist geduldig, aber auch ihre Geduld ist irgendwann ausgeschöpft. Wir sollten uns in Erinnerung rufen, dass wir der Natur in unserer Abhängigkeit ganz und gar ausgeliefert sind. Dementgegen ist sie auf unsere Existenz jedoch in keinster Weise angewiesen und wird auch weiterbestehen, nachdem wir uns unserer einzig verfügbaren Lebensgrundlage endgültig beraubt haben. Lassen Sie uns alle, meine Damen und Herren, eine neue Weltordnung schaffen, die sich auf das Wesentliche konzentriert: Die Frage nach dem Ursprung und Sinn unserer Existenz und wie wir diese Existenz nachhaltig schützen können. Wir müssen nach einem höheren Sinn in der reinen evolutionären Existenz des Menschen streben. Und dass wir alle uns vorstellbaren Grenzen überschreiten, mit gängigen Annahmen brechen und den nervenden Neinsagern den Mittelfinger zeigen können, hat die Menschheit ohnehin mehrfach bewiesen. Denken Sie vor diesem Hintergrund nur an die Eroberung des Weltraums, die Apollomissionen, die Landungen der Sonden Curiosity auf dem Planeten Mars oder Philae auf dem Kometen 67P/Tschurjumow-Gerassimenko, um nur das ein oder andere Beispiel für menschliche Errungenschaften zu nennen. Diese Meilensteine sollten uns hier auf der Erde dazu anspornen, neue Wege zu beschreiten und uns immer wieder vor Augen führen, dass wir alles zum Positiven verändern können, wenn wir es nur wollen. Ich sage es ein zweites Mal: Wenn wir es nur wollen. Ein noch nie dagewesener Aufbruch und Wandel ist IMMER, zu jedem Zeitpunkt möglich ist, sofern wir zutiefst an uns selbst und unsere Fähigkeiten glauben, Gutes bewirken zu können.

Eigentlich ist alles ganz einfach, solange wir nur die Bereitschaft aufbringen, das große Ganze zu sehen, anstatt auf Einzelinteressen zu setzen und in langfristigen Zeiträumen zu denken. Doch gerade in dieser Einfachheit liegt die größte Herausforderung. Denn die Gefahr, dass wir die größeren Zusammenhänge und systemischen Wechselbeziehungen verkennen, ist aktueller denn je. Aus diesem Grund müssen wir uns fortwährend selbstkritisch klarmachen, dass wir zu den wenigen Menschen gehören, die dazu in der Lage sind, den Dingen einen neuen Lauf zu geben. Lassen Sie uns in die Geschichte eingehen!«

Während Maven Bleriott sprach, blickte sie in die Gesichter einzelner Zuhörer. Sie konnte spüren, dass sich die allgemeine Stimmung zum Positiven wendete. Die ersten Konferenzteilnehmer begannen leise zu applaudieren und riefen ihr aufmunternde Worte zu. Sie war auf dem richtigen Weg.

»Und ich sage Ihnen: Erst wenn der Mensch alles verloren hat, wird er seine Fehler begreifen. Wir alle haben die Verpflichtung, vorausschauender und klüger zu agieren, um ein solches Szenario zu verhindern und die Zukunft unserer Kinder und Kindeskinder zu sichern. Es liegt zweifelsohne in der Natur des Menschen, über andere zu herrschen und Grenzen zu überschreiten. Doch was ergibt sich hieraus als übergeordnete Konsequenz? Das Datum, an dem wir die uns jährlich zur Verfügung stehenden natürlichen Ressourcen aufgebraucht haben, für dessen Erneuerung die Natur zwölf Monate benötigt, rückt immer weiter nach vorne. 2013 fiel der Stichtag bereits auf den 20. August.[54] Seit mehr als 40 Jahren übersteigt unser Konsum nun schon die Mittel, die uns die Natur zur Verfügung stellt. Ab 2030 werden wir rein rechnerisch zwei Erden benötigen, um unseren unersättlichen Hunger nach Rohstoffen decken zu können. Der ökologische Fußabdruck des Menschen ist in Europa und den USA global gesehen mit Abstand am größten. Die Ärmsten der Armen spielen hier faktisch kaum eine Rolle. Doch dieses Ungleichgewicht wird sich in Zukunft zunehmend verschieben, vor allem bedingt durch das explosive Bevölkerungswachstum in einigen wenigen Weltregionen. So müssen wir bis 2100, also in knapp 85 Jahren, mit circa 11,2 Milliarden Menschen rechnen, die auf der Erde leben werden. 11,2 Milliarden Menschen! Alleine die Bevölkerung Afrikas wird sich Berechnungen zufolge nahezu vervierfachen und beliefe sich dann auf 4,4 Milliarden Menschen.[55][56]

Als meine Eltern Anfang der 1950er Jahre geboren wurden, gab es gerade einmal 2,5 Milliarden Menschen auf der Erde.[57] Bis zum heutigen Tag hat sich die Zahl in 64 Jahren beinahe verdreifacht und beläuft sich auf 7,23 Milliarden. Und schon jetzt hat die Menschheit

---

[54] Global Footprint Network (2013): „Earth Overshoot Day 2013, around the world", Oakland/Geneva [https://www.footprintnetwork.org/2013/08/24/earth-overshoot-day-2013-around-world/].
[55] SPIEGEL Online (2015): „Weltbevölkerung im Jahr 2100: Uno erhöht Prognose auf elf Milliarden Menschen", Hamburg
[http://www.spiegel.de/wissenschaft/mensch/uno-prognose-weltbevoelkerung-im-jahr-2100-11-2-milliarden-a-1045920.html].
[56] Ehrenstein, Claudia (2015): „Afrikas Bevölkerung vervierfacht sich", Berlin: WELT Online [http://www.welt.de/politik/deutschland/article144603847/Afrikas-Bevoelkerung-vervierfacht-sich.html].
[57] Statista – Das Statistik-Portal: „Weltbevölkerung von 1950 bis 2015 (in Milliarden)", Hamburg
[https://de.statista.com/statistik/daten/studie/1716/umfrage/entwicklung-der-weltbevoelkerung/].

vier der neun planetaren Belastungsgrenzen überschritten. Das Stockholm Resilience Center stuft dabei die Stabilität des Klimas, der Artenvielfalt, der Landnutzung und der globalen Phosphor- und Stickstoffkreisläufe als besonders kritisch ein. Sie können sich wohl alle ausmalen, wie es um die Biokapazität der Erde bestimmt sein wird, falls in 85 Jahren knapp vier Milliarden Menschen zusätzlich auf diesem Planeten ihr Dasein fristen sollten. Auch gesetzt den Fall, dass wir es nicht mehr rechtzeitig schaffen, das Bevölkerungswachstum und die Ressourcennutzung voneinander zu entkoppeln. Konflikte und Kriege um einfache Rohstoffe wie Wasser oder Sand werden an Intensität und Quantität unweigerlich zunehmen. Selbst reiche Staaten werden sich hiervon unmöglich isolieren können.[58] [59] [60] Angesichts unserer langen Entwicklungsgeschichte ist es verblüffend und schockierend zugleich, dass es der Mensch innerhalb weniger Generationen geschafft hat, den Kollaps nahezu aller Ökosysteme der Erde in die Wege zu leiten. Die alles entscheidende Frage lautet nun: Haben wir den „Point of no Return" wider aller Beteuerungen bereits erreicht oder nicht?

Viele Fakten, die ich heute erwähnt habe, basieren auf Modellrechnungen und wir alle wissen nur zu gut, dass diese auch falsch liegen können. Aber die physische Zerstörung, die wir tagtäglich mit unseren eigenen Augen bezeugen können, kann nicht geleugnet werden. Und dies wird nirgends sichtbarer als bei der Abholzung und Brandrodung unserer Regenwälder. Der Mensch hat sich mittlerweile dazu aufgemacht, auch die letzten noch bestehenden, unberührten Naturräume für immer zu zerstören. Zahlreiche Megaprojekte in Afrika, Lateinamerika und Asien, sprich Straßen, Staudämme oder Bergwerke, sind entweder in Planung oder befinden sich im Bau. Die Standorte dieser gigantischen Infrastrukturvorhaben über-

---

[58] Becker, Markus (2014): „Verschwendung von Ressourcen: Der ausgelaugte Planet", Hamburg: *SPIEGEL Online* [http://www.spiegel.de/wissenschaft/natur/living-planet-report-des-wwf-menschheit-verbraucht-eineinhalb-erden-a-994400.html].

[59] Dyke, James (2015): „Humanity is in the existential danger zone, study confirms", London: *The Conversation* [https://theconversation.com/humanity-is-in-the-existential-danger-zone-study-confirms-36307].

[60] SPIEGEL Online (2015): „Menschheit treibt Natur über Belastungsgrenzen", Hamburg  [http://www.spiegel.de/wissenschaft/natur/planetary-boundaries-belastungsgrenzen-der-erde-ueberschritten-a-1013203.html].

schneiden sich geographisch überproportional häufig mit den letzten noch verbliebenen und biologisch artenreichsten Dschungelgebieten der Welt. So wie beispielsweise die 150 geplanten Staudammprojekte im Amazonas. Sie müssen sich diese Zahl einmal vor Augen führen! All das sind ausschließlich Folgeerscheinungen unserer grenzenlosen Raffgier. Verdammt nochmal, hat denn niemand verstanden, was auf dem Spiel steht?«[61]

Dr. Bleriott schlug dabei so fest sie konnte mit ihrer rechten Faust auf das Rednerpult, so dass das darauf befindliche Glas leicht in die Luft sprang und Wasser auf das Pult spritzte. Die Zuhörer in den ersten Reihen mussten sichtlich zusammenzucken. Jeder der noch anwesenden Gipfelteilnehmer spürte, wie ernst die Angelegenheit der jungen Amerikanerin war.

»Ich möchte Ihre Zeit an dieser Stelle nicht überstrapazieren, aber irgendjemand muss die Welt endlich mal wachrütteln! Der blaue Planet ist eine zerbrechliche Oase, die uns Menschen in unsere Obhut übergeben wurde. Exakt, sie wurde uns gegeben! Wir haben sie nicht selbst geschaffen. Doch alle tun so, als wäre letzteres der Fall. Unsere Erdgeschichte ist seit Anbeginn der Zeit geprägt von terrestrischen und extraterrestrischen Ereignissen, seien es Meteoriteneinschläge oder Vulkanausbrüche, die der Entwicklung des Lebens eine vollkommen neue Wendung gegeben haben und die zu jedem Zeitpunkt außerhalb des Einflussbereichs jedweder existierender Spezies lagen. Und dies wird auch in Zukunft der Fall sein. Wir müssen uns einander bewusst machen, welches unfassbare Glück der Menschheit seit einigen tausend Jahren nun widerfährt. Ein Glück, dass unsere Existenz stabil geblieben ist.

Und jetzt? Wir sind im Begriff, uns unser eigenes Grab zu schaufeln. Wir treten als aggressive, gefühllose Spezies auf, die alle anderen Lebensformen mit Füßen tritt, deren Habitate vernichtet und sie am Ende ausrottet. Diese Irrationalität menschlichen Handelns pervertiert letztlich die uns von einer höheren Macht übertragene Herrschaft über diesen Planeten. Wer oder was auch immer uns dazu befähigt hat, stolz wird er, sie oder es wohl nicht auf uns sein. Und

---

[61] FOCUS Online (2015): „Mega-Bauprojekte als Gefahr – Forscher warnen: Die Welt steuert auf die Zerstörung der letzten Naturräume zu", München [https://www.focus.de/wissen/natur/forscher-warnen-welt-steuert-auf-zerstoerung-der-letzten-naturraeume-zu_id_4525231.html].

eines gilt zweifellos: Gefahren warten nur auf die, die nicht auf das Leben reagieren, wie es Michail Gorbatschow einst so treffend formulierte. Wir sind kleiner, viel kleiner, als wir es uns selbst eingestehen wollen. Gerade darin liegt jedoch die Möglichkeit eines Korrektivs. Wir müssen uns ein Stück weit selbst neu erfinden. Ich sehe das als eine Chance der Selbstsäuberung der eigenen Seele. Lassen Sie uns alle Regelbrecher werden und auf eine bessere Zukunft hinarbeiten. Denn die neue Maxime lautet, endlich zu handeln. Zusammen können wir alles erreichen. Ich fordere Sie alle deshalb auf: Folgen Sie Ihren Träumen, die das Potenzial haben, die Welt zu verändern. Der Mensch selbst darf nicht als die schlimmste Umweltkatastrophe seit tausenden von Jahren in die Erdgeschichte eingehen! Wir sehen uns nächstes Jahr in Paris, vielen Dank für Ihre Aufmerksamkeit!«

Mit Beendigung ihrer spontanen und impulsiven Rede hatte sie die noch verbliebenen Konferenzteilnehmer tatsächlich nicht nur überrascht, sondern beinahe von den Socken gehauen. Tosender Applaus brandete genau in dem Moment auf, als sie ihre letzten Worte gesprochen hatte. Die Anwesenden hatten förmlich nach einer solchen Rede gelechzt. Inmitten dieser euphorischen Atmosphäre trafen sich Dr. Bleriotts und Singhs Blicke. Er lachte ihr zu und hob seinen rechten Daumen in die Höhe.

Nach einigen Minuten ebbten die stehenden Ovationen wieder ab. Maven Bleriott schickte sich in der Folge an, sich so schnell wie möglich vom Rednerpult zu entfernen, als sie ein Schock durchfuhr, der es ihr kurzzeitig eiskalt den Rücken herunterlaufen ließ. Sie glaubte einen Mann im hinteren rechten Eck des Saals flüchtig wiedererkannt zu haben. Dieser hatte ihr nur für den Bruchteil einer Sekunde sein Gesicht zugewandt. Doch dann löste er sich schlagartig in der umgebenden Menschenmasse auf und war verschwunden.

Sie suchte angestrengt nach dem Unbekannten und überlegte fieberhaft, wo sie ihn zuvor gesehen haben könnte. Vor allem eine besonders markante Narbe auf der Wange, die selbst auf die große Entfernung nicht zu übersehen war, hatte sie stutzig gemacht. Hatte sie sich getäuscht? Auf die Schnelle konnte sie das Gesicht keinem Namen, Ort oder Geschehen zuordnen. Ihre Aufregung und Nervosität sowie die Bedeutung des Moments schienen ihr einen Streich gespielt zu haben. Sie atmete einmal tief durch. Alles war gut.

# Glossar

| | |
|---|---|
| Aesop/Äsop | Griechischer Dichter |
| Allokation | Zuordnung der in ihrer Verfügbarkeit beschränkten Ressourcen an potenzielle Verwender |
| Anthropogen | Menschlich verursacht |
| Anthropozän | In der Wissenschaft umstrittener Vorschlag für die Benennung einer neuen geochronologischen irdischen Epoche. Sie soll dem anthropogenen Einfluss auf geologische, biologische und atmosphärische Prozesse Rechnung tragen |
| ASEAN | Kurz für Association of Southeast Asian Nations; internationale Organisation in Südostasien mit Sitz in Jakarta, Indonesien |
| Behind-closed-doors-Lobbying | Interessensvertretung unter Ausschluss der Öffentlichkeit |
| Blue-collar | Englisch für Arbeiter, die keiner klassischen Bürotätigkeit (i.e. white-collar) nachgehen |
| Brainteaser | Denksportaufgaben, die häufig in Bewerbungsverfahren Anwendung finden |
| Business District | Hauptgeschäftsviertel |
| CEO | Kurz für Chief Executive Officer; Vorstandsvorsitzender |
| Cluster | Räumliche Zusammenballung |
| CSR | Kurz für Corporate Social Responsibility; Unternehmensbereich, der die umwelt- sowie sozialpolitische Verantwortung eines wirtschaftlichen Akteurs betont |
| Early Adopter | Wirtschaftsakteure, die innovative Ideen, Technologien oder Produkte als Erste übernehmen |
| Emerging Countries/Economies/Markets | Englisch für Schwellenländer |

| | |
|---|---|
| EPA | Kurz für Environmental Protection Agency; US-amerikanische Umweltschutzbehörde |
| Eutrophierung | Anreicherung von Nährstoffen in einem Ökosystem; führt in der Regel zu einer Überschreitung des optimalen Nahrungsangebotsgleichgewichts |
| Greenwashing | Beschreibt in der PR-Arbeit den Versuch, einen Akteur nach außen als umweltfreundlich und sozial verantwortlich darzustellen, obwohl es hierfür keinerlei Grundlage gibt |
| Holozän | Jüngster, bis heute andauernder Zeitabschnitt der Erdgeschichte |
| Internationaler Strafgerichtshof | Kurz IStGH; Englisch: International Criminal Court (ICC) |
| International Union of Geological Sciences | Deutsch: Internationale Geologische Gesellschaft |
| IPCC | Kurz für Intergovernmental Panel on Climate Change; Weltklimarat der Vereinten Nationen |
| IUCN | Kurz für International Union for Conversation of Nature & Natural Resources; Weltnaturschutzunion → Nichtregierungsorganisation, die alljährlich u.a. die Rote Liste gefährdeter Arten veröffentlicht |
| Klassischer Realismus | Der klassische Realismus ist eine politikwissenschaftliche Theorie der Internationalen Beziehungen. Deren bekannteste Vertreter sind unter anderem Hans Morgenthau und Henry Kissinger. Im Kern besagt der Realismus, dass das Streben nach Macht Menschen und Staaten entscheidend prägt und in ihrem Verhalten leitet |
| M&A | Kurz für Merger & Acquisitions; Fusionen und Übernahmen → Sammelbegriff für |

| | |
|---|---|
| | Transaktionen im Unternehmensbereich |
| **Niccolò Machiavelli** | Florentinischer Staatsphilosoph, Politiker, Diplomat und Dichter; der nach ihm benannte Begriff des Machiavellismus bezeichnet eine Politik oder ein Verhalten, welche(s) darauf ausgerichtet ist, primär die eigene Macht und das eigene Wohlergehen zu sichern. Ethik und Moral werden hierbei als kompromittierende Faktoren angesehen, die somit dem Ziel der Machtsicherung zuwiderlaufen |
| **Meeresbiologisches Laboratorium Woods Hole** | Englisch: Marine Biological Laboratory; berühmtes US-amerikanisches Forschungsinstitut in den Bereichen (Meeres-)Biologie, Biomedizin und Umweltwissenschaften; nicht zu verwechseln mit der Woods Hole Oceanographic Institution |
| **MNUs** | Kurz für multinationale Unternehmen |
| **NASA** | Kurz für National Aeronautics & Space Administration; US-amerikanische Bundesbehörde für Raumfahrt und Flugwissenschaft |
| **NGO** | Kurz für non-governmental organisation; Nicht-Regierungsorganisation |
| **NOAA** | Kurz für National Oceanic & Atmospheric Administration; US-amerikanische Wetter- und Ozeanographiebehörde |
| **Ocean & Climate Change Institute** | Institut für Meeres- und Klimawandel; Teil der Woods Hole Oceanographic Institution |
| **Phytoplankton** | Gehört zum Reich der Pflanzen; Phytoplankton bildet die Basis der autochthonen Nahrungspyramide in stehenden und langsam fließenden Gewässern, da es als Primärproduzent auf Grundlage von Photosyntheseprozessen seine eigene Biomasse aufbaut |
| **Private Equity** | Außerbörsliche Beteiligung, welche nicht an |

| | |
|---|---|
| | geregelten Märkten handelbar ist |
| **Public Affairs** | Auch Politikberatung oder Beratung in öffentlichen Angelegenheiten; Teilgebiet der PR-Beratung. Bezeichnet keine direkte lobbyistische Tätigkeit (dies wäre die sogenannte Government Relations-Beratung), sondern das strategische Management von externen, politischen Beziehungen eines Unternehmens oder Verbandes sowie von Entscheidungsprozessen an der Schnittstelle Politik, Wirtschaft und Gesellschaft |
| **Public Economics** | Bereich innerhalb der Volkswirtschaftslehre; analysiert Regierungspolitik auf Basis wirtschaftlicher Effizienz und Ausgewogenheit |
| **Public Policy** | Konzept aus der Politik- und Staatswissenschaft; beschreibt die Summe von Handlungsoptionen, inhaltlichen und regulatorischen Entscheidungen, Gesetzen und Zielsetzungen der an Politik- und Entscheidungsprozessen beteiligten Akteure in dem Spannungsfeld Politik, Wirtschaft, Medien und Gesellschaft. Oftmals steht Public Policy auch für die Analyse und Beeinflussung aller für einen Akteur relevanten Politikfelder |
| **State-led-Model** | Vor allem von China praktiziertes Modell der wirtschaftlichen Entwicklung auf Basis der Vermischung plan- und marktwirtschaftlicher Elemente (auch Versuch des Exports dieses Modells im Rahmen der Entwicklungshilfe); dabei nimmt der Staat eine entscheidende Planungs- und Steuerungsfunktion ein |
| **SOEs** | Kurz für State-owned Enterprises; SOEs bezeichnet in China staatliche Konzerne, die jedoch seit Jahren versuchen, vom Staat |

| | |
|---|---|
| | unabhängiger zu werden |
| **Soft Power** | Soft power ist ein politikwissenschaftlicher Begriff, der die politische Machtausübung eines Akteurs ohne Anwendung bzw. Androhung militärischer Gewalt oder wirtschaftlicher Einflussnahme beschreibt. Im Umkehrschluss dienen beispielsweise die kulturelle Attraktivität oder Ideologie eines Akteurs als zentrale Machtinstrumente |
| **Swing State** | Begriff aus dem US-Präsidentschaftswahlkampf. Bezeichnet einen Bundesstaat, in dem der Wahlausgang zwischen Republikanern und Demokraten als besonders knapp angesehen wird |
| **Thought Leader** | Deutsch: Vordenker oder Meinungsführer; bezeichnet ein Individuum, eine Organisation oder ein Unternehmen, das/die allgemein als Autorität in einem bestimmten Feld anerkannt ist und dessen/deren Expertise von anderen aktiv angefragt und belohnt wird |
| **UNCTAD** | Kurz für United Nations Conference on Trade and Development; Welthandels- und Entwicklungskonferenz |
| **UNFCCC** | Kurz für United Nations Framework Convention on Climate Change; Rahmenübereinkommen der Vereinten Nationen über Klimaänderungen |
| **Urbanisierung** | Bezeichnet den Prozess der Verstädterung und des Städtewachstums, d.h., dass sich städtische Lebensformen immer stärker ausbreiten und somit auch immer mehr Menschen in Städte abwandern, um dort zu leben und zu arbeiten |
| **Wayúu** | Auch Guajiro; indigenes, zu den Arawak ge- |

|  | hörendes Volk in Kolumbien und Venezuela |
|---|---|
| **WTO** | Kurz für World Trade Organisation; Welthandelsorganisation |
| **Woods Hole Oceanographic Institution** | Führende US-amerikanische Forschungs- und Ausbildungsorganisation für Meeres- und Ingenieurswissenschaften |
| **Zooplankton** | Ernährt sich von Phytoplankton und anderen Organismen; betreibt keine Photosynthese |

## *Danksagungen*

*Besonderer Dank gebührt meinem einzigartigen Bruder Alexander, ohne dessen fortwährende Unterstützung dieses Buch nicht möglich gewesen wäre. Gleiches gilt für meine Freunde Niko Brink und Mike Schertl, die mir entscheidend bei allen grafischen, digitalen und marketingspezifischen Fragen geholfen haben und auf die ich mich zu jeder Zeit voll und ganz verlassen konnte.*